ullstein

Das Buch

Wiedersehen macht Freude? Die Teilnehmer eines Klassentreffens in Undeloh sind sich da nicht so sicher. Denn einer ihrer Klassenkameraden wird tot in der Sauna eines Luxushotels aufgefunden. Kein Zweifel: Es war Mord. Inka Brandt und ihr Team, Polizeipsychologe Sebastian Schäfer und Rechtsmedizinerin Teresa Hansen, übernehmen die Ermittlungen. Bald taucht eine weitere Leiche auf. Wer hat es auf die ehemaligen Schulkameraden aus der Lüneburger Heide abgesehen?

Erst tief in der Vergangenheit der Opfer und der Gemeinde Undeloh finden sich Hinweise auf den Täter. Er wird keine Ruhe geben: Denn Rache lässt Menschen ungeheuerliche Dinge tun. Das müssen auch Inka und ihr Team bald am eigenen Leib erfahren ...

Die Autorin

Angela L. Forster lebt und arbeitet im Hamburger Süden, dessen bezaubernde Landschaft mit der Nähe zum Alten Land und der Lüneburger Heide sie immer wieder zu neuen Geschichten inspiriert. Sie arbeitete als Journalistin für regionale Zeitungsverlage und als Textkorrespondentin.

Von Angela L. Forster sind in unserem Hause erschienen:

Heidefeuer
Heidegift

ANGELA L. FORSTER

Heidegift

Ein Fall für Inka Brandt

Kriminalroman

Ullstein

Besuchen Sie uns im Internet:
www.ullstein-taschenbuch.de

MIX
Papier aus verantwortungsvollen Quellen
FSC® C083411

Originalausgabe im Ullstein Taschenbuch
1. Auflage Oktober 2016
2. Auflage 2017

Umschlaggestaltung: zero-media.net, München
Titelabbildung: © Getty Images/Johner Images (Schaf); © Getty Images/Ezra Bailey (Vögel); © Image Source/Chris Cole (Heide, vorne); © Image Source/Craig Easton (Heide, Horizont, Himmel); © Heinz Wohner/Look-foto (Haus)
Satz: Pinkuin Satz und Datentechnik, Berlin
Gesetzt aus der Sabon
Druck und Bindearbeiten: CPI books GmbH, Leck
ISBN 978-3-548-28838-3

Die Tiere morden, um zu leben, aber wir …?

Hermann Löns 1866–1914

Prolog

Sommer 1997

Die Sonne schien unerbittlich. Ein flammendes Rot, das durch die Baumspitzen schoss und keine Gnade kannte.

Ihre Hilfeschreie durchschnitten die brennende Augustluft wie die außer Rand und Band geratenen Messer des Messerwerfers, der beim Wanderzirkus in Egestorf um Zuschauer warb.

Ein Spiel, sagten sie. Er und seine Schwester hätten das Streichholz mit dem roten Schwefelkopf gezogen. Das Glückslos, wie sie sagten.

Immer weiter folgten sie den Schulkameraden in die Heide. Abseits der Wanderwege stapften sie durch Heidekraut, vorbei an Wacholderwäldchen und Heidschnuckenherden.

Sie müssten leise sein, sagten sie, sonst würden sie nicht wiederkommen. Doch er wusste, sie würden niemals kommen.

Er kannte die Lüneburger Heide wie den Schuhkarton unter seinem Bett, in dem er alles Mögliche aufbewahrte. Und er wusste, in diese Ecke des Naturschutzgebietes, weit hinter dem Wilseder Berg, fernab ausgeschilderter Wander- und Reitwege, verirrte sich kein Mensch.

Zwölf war er gewesen, als sein Vater ihn auf frühmorgendliche Herbstjagd mitgenommen hatte. Auf dem Hochsitz hatten sie gesessen, den ganzen Tag.

Ein Reh war die Ausbeute gewesen, das sie am Abend nach Hause schleppten. Er hörte noch den Schuss, der sich mit ohrenbetäubendem Knall gelöst hatte, sah, wie Vaters kräftige Schulter mit einer Leichtigkeit den Rückschlag auffing. Wie schämte er sich, dabei gewesen zu sein, ein Tier getötet zu haben.

Es muss sein, erklärte Vater ihm, während er das erlegte Tier auf die Laderampe des Geländewagens warf und mit einer Plane zudeckte. Die Jagd ist notwendig. Das Rotwild breitet sich zu sehr aus und frisst die jungen Bäume kahl.

Verstehen wollte er das nicht. Drei Tage baumelte das aufgeschlitzte Tier, zum Ausbluten festgebunden, an einem Haken an der Hofwand. Hin und her schwang es bei jedem kräftigen Windstoß, warf letzte Blutspritzer an die graue Wand, auf das Kopfsteinpflaster, verfolgte ihn mit dunklen Kulleraugen, wenn er auf das Loch in der Stirn des Tieres stierte. Morgens musste er an ihm vorbei zur Schule gehen. Den Rehbraten, den Mutter mit Speck gespickt und mit Klößen und Rotkohl am Sonntag servierte, hatte er nicht angerührt.

Nie und nimmer, keinen Bissen.

Langsam senkte sich die Dämmerung über die Heidelandschaft, Wolken überschatteten die letzten Bäume. Wie spät war es? Ob die Straßenlaternen leuchteten? Sie sollten längst zu Hause sein. Ihre Eltern würden sich Sorgen machen.

Er leckte sich über die trockenen Lippen. Lass uns mit dem Rufen aufhören, hatte er seine Schwester vor einer Weile gebeten, wir müssen mit unseren Kräften sparsam umgehen, bis sie wiederkommen und uns befreien. Das hatte er gehört. Schauspieler sagten das im Fernsehen, wenn sie in der Klemme steckten. Er wusste, das würde nicht geschehen. Sie hatten sie reingelegt.

Käme er nur an den rosafarbenen Rucksack seiner Schwester heran, er könnte ihr die Kakaotüte und die Packung Butterkekse reichen, die sie immer mit sich rumschleppte und womit sie ihre Barbiepuppen fütterte. Er mochte keine Barbiepuppen und noch weniger Kakao, das war etwas für kleine Mädchen. Jetzt gäbe er seinen Schatz aus dem Schuhkarton her für einen Schluck von diesem süßen Zeug. *Bitte, einen kleinen Schluck, damit das Kratzen und Brennen im Hals aufhört.*

Mit ausgestreckten Fingerspitzen versuchte er, die Hand seiner Schwester zu erreichen. Er wollte sie streicheln, ihr Mut zusprechen. Es gelang ihm nicht. Mit ihren neun Jahren war sie so zierlich und klein wie eine Sechsjährige. Er war fast vierzehn, und es war seine Aufgabe, sie zu beschützen. *Pass immer gut auf deine kleine Schwester auf, wenn ihr in die Heide geht. Wie der Hänsel auf die Gretel.* Die Worte seiner Eltern dröhnten in seinem Kopf.

War es im Märchen nicht Gretel, die die Geschwister aus den Fängen der bösen Hexe befreite?

Als die Nacht anbrach, war die Luft, trotz der hochsommerlichen Tagestemperaturen, eisig kalt. Ihre Körper zitterten im Gleichklang. Um sie herum war alles finster. Im Gebüsch knackte es, Laub raschelte, etwas huschte aufgescheucht vor seinen Füßen vorbei. Ein Kaninchen, ein Fuchs, ein Wolf? Die Wölfe sind in die Lüneburger Heide zurückgekehrt. Das hatten sie gerade in der Schule durchgenommen.

Sein Blick folgte dem Geräusch, doch er konnte nichts erkennen. Er war zu müde. Seine Augen brannten, und seine Beine wollten nachgeben, aber das Seil, das die drei Schulkameraden um Schenkel, Hüfte und Oberkörper geschlungen hatten, war fest, viel zu fest, als dass er sich auch nur einen Zentimeter hätte bewegen können. Er drehte den Kopf und sah zu seiner Schwester. Ihr blonder Zopf lag auf ihrer mageren Schulter, sie atmete leise. Ein bisschen schlafen, ausruhen, ja, das würde ihm auch guttun. Sein Kopf sank auf die Brust, und die Augenlider schlossen sich, als würde jemand gewaltsam daran ziehen.

Als er die Augen wieder aufschlug, wusste er nicht, wie lange und ob er überhaupt geschlafen hatte. Er fror, die Kälte hatte seinen Kinderkörper weiterhin im Griff. Mit den Fingerspitzen versuchte er den Knoten des Seils zu lösen, die raue Rinde des Baumes scheuerte an seinen Handgelenken, bröckelte ab und rieselte auf den Waldboden. Der Vollmond schien durch die Zweige, ein Käuzchen rief durch die Nacht, und der Nebel, der allmählich aufzog und immer dichter wurde, ließ jeden Strauch und Baum lebendig werden, jedes kleinste Insekt zu einem Fabelwesen heranwachsen.

Er ruckelte seinen Oberkörper hin und her, kaum ein paar Zentimeter, zu wenig, um sich und seine Schwester aus den Schnüren zu befreien. Er durfte nicht versagen, seine Eltern nicht enttäuschen. Er musste auf sie aufpassen. Er hatte es versprochen.

Wütend schlug er mit dem Kopf gegen den Baumstamm. Sein Herz schlug laut gegen seine Rippen, und er wusste nicht, ob er einfach aufhören sollte zu atmen. Ging so etwas? Delphine konnten das, das sagten die Meeresbiologen im Fernsehen. *Du siehst viel zu viel fern*, hörte er Mutters Worte. *Nimm dir ein Beispiel an deiner Schwester, sie weiß sich ohne Flimmerkasten zu beschäftigen.*

Kühle Luft streifte sein Gesicht. Die Sonne ging auf.

Das Heidegedicht von Hermann Löns fiel ihm ein, heute sollte er es in der Schule aufsagen. Über Tage hatte er es auswendig gelernt, sogar geträumt hatte er davon.

Sommer
Über die Heide ziehen Spinneweben
Von Halm zu Halm ihr silberweißes Tuch.
Am Himmelsrande weiße Wölkchen schweben
Und weißes Wollgras wimpelt überm Bruch.
Es glüht die Luft wie ein Maschinenofen,
Kein Menschenleben regt sich weit und breit,
Der Baumpieper nur schmettert seine Strophen
Und hoch im Blau der Mäusebussard schreit.
In rosa Heidekraut den Leib ich strecke …
O Grabesschlaf, …
Wenn dieser müde Menschenleib verwest, …

»Ich weiß es nicht mehr, ich habe die letzten Strophen vergessen. Der Lehrer wird mit mir schimpfen.«

Er sah zum Himmel auf.

»Lieber Gott, bitte hilf uns. Lass uns nicht alleine«, betete er.

Siebzehn Jahre später

1

Am Freitag, den 28. November 2014, war es kalt und ungemütlich. Es war der Tag, an dem Dr. Detlef Klammers Sterben beginnen sollte. So war es geplant.

Im Hotel *Zum Storchennest* in Undeloh in der Lüneburger Heide saßen sieben Gäste an einem weiß gedeckten Tisch in der linken Ecke des Restaurants. Es war die Hölle los. Kellnerinnen eilten mit Tellern und Bierkrügen durch den Gastraum, um hungrige Gäste mit Essen und freundlichem Lächeln zu versorgen. Es roch nach Sauerkraut, Gegrilltem und Gebratenem. Im Kamin knisterten Holzscheite und verbreiteten eine wohlige Wärme. Ein schwarzer Labrador schlief in einem Weidenkorb und wärmte sich wohlig den Pelz, ohne sich von dem bunten Treiben im Hotelrestaurant stören zu lassen.

Das mit fünf Sternen ausgezeichnete Hotel *Zum Storchennest* war erst vor einem Jahr eröffnet worden. Ein weißer winkeliger Fachwerkbau, unter Reet gebaut, der seinen Gästen achtundzwanzig Zimmer, vier Suiten, einen Festsaal, Schwimmbad, Sauna und ein kneippsches Wassertretbecken bot. Die Ruhe und Erholung, die hier zu finden waren, konnten sich allemal mit anderen Orten und Hotels dieser Welt messen.

Eine rothaarige Kellnerin balancierte auf ovalen Tellern, an deren einem Ende die Keramikfigur eines Storches aufgesetzt war, nacheinander sieben Schnitzel mit Pilzsoße an den Ecktisch zu den vier Frauen und drei Männern. Ein Gericht, dessen deftige Zusammenstellung zur Jahreszeit passte.

»Das habe ich als Erinnerungsessen an unsere alte Schulkantine bestellt«, tönte Oberstaatsanwalt Dr. Detlef Klammer laut und großspurig über den Tisch, wie es seine Art war. »Haut rein, ihr Schmarotzer, heute zahle ich!«

Du Arschloch schmückst dich mal wieder mit fremden Federn. Ich habe das Essen für uns bestellt und bezahlt. Aber mach ruhig, du weißt ja gar nicht, wie gelegen mir das kommt. Es wäre besser gewesen, du hättest dich an unsere Vereinbarung gehalten, dann wärst du davongekommen. Jetzt hast du selber Schuld.

Sie musste nur noch für die richtige Ablenkung sorgen, und Dr. Detlef Klammer würde, kurz nachdem er Anfang der Woche wieder zu Hause in Cuxhaven angekommen war, spätestens zehn Tage später, tot sein. Getrockneter und zu feinem Pulver zerriebener Knollenblätterpilz würde ihm den langsamen Tod bringen, den er verdiente.

Alles war vorbereitet, das aufgerissene Tütchen lag in ihrer Hand und wartete auf seinen Einsatz. Ihre Anspannung wuchs, die Minuten vergingen. Sie musste sich beeilen.

Wenn Klammer in dieser verblüffenden Geschwindigkeit weiterfraß, wäre die Chance vorbei. Und was wäre, wenn ihm plötzlich schlecht würde und er aufhörte zu essen? Was, wenn er zum Telefon gerufen würde? Was, wenn das, was sie seit einem halben Jahr sorgfältig geplant hatte, null und nichtig würde?

Verdammt, konnte der Kerl denn nicht langsamer essen!

»Magst du keinen Salat, Detlef?«, wollte sie wissen, und wies mit der Gabel auf Klammers unangerührtes Salatschüsselchen neben seinem Teller. Sie musste ihn in ein Gespräch verwickeln. Diesen Vielfraß ablenken.

Klammer tunkte Pommes frites in die Soße und stopfte sie in den Mund. Schmatzend sagte er: »Fleisch ist mein Gemüse. Nimm dir den Karnickelfraß, wenn du willst. Gestandene Männer brauchen Saft und Kraft. Oder was denkt ihr?« Sein stierender Blick wanderte zu Dora Hoppe, Tanja Griese, Liane Wolters, Beate Schroth, Ullrich Grützmann und Roland Altmann. »Da stimmt ihr mir doch zu, was? Und ich hab vielleicht Glück, dass sich nur sieben von uns hergetraut haben, was wäre das sonst für eine Rechnung!«

Die Männer gegenüber zuckten kollektiv die Schultern. »Jeder, was er braucht«, antwortete Grützmann, ein Mann, der kaum Haare vorwies, dafür mit ausgesprochen sportlicher Figur in Jeans und Jackett steckte. »Doch wenn du meine Meinung als Arzt hören willst, dann solltest du auf dein Cholesterin und dein Gewicht achten, weil …« Weiter kam er nicht, als Klammer ihm das Wort abschnitt.

»Was weiß schon ein angelernter Eiergrabbler wie du!« Er lachte, sein Doppelkinn schwabbelte wie bei einem schlachtreifen Puter. »Ich bin gerade dreißig, was kann mir passieren?«

Sie stimmte Ullrich Grützmann, dem Assistenzarzt der Urologie aus dem Winsener Klinikum, zu. Klammer war fett geworden. Mindestens vierzig Kilo hatte er zugenommen, seit sie ihn das letzte Mal vor zehn Jahren auf der Abiturfeier gesehen hatte. Er bot einen widerlichen Anblick.

»Na, ich weiß nicht«, wand Roland Altmann ein, »hätte ich dein Gewicht, würde ich in den Tanks steckenbleiben.«

»Ja, Augen auf bei der Berufswahl, Roland!«, tönte

Klammer, »hättest dein Abi machen sollen, dann müsstest du nicht für ein Butterbrot in stinkende Tanks kriechen. Kannst du dir diesen Schuppen überhaupt leisten?« Klammer fuchtelte mit der Gabel in großem Bogen quer durch das Hotelrestaurant.

»Halt die Klappe, Detlef. Frag dich lieber, wo du sitzen würdest, wenn ich dir nicht die Prüfungsfragen besorgt hätte.« Ein Muskel zuckte zornig an Altmanns Kinn.

»Besorgt! Na, das hättest du wohl gern«, antwortete Klammer mit vollem Mund.

»Jawohl, besorgt! Und weil du damals keinen Arsch in der Hose hattest und alle Schuld auf mich geschoben hast, bin ich anstatt deiner von der Schule geflogen.«

»Na und! Du warst es, der unbedingt in unsere Gruppe wollte. Und Mutprobe ist Mutprobe, haben wir alle gemacht. Wenn du Trottel dich erwischen lässt, bist du eben selber schuld.« Klammer lachte spöttisch, während er nach den nächsten Pommes frites stach.

»Ja, eine Mutprobe, aber du mit deiner Clique, ihr habt mir zwei aufgedrückt, und dann hatten mich die Pauker am Arsch. Außerdem kannst du leicht das Maul aufreißen«, donnerte Altmann weiter, »dich hat dein Herr Vater, der Richter, mit einem Fächer Vitamin-B-Scheinchen ja immer schnell aus der Scheiße geholt.«

»Jetzt reicht es aber, Roland, das war eine Gruppenentscheidung, ich …« Klammer schmiss die Gabel neben den Teller und verstummte, als fielen ihm keine passenden Worte ein. »Du hast ja nicht mehr alle Tassen im Schrank«, sagte er stattdessen und grapschte sein Bierglas.

Na los, prügelt euch. Los, kommt schon, kommt schon.

Eine Kellnerin eilte an den Ecktisch, beugte sich dezent zu Klammer und bat um Ruhe.

Das war ihre Chance. Jetzt musste sie zuschlagen.

Während drei männliche Augenpaare im Ausschnitt der Kellnerin hingen und ihre ehemaligen Mitschülerinnen kopfschüttelnd die Männer anstarrten, griff die Mörderin in absichtlich ungeschickter Weise über den Tisch. Sie stieß an Klammers Bierglas und Grützmanns Rotweinkaraffe, so dass Bier und Wein mit einem Schwall auf das weiße Tischtuch kippten.

Eine Lache Bier-Rotwein-Gemisch schwemmte jegliche vorweihnachtliche Strohsterndekoration von einem Tischnachbarn zum nächsten und umspülte die roten Miniaturweihnachtssterne mit den goldenen Glitzerpunkten. Klammer rückte mit dem Stuhl zurück, um seine graue Anzughose zu retten, während die Kellnerin und die drei Schulkameradinnen nach Stoffservietten griffen, wild auf dem Tisch herumwischten und die Strohkünstlereien in Sicherheit brachten.

Von der Aufregung aufgeschreckt, richtete sich der Labrador auf und lief, was seine alten Knochen hergaben, bellend durch den Gastraum und den Kellnerinnen vor die Füße. Seine Rute peitschte wie ein Scheibenwischer im Gewittersturm.

Ein Tablett schepperte auf den Fliesenboden, Geschirr zerbrach, Glas klirrte. Gäste sprangen auf und halfen den Kellnerinnen, die in Dreierformation auf dem Boden krabbelten.

Der Tumult war perfekt. Niemand achtete auf sie.

Mit schnellem Griff ließ sie das Pulver in Klammers Pilzsoße rieseln. Ihr Herz schlug wie ein Presslufthammer. Jetzt gab es kein Zurück. *Rache ist süß.*

Ein Junge vom Nebentisch, gerade vier, streckte ihr die Zunge raus. *Verdammtes Mistbalg, kennst du keine Manieren?* Sie grinste die Mutter an, die ihr einen entschuldigenden Blick zuwarf. Mit erhobenem Zeigefinger mahnend, schob sie das Kind zurück auf seinen Stuhl, woraufhin der Kleine hin und her zu zappeln begann, was seine Eltern zuverlässig zur Weißglut trieb. Ob er sie beobachtet hatte?

»Das tut mir wirklich leid«, sagte sie, als der Trubel verebbt war, »kommt, jetzt gebe ich einen aus.« Sie hob den Arm und suchte den Blickkontakt einer Kellnerin. »Bitte eine Runde Löns Kartoffelschnaps für uns sieben«, orderte sie. Zufrieden sah sie, wie Klammer sich über die Reste seines Essens hermachte.

2

Inka Brandt, Hauptkommissarin aus Hanstedt, drückte das Gaspedal durch und lenkte ihren Wagen links der Wache auf den Heidbecker Damm, um weiter nach Undeloh zu kommen.

Es schneite. Sie schaltete die Scheibenwischer ein, um den Schnee von der Windschutzscheibe zu fegen. Aus dem Radio säuselte Dean Martin *Winter Wonderland.* Sie hatte zwar nichts gegen Weihnachtslieder und das nahende Weihnachtsfest, im Gegenteil, aber heute ging ihr das vorweihnachtliche Gedudel auf die Nerven. Kaum war Halloween vorbei, lieferten sich fast alle Sender ein Wettrennen um die höchste Einschaltquote ihrer Weihnachtsmusik. Also wählte sie eine andere Einstellung.

Klassik-Radio: *Little Serenade* von Ernest Tomlinson.

Müde sah sie auf die Uhr am Armaturenbrett. 17.24 Uhr. Mist. Sie war eine halbe Stunde zu spät. Tilly, die Tagesmutter ihrer Tochter Paula, würde ihr wieder zehn Euro abknöpfen. *Für jede angefangene Stunde berechne ich ab sofort bei jedem, der sein Kind zu spät abholt, zehn Euro; so machen sie's im Kindergarten auch*, hatte sie letzte Woche gesagt. Inka war einverstanden, leider ohne zu bedenken, dass ihre unregelmäßigen Arbeitszeiten sie mit Tillys neuer Verordnung auf kurz oder lang ruinierten.

Der Papierkram wegen eines Einbruchs in ein Hanstedter Farbengeschäft am gestrigen Donnerstagabend hatte sie aufgehalten. Doch sie wollte den Fall, in dem zwei sechzehnjährige Teenies das Geschäft in einen bunten Farbkasten verwandelt hatten, noch vor dem Wochenende vom Tisch haben. Der entstandene Schaden, den der Inhalt der aufgehebelten Farbdosen hinterlassen und der sich in den wildesten Farbschattierungen überall im Laden auf Wänden und Boden verteilt hatte, ging in den fünfstelligen Bereich. Doch wie die Sache lag, blieb der Besitzer auf einigen Euros, die die Versicherung nicht abdeckte, sitzen, da er das Kellerfenster, durch das die Jugendlichen eingestiegen waren, nicht ausreichend gesichert hatte.

Einbruchdiebstähle lagen normalerweise nicht in Inkas Zuständigkeitsbereich, doch auf der ganzen Wache herrschte Erkältungsalarm. Ihr Kollege Mark Freese war am Mittag mit triefender Nase nach Hause gegangen, und ihr Chef Fritz Lichtmann lag bereits seit gestern mit Fieber im Bett. Lediglich zwei Beamte aus der Zentrale und Amselfeld, ihr neuer Kollege in der Streife, standen noch aufrecht.

Auch wenn sie ab und an statt Mordfällen kleine Diebstahl- und Einbruchsdelikte übernehmen musste, bedauerte Inka ihre Berufswahl nicht. Sie war gern Polizistin, und sie war gut in ihrem Job. Ob in Lübeck, wo sie fünf Jahre Dienst und ihren Nochehemann Fabian hinter sich gelassen hatte, oder in ihrem Heimatdorf Undeloh in der Lüneburger Heide. Hier war sie vor achtunddreißig Jahren geboren und aufgewachsen, und hier auf dem Land sollte ihre dreijährige Tochter Paula ihre Kindheit verbringen.

Vor der engen Kurve, die links in die Straße Stiller Weg führte, ging sie vom Gas. Gerade, als sie vor Tillys Haus neben dem weißen Jägerzaun einscherte, klingelte ihr Handy. Ihre neue Freisprechanlage sprang in fürchterlicher Lautstärke an und dröhnte durch den Innenraum.

»Scheißteil«, motzte sie, dann sagte sie: »Brandt.«

»Hey, Süße, ich bin es Terry.«

»Terry, ich hole gerade Paula von der Tagesmutter, kann ich dich in fünf Minuten zurückrufen?«, fragte sie ihre beste Freundin, die Rechtsmedizinerin Teresa Hansen aus Stade.

»Nein, ich bin beim Schnippeln. Bei mir liegt ein Alkoholiker auf dem Tisch, bei dem du schon vom Ansehen besoffen wirst. Ich wollte dich nur fragen, ob du morgen statt 17 Uhr erst um 18 Uhr kommen könntest. Wir schaffen es mit dem Essen nicht früher.«

»Morgen?«, fragte Inka, während sie den Motor abstellte. Sie drehte sich zum Rücksitz, zog ihre Handtasche heran und wühlte nach dem Portemonnaie.

»Ja, morgen. Samstag. Floras Geburtstag«, kam es vom anderen Ende der Leitung. »Hast du den etwa vergessen?«

»Nein, wie kommst du darauf? Wie könnte ich«, antwortete Inka überstürzt und hielt in der Bewegung inne. Im Rückspiegel sah sie ihr erschrecktes Spiegelbild. Verdammt, Floras vierzigsten Geburtstag hatte sie tatsächlich nicht auf dem Schirm.

»Du lügst, gib es zu. Du hast den Geburtstag von meinem Schatz vergessen.« Teresas Stimme klang, als würde sie augenblicklich mit Skalpell und Säge durch den Hörer kriechen.

»Nein!« Inka kreuzte Mittel- und Zeigefinger der Linken. »Ich habe Floras Geburtstag nicht vergessen, nur ein wenig …«, Inka spürte, wie ihr die Antwort zu entgleiten begann, »na ja, nur ein wenig verlegt«, sagte sie schnell. »Das ist alles.«

»Hm«, knurrte es in Inkas Ohr. »Also gut, für dieses eine Mal lass ich dir das noch durchgehen.«

»Wie großzügig«, erwiderte Inka, obwohl sie wusste, dass ihre Freundin angefressen war. Teresa konnte es nicht verknusen, wenn man Termine vergaß. Sie war die Zuverlässigkeit in Person. Außer, sie stand beim Schnippeln an ihrem Seziertisch, dann vergaß selbst sie die Zeit und alle Lebenden um sich herum. Inka hatte noch nie einen Menschen getroffen, der so mit seiner Arbeit verwachsen war wie ihre Freundin. Zum Glück hatte sie ein Geschenk für Terrys Lebensgefährtin schon vor zwei Wochen gekauft. Das war gar nicht so einfach gewesen, denn was schenkt man einer Frau, die vierzig wird und alles hat?

»Also dann, Süße, wir sehen uns.«

»Bis dann«, sagte Inka, legte auf, nahm zehn Euro aus dem Portemonnaie und stieg aus dem Wagen.

Tillys Haus leuchtete schon vom Gartenzaun aus.

Bunte Lichterketten wickelten sich um eine Dreimetertanne im Vorgarten. Auf dem Rasen stand ein beleuchteter Weihnachtsschlitten, den ebenfalls beleuchtete Rentiere zogen. An den Dachrinnen hingen blinkende Kunststoffeiszapfen wie riesige Reißzähne eines Raubtieres, und die Fenster schmückten allerlei Sterne und Basteleien.

Im Haus sah es ähnlich aus. An jeder freien Ecke standen Keramikfiguren, Engel, Räuchermännchen, Nussknacker, hingen Weihnachtskränze, duftete es nach Zimt, Nelken und frischen Backwaren.

Inka fragte sich, wie Tillys Mann es aushielt, mit so einem Weihnachtsjunkie verheiratet zu sein. Eigentlich war Tilly ein Junkie, was jegliche Feiertage anging. Ob das gerade vergangene Halloween, von dem zwei letzte wagenradgroße Kürbisse auf der ersten Eingangsstufe zeugten, das Egestorfer Kartoffelfest, das Amelinghausener oder Schneverdinger Heideblütenfest, der internationale Weltspieltag, der Umarme-Deine-Katze-Tag oder der Tag des Lächelns, Tilly fiel immer etwas ein, um eine Jahreszeit oder einen Anlass schmückend zu zelebrieren.

Paula war bereits in Mütze und Jacke gehüllt, als Inka an Tillys Haustür klingelte. In der einen Hand hielt sie einen selbstgebastelten Weihnachtsmann, in der anderen Hand eine Tüte Kekse, die kunterbunte Zuckerstreusel überhäuften.

»Sieh mal, Mama, was ich für dich gebastelt habe!« Stolz hielt die Kleine die Tüte und das Weihnachtsmännchen in die Luft.

»Das hast du wunderbar gemacht, mein Schatz, den werden wir gleich zu Hause an dein Fenster hängen«, erwiderte Inka, während sie auf Augenhöhe des Kindes ging und schmunzelnd die Bastelei betrachtete. Die Augen des dicken, aus rotem Tonkarton bestehenden Mannes lagen neben den Ohren, und die Stiefel klebten an der Seite des Bauches.

»Und die Kekse essen wir auch«, begehrte Paula auf.

»Ja, natürlich«, versprach Inka, während sie sich wieder aufrichtete und ihre Tochter an die Hand nahm. »Danke«, sagte sie zu der mütterlichen Mittfünfzigerin, die in schwarzen Leggings und einem dicken grauen, selbstgestrickten Wollpullover an der Haustür lehnte. »Du gibst dir immer so viel Mühe mit den Kleinen. Ich bin echt froh, dass ich dich gefunden habe. Ach, und sorry.« Sie drückte der Tagesmutter den Geldschein in die Hand.

»Danke für das Lob, Inka, aber trotzdem solltest du überlegen, ob du nicht Teilzeit arbeiten willst. Nicht meinetwegen, du weißt, Paula ist mir in den fünf Monaten, seit sie bei mir ist, ans Herz gewachsen. Sie versteht sich prima mit den anderen Kindern, wir sind eine tolle Truppe, und die sozialen Kontakte zu Gleichaltrigen sind für jedes Kind ein Gewinn in der Entwicklung. Und über deine Unpünktlichkeit«, sie wedelte mit dem Zehner in der Hand, »freut sich mein Konto. Aber ich habe seit ein paar Wochen das Gefühl, Paula vermisst dich.«

Inka verspürte einen Kloß im Magen. Da war es wieder, das schlechte Gewissen. Arbeitete sie zu viel? Vernachlässigte sie Paula? Es war verzwickt. Sie liebte ihren Job, die Arbeit war ihr wichtig, und sie brauchte ihn nun mal, um den Lebensunterhalt für Paula und sich zu finanzieren. Aber sie musste Fabian ersetzen, das war nicht einfach. Die beiden waren ein Herz und eine Seele. Und die vielen Fragen, die Paula ihr stellte, seit sie im

Juli aus Lübeck weggezogen waren, lasteten schwer auf ihrer Seele.

Sie fühlte sich schuldig, Vater und Tochter getrennt zu haben.

Fabian war, wenn er denn mal zu Hause war, ein fabelhafter und liebevoller Vater, daran gab es nichts zu rütteln. Doch ebenso war er ein lausiger Ehemann, ein Herumtreiber und Lügner. Nur, wie sollte sie das einer Dreijährigen erklären, die ihren Vater vergötterte? Nie wollte sie einen Keil zwischen die beiden treiben, das hatte sie sich geschworen. Sie musste ihre Animositäten gegen Fabian beiseiteschieben. Paula zuliebe. Morgen würde er nach Undeloh kommen, um seine Tochter nach Lübeck zu holen. Es war sein Wochenende.

Inka wünschte Tilly einen schönen ersten Advent, setzte Paula auf den Kindersitz und schnallte sie an. Als sie aus der Straße Stiller Weg heraus und in die gegenüberliegende enge Anliegerstraße einfuhr, fiel der Schnee in dicken Flocken und bedeckte den Asphalt mit einem dünnen weißen Film. Doch er würde nicht lange liegen bleiben, schon für den nächsten Tag war Regen prophezeit.

An der nächsten Abbiegung lenkte sie links in die Wilseder Straße ein, vorbei am *Hartig-Hof*, der mit freien Ferienwohnungen warb, und fuhr weiter in die Heimbucher Straße Richtung *Sundermöhren-Hof*. An der kleinen Waldstraße Am Brink und dem Hotel *Zum Storchennest* hielt sie an, um einen fünfzehn Meter langen Laster mit der Aufschrift *Wüppers Zuckerhütte – Süßwaren aus eigener Herstellung*, der Richtung Dorfteich zum Adventsmarkt zuckelte, vorbeizulassen.

Vor dem Eingang des Hotels standen zwei Männer, die

heftig mit den Armen gestikulierten und lautstark stritten. Ein silbergrauer Toyota mit einem blinkenden Schild auf dem Dach, das einem Taxischild ähnelte, stand rechts seitwärts des Eingangs. Inka las *Notarzt im Einsatz*.

Ob sie nachsehen sollte, was da los war? Vielleicht brauchte jemand polizeiliche Unterstützung? Sie war schon im Begriff, auf den Sandparkplatz einzuscheren, doch dann besann sie sich auf den gemütlichen Abend mit Paula, der vor ihr lag, und gab Gas.

Alles andere konnte warten.

3

Am Samstagmorgen um 10 Uhr klingelte Fabian an der Tür von Inkas Einliegerwohnung auf dem *Sundermöhren-Hof*.

»Du bist ja überpünktlich«, begrüßte sie ihren Nochehemann, ohne die Spur Sarkasmus in ihrer Stimme zu unterdrücken. »Wo sind die unterschriebenen Papiere?«

»Was für eine nette Begrüßung. Und ja, ich freue mich auch, dich wiederzusehen.« Fabian Neureuther setzte sein charmantes Lächeln auf. »Willst du mich nicht hereinbitten?«

Noch bevor Inka antworten konnte, kam Paula an die Tür gelaufen.

»Papa! Papa!«

Fabian ging in die Hocke, und Paula warf sich in die Arme ihres Vaters. Ihre dünnen Ärmchen um seinen Hals geschlungen, drückte sie ihre Wange an seine.

Es war wieder der Moment, in dem Inka auffiel, wie sehr Paula ihrem Vater ähnelte. Mit den großen dunklen Augen, den vollen geschwungenen Lippen und der Stupsnase war ihre Ähnlichkeit mit der Neureuther-Familie nicht zu leugnen. Einzig die blonden Haare hatte sie von Inka geerbt.

»Da ist ja mein Zuckerpüppchen«, sagte Fabian.

»Guck mal, Mama hat mir einen Zopf gemacht. Wie die Prinzessin aus Dornröschen.« Paula drehte sich vor ihrem Vater wie eine Primaballerina auf Zehenspitzen, während sie ihre kleinen Hände an die geflochtene und hochgesteckte Zopfkrone drückte.

»Ja, du bist wirklich eine hübsche Prinzessin«, sagte Fabian und nahm die Kleine auf den Arm.

»Gehen wir in den Zoo, Papa? Und kaufst du mir die Mütze mit der Giraffe, die du mir versprochen hast?« Paulas Worte überschlugen sich vor Freude.

»Alles, was du willst, meine Süße«, bremste Fabian den Wortschwall des Kindes. »Aber erst muss ich mit deiner Mama reden. Magst du solange deine Sachen holen, ja?« Er küsste Paula auf den Kopf und setzte die Kleine wieder auf den Boden, die sofort Richtung Kinderzimmer davonrannte.

»Also, was willst du, Fabian?« Inka zählte nicht zu den Menschen, die um den heißen Brei herumredeten. »Los, spuck's aus, ich kenne diesen Blick.« Ihr Ton war freundlicher als ihre Worte. Mit verschränkten Armen vor der Brust stand sie in der Tür und hatte nicht die Absicht, auch nur einen Schritt zu weichen, um Fabian in die Wohnung zu lassen.

»Wie jedes letzte Wochenende im Monat meine Tochter holen und hören, ob du dich gut eingelebt hast in diesem, diesem … deinem Heimatdörfli am Arsch der Welt«, sagte er betont lässig. Genau diese Art, dazu seine nachtdunklen Augen und das markante Kinn, wie aus einer Römerfigur gemeißelt, hatte Inka vor Jahren höllisch gut gefallen. Er besaß diese Leichtigkeit, mit der er durchs Leben ging, ohne sich über das Morgen oder Übermorgen Gedanken zu machen.

»Habe ich«, antwortete sie kühl. Ihr war nicht klar, worauf Fabian hinauswollte. Er kam jeden Monat einmal nach Undeloh, um Paula zu holen, warum heute die scheinbare Sorge um ihr Wohlbefinden? »Na schön, nachdem wir meine Befindlichkeit abgehakt hätten, was ist mit den Scheidungspapieren, hast du sie endlich unterschrieben?«

»Gut, dass du es ansprichst, Inka. Seit gestern wähle ich mir die Finger wund, um dich zu erreichen.«

»Ich war arbeiten«, sagte sie angesäuert und spürte, wie der Wind auffrischte. Sie sah an Fabian vorbei in den bleigrauen Himmel und zog die Strickjacke fester um ihren Körper.

»Wir müssen neu verhandeln. Ich brauche Unterhalt von dir. Der Alte hat mich letzte Woche vor die Tür gesetzt.« Fabian stieß sich vom Türpfosten ab, an dem er gelehnt hatte.

»Waaas?« Inka stemmte die Hände in die Hüften und schüttelte den Kopf, als wolle sie einen bösen Traum vertreiben. »Das soll ja wohl ein Scherz sein!«

Beschwichtigend hob Fabian die Hände. »Geh mal nicht gleich in die Luft. Ich kann ja auch nichts dafür.«

»Ach, hör auf! Wetzleder ist ein feiner Kerl. Der schmeißt nur jemanden raus, der ihm goldene Löffel klaut. Also spinn mir nicht die Hucke voll. Du wirst genug Mist gebaut haben.«

Fabian verzog das Gesicht zu einer grotesken Grimasse. »Ja, da war eine Kleinigkeit, aber …«, sagte er mit gefährlich leiser Stimme. »Bist du jetzt sauer?« Ein verhaltenes Lächeln trat aus seinem dunklen Bartschatten hervor, das aber ebenso schnell wieder verschwand, als er das Blitzen in Inkas Augen bemerkte.

»Nee. Ich finde das alles total super. Was denkst du wohl? Natürlich bin ich sauer«, schob sie hinterher, sog die Luft tief durch die Nase ein und stieß sie als kontrolliertes Schnaufen aus. Wenn Fabian nicht mehr in Wetzleders Werbeagentur arbeitete, fiel der Unterhalt für Paula weg. In Inkas Gedanken schlichen sich Behördengänge und Papierkram, zu denen sie weder Lust noch Zeit finden würde.

»Und, wann können wir …«, säuselte Fabian in Inkas Gedanken hinein.

»Wir können gar nicht«, unterbrach Inka ihn. »Paula und ich kommen selber mit Ach und Krach über die Runden.«

»Na, na, na, wer macht denn jetzt Witze? Ihr habt den dicken Hof, allerhand Viecher, Ferienzimmer, die, wie ich sehe, selbst zu dieser Jahreszeit, ausgebucht sind.«

Mit einem Kopfnicken wies er auf Autos aller Klassen, die auf vollbesetzten Parkplätzen standen.

»Der Hof gehört meinem Schwager Tim und meiner Schwester Hanna, falls du es vergessen hast. Ich wohne in der Einliegerwohnung und zahle Miete.«

»Na und? Wie ich hörte, hast du zwei Pferde im Stall stehen, verkauf eins davon«, bemerkte er bissig, als sich eine Stimme hinter seinem Rücken zu Wort meldete.

»Da habe ich auch noch ein Wörtchen mitzureden. Sebastian Schäfer.« Sebastian streckte Fabian die Hand entgegen.

»Fabian Neureuther«, erwiderte der, während er zögernd die gebotene Hand annahm.

»Angenehm«, antwortete Sebastian. »Übrigens, nur Harlekin gehört Inka, Bajazzo ist mein Pferd, und der wird nicht verkauft«, und an Inka gewandt fügte er hinzu: »Ich sattle die Brüder. Sehen wir uns gleich?«

»Ja, ich komme sofort.« Inka schenkte Sebastian ein eindeutiges Lächeln.

»Hat mich gefreut.« Sebastian nickte Fabian kurz zu und eilte Richtung Stall.

»Na, du verlierst ja keine Zeit. Seit wann hast du denn den neuen Typen?«, wollte Fabian wissen. Er warf Sebastian einen ablehnenden Blick hinterher und murmelte etwas, das klang wie: »Der sieht ja aus, als ob der von der Kartoffelernte kommt.«

»Ich habe keinen neuen Typen. Sebastian ist ein guter Freund und zudem ein Hamburger Kollege, nichts weiter«, stellte Inka klar, während sie Fabians Blick folgte. Sebastians Haar war wie immer zerrauft, als käme er gerade aus dem Bett, und rasiert hatte er sich offenbar auch nicht, seitdem sie sich das letzte Mal gesehen hatten. Auch seine Kleidung sah aus wie immer: schlabberige Jeans, der Windblouson an den Seitentaschen eingerissen, staubige Turnschuhe. Wenn man Sebastian nicht kannte, konnte man leicht vermuten, er wäre irgendein übles Subjekt auf der Lauer nach der nächsten kriminellen Tat.

»Ein guter Freund und Kollege, soso. Wo arbeitet er? Im Untergrund?« Fabian verzerrte die Mundwinkel zu einem arroganten Grinsen.

Inka überhörte seine abfälligen Worte. Auch wenn Fabian immer aussah wie aus dem Ei gepellt, gab es ihm nicht das Recht zu urteilen.

»Es geht dich zwar nichts an, Fabian, aber damit du nicht dumm nach Lübeck zurückfährst ... Ich habe Sebastian im September dieses Jahres kennengelernt, nachdem wir uns getrennt hatten, falls du etwas anderes denken solltest.«

Ein leises Grollen, wie ein unvermeidliches Erdbeben, kam aus den Tiefen von Fabians Kehle. »Ach ja, und wann war das noch mal genau? Unsere Trennung, meine ich. Denn soweit ich weiß, sind wir immer noch verheiratet.«

Nach einer erneuten Diskussion über das Aus ihrer Ehe stand Inka nicht der Sinn. Also sagte sie: »Unterschreib endlich die Papiere, und das ändert sich schlagartig.« Ihre Augen blitzten, und sie spürte die Anspannung zwischen ihnen, die von Sekunde zu Sekunde stärker wurde.

»Erst, wenn wir uns geeinigt haben. Ich habe Anspruch auf Unterhalt«, hielt Fabian uneinsichtig dagegen.

»Du bist und bleibst ein Arschloch, Fabian. Und wenn du glaubst, ich gehe arbeiten, um deine Abenteuer zu finanzieren, hast du dich ...« Inka verstummte, als Paula um die Flurecke hüpfte.

4

Der zweistündige Ausritt mit Sebastian und den beiden Haflinger-Brüdern war nach Fabians morgendlichem Auftritt die reinste Entspannung für Inka. Ihrem Nochehemann fehlten einige Tassen im Schrank, wenn er auch nur im Entferntesten annahm, sie finanzierte seine Liebschaften. Sollte er sich gefälligst einen neuen Job suchen oder bei Wetzleder in der Agentur zu Kreuze kriechen. Ihr war es egal. Keinen Cent bekäme er von ihr, zumindest nicht freiwillig.

Es ging auf 14 Uhr zu, als Inka beschloss, die restliche Bügelwäsche und das Putzen des Wohnzimmerfensters auf einen anderen Tag zu verschieben. Sie warf eine Portion Spaghetti in kochendes Wasser und öffnete das Glas mit Hannas selbstgemachter Tomatensoße. Ihre kleine Schwester war acht Jahre jünger, einen Kopf größer, etwas fülliger als sie und ein Multitalent, was das Einkochen betraf. Eigentlich war sie ein Multitalent für alles, was Hof und Haushalt betraf. *Bodenständig wie Mama und nicht so ungestüm wie du*, dachte Inka, kratzte die Soße in den Topf und lutschte den Rest vom Löffel. *Lecker.* Augenblicklich fing sie an zu strahlen.

Nach dem Teller Spaghetti mit Tomatensoße und einem Berg Parmesankäse gönnte sich Inka ein Mittagsschläfchen. Vorschlafen war angesagt. Geburtstage bei Teresa und Flora zogen sich meist bis in die frühen Morgenstunden.

Kurz nach 17 Uhr rekelte sie sich vom Sofa, zog den schwarzen knielangen Rock und den neuen weißen Angorapulli über und schminkte sich sorgfältig. Dann machte sie sich daran, eine breite weiße Schleife um Floras Geschenk zu binden. Vor zwei Wochen war ihr dieses einen halben Meter hohe balinesische, handgeschnitzte Buddha-Unikat im Gartencenter Klintworth in Neuwiedenthal ins Auge gestochen. Eigentlich hatte sie nur Blumenerde für ihre Tomatenpflanzen kaufen wollen, die sie dieses Jahr rechtzeitig vorziehen wollte. Für Tomaten sei das Aussähen im März frühzeitig genug, hatte der Verkäufer zwar gemeint, doch Inka ließ sich nicht davon abbringen. Inzwischen sprossen schon viele kleine

Keimlinge unter den in Folie verpackten Eierkartons hervor und bevölkerten die Fensterbänke in Wohnzimmer, Schlafzimmer und Küche.

Als sie gerade mit dem Verpacken fertig war, klingelte ihr Handy. Sie sah auf die Anruferkennung. *Mark ruft an*, stand im Display. »Grüß dich, Mark. Wie geht's dir?«

»Leider nicht besser. Nächste Woche liege ich flach. Wollte dir das nur mitteilen«, antwortete Mark Freese nasal.

»Du auch noch. Verdammt. Fritz fällt schon aus. Na gut, danke jedenfalls für deinen Anruf. Ist ja bis auf Kleinigkeiten alles ruhig über den Dörfern, und bis ihr wieder fit seid, begnüge ich mich halt mit Kollege Amselfeld.« Inka lehnte sich ins Sofapolster und legte die Füße auf den Tisch.

»Na, so schlimm ist er nun auch wieder nicht. Ich finde, er ist sehr freundlich. Gut, er ist etwas introvertiert, aber seine Uniform ist gebügelt, und er kommt pünktlich zur Arbeit. Also, was willst du mehr?«, witzelte Mark.

»Er mag mich nicht, und ich kann ihn nicht ausstehen.« Inka war genervt. Seit den Morden auf dem *Seerosenhof* vermied der neue Streifenbeamte jegliches Gespräch mit ihr, vermutlich wegen dieser Bemerkung, die sie vor drei Monaten gemacht hatte, Vögel würden zwitschern, die er als Scherz auf Kosten seines Nachnamens missverstanden hatte. Was Inkas Meinung nach noch lange kein Grund war, ihr wortwörtlich den Fehdehandschuh vor die Füße zu werfen, sie hatte es gar nicht so gemeint.

»Nimm es nicht so schwer. Der Knabe kommt aus der Karnevalshochburg Köln. Hab gehört, da laufen einige Straßenkellen neben der Spur. Er wird sich schon wieder einkriegen. Was ist mit der Farbensache, hast du ...?«

»Alles erledigt«, fiel Inka ihrem Kollegen ins Wort. »Zu Flora kommst du dann sicher auch nicht, oder?« Ein letzter Gedanke blieb noch bei Amselfeld hängen. Es war ihr völlig egal, aus welcher Stadt oder fernem Land es ihren Kollegen nach Hanstedt verschlagen hatte, ob aus Köln oder vom Nordpol. Sie mochte ihn nicht und damit basta.

»Nein. Terry würde mich und meine Viren sowieso nicht in ihr steriles Heiligtum reinlassen.«

Inka lachte. »Stimmt, da hast du recht.«

Seitdem Teresa und Flora den Resthof in Egestorf im Döhler Kirchweg gekauft hatten und von Grund auf restaurierten und sanierten, war sie noch pingeliger als früher. Diese vielen Käfer, Spinnen und Würmer, die aus allen Ecken kriechen, das ist widerlich, hatte sie geschimpft, während sie eine Spritze mit Silikon nach der anderen in rissige Wandfugen gedrückt und sie mit transparenter Füllmasse versiegelt hatte. Warum sich eine Rechtsmedizinerin vor Krabbelkäfern ekelte, war Inka schleierhaft. Käfer waren Käfer, ob aus Körperöffnungen oder Wandfugen, was machte es für einen Unterschied?

»Was schenkst du Flora zu ihrem Vierzigsten?«, wollte Mark verschnupft wissen.

»Du meinst zu der aufmunternden Karte, sie möge das Alter heiter und flockig nehmen?«

Mark lachte.

»Sie kriegt einen Holz-Buddha aus Bali. Ein neues Stück für ihre Sammlung. Handgeschnitzt«, setzte sie als Rechtfertigung hinzu, da Flora bereits vom Keller bis auf den Speicher alle Räume mit Buddhas ausgeschmückt hatte.

»Wann warst du auf Bali, in der Mittagspause?«

»Hör bloß auf, Mark. Ich hätte Floras Geburtstag total vergessen, hätte mich Terry nicht angerufen.«

»Und?«

»Was, und?«

»Wie war es auf Bali?«

»Nett. Hat Ähnlichkeit mit dem Gartencenter Klintworth in Neuwiedenthal. Toller Laden, hat echt schöne Sachen. Den Buddha habe ich dort schon vor zwei Wochen gekauft.«

»Er ist aus nachwachsendem Tropenholz, wie ich hoffe.«

»Was?«, fragte Inka, in Gedanken stöberte sie in Klintworths Sortiment.

»Das Holz, aus dem der Buddha ist, Inka. Du weißt doch, was Flora für eine Ökotante ist.«

»Ja, ja klar. Und was kriegt sie von dir?«

»Karten für das Hamburger Musical *Rocky*, weil sie auf Boxen und Sylvester Stallone steht. Na ja, der spielt nicht mit, aber der Darsteller Drew Sarich hat Potential.«

»Wow«, erwiderte Inka. Ihr Freund und Kollege Mark war ein Mann mit überraschenden Ideen. Nicht jeden seiner Einfälle fand sie genial, aber dennoch schaffte er es, zu jeglichem feierlichen Anlass mit einer neuen Geschenkidee aufzuwarten.

Das Klingeln an der Haustür holte sie aus ihren Überlegungen.

»Du, Mark, ich muss dich abwürgen«, sagte sie, »es klingelt, das wird Sebastian sein.« Sie warf einen schnellen Blick auf die Wohnzimmeruhr. Der Zeiger hüpfte auf 17.46 Uhr. Jetzt aber los.

Inka rannte zur Tür, blieb vor dem Spiegel kurz stehen, wuschelte sich durch den Blondschopf, bis sie zufrieden war, zog den Rock glatt, straffte die Schultern und öffnete die Tür.

Sebastian hatte seine Schlabberklamotten gegen schicke schwarze Jeans, weißes T-Shirt, kariertes Hemd und eine dunkelbraune Winterjacke mit buschigem Webpelzkragen getauscht. Die schwarzgraue Zottelmähne bändigte ein Haarband auf dem Hinterkopf. Er grinste. »Ich bin etwas spät«, sagte er, »aber ich musste noch bei meinen Eltern anrufen. Pflichttelefonat. Einmal die Woche«, ergänzte er und klang, als entschuldige er sich für die Überfürsorglichkeit seiner Eltern ihrem zweiundvierzigjährigen Sohn gegenüber.

»Kind bleibt man sein Leben lang«, erwiderte Inka und schaute Sebastian in die Augen. Das war ein Teil seines Lebens, den sie noch nicht kannte. »Gehen wir.« Sie nahm die Schlüssel von der Kommode und verschloss die Tür der Einliegerwohnung.

Auf dem Hof herrschte ungewohnte Stille. Weder Gustav und Gloria, die beiden Hausgänse, noch Bonny und Rocky, das verliebte Katzenpärchen, oder Inkas Neffen Linus und Lennart trieben sich schnatternd oder tollend herum.

5

Seit dem frühen Morgen hatte sich sein Magen-Darm-Trakt beruhigt. Der Tag gehörte ihm. Auch während der Kutschfahrt mit seinen ehemaligen Schulkameraden und der nachmittäglichen Buchweizentorte, von der er drei Stücke verdrückt hatte, war es Dr. Detlef Klammer blendend gegangen. Das Abendessen, geschmorte Heidschnuckenkeule mit Klößen und Sauerkraut, schlang er hinunter, als wäre sein Körper nie kurz vorm Kollabieren gewesen.

»Wie mir scheint, Detlef, geht es dir wieder besser.« Ullrich Grützmann schielte zu Klammer, der sich noch mal zwei Klöße und eine Portion Keulenfleisch auf den Teller schaufelte.

»Ja.« Klammer lachte, während braune Soße aus seinem rechten Mundwinkel tropfte und sich ihren Weg Richtung Kinn suchte. »Ich hab einen Kuhmagen. Aber ich sag's euch, die letzte Nacht war vielleicht eine Nacht. So viel hab ich mein Leben lang nicht gekotzt und geschissen. Mindestens sechs Kilo ohne Knochen.« Er griff zur Serviette und wischte sich den Mund ab. Ein brauner Fleck haftete hartnäckig an seinem Kinn.

»Tatsächlich.« Grützmann schluckte und schob seinen Teller mit dem Rest Soße und Keulenfleisch zur Seite. »Hauptsache, du bist wieder fit.«

»Das will ich hoffen«, antwortete Klammer.

Hoffe ruhig und friss dich voll. Leider hattest du nicht das Glück, gleich an einem hypovolämischen Schock zu sterben. Wie schön für mich, du darfst weiter leiden. Denn nach frühestens drei und spätestens zehn Tagen wird eine Leberschädigung eintreten, deine Nieren werden geschädigt, und deine Blutgerinnungsfaktoren kommen zum Erliegen. Innere Blutungen folgen, weil lebensnotwendige Hormone nicht mehr produziert werden, dein Stoffwechsel wird zusammenbrechen. Von Stunde zu Stunde wird es dir immer schlechter gehen, doch bis jemand herausfindet, was du hast, ist es zu spät, bist du elendig verreckt.

»In einer halben Stunde«, begann Klammer neu, er

sah auf seine Armbanduhr, deren Lederband sich eng um sein kräftiges Handgelenk schnürte, »um 18.30 Uhr, gehe ich in die Sauna und schwitz mir den Rest aus dem Pelz. Will mich jemand begleiten?« Er sah erst die Männer an, bevor er den vier Frauen am Tisch aufmunternd zuzwinkerte.

Liane Wolters, Dora Hoppe, Beate Schroth und Tanja Griese schüttelten nacheinander angewidert die Köpfe, ohne auszusprechen, was ihnen sprichwörtlich ins Gesicht geschrieben stand. Ullrich Grützmann schloss sich der Verneinung an.

»Ich begleite dich«, sagte Roland Altmann nach kurzem Zögern, was ihm die erstaunten Blicke seiner Tischnachbarn einbrachte. Er zuckte die Schultern. »Eine Saunarunde zum Aufwärmen kann ich gut gebrauchen«, setzte er nach, als müsse er sich rechtfertigen, diesem Widerling zu folgen, mit dem er sich gestern beim Abendessen so gefetzt hatte, als wollten sie sich jeden Moment wie wütende Terrier an den Hals springen.

Klammer nickte grinsend. »Aber nicht, dass du Spargeltarzan durch die Rillen der Pritsche rutschst und ich dich vom Boden kratzen muss.« Er schob den letzten Fleischklumpen vom Teller in den Mund, kaute. »Hau mal lieber rein, damit du was auf die Rippen kriegst.« Seine Gabel wirbelte über der Schüssel, in der ein letztes faustgroßes Keulenstück in brauner dicker Soße schwamm.

Die Sauna war auf achtzig Grad vorgeheizt, und ein Stapel Handtücher lag am Tauchbecken bereit, als Oberstaatsanwalt Dr. Detlef Klammer und Roland Altmann die im Untergeschoss befindliche Wellnessetage des Hotels *Zum Storchennest* betraten.

Klammer hängte seinen Bademantel an den Haken neben die Saunatür, schnappte sich ein Handtuch vom Stapel und schlurfte in die Sauna. Er griff zur Holzkelle, schöpfte im Eimer nach dem ätherischen Aufguss und goss den Inhalt mit Schwung auf die elektrisch beheizten Granitsteine, die auf dem Saunaofen lagen. Es zischte. Eine Dampfsäule wirbelte an die Holzdecke, und herber Eukalyptusduft füllte den vierzehn Quadratmeter großen Raum. Mit dem Handtuch wedelte er ein paarmal durch den Dampf, bevor er es auf der obersten der drei Holzstufen ausbreitete.

Robert Altmann warf Klammer, der wie Götterkönig Zeus auf dem Frottee lümmelte, einen nachdenklichen Blick zu.

»Wird dir das nicht zu heiß da oben?« Sein Blick fiel auf das Thermometer, dessen Anzeige blitzartig auf neunzig Grad geschossen war.

»Ach was, mein Adoniskörper verträgt einiges.« Mit flacher Hand klatschte er dreimal auf seinen Wanst, der unter dem Schlag wie gestürzter Wackelpudding schaukelte.

»Ja, wer von körperlicher Arbeit verschont bleibt und immer eine schützende Hand über seinem fetten Arsch hat, der kann …«

»Hey, hey, hey, Roland! Willst du mich etwa beleidigen?«

»Ich dich? Hast du heute schon in den Spiegel gesehen, Detlef? Du bist es doch, der sich mit Beleidigungen bestens auskennt! Das war schon früher in der Schule so.«

»Nun mach aber mal halblang.« Klammer setzte sich auf und stellte seine Füße auf die darunterliegende zweite Bankreihe. »Unsere Schulzeit ist seit zehn Jahren Geschichte.«

Altmann winkte ab. »Du warst ein Ekel und wirst immer ein Ekel bleiben. Ich weiß noch, wie du Dora gemobbt hast, weil sie ungarische Wurzeln hat. Und du warst es auch, der Doras retuschierte Nacktbilder ins Internet gestellt hat.«

Klammer zuckte gleichgültig die Schultern. »Na und, wen interessieren denn nach all den Jahren noch Dummejungenstreiche? Das war Spaß, nichts weiter.«

»Dumm. Ja. Jungenstreiche sicher nicht. Das war kriminell. Das solltest du als angehender Richter eigentlich wissen.« Roland Altmann hob die Mundwinkel an. »Wie schafft man eigentlich mit dreißig den Sprung auf der Karriereleiter zum Oberstaatsanwalt? Da hast du ordentlich gebüffelt, oder? Dabei gehört Lernen doch so gar nicht zu deinen Stärken.«

»Fängst du wieder mit der alten Leier an«, polterte Klammer los. »Kannst du nicht Ruhe geben? Ist doch alles verjährt.«

»Die seelischen Narben, die du hinterlassen hast, verjähren nie. Oder hast du vergessen, wie du Beate runtergemacht hast, wegen der paar Pfündchen mehr auf den Rippen? Die Arme war mit den Nerven völlig am Ende. Und Tanja, erst hast du sie geschwängert und ihr dann auch noch eine Pfuscherin vermittelt. Jetzt kann sie keine Kinder mehr bekommen.«

»Pah, soll sie froh sein, so bleiben ihr die schreienden Blagen erspart, und sie kann vögeln, bis der Arzt kommt.«

Klammer rutschte mit nacktem Hintern auf die unterste Holzbank Altmann gegenüber, spreizte die Beine, griff sich in den Schritt und bearbeitete mit der rechten Hand seinen Schwanz.

»Was bist du für ein widerliches, fieses Warzenschwein«, sagte Altmann. Angewidert beobachtete er seinen ehemaligen Schulkameraden. »Hast du überhaupt kein Gewissen?« Seine Augen verdunkelten sich und sein Kiefer verkrampfte.

»Wieso denn?«, krakeelte Klammer. »Jeder ist für sein Leben selbst verantwortlich.« Mit einem leichten Seufzer nahm er die Hand aus dem Schritt. »Nun komm schon, Roland.« Klammer stand auf und setzte sich neben Altmann.

Noch bevor er den Arm um Altmanns Schulter legen konnte, sprang der auf und brüllte los: »Fass mich bloß nicht an, du Drecksau!«

»Was ist, hast du Angst, ich würde dich mageren Hanswurst angrabbeln? Gott bewahre. Ich steh nicht auf Versager.«

Für einen Moment herrschte angespanntes Schweigen. Dann holte Altmann aus und ließ seine Faust auf Klammers Kinn krachen. Klammers Kopf schnellte zurück. Er torkelte kurz zur Seite, landete mit dem rechten Ellenbogen auf der Holzpritsche, fing sich aber gleich wieder.

»Na siehste, das klappt sogar ohne Abitur.« Schief grinsend rieb Klammer sein Kinn und ließ die Zähne blitzen.

»Du verdammtes Arschloch.« Mit geballten Fäusten stand Altmann vor Klammer und beäugte ihn wie ein Bussard die Beute. »Warum reist du nicht ab und lässt uns alle in Ruhe, bevor ich dich ...«

»Was willst du, du Hänfling?«, fuhr er Altmann ins Wort. »Willst du mir etwa drohen? In zwei Wochen bin ich Richter am Landgericht in Cuxhaven. Was meinst du, wie schnell ich dich hinter schwedische Gardinen setze, wenn du mir an die Wäsche gehst. Ups«, er sah an sich herunter, »ich habe ja gar keine an.« Sein bösartiges Grinsen wurde noch breiter.

»Und was meinst du, was passiert, wenn ich rausposaune, wie du dir dein Abitur erschwindelt hast. Wie schnell verpufft dann dein Richteramt? Na?« Roland Altmann wartete nicht auf Antwort und fuhr fort: »Ja, da bleibt dem Herrn die Spucke weg, was?«

Klammer stand auf, stellte sich vor Altmann und legte ihm siegessicher die Rechte auf die nackte Schulter. »Mach nur. Dann bist du genauso dran, denn du hast die Prüfungsfragen geklaut, nicht ich.«

Angewidert fegte Altmann Klammers rechte Hand von seiner Schulter. »Ich? Ich habe nichts zu verlieren. Wen interessiert in meinem Job schon, was ich vor zehn Jahren gemacht habe und warum ich so blöd war, dir zu vertrauen?«

»Richtig, wen interessiert ein kleiner Tankreiniger? Ein Nichtsnutz, ein Wurm, oder sollte ich Würmchen sagen?«

Klammer riss Altmann das Handtuch von den Hüften. »Und wie ich sehe, ist da noch mehr, oder besser gesagt weniger, was seit der Schulzeit den Aufschwung verpasst hat.« Klammer, mit Blick zwischen Altmanns Beine, lachte dreckig.

»Jetzt langt es! Dein Gequatsche hör ich mir nicht mehr an!«

Robert Altmann bückte sich nach dem Handtuch, dann fiel sein Blick auf die Holzkelle, die über dem Eimer mit dem ätherischen Aufguss lag. Es brauchte diese Hundertstelsekunde, bis sein Gehirn seine Hand aufforderte, nach der Kelle zu greifen und diese schwungvoll seinem Gegenüber an den Kopf zu schmettern.

Klammer starrte ihn aus aufgerissenen Augen an, taumelte, versuchte sich an der Holzbank festzuhalten, vergeblich. Mit dumpfem Aufprall stürzte er zu Boden und blieb, nachdem sein feistes Fleisch eingeebnet war, regungslos in Seitenlage liegen.

Für einen Augenblick erstarrten Altmanns Gesichtszüge, er hielt den Atem an, dann beugte er sich zu Klammer, fühlte seinen Puls.

Der stöhnte leise und schickte Flüche in Altmanns Richtung.

Roland Altmann schlüpfte in die Badelatschen, die vor der Sauna standen, nahm den Bademantel vom Haken und sah durch das rechteckige Sichtfenster der Holztür. Klammer hatte sich aufgerappelt und auf die unterste Pritsche gesetzt. Er schwankte leicht, und über seine linke Schläfe lief Blut.

Als es an der Saunatür klopfte, saß Klammer noch immer auf der untersten Bank und hielt sich den Kopf. In Zeitlupe sah er hoch und torkelte zur Tür, dann riss er die Augen weit auf.

So sollte es sein. Oberstaatsanwalt Dr. Detlef Klammer sollte sehen, wer ihm den letzten Atemzug raubte. Niemand würde sie stören.

Das Schild »Wegen Reinigungsarbeiten vorübergehend geschlossen« an der Tür des Untergeschosses erfüllte seinen Zweck. Klammer drückte die Klinke, die Tür blieb verschlossen, der Stiel des Wasserschiebers hielt.

»Lass mich raus. Lass die Witze«, sagte er, während er

beide Hände um den Türgriff legte und ununterbrochen daran rüttelte. »Mach doch keinen Scheiß.« Ein missglücktes Lächeln huschte über Klammers aufgedunsenes Gesicht.

Er wusste, was mit ihm geschehen würde, käme er aus dem Schwitzkasten nicht heraus. »Hör zu, ich kann dir Geld geben! Wie viel willst du? 10 000 Euro? Nein, sagen wir, ich geb dir 100 000! Na, das ist doch was, oder? Das kannst du doch gut gebrauchen.«

Er bekam keine Antwort.

Klammers Blick fuhr zum Thermometer. Der Zeiger sprengte die 120-Grad-Marke. »Ich geb dir 200 000 Euro!«

Lange ging das nicht mehr gut. Panik ergriff ihn. »Los jetzt, du hattest deinen Spaß, mach endlich die verdammte Tür auf!« Mit den Händen wischte er sich den Schweiß von Stirn, Nase, den verfetteten Hängewangen, wartete und sah mit irritiertem, unstetem Blick in eisige Augen. Ein aufgesetztes schiefes Lächeln und kaum erkennbares Kopfschütteln war alles, was er zur Antwort bekam.

»Himmelarsch noch mal!«, schrie Klammer. Seine Halsadern schwollen an wie dicke, blaue Würmer. Er tat zehn Schritte bis zur hinteren Holzpritsche, nahm Anlauf und warf sich mit der rechten Schulter gegen die Tür. Wieder und wieder. Mit schmerzverzerrtem Gesicht schrie er auf, trommelte mit den Fäusten gegen das Holz und versuchte mit den Fingern die Tür aufzuhebeln. Er stöhnte und kreischte abwechselnd, was seine miserable Kondition hergab.

»Halt endlich die Klappe, du miese Ratte! Du wirst büßen für das, was du getan hast. Und du bist nur der Anfang«, hörte Klammer hinter der Scheibe.

»Bitte! Was ich dir auch angetan habe, es tut mir leid!

Bitte lass mich raus. Es ist doch alles kein Grund, mich hier … hier … einzusperren«, wimmerte Klammer. Seine Augen glänzten groß und rund, als wollten sie aus ihren Höhlen treten, der Unterkiefer zuckte. Sein breites Gesicht war kirschrot vor Hitze, und der Schweiß rann in dicken Tropfen über seinen nackten Körper. Immer zaghafter, immer schwächer rüttelte er an der Tür. »Bitte …«, ächzte er noch ein letztes Mal, dann griff er sich an die Brust, seine Beine gaben nach, und er sackte auf den Holzbohlen zusammen.

6

Der Resthof, den Teresa und Flora in Egestorf gekauft hatten, stammte aus einer anderen Zeit. Roter Backstein, der über die Jahre durch Wind, Sonne, Regen und Schnee verwittert und eine undefinierbare Farbe zwischen rattengrau, maisgelb und moosgrün angenommen hatte. Aus dem Schornstein des Hauptgebäudes stieg Rauch in den Abendhimmel. Ein paar Heidschnucken blökten in der Ferne, und eine schwarze, flatternde Vogelwolke flog in harmonischer Formation am Himmel. Hinter dem Hof lag die Lüneburger Heide mit ihrer unverwechselbaren Landschaft, und vorne heraus, ein paar Kinderschritte über den Sandweg, erstreckten sich weite Felder und Weideflächen. Ein Idyll in Alleinlage.

Mit der freien Hand drückte Inka die Klingel der schmucklosen Haustür. Teresa und Flora machten sich nichts aus vorweihnachtlicher Dekoration. Sie teilten die Ansicht, dies sei Geldschneiderei, die keiner brauche, da der wahre Grundgedanke des Weihnachtsfestes bei den meisten Menschen verlorengegangen sei und nur im Konsumrausch ende. Zumal entspräche dies nicht der Lehre des Buddhismus, der Flora als Halbtamilin angehörte und der sich Teresa, wenn auch mit gewissen persönlichen Einschränkungen, angeschlossen hatte.

Teresa und Flora feierten den Pongal, ein viertägiges tamilisches Erntedankfest, das Mitte Januar beginnt. Symbolisch für den Neuanfang verbrannten sie alte Kleidungsstücke oder warfen Sachen weg, kochten das typische Gericht aus Reis, Milch und einem Sirup aus Palmzucker, besuchten Freunde und Verwandte und beschenkten sich mit Süßigkeiten.

Inka erinnerte sich an den fünfjährigen Jungen aus Tillys Kindergruppe, der letzte Woche gesagt hatte, bald sei Nikolaus, dann gäbe es wieder Geschenke und er wünsche sich eine Carrera-Rennbahn. Als sie ihm sagte, der Nikolaus brächte Schokolade, Nüsse und Äpfel, vielleicht auch ein Malbuch, erntete sie fußtrampelnden Protest des Jungen, der ihr entgegenrief, er hätte letztes Jahr auch Geschenke bekommen.

Wie schon vermutet, hatten Teresa und Flora indonesisch gekocht. Schon als Teresa die tannengrüne Eichenholztür aufschloss, strömte Inka und Sebastian ein Duftschwall ihrer verführerischen Kochkunst entgegen.

Der dunkle, von Flora aus Mangoholz gezimmerte Esstisch, der dreißig Personen Platz bot und in der Wohnküche des Hauses stand, war bis auf den letzten Platz besetzt. Weinflaschen standen geöffnet auf dem Tisch, es herrschte ausgelassene Stimmung.

»Sieht aus, als kämen wir zu spät«, sagte Inka und grüßte in die Runde. Einige der Gäste erkannte sie als Teresas Arbeitskollegen. Andere gehörten zu Floras

Künstlergruppe, die sie in Hanstedt leitete, wo auch ihr Atelier lag. Für das kommende Frühjahr plante Flora, es in einem umgebauten Nebengebäude des Resthofs mit angrenzender Freifläche unterzubringen. Ihre Holzschnitzkunst brauche mehr Platz, spottete Teresa nicht nur einmal. Zwar respektierte und bewunderte sie den neuen Berufszweig ihrer Lebensgefährtin. Dennoch war sie der Meinung, sie verschwende ihr Talent nach abgeschlossenem Medizinstudium an tote Gegenstände, obwohl sie eine grandiose Chirurgin hätte werden können.

»Nein, nein, wir sind auch gerade eingetrudelt«, klärte eine Mittdreißigerin in buntem Flatterrock und lilafarbener Bluse die beiden Besucher auf. »Kommt, setzt euch zu uns. Los, rückt alle zusammen!«, befahl sie ihren rechten und linken Tischnachbarn.

»Sofort«, sagte Inka, »erst ist das Geburtstagskind an der Reihe.« Inka schob Sebastian den Buddha in den rechten, noch blumenfreien Arm und umrundete den Tisch bis zum Herd, wo Flora mit dem Kochlöffel in orangefarbener Suppe rührte. Dem tropfenden Löffel ausweichend, der farbenprächtige Spuren auf ihrem sündhaft teuren, weißen Angorapulli hinterlassen hätte, nahm sie ihre Freundin in den Arm und küsste sie auf beide Wangen.

»Darf ich mich anschließen?«, fragte Sebastian schüchtern. Langsam näherte er sich der blassen Schönheit mit den kräftigen dunkelbraunen Haaren und seegrünen Augen, die ihren außergewöhnlich hellen Teint ihrer Mutter verdankte.

»Klar, ich küsse auch Männer«, antwortete Flora und zog Sebastian am Jackenkragen samt Blumenstrauß und Buddha lasziv an sich.

Die Runde lachte.

»Das riecht aber lecker«, sagte Sebastian, als Flora ihn aus ihren Fängen entlassen hatte. »Möhren-Ingwer-Suppe mit ein wenig Orange und Honig, stimmt's?«

»Sie kennen sich aus«, erwiderte Flora erstaunt, »Möhren-Ingwer ist eindeutig, aber Orange und Honig … alle Achtung!«

»Meine Frau war Halbinderin wie Sie, sie hat …« Sebastian verstummte, wie auch der Rest der Gesellschaft. »Entschuldigung«, sagte er, »ich, ich wollte nicht …«

Teresa ergriff das Wort und erlöste die Gäste aus der Stille, in die hinein sich keiner etwas zu sagen traute. »Also, Leute, lasst uns essen! Kommen Sie, Sebastian, setzen Sie sich zu mir. Aber nicht mehr küssen, bitte.«

Sebastian fasste sich wieder und rutschte neben Teresa auf einen hölzernen Klappstuhl, den sie aus der Vorratskammer hervorgekramt hatte. »Ich verspreche es«, beschwörend hob er die Hände. Das Eis war gebrochen.

Als das Hauptgericht auf dem Tisch stand, Hühnerfilet mit Erdnuss-Kokos-Soße, Ananas, Mandarinen und Curryreis, summte Inkas Handy in der Handtasche. Sie sah auf das Display: Murphys Gesetz schlug mal wieder treffsicher zu. »Frauke aus der Zentrale«, sagte sie in die Runde und nahm den Anruf an. »'n Abend, Frauke, was gibt's?«

»Hallo, Inka. Ein Toter im Hotel *Zum Storchennest* in Undeloh. Er liegt in der Sauna.«

»Na, klasse. Ist schon jemand vor Ort?«

»Kollege Amselfeld ist gerade aus der Tür. Sonst, soweit ich weiß, nur der Rettungsdienst. Am besten wird sein, du packst Terry mit ins Gepäck. Ach, und die Spusikollegen habe ich auch alarmiert. Man weiß ja nie.«

»Super«, sagte Inka und zog eine Flunsch. So hatte sie sich den Abend nicht vorgestellt.

»Und grüß mir Flora! Sag ihr herzlichen Glückwunsch. Ich wäre gerne gekommen, aber einer muss ja die Stellung halten.«

»Richte ich aus«, sagte Inka und drückte den Ausknopf. »So ihr zwei«, sie sah auf Teresa und Sebastian, »aus ist's mit der Gemütlichkeit. Es gibt Arbeit.«

7

Bis Inka eintraf, hatte sich vor dem Hotel *Zum Storchennest* ein Menschenauflauf gebildet. Undeloh hatte die Buschtrommeln ausgepackt. Neben dem Rettungswagen, der auf dem Gehweg vor dem Hoteleingang parkte, stand Kollege Amselfeld. Er rauchte.

»Guten Abend«, sagte er und warf die Kippe über den Bürgersteig in den Rinnstein.

Inka nickte. »Waren Sie bei dem Toten?«

»Sicher. Da ist nichts mehr zu machen.«

»Wer sagt das?«

»Der Arzt da unten.«

Inka nickte. »Haben Sie alles abgesperrt?«

»Das hat Frauke nicht gesagt.«

Wortlos schüttelte Inka den Kopf und ging vor Teresa und Sebastian an dem Kollegen vorbei ins Hotel.

Im Untergeschoss, in der Wellnessetage des Hotels, herrschte reges Treiben. Durch eine Glastür sah man auf eine Swimmingpool-Landschaft, die als blaue Lagune von vielen kleinen Lichtern im Decken- und Wandbereich angestrahlt wurde. Feuchte Wärme schlug jedem Besucher entgegen, und der Geruch nach Chlor erinnerte Inka an ihren letzten Schwimmbadbesuch mit Paula.

Neben einem mannshohen Wäschewagen, auf dem sorgfältig gestapelt weiße Handtücher mit Storchenmotiv lagen, stand ein etwa dreißigjähriger Mann im dunkelblauen Anzug und unterhielt sich mit zwei Damen in lindgrünen Kitteln. Zwei Sanitäter in orangefarbenen Westen lehnten an der Saunatür, und in der Ecke gegenüber an der Glasbauwand drückten sich drei Frauen dicht aneinander, als wollten sie sich wärmen. Eine Frau, die den Pool umrundete, blieb an der Sauna stehen und warf einen kurzen, finsteren Blick hinein, um dann ihre Runde erneut zu beginnen. Neben der Frauenrunde stand ein Mann, sein Blick war gesenkt. Ein zweiter Mann in Turnschuhen und Jogginganzug lehnte gegenüber der geöffneten Saunatür an der grünblauen Kachelwand des Vorraumes, die ein ganz eigenes maritimes Flair ausstrahlte.

Als Inka und Teresa die Sauna betraten, turnte ein Mittvierziger mit einer Kamera um den Hals geschickt wie eine Bergziege von Holzbank zu Holzbank.

Wolfgang Kohlhase, Lokalreporter vom hiesigen *Hanstedter Heideblatt*, war immer da, wo es etwas abzulichten und mit Worten auszuschmücken gab. Er war die reinste Nervensäge. Im September, beim Toten am Dorfteich, war Inka der hartnäckige Reporter bereits aufgefallen. In seinem mit modernster Technik ausgestatteten Transporter, der von innen wie ein Raumschiff aussah, informierte er sich stets über Polizeifunk sowie über sämtliche Feuerwehr- und Rettungseinsätze der Umgebung. Die saftigen Geldstrafen, die er sich mit seinen Auftritten einhandelte, beeindruckten ihn keineswegs.

»Kohlhase!«, wetterte Inka los. »Was treiben Sie sich hier rum?«

»Na, was soll ich hier schon machen?«, erwiderte Kohlhase, während er die Kamera in die Höhe hielt. »Die Öffentlichkeit muss wissen, was bei uns auf den Dörfern abgeht. Außerdem ist heute Abend Redaktionsschluss. Und das hier wird mein Knaller.« Leichtfüßig steuerte er eine höhere Banketage an und knipste, was sein Stummelfinger hergab, um jede Position des Toten richtig in Szene zu setzen. Wie ein Maschinengewehr feuerte die Kamera Blitze durch die Sauna.

»Wieder den Polizeifunk abgehört, was?« Inkas Tonpegel schwoll gefährlich an.

»Nein, wie könnte ich? Mein ganzes Equipment haben doch Ihre Kollegen eingesammelt.« Der Reporter kletterte von der Bank und holte ein Diktiergerät aus seiner Jackentasche.

»Haben Sie schon eine Ahnung, handelt es sich um Unfall oder Mord?«

Das Aufnahmegerät klickte.

»Raus jetzt!«, schrie Inka so laut, dass alle Anwesenden sie ansahen, als hätte sie Weihnachten gestrichen. »Und die bleibt hier.« Sie riss dem Fotografen die Kamera vom Hals.

»Hey!«, protestierte der. »Das ist mein Eigentum.« Er war einen Kopf größer als Inka, bestimmt doppelt so schwer, und wenn er gewollt hätte, hätte er sie mit zwei Fingern auf die oberste Holzpritsche schleudern können. Als er die Hand ausstreckte, durchbohrte ihn Inkas Denk-nicht-mal-dran-Blick.

»Und der Inhalt ist Staatseigentum«, ergänzte Inka und tippte mit dem Zeigefinger auf einigen Knöpfen herum. Dann sah sie zufrieden auf und drückte dem Fotografen die Kamera wieder in die Hand. »So, und erwische ich Sie ein zweites Mal an einem Ermittlungsort, ohne vorher bei mir anzuklopfen, dann …« Sie verschluckte den Rest, auch, weil ihr gerade nichts einfiel, womit sie Kohlhase hätte drohen können. Stattdessen sagte sie: »Verdammt, wer hat den Schreiberling reingelassen?«

»Wir dachten, der gehört zu euch«, antwortete ein Sanitäter hinter Inkas Rücken.

»Nein, gehört er nicht. Unser Fotograf ist noch unterwegs«, sagte Inka ohne sich umzudrehen, »und falls der Knabe hier euch wieder über den Weg läuft, schmeißt ihn raus.« Sie sah Kohlhase nach, wie er die Sauna verließ, dann fragte sie: »Weiß jemand, wer der Tote ist?«

»Ein Gast. Ein Dr. Detlef Klammer«, hörte Inka den Sanitäter sagen.

»Ein Arzt?« Sie drehte sich um, sah dem Sani erst in die Augen, dann auf sein Namensschild. Oliver Stark.

»Nein. Oberstaatsanwalt aus Cuxhaven«, antwortete Oliver.

»Auch das noch. Ein Toter mit Einfluss«, maulte Inka. »Wer hat ihn gefunden?«

»Jemand von da draußen.« Der Sanitäter hob den Arm Richtung Schwimmbadeingang und zeigte auf die kleine Menschengruppe.

»Gibt es Papiere?«

»Er liegt in der Sauna, Frau Kommissarin.«

»Klar.« Inka kratzte sich am Kopf, während sie den nackten Körper des Toten betrachtete, der auf dem Rücken lag, als würde er schlafen.

»Aber sechs Freunde des Herrn stehen vor der Sauna, die geben Ihnen sicher Info«, gab Oliver Stark auskunftsfreudig weiter.

»Danke«, sagte Inka, und wandte sich an Teresa: »Was meinst du, Terry, wie alt ist er? Vierzig, fünfzig?«

Teresa schüttelte den Kopf. »Höchstens dreißig.«

»Dreißig?« Mit seinem fleischigen Äußeren und dem spärlichen Haar hätte sie den Toten auf ein Dutzend Jahre älter geschätzt.

»Der Aussage schließe ich mich an«, sagte ein Mann, der im Smoking neben der Holzbank längs des Toten stand und Inka nicht aus den Augen ließ.

»Und wer sind Sie?« Inka ging, soweit ihr enger Rock dies zuließ, neben Teresa in die Hocke.

»Schlegel. Dr. Schlegel. Allgemeinmediziner.«

»Aha, dann …«, begann sie gerade, als über ihrem Kopf ein Blitzlichtgewitter losging. Mit einem Satz sprang sie auf: »Verdammt, Kohlhase, wo kommen Sie schon wieder her?« Bevor sie dem Fotografen erneut die Kamera entreißen konnte, suchte der im Laufschritt endgültig das Weite.

Auf die morgigen Schlagzeilen war sie jetzt schon gespannt.

Teresa zupfte ihre Freundin am Rocksaum. »Dr. Jochen Schlegel ist ein neuer Kollege aus Amelinghausen. Er hat vor einem Dreivierteljahr die Praxis des alten Werther übernommen.«

Inka nickte Schlegel kurz zu. »Der Werther ist tot? Der war doch in Nuppis Alter«, fragte sie Teresa, während sie wieder in die Hocke ging.

»Nein, Dr. Werther hat sich zur Ruhe gesetzt. Er hat lange nach einem Nachfolger gesucht, aber Landarztstellen stehen auf der Beliebtheitsskala nicht so weit oben. Können wir jetzt wieder, ich wollte dir …«

»Gleich«, sagte Inka, der nicht entging, dass der Arzt, der in ihrem Alter sein musste, sie genauestens betrachtete. »Und Sie kreieren einen neuen Trend, Dr. Schlegel? Im Smoking saunieren?« Sie grinste.

»Nein, nein. Wir feiern Hochzeit im Hotel«, antwortete der Arzt. »Ich wollte die Toilette aufsuchen, als gefragt wurde, ob ein Arzt anwesend sei, da ein Verletzter in der Sauna läge. Ich versuchte ihn wiederzubeleben, aber es war zu spät.« Sein Blick lag auf dem Toten. »Herzversagen. Auf den ersten Blick würde ich sagen, er hat es übertrieben, die Blutgefäße haben sich erweitert, der Blutdruck ist gesunken und die Koronargefäße: Bong …«, Dr. Jochen Schlegel warf die Arme in die Luft, »sind geplatzt wie ein Wasserballon. Der Todeszeitpunkt müsste …« Schlegel wiegte den Kopf, »vielleicht eine halbe Stunde zurückliegen.« Schlegel sah zu Teresa. »Stimmst du mir zu, Kollegin?«

»Durchaus«, erwiderte Teresa. »Wobei der Tote noch eine Platzwunde am Kopf aufweist.«

»Du meinst, es war kein Unfall?«, fragte Inka leicht irritiert und der Versuchung widerstehend, den Kopf erneut zu heben und in die gletscherblauen Augen des Arztes zu sehen.

Teresa schüttelte den Kopf und stand aus der Hocke auf. Inka tat es ihr gleich und nestelte an ihrem Rocksaum.

»Kann sein, muss nicht sein. Möglich, er hat sich, wie Jochen vermutet, tatsächlich übernommen, dann Herzstillstand und zack, auf die Bohlen geknallt.«

»Oder …«, sagte Inka und streckte sich hoch zur

zweiten Bankreihe, »die Platzwunde stammt von der Holzkelle, die eigentlich in den Aufgusseimer gehört, an der, wenn ich mich nicht täusche, Blut klebt. Wo bleiben die Kollegen von der Spusi?«

»Hier!«, machte sich Fridolin Kärcher bemerkbar, der mit schweren Schritten und fünf Kollegen in weißen Schutzanzügen im Schlepptau hinter Inka auftauchte. »Sagt mal, was glaubt ihr, was wir hier finden, wenn ganz Undeloh in Wanderstiefeln durch einen Tatort latscht?« Er blickte auf Inkas schwarze Pumps. »Na ja, fast jeder«, verbesserte er mit anerkennendem Nicken auf Inkas Beine, die eine Handbreit über den Knien ein schwarzer enger Bleistiftrock verdeckte.

»Unsere Inka mal nicht in Reiterhosen und mit Gerte bewaffnet, was für ein außergewöhnlich reizender Anblick«, schnalzte Achim, ein weiterer Spusikollege, aus seinem weißen Schutzanzug heraus.

»Wenn die Herren dann so weit wären«, brummte Inka, ohne auf das Getue der Kollegen einzugehen. Sie hatte kein Problem damit, wenn ihr die Spezies Mann hinterhersah, solange es im Rahmen blieb. Und Fridolin Kärcher kannte sie seit Jahren. Er war ein Ehrenmann mit lockerer Zunge, aber ein toller Kollege und der beste Kriminaltechniker der Lüneburger Heide. Inka schätzte ihn sehr. »Wo habt ihr Enrico gelassen?«, fragte sie durch die Runde.

»Der hat Urlaub«, brummte Achim durch seine Schutzmaske.

»Aha«, erwiderte Inka, »nimm die Kelle da oben mit, such sie nach Fingerabdrücken und Blutspuren ab und vergiss nicht, mit deinem Puschelpinsel das Schloss zu untersuchen.« Inka wies auf die zweite Bankreihe und die Saunatür, dann zurück auf den Rußpulverpinsel und die Spurensicherheitsfolie in Achims Händen.

Achim Degen tippte sich salutierend an die Stirn. »Aye, aye, Chef, wird gemacht!«

Inka nickte schmunzelnd und wandte sich an Teresa. »Es war kein Unfall. Kannst du das sehen, Terry? Das Holz an der Tür ist eingedrückt.«

»Könnte ein Besenstiel gewesen sein.«

»Oder der Stiel eines …«, mit schnellem Blick scannte Inka das Untergeschoss, »eines Wasserschiebers, der für den Fußboden vom Schwimmbad benötigt wird.« Sie winkte Achim aus der Sauna. »Den nimmst du auch mit.« Sie wies auf das Reinigungsgerät neben der Tür des Schwimmbades. Dann hielt sie ihren Ausweis in die Runde der Menschen, die in der Wellnessetage ausharrten. »Inka Brandt, Hauptkommissarin aus Hanstedt. Wer hat den Toten gefunden?«

»Das war ich«, meldete sich ein Anzugmann neben dem Wäschewagen zu Wort.

»Und wer sind Sie, wenn ich fragen darf?«

»Norbert Patten.«

»Entschuldigung, Frau Brandt. Kann ich sonst noch etwas für Sie tun? Ich würde nämlich gerne wieder nach oben zu meiner Hochzeitsgesellschaft«, mischte sich Dr. Jochen Schlegel in das Gespräch ein. Er war einen Kopf größer als Inka, frisch rasiert, roch unwahrscheinlich gut nach einem herben Aftershave und strahlte sie an, als wäre sie eine Braut vor dem entscheidenden Wort.

Fabian hatte sie vor fünf Jahren ähnlich angesehen. Den Heiratsantrag hatte er ihr bei einem Flug mit dem Heißluftballon an ihrem vierunddreißigsten Geburtstag über der Hansestadt Lübeck gemacht. Nach ihrem Jawort hatte die Hochzeitsplanung keine vier Wochen gedauert. Die Feier in einem Schlosshotel außerhalb von Lübeck hatte Wetzleder, sein Chef in der Werbeagentur, organisiert. Groß, pompös und mit allem Schickimicki. Jeder, der in der Branche was zu sagen hatte, war anwesend und klotzte mit Armani-Anzügen, Dior-Kostümen, Brillantarmbändern und Rolls-Royce-Karossen. Inkas Familie kam eher nüchterner, einfacher, bodenständiger daher. Dass die Heirat mit Fabian dazu gedient hatte, das Ansehen der Firma zu steigern, weil verheiratete Männer in der Branche seriöseres Auftreten vermittelten, und dass Fabian niemals auf seine Junggesellen-Freiheiten verzichten würde, war Inka erst nach Paulas Geburt klargeworden. Wetzleder war ein feiner, gerechter Kerl, doch diese Gemeinheit angezettelt zu haben verzieh sie ihm nie und nimmer. Da konnte er ihr bis zum Lebensende noch so viele opulente Blumensträuße und Pralinenschachteln mit Entschuldigungsschreiben schicken.

»Frau Brandt. Entschuldigung, geht es Ihnen gut? Hallo?«, fragte Dr. Schlegel, während er Inka sachte an der Schulter rüttelte, die nicht bemerkt hatte, dass sie die Augen geschlossen hielt.

Von der Berührung wie aus einem Traum erwacht, zuckte Inka zusammen. »Ja, natürlich«, sagte sie rundheraus, »mir geht es blendend. Ich war nur in Gedanken.« Ihre Worte kamen so feindselig daher, als ließe sie eine Wagenladung Pferdemist auf ihren Gesprächspartner niederprasseln.

»Mir schien, Sie … Nun, das geht mich nichts an.« Inkas kriegerische Stimmlage war ihm nicht entgangen. »Doch falls Sie mich benötigen, Sie wissen ja, wo Sie mich finden. Die Nacht ist noch jung. Aber jetzt darf ich mich verabschieden. Ich möchte meine Freunde und Verwandten nicht länger warten lassen.« Er reichte Inka die Hand.

»Ja, gehen Sie nur. Im Augenblick habe ich alles, was ich von Ihnen brauche«, sagte sie ebenso forsch. »Ich schicke Ihnen Kollegen in den Saal, die die Personalien Ihrer Gäste aufnehmen.«

»Ist das nötig? Sie glauben doch nicht etwa …«

Inka schnitt ihrem Gesprächspartner das Wort ab. »Hier ist ein Mord geschehen, Herr Dr. Schlegel. Jeder, der sich in den letzten … Was meinst du, Terry?«

Teresa wiegte den Kopf und sah auf ihre Uhr. »In der letzten Stunde. Höchstens.«

»Also«, sagte Inka erneut an den Arzt gewandt, »jeder, der sich in der letzten Stunde im Hotel aufgehalten, es verlassen oder betreten hat, ist für mich verdächtig. Und bevor wir nicht jedem Menschen in diesem Hotel persönlich gegenübergestanden, ihn befragt und entschieden haben, dass er gehen darf, fürchte ich, werden auch Sie sich gedulden müssen.«

»Das ist ja lächerlich. Meine Verwandten und Freunde sind doch keine Mörder!«

Inka zuckte die Achseln. »Es tut mir leid, und ich wiederhole mich, wenn ich sage: Wir können Ihre Gäste nicht gehen lassen, ehe wir mit ihnen gesprochen haben. Aber nehmen Sie es nicht so schwer, Herr Doktor. Das ist eine einmalige Erinnerung. Was glauben Sie, wie Ihre Enkelkinder in vielen Jahren einmal staunen werden, wenn Sie ihnen diese Geschichte erzählen.«

»Also bitte. Wir warten auf Sie«, knurrte Jochen Schlegel, dann an Teresa gewandt: »Tschüs, Teresa, bis bald.«

»Tschüs, Jochen, viel Spaß auf der Hochzeit!«

»Irgendwie kommt er mir bekannt vor.« Inka warf

dem Arzt, der durch die Glastür der Wellnessetage rauschte, noch einen schnellen Blick hinterher.

»Das wundert mich nicht. Jochen war eine Klasse über dir und in dich vernarrt wie das Eichhörnchen in seinen Wintervorrat.« Teresa grinste.

»Er war *was*? Und was ist das für ein Vergleich, wie das Eichhörnchen … Der war eine Klasse über uns?«

»Über dir. Er war in meiner Klasse. Klassensprecher, Klassenbester und von den Mädchen heiß umschwärmt. Doch er hatte nur Augen für eine, die ihn aber nicht mal mit dem Hintern ansah.«

»Du meinst … Aha«, sagte Inka, »und warum hast du mir das als beste Freundin nie gesagt?«

»Weil ich ihm versprechen musste, dir nichts zu sagen, darum.«

»Hm«, machte Inka. Das Thema war für sie noch nicht beendet. Doch im Augenblick musste es warten. Sie wandte sich wieder an Norbert Patten. Ein Mann mit dem beherrschten, unlesbaren Gesicht eines kerngesunden Dreißigers. »Herr Patten, richtig?«, vergewisserte sie sich.

Nicken.

»Herr Patten, wie kam es, dass Sie den Toten fanden? Wollten Sie ebenfalls saunieren, ins Schwimmbad, eine Runde Fahrrad fahren oder die Muskeln stählen?« Inka sah den Dreißiger in Anzug und Krawatte eindringlich an. Er war schlank, blondlockig und sonnengebräunt. Entweder verbrachte er viel Zeit am Meer, in den Bergen oder unter der Sonnenbank.

»Nein. Gäste kamen zu mir und beschwerten sich. Die Wellnessetage sei geschlossen. Diese Hoteleinrichtung hätten sie jedoch mit gebucht und darum …«

»Moment«, unterbrach Inka den Mann, »warum kamen Gäste zu *Ihnen*, um sich zu beschweren? Arbeiten Sie im Hotel?«

»Mir gehört das Hotel, Frau Brandt.«

»Aha«, sagte Inka. »Ich verstehe.«

»Sie kennen mich nicht?«

»Nein.«

»Aber Sie sind eine Undeloherin.«

Inka nickte. »Woher wissen Sie das?«

»Ich hab Sie auf dem *Sundermöhren-Hof* gesehen, und Ihr Schwager erzählte, Sie seien in Undeloh aufgewachsen.«

»Stimmt. Es war der Hof meiner Eltern, seit drei Jahren gehört er meinem Schwager und meiner Schwester.«

Norbert Patten nickte. »Wir kaufen bei Ihnen Gemüse, Würstchen, Heidschnuckenkeulen und ...«

»Herr Patten, darüber unterhalten wir uns ein andermal. Jetzt geht es um den Tod eines Gastes. Also klären Sie mich auf, wann genau haben Sie den Toten gefunden, wie haben Sie auf die Beschwerden Ihrer Gäste reagiert, und wer hat sich beschwert?«

»Es muss ungefähr 18.45 Uhr gewesen sein, ich saß im Büro über den Büchern, als es an der Tür klopfte. Eine Seniorengruppe aus Hamburg-Harburg empörte sich, weil sie das kneippsche Wassertretbecken wegen Reinigungsarbeiten nicht benutzen konnten. Sie verlangten eine Ermäßigung, falls der Umstand nicht behoben würde. Aber es waren keine außerplanmäßigen Reinigungsarbeiten angeordnet, also ging ich nachsehen. Als ich im Untergeschoss ankam, hing tatsächlich das Schild für Reinigungsarbeiten an der Tür. Ich fragte beim Personal nach«, Patten wies auf die beiden Frauen in den lindgrünen Kitteln, »doch die Damen bestätigten, die Reinigung der Wellnessetage würde wie immer erst nach 23 Uhr durchgeführt, keinesfalls zu früher Abendstunde, da in dieser Zeit die meisten Gäste die Etage besuchten. Wir sind zwar ein sehr familiär geführtes Haus, Frau Brandt, dennoch wahren wir die Privatsphäre unserer Gäste, die sich in Ruhe erholen möchten.«

Inka nickte. »Herr Patten, wir brauchen alle Namen der Gäste, die sich in den letzten zwei Stunden im Hotel aufgehalten haben.«

»Natürlich. Sie bekommen alle Auskünfte, die Sie benötigen, um den ... Nun, um dieses furchtbare Geschehen aufzuklären. Ich bin erschüttert.«

»Schön. Wir schließen die Etage, bis alle Untersuchungen abgeschlossen sind. Niemand darf das Hotel betreten oder verlassen, bis nicht alle Spuren gesichert und alle Personalien aufgenommen sind.« Inka wollte sich schon den Putzfrauen zuwenden, als ihr noch eine Frage einfiel: »Zu welcher Uhrzeit saßen Sie in Ihrem Büro, Herr Patten?«

Patten sah sie mit geweiteten Augen an, dann sagte er: »Wie darf ich das verstehen, Frau Brandt? Glauben Sie, ich ermorde zahlende Gäste? Was wäre das für ein Aushängeschild für ein Fünfsternehotel.«

Inka nickte. Dennoch blieb ihre Frage unbeantwortet. »Also«, sagte sie nachdrücklich, »ich wiederhole meine Fragen nur ungern.«

»Ja«, sagte der Hotelbesitzer zögerlich. Er schien zu überlegen. »Erst habe ich mit meiner Frau im Restaurant zu Abend gegessen. Das muss um 18 Uhr gewesen sein. Wir essen immer zur gleichen Zeit. Dann bin ich ins Büro gegangen.«

»Und da arbeiteten Sie allein.«

»Richtig, bis die Harburger kamen, um sich zu beschweren.«

Inka nickte. »Das wär's fürs Erste, Herr Patten. Ich komme gleich noch einmal zu Ihnen, um die Gästeliste durchzusehen.«

Inka warf einen mitleidigen Blick auf die Putzfrauen, die sie fast panikartig anblickten. »Wo hielten Sie sich auf, während Herr Klammer saunierte?«

»Wir putzen Töpfe in Küche. Zusammen.« Die Ältere der beiden sah auf ihre Kollegin, die eifrig nickte.

»Gut«, sagte Inka, »mein Kollege«, sie zeigte auf Sebastian, »nimmt Ihre Personalien auf, und dann dürfen Sie gehen.«

Sie konnte es nicht fassen. Ein halbes Jahr hatte sie Dr. Detlef Klammers Tod geplant. Und jetzt? Sie war zornig. Jemand hatte ihr ins Handwerk gepfuscht. Dabei gebührte ihr allein die Rache, Detlef in die Hölle zu schicken. »Verdammt«, murmelte sie und ballte die Hände zu Fäusten, bis ihre Fingerknöchel weiß hervortraten.

Wer hat das getan? Wer hat diesem Schweinehund die Qualen erspart, die ich für ihn vorgesehen hatte?

Sie sah in die Runde der Menschen in der Wellnessetage. War es einer von ihnen gewesen? Vielleicht eine ihrer drei unschuldig dreinblickenden Schulkolleginnen? Die eine oder andere hatte schon während der Schulzeit kein leichtes Auskommen mit Detlef gehabt. Oder war es Ullrich? Während der Schulzeit waren sie unzertrennlich gewesen wie siamesische Zwillinge. War das noch heute so? Hatten die beiden ihren Kontakt in den letzten zehn Jahren aufrechterhalten? Wobei, wenn sie recht überlegte, tippte sie eher auf Roland. Er und Detlef hatten ihre Differenzen doch gestern Abend offen ausgetragen. Beide hatten wie die Kesselflicker gestritten und waren kurz davor gewesen, sich zu zerfleischen. Ein neuer Streit, in dem Roland seinen Erzfeind Detlef umgebracht hat, wäre also durchaus nicht von der Hand zu weisen. Und was hatten sie sich schon sonst zu sagen? Allgemeine Lästereien und Fragen hatten gestern die Runde gemacht. Wer besaß das größte Haus, Boot und den dicksten Kontostand? Die drei Männer waren in ihrem Element gewesen.

Ihr Blick schweifte zu Roland, der im Jogginganzug wie festgeklebt an der Fliesenwand neben dem Ficus benjamini lehnte. Und wer war der Mann neben ihm? Anfang vierzig, groß, sicher über einen Meter achtzig. Sie konnte schlecht schätzen. Seine engen schwarzen Jeans standen ihm außergewöhnlich gut. Einzig die dunklen Haare mit den Silbersträhnen, die ihn zwar nicht unattraktiver machten, doch in ihr den Impuls auslösten, Kamm und Schere zu holen, störten sie an seiner Erscheinung.

Mit zusammengekniffenen Augen schweifte ihr Blick weiter zu der Dreiergruppe neben dem Wäschewagen. Sie musste unbedingt zum Optiker nach Hanstedt. Mit dieser scheußlichen Ersatzbrille konnte sie kaum sehen.

Ein Mann im Anzug, der Besitzer des Hotels, unterhielt sich mit der Kommissarin, wobei seine Hand auf einem der vier Regalböden des Wagens neben weißen Frotteehandtüchern lag. Diese dicken und ewig flauschigen Dinger, die es nirgendwo zu kaufen gab. Zwei, drei Stück würde sie mit nach Hause nehmen. Wem fehlten sie schon?

Zähneknirschend beobachtete sie das Gespräch und die Kommissarin, die jedes Wort in ein schwarzes – oder war es ein blaues? – handgroßes Büchlein schrieb. Zu ihr käme die kleine zierliche Blonde, die sie auf Mitte dreißig schätzte, sicher auch noch, um sie zu befragen. Sollte sie ruhig.

Was soll ich der schon sagen? Der Scheißkerl in der Sauna ist tot, und am liebsten würde ich ihm noch einmal kräftig in die Rippen treten. Detlef Klammer hat mein Leben zerstört. Das könnte ich ihr sagen.

Sie atmete tief ein. Ein Hauch von Chlor waberte durch die aufgeheizte Raumluft, als die jüngere Mitarbeiterin des Hotels die Tür des Schwimmbades mit Holzkeilen sicherte und den Wäschewagen um die Ecke schob. Sie mochte den Geruch.

Dieses scharfe chemische Gemisch, das Schwimmbadbesitzer gern überdosierten, um den Urin pinkelnder Schwimmer zu eliminieren. Leider vergaßen die Betreiber, dass dafür der typisch stechende Chlorgeruch immer stärker wurde, je mehr sie das Wasser chlorten. Sie kannte sich aus.

Ihre Hände wurden feucht, und ihr Herz begann kräftig zu schlagen. Peinlichst achtete sie darauf, dass ihr Blick nichts von ihren Gedanken verriet. Alles lief bisher wie am Schnürchen, wenn auch nicht wie geplant. Detlef stand seinem Schöpfer gegenüber und musste sich für seine jahrelangen Schlechtigkeiten ihr und anderen Menschen gegenüber rechtfertigen.

Komm, hak das Thema ab. Lass es gut sein. Detlef ist tot. Wenn du nach Hause fährst, geht alles wieder seinen Gang.

Nur das zählte. Sie musste sich das einbläuen, es zumindest versuchen.

Inka drehte sich um und ging zu den Menschen, die im Grüppchen bei dem Jogginghosenmann neben dem Ficus standen.

»Sind Sie alle Freunde des toten Herrn Klammer?«, fragte sie und erntete mehr oder weniger kopfnickende Zustimmung.

»Freunde ist wohl übertrieben«, begann der Mann in der Trainingshose. Ein schmalgesichtiger Mann, der in seinem jungen Alter bereits das ölige Gesicht eines unverkennbaren Rauchers besaß. »Wir sind vor zehn Jahren in die gleiche Klasse gegangen, das trifft es eher«, sagte er.

»Und das war wo?« Inkas Blick hing an der großporigen Nase des Dreißigers, dem vorstehenden Kinn, dem Affenartigen seines Gesichts, die unverkennbare Abstammung.

»In das Klara-Wegener-Gymnasium in Hanstedt.«

»Ach was!«, sagte Inka, schrieb in ihr Notizbüchlein, sah wieder auf. »Heißt das, Sie wohnen alle in der Umgebung?« Inkas Stift deutete auf die Menschengruppe.

»Nein, nicht alle von uns, einige wohnen inzwischen außerhalb«, berichtigte der Mann.

»Ich brauche von Ihnen nacheinander die Namen und Auskunft, wo Sie sich zum Todeszeitpunkt Ihres ehemaligen Schulkollegen aufgehalten haben. Beruf wäre auch schön. Mit Ihnen fangen wir an.« Ihr Blick fuhr zurück zum Joggingmann.

»Roland Altmann, früher wohnte ich in Wilsede, jetzt lebe ich mit meiner Familie in Schneverdingen. Ich bin Tankreiniger. Heute Abend war ich mit Detlef in der Sauna, aber nicht lange, vielleicht fünf Minuten, als mir zu heiß wurde, bin ich gegangen. Detlef ist geblieben. Aber es ging ihm gut.«

»Sie meinen, Sie beförderten Herrn Klammer nicht ins Jenseits.«

»Nein. Ja, ich ..., wie ich sagte, mir wurde es zu warm in der Sauna, und dann ...«

»Ich verstehe«, würgte Inka den Satz des dünnen Mannes ab. Ob seine Aussage stimmte, würde sie genauer unter die Lupe nehmen. Denn wie es schien, war er der letzte Mensch, der Klammer lebend gesehen hatte. Sie blickte auf und sah auf einen weiteren Mann in der Runde. »Und Sie, was ist mit Ihnen?«

»Ich komme aus Winsen, früher wohnte ich in Egestorf, mein Name ist Ullrich Grützmann. Dr. Ullrich Grützmann. Ich arbeite als Urologe am Winsener Klinikum. Mit Beate, Tanja, Dora und Liane saß ich im Kaminzimmer, als ... Wir haben Kaffee getrunken. Und was Roland sagt, stimmt. Er war nur kurz in der Sauna und gesellte sich dann wieder zu unserer Gruppe.«

Inka hatte sie nicht gefragt, doch eine rundliche Frau mit dunklen, zum strengen Bob geschnittenen Haaren, die ihr rundes Gesicht unvorteilhaft umrahmten, mischte sich in das Gespräch ein. Inka schätzte sie auf höchstens dreißig, wie alle aus der Runde: »Ja, das kann ich bezeugen. Roland kam schnell wieder. Sein Gesicht war rot wie eine Tomate«, sagte sie und nickte.

»Weil mir zu heiß wurde, das sagte ich schon«, wandte Altmann sichtlich nervös ein.

»Nun mal einer nach dem anderen.« Inka löste den Knoten, der dabei war, sich zusammenzuziehen, und wandte sich wieder Grützmann zu. »Waren Sie es, den ich gestern Abend mit dem Toten vor dem Hoteleingang habe streiten sehen?«

Ullrich Grützmann zögerte und sah zu Roland Altmann, bevor er antwortete: »Ja, es gab einen kleinen Disput.«

»Und worum ging es?«

»Etwas Persönliches.«

»Persönliche Streitereien finde ich besonders interessant, Herr Grützmann.« Inka zog die Brauen hoch.

Ullrich Grützmann schnaufte durch die Nase ein und aus. Er schien seine Antwort entweder genauestens abzuwägen oder formulierte eine Ausrede.

»Nun, ich warte, Herr Grützmann«, drängelte Inka.

»Wir … wir haben um Geld gestritten.«

»Um Geld, aha. Und weiter.«

»Er schuldete mir 200 Euro für das Abendessen am Freitag. Ich hatte es ihm ausgelegt, weil er nicht so viel dabeihatte.«

»Und haben Sie Ihr Geld bekommen?«

»Ja.«

Inka nickte und richtete ihre nächste Frage an die Frau mit dem braunen Bob. »Verraten Sie mir Ihren Namen?«

»Dora Hoppe, Hausfrau, ich komme aus Flensburg. Und ich saß auch im Kaminzimmer. Zurzeit wohne ich im Hotel, bis Sonntag.«

»Ich auch«, plapperte eine zweite Frau aus signalrot geschminktem Mund dazwischen. Sie war schlank mit den weiblichen Formen, die Männer zu allerlei geistigem Schweinkram anregten. Sie trug Overknee-Stiefel aus schwarzem Wildleder, und im Bund ihres kurzen schwarzen Minis steckte eine transparente honiggelbe Bluse mit Fledermausärmeln. Darunter blitzte ein schwarzer Spitzenbüstenhalter hervor, der pralle Brüste hielt. Sie war fast ein wenig zu sehr herausgeputzt, wie Inka fand. Doch trotz ihres billig aufgemachten Outfits war sie unglaublich attraktiv, und ihre Pilatesfigur verriet etliche Stunden im Fitnessstudio. »Sie kommen auch aus Flensburg, saßen auch im Kaminzimmer oder wohnen auch zurzeit im Hotel? Wie darf ich Ihre Aussage verstehen?« Inka sah der jungen Frau in dick mit schwarzem Kajalstift umrandete braune Augen.

»Liane Wolters ist mein Name. Und ich saß mit den anderen im Kaminzimmer und wohne im Hotel. Ich rauchte eine Zigarette, als Detlef …«, sie schluckte. »Hat er lange leiden müssen, Frau Kommissarin?«

»Ich weiß es nicht, wir müssen die Obduktion abwarten.«

»Sie wollen Detlef aufschnippeln? Ach du liebe Zeit. Detlef war immer so …«

»Ja?«

»Ach nichts. Ich meine, ich wollte sagen, er war immer so nett.«

Inka dachte sich ihren Teil. »Ich verstehe«, sagte sie. »Wo wohnen Sie, Frau Wolters, wenn Sie nicht gerade in der Lüneburger Heide verweilen?«

Altmann und Grützmann verkniffen sich ein Grinsen. Die Frau neben Liane Wolters räusperte sich und senkte den Blick.

»Das könnt ihr euch sparen«, keifte Liane in die Runde, »ich weiß genau, was ihr denkt.«

Inka war die Spannung zwischen den sechs ehemaligen Schülern nicht entgangen. »Würden Sie mich bitte aufklären?«

Liane Wolters verzog das Gesicht. »Meine Mitschüler denken, ich …«, sie kniff die Lippen zusammen und trat von einem Bein auf das andere, dann sagte sie: »… ich lass mich von Männern aushalten, aber ich bin Model.«

»Das ist doch ein ehrbarer Beruf.« Inka zuckte mit den Schultern. »Und wo sind Sie zu Hause?«

Liane Wolters schürzte verächtlich die Lippen, bevor sie antwortete: »Ich lebe in Köln und an der Côte d'Azur, früher in Soderstorf.«

Wieder ging ein Raunen durch die Runde. Inka ignorierte es. Liane Wolters war eine attraktive, junge Frau mit zu viel Schminke im Gesicht, eine subjektive Meinung, denn für alles fand sich eine Klientel.

»Wie sieht es mit Ihnen aus?«, begann Inka neu, während sie in die intensiven blauen Augen einer Frau sah, die lediglich ein wenig Mascara auf den Wimpern trug. Sie war brünett, ihren Pferdeschwanz, der kaum die Schultern berührte, hielt ein schwarzes Samtband. Ihre sportliche Figur steckte in Jeans, die ein modisches Strickensemble mit türkisen, smaragdgrünen und dunkelbauen kleinen Blumen aufpeppte.

»Ich heiße Tanja Griese und komme aus Jesteburg. Ich arbeite als Filialleiterin in einer Drogeriekette. Zu Schulzeiten wohnte ich in Egestorf. Als Detlef seinen letzten Atemzug machte, saßen Roland, Ullrich, Dora, Liane, Beate und ich im Kaminzimmer, und falls Sie fragen: Ich logiere wie Roland und Ullrich nicht im Hotel. Ich habe es nicht weit bis Undeloh«, setzte sie ein wenig schnippisch hinzu. »Wie auch immer, im Kaminzimmer tranken wir Kaffee und haben geplaudert, hätten wir gewusst …« Sie warf einen schnellen Blick zu Altmann. »Wer bringt denn einen Menschen um? Und dann so, das ist ja Folter!«

»Tja, das ist wahrlich kein schöner Tod.« Inka sah in Tanjas gequältes Gesicht, notierte die Aussage in ihr Notizbüchlein und blickte zu ihrer Nachbarin. »Ihr Name ist Beate …?« Sie wartete auf Antwort.

»Schroth, Beate Schroth, ja. Heute wohne ich in Berlin, zu Schulzeiten in Undeloh, und ich schließe mich der Meinung der anderen zwei Damen an. Bis Sonntag bleibe ich in Undeloh und im Hotel, dann fahre ich nach Berlin zurück.«

Inka sah in Beates dunkle kluge Augen, die sie geradeheraus anblickten. Die Frau war einen halben Kopf größer als Inka und ein eleganter, feingliedriger Typ. Sie trug einen grauen Hosenanzug, darunter eine weiße Satinbluse und graue passende Wildlederpumps. In ihrer Ausstrahlung wirkte sie sehr bodenständig, doch Inka konnte nicht einschätzen, ob dies nur der äußerlichen Fassade diente.

»Nun, ich saß ebenso im Kaminzimmer, als ...« Sie ließ den Satz abreißen. »Wer um alles in der Welt macht denn so was? Und Detlef war doch noch so jung! Wie schrecklich.« Sie schien um Fassung zu ringen, denn eine Träne lief über ihre Wange, die sie verstohlen wegwischte.

»Ein Gewaltverbrechen ist immer schrecklich, egal wie alt das Opfer war«, antwortete Inka schlicht, während sie die Frau durchdringend musterte.

»Ja, da haben Sie natürlich recht«, sagte Beate, »und wenn ich, ich meine wir Ihnen helfen können, werden wir das selbstverständlich gerne tun. Nicht wahr?« Sie blickte in die Runde. Die Trauer und das Entsetzen über den Tod eines Freundes verschwanden aus ihrer Mimik, zumindest für den Augenblick.

»Hilfe nehmen wir gerne an«, antwortete Inka und beobachtete das verhaltene Nicken einzelner ehemaliger Schüler. »Und da wir schon über Hilfe sprechen, hätte ich gleich eine Frage: Wer hat Ihren Schulkollegen umgebracht?« Sie liebte diese Art von Fragen, die Gesichter, das erste Aufflackern von Angst, offene Münder, Schweiß auf der Stirn, verkrampfte Glieder. Jeder gegen jeden. Das Spiel begann. Keiner würde dem anderen mehr trauen.

»Meinen Sie etwa, einer von uns hat Detlef auf dem Gewissen?«, wandte Grützmann ungehalten ein. »Hier laufen noch mehr Menschen durch das Haus als wir sieben ... sechs«, verbesserte er sich schnell. Mit den Fingern fuhr er sich durch sein kurz geschnittenes Haar.

»Natürlich«, funkelte die dickliche Dora dazwischen, während sie sich zwei Schritte von der Wand löste. »Aber es könnte auch jeder von uns gewesen sein, das meinen Sie doch, oder?« Fragend sah sie Inka an.

»Jeder von Ihnen sechs und jeder andere, der sich während der Tatzeit in diesem Hotel aufgehalten oder ein Motiv hätte, Herrn Klammer zu ermorden. Aber wir werden hoffentlich herausfinden, wer das getan hat.« Inka nickte in die Runde. »Noch eine letzte Frage: Wenn ich Sie alle richtig verstanden habe, saßen Sie gemeinsam im Kaminzimmer, als Ihr Schulkollege ermordet wurde. Verließ jemand von Ihnen das Zimmer in der Zeit zwischen ...«, Inka überlegte kurz, »in der Zeit zwischen 18.45 Uhr und 19.15 Uhr?«

Ullrich Grützmann, Roland Altmann, Dora Hoppe und Beate Schroth schüttelten verneinend den Kopf.

»Ich bin einmal auf die Toilette gegangen«, meldete sich Liane zu Wort. »Aber ob das in dieser Zeit war?« Sie hob die Schultern. »Erinnerst du dich an die Uhrzeit, Tanja, du bist doch mit mir mitgegangen?« Liane warf einen Blick zu ihrer Schulkollegin, die stumm verneinte.

»Wir sind auch zur Toilette gegangen«, antworteten Altmann und Grützmann kollektiv in erleichtertem Tonfall.

»Zu zweit und zur Tatzeit?«

»Äh, nein. Das machen doch nur Frauen«, erwiderte Altmann.

Inka schmunzelte. »Danke. Das war es für heute Abend. Mein Kollege«, Inka sah zu Sebastian, der in der Sauna stand und sich mit einem Spusikollegen unterhielt, »wird sich mit jedem von Ihnen noch einmal einzeln unterhalten und Ihre genaue Adresse aufnehmen. Sie erreiche ich im Hotel«, Inka sah abwechselnd zu Dora Hoppe, Beate Schroth und Liane Wolters, »Frau Griese und die Herren bei den Adressen, die Sie meinem Kollegen angeben.«

Inka hörte verhaltenes »Ja«, steckte Block und Stift ein, verabschiedete sich bei den ehemaligen Schulkameraden, drehte sich um und ging zur Sauna.

»Entschuldigt, ihr zwei«, sagte sie. »Sebastian, könntest du das Personal und die sechs Hinterbliebenen mit deinem Psychoblick durchleuchten? Und gehst du bitte auch in die Bar, Küche und wo noch alles Zweibeiner im Haus rumlaufen. Amselfeld und Schmidt schicke ich zu den Hochzeitsgästen. Ich will unbedingt mit Terry ins Zimmer des Toten.«

»Mach in Ruhe. Wir treffen uns später in der Bar.«

Inka warf Sebastian ein Danke zu und verschwand. Sie wusste, sie konnte sich auf ihn verlassen. Sebastian war ein brillanter Polizeiprofiler, zwar von seiner Hamburger Dienststelle beurlaubt, was aber seinem Jagdinstinkt keinen Abbruch tat, wie er im zurückliegenden Fall des Seerosenhofs bewiesen hatte.

8 Der Weg zum Zimmer des toten Dr. Detlef Klammer führte Inka und Teresa durch das Foyer des Hauses. In der Mitte des Eingangsbereichs stand ein mindestens drei Meter hoher Weihnachtsbaum, geschmückt mit bunten Kugeln, kleinen silbernen Glasvögeln, Engeln und Lichterkerzen.

»Weihnachten kommt immer überraschend, findest du nicht?« Inka nickte zur Tanne und zu den darunterliegenden Styroporwürfeln, die in rotes, goldenes und grünes Papier verpackt, aufgehübscht mit opulenten Schleifen, um die Wette glänzten. Inka konnte sich nicht helfen, doch angesichts der Umstände wirkten diese unechten Geschenke irgendwie deplatziert.

»Zumindest schneller, als einem lieb ist«, erwiderte Teresa, »wobei Flora und ich uns auf drei freie Tage freuen.«

Inka nickte ihrer Freundin zu, machte ein paar Schritte nach links und schielte durch den Spalt der geöffneten Tür in den Festsaal. Musik erklang. *Wiener Blut*, ein Walzer von Johann Strauss. Dr. Jochen Schlegel hielt die in ein schlichtes weißes Satinkleid gehüllte Braut mit den terrakottabraunen Haaren in seinen Armen und schwebte mit ihr über das Parkett. Innerlich ärgerte sich Inka, den hochgewachsenen Mann im perfekt sitzenden Smoking wie ein Spion durch den Türschlitz zu beobachten. Aber es gelang ihr einfach nicht, ihn zu ignorieren, nicht nach dem, was Teresa ihr über ihn erzählt hatte.

Mindestens einhundert Gäste füllten den Raum. Einige schlossen sich dem Paar auf der Tanzfläche an, andere verweilten auf weiß bezogenen und mit Bouquets aus rosafarbenen Rosen und Schleierkraut geschmückten

Stühlen, waren in Gespräche vertieft oder beobachteten verzückt die tanzenden Menschen auf dem Parkett. Wieder andere Gäste bedienten sich am Büfett, wo an höchster Stelle ein Fasanenbraten mit Federschmuck auf einem Silbertablett auf hungrige Esser wartete.

Niemand hatte geahnt, was in der Wellnessetage geschehen war, während sie aßen, Champagner tranken und lachten.

Gedankenversunken stand Inka an der Tür, bis … »Aua«, sagte sie, drehte sich um und rieb sich den Arm. Teresa hatte sie in den Oberarm gezwickt.

»Na, aufgewacht! Bewunderst du die schöne Braut?«

»Ja«, erwiderte Inka und spürte, wie Röte ihre Wangen wärmte.

»Wie ich hörte, ist das Brautpaar in den zweiten leer stehenden Resthof nach Egestorf gezogen, den ich mir mit Flora zuerst angesehen hatte.«

»Aha«, erwiderte Inka. Irgendetwas behagte ihr an Teresas Worten nicht, doch sie konnte sich nicht erklären, was es war, und für weitere Überlegungen fehlte ihr die Muße. »Nun gut«, sagte sie, »hast du den Schlüssel für das Zimmer des Toten?«

Teresa wedelte mit der Chipkarte.

Das Zimmer war eine Junior-Suite mit Wohnraum und Kamin, Schlafraum und Badezimmer, picobello aufgeräumt und ähnelte einer modernen amerikanischen Präsidentensuite, wie man sie aus dem Fernsehen kannte. Die Wände schmückten goldgerahmte Bilder mit impressionistischen Malereien. Über braunlederner Stuhllehne am Schreibtisch hing eine graue Strickjacke, auf dem Glastisch vor cremefarbener Chesterfieldcouch lagen ein Auto- und ein Modemagazin. Ein Hauch Sandelholz hing in der Luft.

»Nicht schlecht, Herr Specht«, staunte Inka und streifte sich hellblaue, dünne Gummihandschuhe über, die ihr Teresa in die Hand drückte. »So ein Oberstaatsanwalt kann sich was leisten.« Sie ging zum Schreibtisch und nahm den Hotelprospekt zur Hand. An der Preisliste blieb ihr Blick hängen. »Rate mal, Terry, was der für eine Nacht hingeblättert hat.«

»Sag es einfach«, antwortete Teresa, während sie völlig geräuschlos auf dem dicken Veloursboden vom Wohnzimmer in den Schlafraum wechselte.

»Sage und schreibe 693 Euro, inklusive Halbpension!«, rief ihr Inka hinterher. Ihre Gedanken wanderten zu ihrem Monatsgehalt. Nie und nimmer könnte sie sich so eine teure Hotelunterkunft leisten. Drei Tage, dann war für den Rest des Monats Pilze und Beeren sammeln in der Heide angesagt. »Was verdient eigentlich so ein Oberstaatsanwalt?« Sie sah Teresa zu, die gerade die Nachtschränke des Opfers ausräumte.

»Auf jeden Fall genug«, sagte die, während sie eine prall gefüllte Brieftasche auf das riesige Kingsize-Bett warf, das bis zu den vier Paradekissen mit einem tannengrünen, golddurchwirkten Überzug bedeckt war. »Hey, was ist das denn? Jetzt hab ich mich auch noch geschnitten.« Teresa betrachtete den am Zeigefinger eingerissenen blauen Latexhandschuh. »Nee, alles gutgegangen«, sagte sie und entdeckte eine kleine Glasscherbe, die vor dem Nachtschränkchen lag. »Hm, wie kommt die denn hierher?«

»Tüte ich mit ein«, sagte Inka, nahm das Glasteilchen und machte sich weiter an die Arbeit.

Eine gute Stunde benötigten sie, um drei Hugo-Boss-Anzüge, Hemden und Seidenkrawatten mit Armani-Emblem, 50000 Euro Bargeld, die im Voraus bezahlte Hotelrechnung für zwei Übernachtungen und Kleinkram auf den Tisch im Wohnzimmer zu häufen und alles schriftlich festzuhalten.

»Der war tatsächlich gerade dreißig. Hast recht.« Inka drehte Klammers Personalausweis in den Händen.

»Und sah mit seiner Halbglatze und seinem Übergewicht aus wie fünfzig plus«, erwiderte Teresa. »Wobei ich hinzufügen muss, nicht alle Übergewichtigen sehen älter aus. Die meisten haben tolle Haut, sind gelenkiger als so manch schlanker Homo sapiens und leben ebenso lange, wenn nicht sogar länger und glücklicher.«

»Vorausgesetzt, sie werden nicht in der Sauna eingesperrt«, resümierte Inka. »Nur unser Kandidat machte auf jeden Fall eine Ausnahme.« Sie stopfte das weiße Baumwollhemd mit braunem Fleck auf Brusthöhe sowie alle weiteren Utensilien von Klammer in transparente Beweistüten, die sie der Kriminaltechnik zur Auswertung übergeben würde. »Was meinst du, Terry, ob ihn einer seiner Freunde um die Ecke gebracht hat?«

»Hast du einen im Visier?«

Inka wiegte den Kopf. »Ich weiß nicht. Einen der Männer hab ich gestern Abend mit dem Toten vor dem Hotel streiten sehen. Er meinte, es ginge um die Bezahlung für das Abendessen, das Klammer ihm schulde. Wenn ich mir jedoch den Batzen Mäuse ansehe, der hier liegt …« Sie zuckte die Schultern, dann sagte sie: »War es einer der Ehemaligen, scheint es keine Zufallstat gewesen zu sein. Dann war es geplant. Wenn nicht, kriegen wir es mit einem Täter von außerhalb zu tun. Jemand, der ins Hotel rein- und schnell wieder rausgehuscht ist. Klammer hat sich als Oberstaatsanwalt sicher nicht nur Freunde gemacht.«

»Er lebte in Cuxhaven an der Nordsee, Inka, das sind von Undeloh mindestens dreihundert Kilometer. Meinst du, ein Mörder fährt ihm hinterher und macht sich die Mühe, ihn hier bei uns am Arsch der Welt ins Jenseits zu befördern?«

»Es sind ungefähr einhundertvierzig Kilometer, Terry. Und Undeloh ist nicht der Arsch der Welt, das ist Cuxhaven. Ich war da mal zum Wochenendseminar«, setzte Inka nach, als Teresa sie ungläubig anblickte. »Und ja, es könnte möglich sein.«

»Diese Theorie halte ich für zu weit hergeholt, Süße.«

Inka sah zu ihrer Freundin hoch. Ihr dunkles Haar war heute verspielt hochgesteckt, und ihre dunklen Augen umrahmte ein zartgrüner Lidschatten. Sie war wirklich eine schöne Frau.

»Und, wie ist das Meer bei Cuxhaven?«, fragte Teresa und holte Inka in die Gegenwart.

»Keine Ahnung. An der Nordsee herrschen andere Elemente.« Inka zuckte die Achseln. »Sobald mich der Strand kommen sah, verschwand das Wasser.«

Teresa lachte. »Flora und ich fahren nächstes Wochenende in deine zweite Heimat, zum Timmendorfer Strand.«

»Das Meer«, entgegnete Inka träumerisch, »ich vermisse es.«

»Nur das Meer?«

»Nur das Meer, kannst dich drauf verlassen.« Inka nickte bekräftigend, dann sagte sie: »Ich denke, wir sind mit dem Zimmer fertig. Klammers Mörder hat die Suite nicht betreten, da bin ich sicher. Er wird in der Wellnessetage auf ihn gelauert, ihm eins mit der Kelle übergebraten und sicherheitshalber die Tür verrammelt haben. Durch das Haus zu tapern, das Zimmer zu durchsuchen, eventuelles Diebesgut zu verstecken und die Schlüsselkarte wieder in die Sauna zu bringen wäre zu aufwendig und auffällig gewesen. Und wer hätte Geld und Schmuck liegen gelassen? Es lag ja nicht mal im Safe, sondern lose im Nachtschrank, wie die Brieftasche. Kein besonders einfallsreicher Aufbewahrungsort.«

»Der Herr Oberstaatsanwalt hatte es nicht nötig, Geld zu verstecken, weil er genug davon hat«, antwortete Teresa achselzuckend und wedelte mit dem Packen Scheine.

»Oder vergaß es in den Safe zu legen oder wollte nur schnell saunieren und es dann wieder einstecken«, entgegnete Inka. Sie wollte nicht glauben, dass ein anscheinend gutsituierter Oberstaatsanwalt so sorglos mit seinen Finanzen umging. »Hast du Adressen oder Telefonnummern gefunden, Terry? Seine Schulkameraden erzählten, Klammer war Single.«

Teresa schüttelte den Kopf. »Kein Notizbuch oder Terminkalender, nicht mal ein Handy oder ein Autoschlüssel sind zu finden.«

»Ein Oberstaatsanwalt, der keinen Terminkalender besitzt und mit der Bahn anreist? Das kann ich mir nicht vorstellen. Haben wir in der Sauna etwas übersehen?«

»Da lag nichts, Inka. Der Knabe hat sich über sein prächtiges Adamskostüm nur den Bademantel geworfen, und in der Tasche des Bademantels steckte die Schlüsselkarte, das war alles. Seine Klamotten liegen im Badezimmer, aber da ist auch nichts zu finden. Vielleicht ist der Typ tatsächlich mit der Bahn angereist, oder es hat ihn jemand mitgenommen. Und seine Termine hat er im Handy gespeichert. Er ist einer aus unserer Generation, na ja, fast. Die speichern alle ihre Termine im Smartphone. Wer schleppt denn heutzutage einen Terminkalender mit sich rum?«

»Ich«, sagte Inka, während sie auf ihrem Handy Amselfelds Nummer wählte. »Kollege, gehen Sie zur Rezeption und fragen Sie, ob der Tote mit dem Auto angereist ist. Im Normalfall werden Autonummern beim Einchecken aufgeschrieben. Falls nicht, erkundigen Sie sich bei seinen Ehemaligen, vielleicht wissen die mehr. Und wenn Sie was erfahren, rufen Sie mich zurück, verstanden? Ach, und sagen Sie der Spusi, sobald sie unten fertig ist, ist die Suite des Toten dran«, ordnete sie an, obwohl sie davon ausging, dass die Kollegen nicht viel finden würden. Sie würden nach Fingerabdrücken, Blutspuren und weiteren Körperflüssigkeiten suchen, hoffend, der Mörder wäre in der Suite gewesen. Inka schloss dies aus. Die Zimmerkarte steckte im Bademantel des Toten, der am Kleiderhaken neben der Sauna hing und so unangerührt, wie das Zimmer aussah, war sie sicher: Der Mord an Klammer war kein Raubmord. »Okay, Terry, machen wir Feierabend.«

»Sag nur, du willst ausnahmsweise keine Ergebnisse morgen früh auf dem Tisch haben?«, hakte Teresa ungläubig nach.

»Ich weiß, du liebst deinen Job und du kannst es kaum abwarten wieder am Tisch zu stehen, aber es ist Samstagabend. Deine Süße hat Geburtstag, und du siehst müde aus. Drei gute Gründe, Oberstaatsanwalt Dr. Detlef Klammer eine Nacht von deiner Messerkunst zu verschonen.«

Teresa warf Inka einen Luftkuss zu, dann sagte sie: »Ich stimme dir ausnahmsweise zu.« Sie stöhnte kurz auf. »Wie sieht's aus, kommt ihr beide noch auf einen Drink vorbei? Flora würde sich freuen.« Teresa sah sie bittend an.

»Gib mir eine Stunde.« Inka sah auf die Uhr. Der Zeiger sprang auf 20.37 Uhr. »Aber bevor wir gehen«, sie ging in den Flur, »werfe ich noch einen Blick in den Safe.«

»Woher weißt du, dass es hier einen Safe gibt?«, fragte Teresa, während sie ihrer Freundin hinterhertrabte.

»Erstens steht es im Prospekt, und zweitens ist er mir schon aufgefallen, als ich die Anzüge des Opfers durchsucht habe. Na bitte«, sagte sie, als sie die Kleiderschranktür öffnete und eine graue Stahltür mit eingelassenem Griff und Display zum Vorschein kam. Nach zwei Versuchen piepte es dreimal, und die buchgroße graue Tür sprang auf.

»Nicht schlecht«, staunte Teresa. »Solltest du arbeitslos werden, ist dir ein lukrativer Job sicher. Wie hast du das gemacht?«

Inka lachte. »Männer suchen sich immer die einfachste Lösung für eine PIN, falls sie nicht gerade Spezialisten sind. Egal, ob Handy, Safe oder Rechner, alles gleich: Geburtsdatum, Name der Frau, Katze oder Kind.«

»Und was war Klammers PIN?«, drängelte Teresa neugierig.

»Hey, ich versau mir doch nicht meinen Job«, sagte Inka lachend.

»Du lässt mich zappeln?«

»Wie du mir, so ich dir«, sagte Inka und griff in den Safe. »Schau mal einer an, was haben wir denn hier, ein Handy und ein Notizbuch. Kannst du mir sagen, Terry, warum Klammer 50 000 Euro und eine teure Uhr rumliegen lässt und ein Notizbuch und ein Handy in den Safe sperrt?«

»Weil es ihm wichtig war, genau diese Sachen unter Verschluss zu halten.«

»Genau.« Inka nickte und steckte das ausgeschaltete Handy in die Manteltasche, darum würde sie sich später kümmern. Sie schlug das handgroße schwarze Notizbuch auf und überflog die Seiten. Viele Eintragungen, die, wie Inka vermutete, Gerichtstermine anzeigten, akribisch aufgeschrieben. Sie griff nach den Plastiktüten und schob Teresa aus dem Zimmer Richtung Treppenhaus.

Im Foyer war die Tür zum Festsaal geschlossen. Musik drang zu ihnen hinaus. Ein Elvis-Presley-Song: *Wooden Heart*. Sobald der deutschsprachige Refrain angestimmt wurde, hörten sie die Gäste lauthals mitsingen.

»Wollen wir rein und dem Brautpaar gratulieren?«, fragte Teresa, die Inkas Zögern vor der Saaltür mitbekam.

»Nein, auf keinen Fall«, entfuhr es Inka so empört, als hätte Teresa gefragt, ob sie ihren Haflinger Harlekin zum Abdecker bringen wolle.

»Ich dachte ja nur. Es sah so aus, als überlegtest du …«

»Nein.« Energisch schüttelte Inka den Kopf.

»Gut. Du hast vielleicht recht«, erwiderte Teresa. »Eine Glückwunschkarte tut es sicher auch. Ich werde eine für das Brautpaar Heitmann schreiben.«

»Wieso denn Heitmann? Ich denke das Brautpaar heißt Schlegel.«

»Nein, wie kommst du darauf?« Teresa verkniff sich ein Schmunzeln.

»Aber er hat doch mit …«

»Du meinst, weil er mit der Braut getanzt hat? Ja,

das war seine Schwester, Anneke Schlegel, jetzt Anneke Heitmann.« Teresa drückte Inka die dritte Plastiktüte in die Hand. »Hier, für die Kollegen der KTU. Bis nachher, meine Süße«, sagte sie süffisant lächelnd und verschwand aus dem Hotel, während sie mit ihrem Ausweis vor dem Kollegen Schmidt wedelte, der die Eingangstür sicherte und niemanden ohne Berechtigung hinein- oder herausließ.

9

Sebastian Schäfer saß an der Bar und trank ein Pils. Neben ihm ließen ein paar heimgekehrte Wanderer und andere Hotelbewohner den Abend in Ruhe ausklingen. In zwei der drei rotfarbenen Sitzecken hatten sich kleine Gruppen zu einem Plausch zusammengefunden. Ein Mann mit weißen Haaren und weißem gestutzten Bart saß allein in der dritten Sitzecke nahe dem Eingang. Er hielt ein Buch in der Hand, auf dessen Cover aufgedruckte Blutstropfen erahnen ließen, dass es sich um einen Krimi handelte. Inka las selten Krimis. Sie hatte im wahren Leben schon genug davon.

Sie nickte dem Barmann zu, stellte die Plastiktüten mit Klammers Kleinkram und der Wäsche neben sich und rutschte, so vornehm es ihr kurzer enger Rock zuließ, auf den freien schwarz lackierten Barhocker neben Sebastian.

»Hey«, sagte sie, »krieg ich auch einen Schluck?«

Wortlos reichte Sebastian ihr das dreiviertelvolle Glas Pils, in dem die Schaumkrone auf ein Minimum zusammengefallen war.

»Alles gut?«, fragte sie und leckte sich die Lippen.

»Alles gut«, antwortete Sebastian und schob einen Stapel loser Blätter in Inkas Richtung. »Habt ihr was gefunden?«

»Einen Batzen Geld, Schmuck, Handy und ein Notizbuch.«

»Das ist doch was. Langt es für einen gemütlichen Abend für uns zwei?«

Inka schmunzelte. »50 000 Euro dürften für mehrere Abende reichen. Haben wir mit teurem Schmuck im Nachtkästchen gefunden, während Notizbuch und Handy im Safe lagen.«

»Interessant.« Sebastian nickte.

»Und wie weit ist der Herr Polizeipsychologe?« Sie griff erneut zum Glas und trank einen kräftigen Schluck.

»Es war Mord.«

»Was du nicht sagst«, erwiderte Inka lächelnd und sah in Sebastians schokobraune Augen. »Ist Personal dabei, das wir genauer unter die Lupe nehmen sollten?« Sie nickte zum Papierstapel.

»Keiner in Sicht«, antwortete Sebastian. »Gedanken mache ich mir aber um die Holzkelle. Warum hat der Täter Klammer mit der Kelle bewusstlos geschlagen und zusätzlich die Tür verbarrikadiert? Es hätte gereicht, die Saunatemperatur zu erhöhen und abzuwarten. Und warum hat er die Kelle nicht mitgenommen, als Klammer tot war?«

»Er hat sie vergessen.«

»Möglich, aber unwahrscheinlich, da er gewartet und zugesehen hat, bis Klammer die Radieschen von unten sieht.«

»Wie meinst du das? Willst du sagen, der Mörder

stand hinter der Scheibe und hat zugesehen, wie Klammer im eigenen Saft dahingeschmolzen ist?«

»Davon kannst du ausgehen. Denn sonst wäre die Tür mit dem Wasserschieber oder Besenstiel oder was weiß ich noch verriegelt gewesen, als der Arzt und der Hotelbesitzer die Sauna betraten. Doch beide erwähnten mit keiner Silbe eine verriegelte Tür. Und was macht es auch für einen Sinn, die Tür zu verschließen, Kaffee trinken zu gehen, wiederaufzutauchen und die Verriegelung zu entfernen?«

»Ich habe weder Schlegel noch Patten gefragt, ob sie eine Verriegelung entfernt haben«, antwortete Inka, verärgert über ihre Unkonzentriertheit. Wie konnte sie das nur vergessen?

»Das lässt sich nachholen«, fügte Sebastian hinzu, als läse er ihre Gedanken.

»Also fassen wir zusammen«, begann Inka, »Klammer kriegt mit der Kelle eins über die Rübe und knallt auf den Saunaboden. Der Täter, der auch eine Täterin sein könnte, da große Kraftanstrengung ausgeschlossen ist«, Inka wartete auf Sebastians Nicken, »nutzte Klammers Zusammenbruch und verriegelte mit dem Wasserschieber oder Ähnlichem die Saunatür. Dann sah er oder sie zu, wie das Opfer, laut Terry, an Überhitzung starb, bevor er den Wasserschieber oder Ähnliches wieder entfernte. Jetzt brauchen wir das Motiv.«

»Habgier, Wollust, Zorn, Völlerei, Neid, Faulheit und Hochmut. Such dir eine Todsünde aus.«

»Hmm«, Inka zog die Oberlippe zur Nasenspitze. »Ich nehme Zorn, Wollust und Habgier.«

»Gute Wahl, Frau Kommissarin. Dann wäre unser Täter, hypothetisch betrachtet, eine Frau. Vorausgesetzt, wir schließen in unserem Fall aus, dass auch Zorn, Wollust und Habgier durchaus starke männliche Motive sein können. Aber gut, folgen wir zuerst einer Frau auf ihre dunkle Seite. Wild vor Leidenschaft zu Klammer, will sie ihn nicht mit einer anderen teilen, ist eifersüchtig, er soll sich für sie entscheiden. Der lacht sie aus, sie wird wütend und kloppt ihm die Kelle über den Schädel. Oder aber sie will Geld. Er zahlt nicht, und sie macht kurzen Prozess.«

»Liebe ist immer ein starkes Motiv, Sebastian. Wir sollten uns die Damen der Runde genauer ansehen, wobei mir auch Altmann und Grützmann nicht aus dem Kopf gehen. Altmann war in der Sauna und das Alibi von Grützmann ... Nun, das steht auch auf wackligen Beinen. Immerhin hat er sich mit Klammer gestritten. Ob es wirklich nur um 200 Euro ging, wissen wir nicht.«

»Stimmt, Inka. Doch mich beschäftigt eine ganz andere Sache: Warum ist Grützmann Arzt und Altmann Tankreiniger? Ich meine, sie haben beide Abitur, oder?«

»Ja, stimmt wohl, aber nicht jeder mit Abitur hat auch hinterher studiert. Schau dir die Griese, die Hoppe oder mich an«, erwiderte Inka.

Sebastian nickte zustimmend, dann sagte er: »Hast auch wieder recht. Ich bin gespannt, was bei der Obduktion herauskommt, die Frau Hansen durchführt. Tote sprechen eine eigene Sprache.«

»Frau Hansen?« Inka sah Sebastian fragend an. »Ich dachte, du wärst mit Terry beim *Du* gelandet.«

Sebastian wiegte den Kopf. »Ehrlich gesagt, ich weiß nicht so recht. Mal sagt sie ...«

»Entschuldige«, sagte Inka, als ihr Handy klingelte. Sie blickte aufs Display und drückte die Austaste. »Ich will nicht mit dem sprechen«, dann erklärend: »Das war Kohlhase, der Reporter.«

»Verdammte Parasiten«, knurrte Sebastian. »Man sollte sie mitsamt ihrer Kamera im Pietzmoor versenken.« Er war kein Freund der Presse und machte keinen Hehl daraus. In Hamburg, in seiner Dienststelle in Othmarschen, hatte ein ebenso aufdringlicher Reporter herumgelungert. In sämtliche Polizeiangelegenheiten hat er seine Schnüffelnase gesteckt, keine Neuigkeit war vor seinen Ausschmückungen sicher.

»Im Pietzmoor ist es besonders schön, wenn Nebel aufsteigt. Es ist ein mystischer Ort. Elfen und Trolle wohnen dort in ihren Höhlen im hohen Schilf«, erwiderte Inka.

»Im Pietzmoor?« Sebastian lachte auf. »Die Lüneburger und ihre Heidemythen, ich habe davon gehört.« Er lachte lauter. Der Nebengast sah mit verzerrtem Gesicht zu ihnen hinüber.

»Ja, lach nur, wir können ja mal am frühen Morgen hinreiten.«

»Aber sicher.« Sebastian gluckste.

»Du wirst schon sehen«, flüsterte Inka, als sich ihr Handy zum zweiten Mal meldete. Sie sah auf das Display und drückte erneut die Austaste. »Ich kann dieses Exemplar nicht leiden, obwohl ich zugebe, wenn es darum geht, Informationen in die Öffentlichkeit zu streuen, hat uns die Presse durchaus in einigen Fällen schon weitergeholfen.«

»Mag sein. Für mich sind Schreiberlinge ein rotes Tuch.«

Sebastian klang ernst.

»Schlechte Erfahrungen?«, fragte sie vorsichtig, weil

sie ahnte, dass Sebastians Abneigung gegen die Presse mit seiner Vergangenheit zusammenhing.

»Zur Genüge.«

Inka nickte und beließ es dabei, stattdessen fragte sie: »Und was ist nun mit dir und meiner besten Freundin? Magst du sie nicht?«

»Doch, Frau Hansen, ich meine Teresa, ist nett.«

»Aber?«

»Kein Aber. Sie ist klasse. Sie macht einen großartigen Job. Ich finde, sie ist eine wirklich tolle Frau.«

»Es macht dir also nichts aus, dass Terry eine Frau zur Frau hat?«

»Nein. Warum sollte mir das etwas ausmachen? Ich habe absolut nichts gegen gleichgeschlechtliche Liebe. Zumindest nicht bei Frauen«, setzte Sebastian nachdenklich nach.

»Und bei Männern?«, bohrte Inka nach.

»Ja. Nein. Ich weiß nicht. Meinetwegen kann jeder nach seiner Fasson glücklich werden, aber die Vorstellung … Na ja, die ist für mich als Mann, der das Geschöpf Frau anziehend und begehrenswert findet, irgendwie, wie soll ich ausdrücken …«, Sebastian zögerte, »nun, sagen wir mal so, ich finde es … irgendwie … ich weiß auch nicht … ungewöhnlich.«

»Gibt es einen Grund dafür, Herr Schäfer?«

»Tauchen wir ein in die Psyche des Psychologen, Frau Brandt?«, setzte Sebastian zur Gegenfrage an. »Verrate mir lieber, wer der Mann mit Anzug und Propeller war, der dir in der Sauna ständig auf die Beine gestiert hat.«

»Was?« Inka prustete los. »Sonst ist bei dir aber alles in Ordnung, oder?« Sie nahm noch einen kräftigen Schluck aus dem Glas. Das tat gut.

»Nein«, hörte sie Sebastian sagen, »ich hätte ihm gerne die Meinung gegeigt.«

»Du?«

»Ja, verdammt.«

»Warum?«

»Frag nicht so blöd.«

»Scheiße.« Inka schob das Bierglas über den polierten Holztresen vor Sebastians gefaltete Hände.

»Kannst du laut sagen. Gehen wir.« Er rutschte vom Barhocker, zog einen Zehneuroschein aus der Hosentasche und klatschte ihn neben das halbvolle Glas.

»Terry fragt, ob wir noch zu Flora kommen«, sagte Inka, während Sebastian sie wie ein kleines Mädchen unter den Armen griff und vom Hocker hob.

»Ich bin dabei«, sagte Sebastian, im Begriff zu gehen.

»Nein.« Inka schüttelte den Kopf und griff ins Salzstangenglas. »Ich muss erst zu den Gästen aus dem Restaurant und …«

»Ist erledigt. Niemand verließ während der Tatzeit das Restaurant, und hier …«, Sebastian nickte zu den Bargästen, »sitzen alle seit Stunden. Keiner kam und keiner ging weg. Sagt Emil.«

»Emil?«

»Emil.« Sebastians stoppeliges Kinn nickte Richtung Barkeeper.

»Du warst fleißig. Wie schön, dann bleiben mir nur die Hotelgäste.«

»Ist auch erledigt. Alle aus der Bar habe ich durchleuchtet, und außer den Klassenkameraden findest du nur noch einen Gast in Zimmer fünf. Eine Schreibertante hockt mit einer Flasche Burgunder vor ihrem Computer und schreibt an einem erotischen Roman.«

»Hier im Hotel?«

Sebastian nickte. »Sie meint, zu Hause würde ihr Mann sie ablenken, wenn er ihr über die Schulter schaue, und das mache sie nervös.« Er grinste. »Würde mich auch nervös machen.«

Inka winkte ab. »Dich? Du bist doch durch und durch Profi.«

»Ich meine, es würde mich verdammt nervös machen, wenn meine Frau Erotikromane schreibt und ich …«

»Das sind genug Ausführungen für heute, Sebastian«, unterbrach Inka ihr Gegenüber. Was war nur in ihren Freund gefahren? Waren das Anspielungen auf ihre bisherige Freundschaft? Hatte sie irgendwelche Zeichen übersehen?

Sebastian Schäfer, den Hamburger Polizeipsychologen, der das Zimmer des toten Robert Andresen zur Untermiete in Wilsede bezogen hatte, kannte sie seit drei Monaten, seit dem Fall der Seerosenhofmorde. Er hatte ihr das Leben gerettet. Was keinerlei Auswirkungen auf ihre Beziehung gehabt hatte, doch sie waren sich vom ersten Augenblick an sympathisch gewesen. Und in dieser kurzen Zeit war Sebastian ihr vertrauter geworden, als ihr Nochehemann es je gewesen war. Wieso hatte sie sich bei Fabian nur mit so wenig zufriedengegeben?

»Du hast recht. Genug für heute«, sagte Sebastian einen Augenblick später in Inkas Gedanken hinein. »Weiß auch nicht, was mit mir los ist. Entschuldige.«

Inka fühlte sich ein wenig unwohl, als sie die Hotelbar verließ, und fragte sich, ob sie auf Sebastians Andeutungen hätte eingehen, ihm erklären sollen, dass sie ihn mochte, sehr sogar. Sie fühlte sich wohl in seiner Gesellschaft, und es machte Spaß, mit ihm zusammen zu sein.

Sie lachten, alberten, ritten zusammen mit den Haflinger-Brüdern durch die Heide und führten kluge Gespräche. Doch war sie unsicher, ob dies alles für eine Beziehung zwischen ihnen reichte. Und vor allem fragte sie sich, ob er nach dem Verlust seiner Frau und Tochter bereits so weit war, eine neue Verbindung einzugehen.

Am Hoteleingang hatte Kollege Schmidt Sperren errichtet, einmal für den Eingang und einmal für den Ausgang. In der Hand hielt er Klemmbrett und Stift und trug ein, wer das Hotel betrat oder verließ.

Draußen war es stockfinster, und es begann wieder zu schneien.

Inka fröstelte. Ihr Atemhauch verwandelte sich in kleine weiße Wölkchen. Den Wollmantel eng um den Körper geschlungen, hakte sie sich bei Sebastian unter und trippelte auf ihren Pumps zum Wagen.

Ein kalter Ostwind trieb ihnen an diesem Winterabend die Schneeflocken ins Gesicht und zerrte an ihrer Kleidung. Schnüffelnd wie ein Jagdhund, der Witterung aufgenommen hatte, wie Mark gerne scherzhaft bemerkte, hielt Inka die Nase in die Luft. Es war der Duft gebrannter Mandeln, frischer Zuckerwatte und rot glasierter Liebesäpfel, der vom Dorfteich herüberwehte. Die ersten Buden schienen bereits für den morgigen Adventsmarkt ihre Auslagen zu füllen.

Augenblicklich knurrte ihr Magen. Hoffentlich hatten Floras hungrige Gäste ein paar Reste vom leckeren Hühnchen für sie übriggelassen. Mit letztem Blick über die friedliche Dorflandschaft und dem Gedanken, dass sich hier irgendwo ein Mörder verbarg, stieg sie in den eiskalten Wagen.

Sofort beschlugen die Scheiben. Mit einem Papiertaschentuch entfernte sie den nebligen Schleier, bis ein tellergroßes Guckloch freilag, startete den Motor und stellte das Gebläse auf volle Leistung. Die letzten Schneeflocken in ihren Haaren schmolzen dahin.

10

Der alte Resthof war noch immer vom verlockenden Duft der indonesischen Küche erfüllt. Die grelllila Blusendame spielte in der Diele am Klavier ein Stück, das Inka nicht kannte und einige umstehende Gäste zu tänzelnden Bewegungen anregte. Ein junges Pärchen lehnte am Klavier und schnalzte mit den Fingern zur Musik.

Drei Frauen und zwei Männer saßen am Esstisch, auf dem die Blumendekoration, einige leere und halbgefüllte Gläser, zwei Weinkaraffen und zwei Schüsseln mit Tokos, Floras selbst gebackenen Erdnusschips, standen. Vor der Gruppe lag ein Brettspiel aus Teresas und Floras unermesslichem Vorrat an Gesellschaftsspielen. Sie lachten, würfelten und hüpften mit grünen und gelben Steinen auf dem Holzbrett vor und zurück.

Teresas und Floras Geburtstage gestalteten sich so einmalig wie zwanglos und unendlich. Wurden Gäste müde, war es selbstverständlich, auf einem der vielen Sofas oder in den Gästezimmern der Hausherrinnen zu verschwinden.

»Hey, ihr beiden!« Mit offenen Armen stürmte Flora auf Inka und Sebastian zu. »Schön, dass ihr wieder da seid. Essen ist warm gestellt, falls ihr …« Flora bekam keine Gelegenheit weiterzusprechen.

Mit vollbeladenen Tellern rutschten Inka und Sebastian drei Plätze weiter neben die würfelnde Gruppe, ließen sich Hühnchen mit Curryreis und zum Nachtisch den Rujak, einen indonesischen, mit Tamarindenmus angemachten, leicht süß-säuerlichen Obstsalat, schmecken. Nach dem Essen fachsimpelte Sebastian mit Flora über die Zubereitung des zweiten Nachtischs, Jumput Pisang Goreng, köstliche Bananenküchlein. Flora schwor, sie schmeckten besser mit Rosenwasser verfeinert und mit Buchweizenmehl zubereitet. Sebastian hielt dagegen. Inka war es schnurz; die kleinen Gebäckstücke schmeckten, das war alles, was sie interessierte.

In Klammers Handy hatte sie zweimal die falsche PIN eingegeben. Nach dem dritten Mal würde sich der Sperrcode aktivieren, das wollte sie nicht riskieren. Spezialisten mussten ran. Klammers Notizbüchlein war interessanter. Ab und an hob sie den Kopf, hörte den Brettspielern zu, die ihre Würfel über den Tisch kullern ließen und laut auflachten. Ein Pärchen, sie mussten in den Fünfzigern sein, saß Händchen haltend auf dem bunten Kanapee, das in der Ecke am Küchenfenster stand. Sie schienen so verliebt wie vor dreißig oder vierzig Jahren, als sie sich im Sandkasten kennengelernt hatten.

Inkas Beziehungen sahen anders aus, weniger tiefgehend, anfangs heiß und leidenschaftlich, doch ebenso schnell ausgeleiert und uninteressant wie ein Paar billige Turnschuhe oder schal, wie ein stehen gelassenes Glas Bier. Wobei sie fand, dass dies an den Männern lag, die sie sich in den letzten Jahren ausgesucht hatte. Und Fabian machte da als notorischer Lügner und Fremdgeher keine Ausnahme.

Aus der Diele klangen verhaltene Klaviertöne bis in

die Küche, die das bemüht leise Scheppern von Teresas Aufräumaktion und das sonore Brummen der Geschirrspülmaschine durchbrachen.

Es ging auf 23 Uhr zu, als Inkas Handy klingelte und sie aus dem entspannten Umfeld riss. Amselfeld. Er nahm ihre Bitte um Rückruf wörtlich. Sie nahm den Anruf an. »Ja, Kollege.«

»Amselfeld hier. Ich sollte Sie anrufen«, schien er sich für seinen späten Anruf zu entschuldigen. »Ich habe mich schlaugemacht. Das Auto des Toten, ein silberfarbener Jaguar mit Cuxhavener Kennzeichen, wurde auf dem Hotelparkplatz abgestellt. Das Fräulein an der Rezeption notierte am gestrigen Tag das Eintreffen des Gastes mit Wagen.«

»Prima. Veranlassen Sie bitte, dass der Wagen in die Kriminaltechnik geht.«

»Wenn er auf dem Hotelparkplatz wäre, hätte ich die Untersuchung längst erwirkt«, kam die schnippische Antwort.

»Wie, Sie hätten ...« Inka brach ab. Mit Amselfelds eigenmächtigem Handeln, womit er weit über seine Befugnisse als Streifenpolizist hinausging, konnte sie sich jetzt nicht befassen. Stattdessen knallte sie ihm entgegen: »Was zum Teufel soll das heißen, wenn er da gestanden hätte? Wo ist das Auto?«

»Bin ich Hellseher? Ich kann nicht mehr sagen, als dass es nicht auf dem Parkplatz steht, wo es eigentlich stehen sollte«, konterte Amselfeld angegriffen.

»Das gefällt mir nicht. Das gefällt mir ganz und gar nicht«, sagte sie mehr zu sich als zu Amselfeld. Sie fühlte, wie die Sekunden verstrichen, während sie überlegte, was jetzt zu tun sei. »Also gut, alles Weitere morgen.«

»Morgen ist Sonntag. Da besuche ich mit meiner Familie Verwandte«, hörte sie Amselfeld sagen.

»Wir sind unterbesetzt, Kollege«, erwiderte Inka etwas irritiert. Sie wusste gar nicht, dass er verheiratet war und Kinder hatte. Viele kleine zwitschernde, hungrige Amselschnäbel. Sie verkniff sich ein Lächeln und sagte: »Fritz liegt mit Erkältung im Bett, Mark hat sich dem angeschlossen. Außerdem müssen wir alle unsere Pläne ändern. So ist das auf dem Dorf. Hier schließen wir die Fenster, bevor der Sturm losbricht«, fügte Inka kühl hinzu und zog sich die zweite Schüssel Erdnusschips von der Mitte des Tisches heran. Sie hörte förmlich, wie ihr Kollege am anderen Ende der Leitung aufstöhnte. Was hatte er denn erwartet? Eine Hundertschaft an Kollegen, die ihm seinen heiligen Sonntag rettete? Inka beendete das Telefonat. Sollte er sie zum Teufel wünschen.

Der Sonntag begann relativ ruhig. Nachdem sich Inka und Sebastian um drei Uhr morgens von Flora und Teresa verabschiedet hatten, war jeder in seine Wohnung aufgebrochen. Eine halbe Stunde später lag Inka im Bett und warf sich unruhig hin und her. Hatte Sebastian ihr in der Bar durch die Blume zu sagen versucht, dass er eifersüchtig war? Sie hatte nicht weiter darauf eingehen wollen, und bei Flora hatte sie ihre Gedanken verdrängt. Doch jetzt tauchten sie wieder auf und drehten sich in ihrem Kopf.

Seit drei Monaten war Sebastian ein guter Freund. Ein Hamburger Polizeipsychologe, der sich in die psychosomatische Klinik *Seerosenhof* auf eigenen Wunsch hatte einweisen lassen, um gegen die Dämonen seiner Vergangenheit zu kämpfen. Er hatte ihr beim Fall der

Seerosenhofmorde beruflich zur Seite gestanden. Als die Klinik im September geschlossen worden war, war er mit seiner Arbeit als Polizeipsychologe in Beurlaubung gegangen. Seitdem tauchte er öfter an Inkas Seite auf, was ihr durchaus angenehm war. Sie fachsimpelten über die Arbeit, lachten über die gleichen Dinge, und was das Ausreiten mit Harlekin und Bajazzo, den beiden Haflinger-Brüdern, betraf, so machte Sebastian erstaunliche Fortschritte. Mittlerweile fühlte es sich an, als würden sich Mann und Pferd und sie bereits seit Jahren kennen. Inkas Gedanken drehten sich im Kreis. Sie mussten miteinander reden. Sollte Sebastian mehr wollen ... Sie knirschte mit den Zähnen und wühlte in der Nachttischschublade nach dem kleinen himmelblauen Kästchen. Ohne das Licht anzuschalten, öffnete sie den Plastikverschluss und nahm die Bissschiene heraus. Ihr Zahnarzt hatte sie für sie angefertigt, um wenigstens ihren Zähnen Nachtstress zu ersparen.

Als nach weiteren sechseinhalb Stunden der Wecker rasselte und sie aus dem Bett scheuchte, wusste sie nicht mehr, wann die Müdigkeit sie übermannt hatte und sie eingeschlafen war. Sie ging unter die Dusche, cremte sich ausgiebig mit der Körperlotion ein, die nach süßem Jasmin duftete, und zog sich Jogginghose und das lässige graue Sweatshirt über. Mit zwei Paar übereinandergezogenen Plüschsocken über den Füßen schlurfte sie in die Küche.

Auf dem Küchentisch lag ihr Notizbüchlein. Gestern Abend hatte sie es aus der Tasche gezogen, einen kurzen Blick hineingeworfen und beschlossen, Arbeit Arbeit sein zu lassen und ins Bett zu gehen. Am liebsten würde sie heute Morgen genau das Gleiche tun, sie war hundemüde.

Sie füllte die Kaffeemaschine mit Wasser und Kaffeepulver, nahm sich eine Banane aus der Obstschale und schnippelte sie in die Keramikschüssel, aus der Kermit der Frosch aus der Muppet Show herausschielte. Mit getrockneten Cranberrys, Haferflocken und Milch ergab das die Mischung, die sie morgens brauchte, zusätzlich zu den zwei Tassen Kaffee mit Zucker und Sahne, um munter zu werden. Normalerweise war sie ein Morgenmensch, schon immer gewesen, was ihr den Spitznamen »Muntermacher« auf der Wache eingebracht hatte, doch in den letzten drei Monaten fühlte sie sich schlapp und ausgelaugt. Vielleicht sollte sie wirklich kürzertreten und nur halbtags arbeiten, auch Paula zuliebe.

Der Kaffee lief durch die Maschine und erfüllte die kleine Küche mit einem angenehmen Duft. Inka schob die halbhohe Gardine zur Seite und sah hinaus auf den Innenhof. Ihre Neffen Linus und Lennart, beide in Winterblouson, Schal und Mütze gehüllt, tobten über das Kopfsteinpflaster, während sie einen roten Ball von der Ecke des Hofladens bis hinunter zur Toreinfahrt hin und her schossen. Bonny und Rocky, das unzertrennliche Katzenpaar, saß dicht aneinandergedrängt auf einem Baumstumpf und folgte dem Treiben der Jungen.

Plötzlich knallte eine Tür.

Die Katzen rannten aufgeschreckt Richtung Scheune. Tim, ihr Schwager, in der rechten Hand eine Axt, überquerte den Innenhof. Mit schwarzen Gummistiefeln marschierte er auf Lennart, den ältesten der Brüder zu, sagte etwas, das Inka nicht verstehen konnte, doch allem Anschein nach so viel bedeutete wie: Macht nicht so einen Lärm, es ist Sonntag, es sind Gäste im Haus. Kurz darauf verzogen sich die Jungen mit gesenkten Köpfen und dem Ball auf die Weide hinter dem Hof.

Außer dem lauten Geschmetter, das entfernt in die Wohnung drang, wenn Metall auf Holzscheite krachte, war es wieder still.

Inka wartete, bis der letzte Dampfstoß aus der Kaffeemaschine puffend herausgeschossen war, schenkte sich eine Tasse Kaffee ein, nahm die Müslischüssel und rutschte hinter den Tisch. Sie zog ihr dunkelblaues Notizbüchlein heran und schlug es auf. Tanja Griese, geborene Meinhardt, wohnhaft in Jesteburg, neunundzwanzig, verheiratet, Filialleiterin einer Drogerie, kinderlos, las sie. Beate Schroth, Besitzerin einer Berliner Apotheke, dreißig, verheiratet, kinderlos. Liane Wolters, ledig, dreißig, Model, kinderlos, lebt in Köln oder an der Côte d'Azur. Dora Hoppe, dreißig, Hausfrau, acht Kinder, lebt mit Familie in Flensburg an der Förde. Roland Altmann, dreißigjähriger Tankreiniger aus Schneverdingen, verheiratet, ein Kind. Ullrich Grützmann, dreißig, Assistenzarzt der Urologie im Winsener Krankenhaus, kinderlos, ledig.

Sechs der sieben Menschen, die in der Lüneburger Heide aufgewachsen und zur Schule gegangen waren, die es teilweise in die Ferne verschlagen hatte und die nun nach zehn Jahren ein Wiedersehen feiern wollten. Doch nun war ein Schulkamerad tot. Was ging durch ihre Köpfe? Trauerten sie, oder freute sich einer von ihnen? Als Inka gestern Abend mit den ehemaligen Abiturienten gesprochen hatte, war es ihr schwergefallen einzuschätzen, ob unter den sechs Menschen der Täter zu finden war, der Dr. Detlef Klammer erst mit der Holzkelle bewusstlos geschlagen und dann in der Sauna eingesperrt hatte. Oder war es ein Hotelgast, ein Mitarbeiter des Hotels oder sogar, wie sie bereits vermutete, ein Täter von außerhalb? Sie hatte nur einen Augenblick, um sich diese Frage zu stellen.

Ihr Handy klingelte.

Inka rannte in die Diele und wühlte in der Manteltasche nach dem Telefon. Als sie es endlich fand, aufklappte und sagte: »Inka Brandt«, war die Verbindung beendet. Sie sah auf das Display: Keine Rufnummer. Meine Güte, wie sie das hasste. Sie rutschte wieder hinter den Küchentisch, legte das Handy vor sich, sah weiter ins Buch und löffelte ihr Müsli. Die Haferflocken färbten die Milch bräunlich, und mit den getrockneten Cranberrys und der Banane vereinigte sich alles sekündlich mehr und mehr zu einer dicklichen Pampe. Inka steckte den Löffel wie eine Fahnenstange in das Müsli. Zu viele Haferflocken, zu wenig Milch. Sie schob die Schüssel beiseite.

Kaum zwei Minuten vergingen, als ihr Handy erneut einen unbekannten Teilnehmer meldete. »Ja«, sagte sie.

»Ich bin es, Süße«, meldete Teresa. »Ich hab gerade schon mal angerufen, musste aber auflegen.«

»Du? Warum sehe ich deine Nummer nicht?«, fragte Inka, schüttete mehr Milch nach und stocherte mit dem Löffel im Brei herum.

»Weil ich Dussel statt meines eigenen Handys heute Morgen Floras erwischt habe, aber jetzt hör zu. Ich bin im Institut und beginne gleich mit der Obduktion des Oberstaatsanwalts. Ich wollte dir nur sagen, dass vor meiner Tür der Vater des Toten sitzt und mit jemandem sprechen will, der den Fall seines Sohnes bearbeitet.«

»Hä? Wer hat den denn informiert?« Inka ließ den Löffel in die Schüssel fallen. Milch spritzte auf den Küchentisch.

»Dein Kollege Amselfeld«, antwortete Teresa.

»Der frühe Vogel fängt den Wurm.« Inka rollte die Augen.

»Jep. Aber nicht nur das. Der Vater ist Richter a.D. aus Cuxhaven und ziemlich ungnädig.«

»Und was hängt er bei dir rum? Warum fährt er nicht auf die Wache?«

»Da ist er bereits zu Höchstform aufgelaufen. Deine Kollegen haben ihn zu mir geschickt, nachdem er ihnen allerlei Dienstaufsichtsbeschwerden anhängen wollte, weil er erst heute Morgen und nicht bereits gestern Abend über den Tod seines Sohnes informiert wurde. Sie haben gehofft, ich könnte ihn besänftigen.«

»Konntest du?«

»Du meinst, ob ich ihn betäubt habe?«

»So ungefähr.« Inka schob sich den nächsten Löffel Müsli in den Mund.

»Nein. Aber ich sagte ihm, ich würde selbstverständlich sofort die verantwortliche Kommissarin aus ihrem wohlverdienten Sonntag klingeln, um ihn zufriedenzustellen.«

»Das hast du gesagt?«, fuhr Inka auf und hustete Haferflockenpampe über den Tisch.

»Natürlich nicht. Nur, dass ich versuche dich zu erreichen, das habe ich ihm gesagt. Wenn ich dich jetzt also nicht erreichen konnte, sag es, und ich verpasse ihm eine Ladung K.-o.-Tropfen in den Kaffee.«

»Vergiss es«, sagte Inka. Mit dem Handrücken wischte sie sich über den Mund. »Ich komme.« Wütend legte sie auf und wusch sich die Hände. Kollege Amselfeld durfte sein blaues Wunder erleben. Was fiel ihm ein, schon wieder über ihren Kopf hinweg Entscheidungen zu treffen, die den Fall betrafen?

Zorn stieg in ihr hoch.

11

Eine Stunde später stand Inka auf dem Flur der Stader Rechtsmedizin einem hochgewachsenen Siebziger gegenüber, der sie mürrisch anblickte. Der Mann trug einen schwarzen Anzug und darunter ein weißes Hemd mit grau-schwarz gestreifter Krawatte. Er hatte ein ovales Gesicht, und seine weißen Haare lagen glatt und kurz geschnitten um die sich deutlich abzeichnende Schädelform.

»Sind Sie der Chef?«, fragte er grimmig, ohne sich vorzustellen.

»Zurzeit ja. Fritz Lichtmann, unser Chef, ist krank, somit übernehme ich kommissarisch die Leitung. Darf ich mich vorstellen, Inka Brandt.« Sie reichte dem Mann die Hand.

»Richter Dr. Dr. Egon Klammer«, erwiderte der und nahm ihre Hand entgegen. »Kommen wir gleich zur Sache, Frau Brandt. Ich frage mich, warum ich nicht bereits gestern Abend vom Tod meines Sohnes informiert wurde.«

»Herr Dr. Dr. Klammer, erst einmal möchte ich Ihnen mein aufrichtiges Beileid aussprechen.« Inka machte eine kurze Pause.

»Danke. Ja. Es ist ...« Klammer schluckte, und sein Mund zuckte vor Schmerz. »Nun gut«, sagte er, nickte einmal und fasste sich. Er war kein Mann, der einer fremden Frau seinen Kummer offenbarte. »Also, warum wurde ich nicht angerufen?«

»Der Tod Ihres Sohnes trat ...«

Weiter kam Inka nicht, und ihr war klar, dieses Gewitter musste sie über sich ergehen lassen.

»... bereits kurz nach 19 Uhr ein, ich bin ausreichend

über den Todeszeitpunkt informiert. Und würden Sie kompetente Polizeiarbeit leisten, wäre es eine Leichtigkeit, etwaige Verwandte des Toten ausfindig zu machen und zu informieren.« Dr. Dr. Egon Klammer wollte brüllen, doch mehr als ein lautes Stöhnen brachte er in seiner momentanen Verfassung nicht heraus. »Wie können Sie zu Hause sitzen und Däumchen drehen, während der Mörder meines Sohnes frei herumläuft? Nun, klären Sie mich auf!«, sagte er, widerwillig beherrscht. Die Haut über seinem Kinn spannte sich, und er lief knallrot an.

Inka glaubte nicht, was sie da hörte. Gut, sie gab Klammer senior recht, sie hätte ihn benachrichtigen können, vielleicht auch müssen. Doch dass sie ihre Arbeit mangelhaft verrichtete, war zu viel für heute Morgen. Um Inkas Brustkorb legte sich eine eiserne Klammer. Sie hatte das Gefühl, gleich zu explodieren.

Beruhige dich bloß, dachte Inka. *Überlege.*

Sie könnte den Richter verhören wie einen Verdächtigen, ihn vor die Tür setzen oder sachlich bleiben und den Siebziger aufklären. Inka holte tief Luft und entschied sich für letztere Version. Sie schilderte den bisherigen Sachverhalt und blieb mit ihrer Stimmlage so sanft, wie es ihr Gemüt erlaubte.

Dr. Dr. Egon Klammer schien zufrieden. Eine gewaltige Veränderung spielte sich in seinem Gesicht ab. Die Röte wich aus seinen Wangen, die Stirnfalten glätteten sich, und auch das Zucken um seine Mundwinkel erstarb. Dann öffnete er den Mund und atmete kräftig ein und aus. »Also, Frau Brandt«, sagte er, als ahnte er Inkas Reaktion, würde er nicht ebenfalls einlenken. »Ich weiß natürlich um die behördlichen Schwierigkeiten Ihrer Arbeit auf dem Dorf. Ich bin selbst in Quarrendorf aufgewachsen, Sie wissen ja, das liegt gleich um die Ecke bei Hanstedt.« Als Inka keine Antwort gab, sondern ihn mit zusammengekniffenen Brauen fixierte, fuhr er fort: »Ich denke, wir sollten zusammenarbeiten.«

»Zusammenarbeiten?«, wiederholte Inka ein wenig zu schrill. Das hatte ihr noch gefehlt. Ein Richter, der ihr in den Fall quatschte.

»Ja.« Klammer starrte in das Blau ihrer Augen. Sein Blick war fest. »Nun ... Es ist mein Sohn, der ...« Er drehte den Kopf zur metallfarbenen Schiebetür, die Flur und Teresas Reich voneinander trennten.

»Das verstehe ich. Und Sie können sich darauf verlassen, Herr Dr. Dr. Klammer, ich werde alles Menschenmögliche tun, um den Mörder Ihres Sohnes zu fassen.«

»Das setze ich voraus, Frau Brandt. Doch werde ich es mir nicht nehmen lassen, Sie zu unterstützen«, antwortete er freundlich.

Verdammt, dachte Inka. Wie sollte sie dagegen anstinken? Sie könnte ihn vom Fall aussperren, rechtlich gesehen. Doch was nützte ihr das, Klammers Richterarme reichten weiter als bis in sein Heimatdorf, das gerade einmal dreieinhalb Kilometer entfernt der Wache lag. Einmal Richter, immer Richter. Zumindest, was die Kontakte betraf.

»Ich freue mich immer über Unterstützung«, gab Inka lächelnd zurück. Das war der Moment, in dem sie ihrem Gegenüber liebend gerne an die Gurgel gegangen wäre, statt zu lächeln. Sie hasste Gespräche dieser Art, doch manchmal kam auch sie nicht drum herum, klein beizugeben.

»Wie schön«, erwiderte Klammer. »Wo beginnen wir?«

»Sagen Sie mir, was war Ihr Sohn für ein Mensch? Ich hörte, er war Oberstaatsanwalt.«

»Ja.« Klammer senior nickte und rutschte auf die graue Metallbank an der linken Wandseite.

»Wir können auch in den Aufenthaltsraum …«

»Nein, nein, ist schon gut«, unterbrach Klammer. Er beugte sich nach vorn, stützte die Ellenbogen auf die Knie und fuhr mit beiden Händen durch sein silbergraues Resthaar. Dann setzte er sich gerade auf und drückte den Rücken an die Banklehne. Seine graugrünen Augen starrten an Inka vorbei. »Detlef …«, begann er zögernd, »in zwei Wochen sollte er meinen Posten übernehmen, bis dahin hatte er Urlaub. Eigentlich wollte er nach Spanien in unser Ferienhaus fliegen, aber als der Anruf zum Treffen kam, cancelte er den Flug kurzerhand. Er freute sich riesig über die Einladung. Er sprach noch darüber, alle Klassenfreunde wiederzusehen, und war neugierig, was aus ihnen geworden war. Er war ein guter Sohn. Fleißig, respektvoll, hilfsbereit und …« Klammer senior sah auf und lächelte. »Na ja, ich spreche als Vater. Ich weiß, Detlef war nicht immer ein Heiliger, seine Mädchengeschichten in der Jugend und seine Schulzeit sind nicht gerade vorbildlich verlaufen. Aber er hat sich gefangen, in einem halben Jahr wollte er heiraten. Birgit, die Tochter meines Kollegen. Wurde ja auch Zeit. Meine Frau wünscht sich schon so lange Enkelkinder. Aber das …« Klammers Blick trübte sich.

»War Ihr Sohn nicht erst dreißig?« Inka sparte sich Worte wie: Diesen Karrieresprung schaffte er auch nur mit einem Vater im Rücken, der die nötigen Kontakte vermittelte.

»Ja, ist er gerade geworden. Aber wie ich schon sagte,

mein Sohn war ein fleißiger Mann.« Klammer senior musterte Inka aufmerksam, als erwartete er ihren Zuspruch.

»Sie waren sicher sehr stolz«, sagte Inka vorsichtig. Ob er sie durchschaute? Wusste er, dass sie ihm hinter die Stirn blickte? Sie versuchte ein erneutes Lächeln. Es misslang. »Nun gut«, begann sie, »erzählen Sie mir von Ihrem Sohn. Hatte er Feinde? Als Oberstaatsanwalt gab es doch sicher den ein oder anderen, der ihm nicht wohlgesinnt war.«

Klammer senior nickte. »In diesem Beruf macht man sich nicht nur Freunde.«

»Dann sollten wir dort beginnen. Es wäre schön, wenn Sie jegliche Personen aus vergangenen Fällen heraussuchten, die Ihr Sohn bearbeitet hat und die ihm hätten schaden können. Und ich ermittle mit meinem Team vor Ort. Sobald es Neuigkeiten gibt …«, Inka sah zur Schiebetür, »melde ich mich bei Ihnen.«

»Kann ich mich auf Ihren Anruf verlassen, Frau Brandt?«

Inka nickte. »Herr Dr. Dr. Klammer. Es gibt da noch etwas, was ich Sie fragen möchte.«

»Bitte.«

»Im Hotelzimmer Ihres Sohnes fanden wir 50 000 Euro. Trug er immer hohe Geldsummen mit sich herum?«

»Mein Sohn ist kein Kostverächter. In jeglicher Hinsicht, wenn Sie verstehen. Aber 50 000 Euro sind für eine Woche in einem Kuhdorf schon recht viel, da stimme ich Ihnen durchaus zu. Ich denke, das beantwortet Ihre Frage.«

»Absolut«, erwiderte Inka. Sie dachte sich ihren Teil. »Noch eins, Herr Dr. Dr. Klammer, dieses Notizbüchlein fanden wir im Hotelsafe. Würden Sie es bitte durchsehen und mir sagen, was die Abkürzungen ›E‹ und ›D‹ bedeuten.«

Klammer senior nahm das Buch entgegen, blätterte, runzelte ab und an seine sonst faltenfreie Stirn oder schüttelte fast unmerklich den Kopf. »Es sind teilweise alte oder neue Gerichtstermine«, sagte er nach einer Weile und: »Die Termine, sollten diese Abkürzungen Termine sein, kann ich mir jedoch auch nicht erklären.« Er reichte Inka das Buch zurück und setzte hinzu: »Aber wie ich schon sagte, mein Sohn, nun … Möglich, dass diese Abkürzungen anderweitige Verabredungen kennzeichnen.«

»Sie denken an Damen, die sich Ihr Sohn für seine Abendgesellschaft auf die Suite bestellt hat?«

In Zeitlupe hob und senkte Klammer die Schultern. »Sehen Sie, Frau Brandt.« Er nahm Inka das Buch nochmals aus der Hand. »Hier zum Beispiel. Freitag, 28.11.14, 15 Uhr ›D‹, Samstag, 29.11.14, 21 Uhr ›E‹. Wobei die Verabredung mit ›E‹ seit Anfang des Jahres regelmäßig zum Ende des Monats im Kalender steht. ›D‹ ist nachmittags und nur einmal aufgeführt. Und was sollte es sonst sein?« Er klappte das Buch zu.

»Sie meinen, Ihr Sohn wollte sich mit ›D‹ noch einmal ausgiebig amüsieren, bevor er heiratet.« Inka musterte Klammer kurz und setzte dann nach: »Für 50000 Euro wäre das aber eine heiße Party geworden.«

»Es ist mein Sohn, der da drinnen gerade aufgeschnitten wird, Frau Brandt. Er ist ermordet worden. Er war kein Engel, aber er war mein Sohn. Und wenn unangenehme Dinge ans Tageslicht kommen müssen, damit wir den Täter finden, dann ist das so.« Mit der schrecklichsten Mischung von Trauer, Wut und Entschlossenheit, die ein Mensch empfinden konnte, blickte Klammer ihr in die Augen. Er griff in seine Jacketttasche, zog ein kleines silbernes Etui heraus und reichte Inka ein weißes Kärtchen mit schwarzer kursiver Schrift. »Hier ist meine Karte.« Er gab Inka die Hand. Sie war feucht und klamm. »Wir hören voneinander«, sagte er bestimmend, bevor er durch die Tür verschwand, die ungebremst mit einem Knall ins Schloss fiel.

Als Inka Teresas Sezierraum betrat, vibrierte ihr Handy in der Hosentasche. Fabian. Sie drückte die Annahmetaste. »Was ist los, Fabian? Geht es Paula gut?«

»Ja, alles im grünen Bereich. Paula geht es gut. Wir sind in den Zoo gegangen und ...«

Weiter kam er nicht. »Hast du ihr die Mütze aufgesetzt, den Schal umgelegt und ihr Gesicht eingecremt, bevor ihr los seid? Und warum seid ihr in den Zoo? Es regnet doch. Und ...«

»Halt die Luft an«, unterbrach Fabian, »erstens ist alles erledigt, zweitens regnet es nicht, sondern die Sonne scheint, und drittens wollte ich dich fragen, ob Paula eine weitere Woche bei mir bleiben kann. Ich habe ja Zeit und ...«

Wieder unterbrach Inka ihren Nochehemann. »Wolltest du dir nicht einen neuen Job suchen?«

»Das mache ich, alles der Reihe nach. Außerdem hängt bei mir was an der Angel.«

»Blond, brünett oder ...«

»Lass die Späße. Du weißt genau, vor Paula ...«

Fabian brauchte nicht weiterzusprechen. Inka wusste von Fabians Verantwortungsbewusstsein seiner Tochter gegenüber. In diesem Punkt konnte sie sich auf ihn verlassen.

»Ja, ich weiß«, erwiderte sie knapp, »und ja, geht in Ordnung. Bis nächsten Sonntag also.«

»Gut, danke«, hörte Inka, dann legte sie auf und betrat den Sezierraum.

»Na, war das dein Ex?«, fragte Teresa Hansen, ohne von ihrer Arbeit aufzusehen.

»Ex wäre schön. Er unterschreibt die Papiere nicht, weil er von mir Unterhalt fordert.«

»Was?«, nuschelte Teresa.

»Ja, du hast richtig gehört. Wetzleder hat ihn vor die Tür gesetzt, weil er irgendeinen Scheiß fabriziert hat.«

Teresa schüttelte den Kopf. »Wie gut, dass du wenigstens deinen Nachnamen behalten hast, so vergisst du schneller, dass der Kerl dich nach Strich und Faden betrogen hat.«

Inka zog eine Grimasse. »Wie sieht es bei dir aus? Hast du was für mich?«, fragte Inka, während sie drei Meter Abstand zum geöffneten Torso hielt.

»Siehst du hier sonst noch jemanden, meine Süße?«

»Ja, ich wollte dich schon gestern fragen, wo Blümchen ist.«

»Mit Enrico im Urlaub auf den Galapagos. Zwei Wochen.«

Teresa stellte sich in ihrer weißen Montur aufrecht, die jede noch so kleinste Fläche ihres Körpers, außer den Augen, verdeckte. Das dunkle Braun hinter dem transparenten Visier verriet ihre Verärgerung über die Abwesenheit ihrer Assistentin. »Wer ahnt auch, dass Undeloh kurz vor Weihnachten als gewählter Anleger für Mörder amtiert«, brummte sie. »So, und jetzt hör zu.« Teresa beugte sich über den Metalltisch zu Klammer, bis ihr Gesicht nur noch eine Handbreit vom Toten entfernt war. »Schlechtes Gebiss im Oberkiefer, fünf Zahnimplantate im Unterkiefer, Fettleber …«, für einen Moment hielt Teresa inne, während sie vorsichtig, als trüge sie einen Berg roher Eier in den Händen, das Herz des Toten auf ein metallenes Tablett neben vier anderen, mit Organen gefüllten Tabletts legte. »Aber, alles zu seiner Zeit. Dich interessiert sicher erst mal, woran er gestorben ist, oder?«

Inka zuckte die Schultern.

»Ja oder ja, Süße. Was ist los? Liegt dir der Erzeuger des Herrn auf der Leber?« Sie prustete.

»Du und deine Scherze.« Inka verzog das Gesicht. »Er sagt, er will mit uns zusammenarbeiten.«

»Das ist hart.« Teresa nickte, doch ihre kleinen Mimikfalten um die Augen sprachen Bände. »Ich habe dich ja gefragt, ob …«

»Schon gut. Ich krieg das hin. Also, rück raus. Was gibt es?«

»Die Holzkelle war, wie Jochen und ich bereits vermuteten, nicht die Todesursache, dafür reichte die Wucht des Schlages nicht aus, noch traf die Kelle die richtige Stelle am Kopf, um den Herrn zu töten. Nein. Er starb eindeutig an Herz-Kreislauf-Versagen durch Überhitzung. Dazu hat er vor seinem Saunabesuch ordentlich gefuttert und einen gebechert. Satte 1,8 Promille marschierten in seinem Blutkreislauf.« Ihre behandschuhte Rechte zeigte auf einen durchsichtigen Krug, wo in einem braunen Gemisch weiße, fingernagelgroße Stückchen schwammen.

»Hm«, machte Inka, »Sebastian hatte recht.«

»Womit?«, fragte Teresa und schob mit dem Unterarm das transparente Visier auf den Oberkopf.

»Dass Klammer bewusstlos geschlagen wurde und der Täter zusah, wie er starb.«

Teresa schüttelte den Kopf. »Zugesehen sicher, aber bewusstlos, bei der kleinen Platzwunde, vergiss es. Sieh her.« Teresa griff das Handgelenk des Toten und hielt den Arm in die Richtung ihrer Freundin.

Mit Minischritten trat Inka an den Seziertisch. »Meinst du etwa die ausgefransten Fingernägel?«, fragte sie. Sie beließ es dabei, nur die Finger des Toten anzusehen.

»Richtig. Und dann schwenk deine schönen Augen mal in diese Richtung.« Teresa wies mit der anderen Hand auf die Füße des Toten.

»Ich verstehe«, sagte Inka nickend. »Ein Oberstaatsanwalt mit teuren Anzügen, Hemden, einer Menge Bargeld in der Tasche und pedikürten Füßen liefe nie mit verschandelten Fingernägeln herum.«

»So ist es, Süße. Zudem fand ich kleinste Holzsplitter unter den Nägeln, die von der Saunatür stammen. Aber das ist noch nicht alles. Seine rechte Schulter wie Armpartie zeigen deutliche Schwellungen und Hämatome.«

»Er hat sich gegen die Tür geworfen, weil er eingesperrt war.«

»Mit all seiner Kraft.« Teresa nickte, sah auf die Uhr und sprach in ihr Diktiergerät. Das Gerät rauschte und klickte. Dann wandte sie sich wieder Inka zu und sagte: »Doch jetzt kommt das Sahnehäubchen.« Sie machte eine ihrer strategischen Pausen, die sie immer dann machte, wenn sie ihre Freundin auf die Folter spannen wollte.

»Terry«, polterte die auch sofort los. »Hör auf damit! Spuck aus, was du weißt.«

Teresas dunkle Augen glänzten freudig, und Inka hörte vergnügtes Glucksen. »Das Sahnehäubchen«, begann sie zögerlich, »am Kinn unseres Mandanten befindet sich ebenfalls ein Hämatom. Er hat also nicht nur mit der Kelle eins abbekommen, sondern auch einen kräftigen Kinnhaken.«

»Das heißt«, jubelte Inka, während sie wieder rückwärts ging, »eine Menge fremder DNS, die uns zum Täter führt!«

»Nun ja, könnte sein. Allerdings braucht die Auswertung Zeit, wir ...«

»Wie lange, Terry?«, fuhr Inka ungeduldig dazwischen.

»Zwei Tage oder drei Wochen.« Teresa zuckte die Schultern. »Du weißt doch, bei uns auf dem Dorf ticken die Uhren langsamer. Aber wenn Frau Ungeduld bis dahin schon etwas Bewegung will, hätte ich noch ein paar Schokostreuselchen auf dem Häubchen.«

Inka holte tief Luft. »Terry, wie kannst du mich absichtlich mit deiner Ruhe so massakrieren? Ich dachte, wir wären Freunde.«

»Ich liebe es zu massakrieren«, sagte Terry und warf Inka einen lasziven Blick zu, dem sofort ein schallendes Lachen folgte, als ihre Freundin sie säuerlich ansah.

»Die arme Flora, wie hält sie das nur seit sieben Jahren mit dir aus.« Inka schüttelte den Kopf. Sie holte tief Luft und betrachtete ihr Gegenüber mit gespielter Geduld. Was blieb ihr anderes übrig? Ihre Freundin hatte sich in den Kopf gesetzt, ihre Nerven zu strapazieren. Und nichts und niemand, schon gar kein Zeitdruck, brachte sie dazu, diesen Vorgang zu beschleunigen.

»Sie hält es aus, weil sich jede ihren Bereich zum Austoben bewahrt«, sagte Terry. »So, hör zu, die Streusel. Ich liebe Schokoladenstreusel auf Sahne, du auch?«

Bevor Inka den Mund aufmachen konnte, fügte Teresa hinzu: »Schon gut, du Spielverderberin. Erstens: Der Fleck auf der Saunakelle war tatsächlich Blut, und dieses stimmt mit Klammers DNS überein. Zweitens habe ich Fingerabdrücke auf Klammers Oberarmen und Hautpartikel, die nicht von ihm stammen, an seinem Kinn gefunden. Na, was sagst du jetzt?«

Teresa reichte Inka mit spitzen Fingern ein in Klarsichtfolie verwahrtes Papier mit Fingerabdrücken über den Tisch.

»Hervorragend! Ich danke dir, Terry. Ich gebe es gleich ...«, Inka überlegte kurz, »morgen früh den Kollegen der KTU. Die sollen deine Abdrücke mit denen auf der Kelle und dem Wasserschieber, falls auf den Teilen welche drauf sind, durch die AFIS-Datenbank jagen und vergleichen. Küsschen.« Inka spitzte die Lippen.

»Oh, ein Küsschen«, scherzte Teresa zurück, »heißt das, du vergibst mir?«

»Das war nur ein ganz kleines Küsschen.« Inka lächelte und brachte ein kurzes Augenzwinkern zustande.

12 MORD IM UNDELOHER HOTEL ZUM STORCHENNEST

In dicken Lettern walzte am Montagmorgen des 1. Dezembers 2014 die Titelseite des *Hanstedter Heideblatts* den Tod des Oberstaatsanwalts Dr. Detlef Klammer über die Lüneburger Heidedörfer.

Inka konnte nur den Kopf schütteln. Dieser verdammte Schreiberling Kohlhase. Sie wusste nicht, was sie von dieser Nachricht halten sollte.

Das Klassentreffen des ehemaligen Hanstedter Abiturienten Dr. Detlef Klammer endete in der Sauna des Hotels Zum Storchennest *in Undeloh. Zwei Stunden nach einem gemütlichen Beisammensein war Oberstaatsanwalt Klammer leblos auf dem Holzboden liegend aufgefunden worden. Die Hanstedter Polizei geht von einem Mord aus.* Dazu noch zwei eindeutige Bilder mit Bildunterschriften, die den nackten toten Detlef Klammer auf dem Fußboden der Sauna zeigten.

Wolfgang Kohlhase hatte wahrlich keinerlei Skrupel, geschweige denn besaß er Pietät.

Als sie die Papierberge auf ihrem Schreibtisch zur Seite schob und nach dem Hörer vom Telefon griff, um Kohlhase durch die Leitung zu ziehen, schlug die Tür auf, und Mark Freese stürmte ins Büro.

»Hey, Mark, was machst du denn hier? Ich denke, du bist krank.« Inka musterte ihren Kollegen ebenso nachdenklich wie besorgt.

»Ja, aber ich kann dich doch nicht alleine lassen«, schniefte der mit roter Nase. »Wie weit bist du in unserem Fall?« Aus einer Leinentasche mit dem Aufdruck *Lüneburger Keksmanufaktur Freese & Söhne* holte er eine Thermosflasche, drei transparente Tüten mit Keksen, eine Plastikdose und stellte alles auf die Fensterbank zu seiner Rechten neben den faustgroßen Schwiegermutter-Kaktus, der mittig eine kleine, buttergelbe Blüte öffnete.

»Terry hat das Blut auf der Kelle untersucht. Es gehört Klammer. Zudem fanden sich Fingerabdrücke auf

Klammers Oberarmen, die nicht seine waren, und Hautpartikel auf dem Kinn. Habe ich den Kollegen rübergeschickt. Sie machen gerade die Auswertung in der AFIS und vergleichen sie mit denen, die auf der Kelle und dem Wasserschieber klebten. Und Klammers Vater ist ganz wild darauf, uns bei den Untersuchungen zu helfen.«

»Wie? Seit wann lassen wir …«

Inka wusste, was Mark ihr sagen wollte. »Er ist Richter in Cuxhaven. In zwei Wochen geht er in Pension, dann sollte sein Sohn seinen Posten übernehmen.«

»Ich dachte, der Tote war gerade dreißig.« Mark machte ein erstauntes Gesicht.

»So ist es. Ich bin ebenso verdattert.«

»Da sieht man mal, was gute Beziehungen alles ausmachen.« Oberkommissar Mark Freese schüttelte missbilligend den Kopf und rollte die Augen. »Und sonst? Wie kamst du mit Jacob klar?«

»Wer ist Jacob?« Inka machte ein verdutztes Gesicht.

»Unser Vögelchen Amselfeld.«

»Ach, der«, erwiderte Inka. Den Vornamen des Kollegen hatte sie nicht gespeichert. »Der spielt sich als Chef auf und gibt Anweisungen, ohne mich zu informieren.«

Mark lachte. »Willst du auch einen Tee?«

Inka verneinte.

»Er ist sauer auf dich.«

»Wieso, was habe ich ihm getan?«

»Hunde, die bellen, beißen nicht«, antwortete Mark. »Hat Fritz nicht mit dir darüber geredet, warum Jacob sich aus Köln zu uns nach Hanstedt versetzen lassen wollte?«

»Nein. Er sagte nur, er wolle mit mir über die Amsel sprechen, am nächsten Tag wurde er krank. Was ist los?«

»Ich weiß nicht, wenn Fritz mit dir sprechen wollte, sollte ich nicht vorgreifen.« Mark griff zur Kekstüte.

»Los jetzt, sag schon. Ich nehm das auf meine Kappe. Was hat die Amsel gegen mich?«

»Die Amsel wollte deinen Posten.« Mark schüttete den Inhalt der Tüte auf einen Teller und schob ihn in Inkas Richtung.

»Und?«

»Nichts und.« Er nahm sich eine Waffel mit gelblicher Cremefüllung.

»Mach mir nichts vor, Mark, wir kennen uns lange genug. Irgendwas ist hier nicht koscher.«

Mark grinste und trank einen Schluck Tee. »Du hast Heimvorteil. Beziehungen sind eben manchmal doch von Vorteil.«

»Davon wusste ich nichts. Ich hab nur bei Fritz angerufen und gefragt, ob ich wiederkommen könnte, das war alles«, sagte Inka kleinlaut.

»Und Fritz hat mich gefragt, ob er oder du, und … unsere Entscheidung fiel für dich aus.«

»Verdammt«, fluchte sie leise, als ihr die Bedeutung der Situation bewusst wurde. Auf so eine Cliquenwirtschaft stand sie überhaupt nicht. »Dann habt ihr euch also für mich entschieden, weil ihr mich kennt, und nicht wegen meiner Leistung?«

»Nee, nee, nee, so kann man das nicht sagen.« Mark Freese winkte hektisch ab. »Mit dir gab es fünf Bewerbungen auf deinen alten Posten. Ein Kollege aus Celle und zwei aus Hamburg, die aufs Land ziehen wollten. Und dann die Amsel und du. Die ersten drei Kollegen machten einen Rückzieher, da blieben nur noch zwei. Und da wir deine Leistung, aber nicht die der Amsel kannten und schätzten ... Gut, ich gebe zu, auch Sympathie war im Spiel, aber so ist das nun mal. Ein bisschen Vitamin B braucht jeder.«

»Und warum zwitschert die Amsel nicht in Köln, wenn er ...«

»Seine Frau kommt aus Eyendorf. Ist ein Katzensprung bis zur Wache.«

Inka stieß einen Seufzer aus. Von Beginn an hatte eine gespannte Atmosphäre zwischen ihr und dem neuen Kollegen geherrscht. Jetzt kannte sie zumindest den Grund seiner Antipathie.

»Sag mal, Inka, du hast dir doch mit der Amsel und Sebastian die Schulkollegen vorgenommen. War da nicht einer für uns dabei?«

»Nein«, sagte Inka kopfschüttelnd. »Nicht wirklich. Wobei ich das Gefühl hatte, nicht jeder der sechs ehemaligen Schüler war auf Klammer gut zu sprechen. Außerdem habe ich den Toten mit dem Urologen am Freitagabend vor dem Hotel streiten sehen.«

»Und? Hat er ein Alibi für die Tatzeit?«, schniefte Mark ins Taschentuch.

»Ein fünffach glattgebügeltes von seinen Kumpanen.«

»Und es gibt keinen weiteren Schulkameraden, den wir auf die Liste der Verdächtigen setzen können? Nicht einen?«

Inka schüttelte den Kopf. »Entweder schieben die sich gegenseitig Alibis zu, oder unser Täter kommt aus Cuxhaven. Jemand, den Klammer als Oberstaatsanwalt einmal am Schlafittchen hatte. Aber da ist sein Vater dran.«

»Dann stehen wir wieder am Anfang«, bemerkte Mark.

»Ich weiß nicht. Ich denke, die Uhr hat gerade erst angefangen zu ticken.« Eine dunkle Ahnung befiel Inka.

In der nächsten Stunde an diesem diesigen Dezembermorgen baldowerte sie mit Mark einen Einsatzplan aus. Frauke Bartels würde auf der Wache die Stellung halten, Amselfeld mit Schmidt die Laufarbeit zu den restlichen Hotelgästen übernehmen, Mark die Büroarbeiten erledigen und Inka und Sebastian die Damen aus dem *Storchennest* aufsuchen.

Von einhundertvierundvierzig Verdächtigen auf der Hochzeitsgästeliste schlossen sie inzwischen einhundertdreiundzwanzig aus. Einundzwanzig Personen blieben übrig. Zwei Männer und zwei Frauen hatten zum Todeszeitpunkt die Toilette besucht. Drei Hochzeitsgäste hatten vor dem Hoteleingang geraucht. Ein Pärchen hatte mit der Empfangsdame des Hotels geschwatzt, und ein weiteres Pärchen war durch das Foyer geschlendert, um die Auslagen der Glasvitrinen zu bestaunen. Fingerhohe Glasstörche, Handtücher, Badelatschen und Bademäntel mit Storchenmotiv, Essteller mit Keramikstörchen, die gleichen wie im Restaurant, füllten die erste mannshohe Vitrine. Ein Tiermotiv, das sich überall im Hotel wiederfand: ob aufgedruckt auf Servietten, eingraviert im Besteck oder in Form von Vogelnachbildungen im Entree, die in einem nachgebauten Storchennest saßen. In der zweiten Vitrine stapelten sich Bücher über die Lüneburger Heide und ihre Sehenswürdigkeiten, darunter ein Kriminalroman aus der Region.

Unter den restlichen elf Hotelgästen waren sieben Kinder der Hochzeitsgesellschaft unter zwölf Jahren. Den Eltern fehlte die Erinnerung, wo sich ihre Kinder während der befragten Zeit aufgehalten hatten. Ein jugendliches Pärchen hatte sich in der Wäschekammer vergnügt, und ein Geschäftsmann, dreiundsechzigjährig, mit

Begleiterin, die als Enkelin durchgehen würde, hatte das Hotelzimmer nicht verlassen. Eine Aussage, die Amselfeld zu Protokoll nahm, nachdem er zugesichert hatte, das Techtelmechtel nicht an die jeweiligen Ehepartner weiterzugeben.

Das Treffen mit Dr. Dr. Egon Klammer und die verrückte Idee, in die er sich verrannt hatte, beim Fall mitzuarbeiten, gefielen Inka überhaupt nicht. Jetzt hatte sie ihn rund um die Uhr am Hals. Schöner Mist. Tausend Gedanken schwirrten ihr durch den Kopf. Was war, wenn tatsächlich eine oder zwei der vier Frauen Klammer in der Sauna eingesperrt hatten? Liane Wolters und Tanja Griese waren zusammen auf die Toilette gegangen, und diese lag, wie die Wellnessetage, im Kellergeschoss. Ob sie die jedoch zur Tatzeit aufgesucht hatten, wussten beide Frauen nicht mehr. Doch wenn ja, hätten sie Klammer ohne weitere Anstrengung mit der Schöpfkelle eins überbraten und in der Sauna einschließen können. Sie wussten, er war allein dort unten, da Roland Altmann bereits, nach Aussage seiner ehemaligen Schulkameraden, wieder ins Kaminzimmer zurückgekehrt war. Oder war er nur ins Kaminzimmer zurückgekehrt, damit er nicht in Verdacht geriet? Und was war mit Ullrich Grützmann? Da war immer noch der Streit, bei dem sie nicht wussten, ob Grützmanns Angaben stimmten. Immerhin hatte Klammer ein Haufen Bargeld auf seinem Zimmer, warum hätte er sich von seinem Schulkollegen Geld leihen sollen? Oder lieferten sich tatsächlich alle in der Gruppe gegenseitig ein Alibi? Bei der Befragung hatten sie reichlich durcheinander gewirkt. Und warum hatten Detlef Klammer, Dora Hoppe, Beate Schroth und Liane Wolters ihren Aufenthalt im Hotel bis Ende der Woche gebucht? Was war mit ihren Verpflichtungen? Auf Dora Hoppe warteten in Flensburg acht Kinder, Beate Schroth leitete eine Apotheke in Berlin. Einzig Liane Wolters und Detlef Klammer schienen frei von irgendwelchen Bindungen.

Sie mussten hier ansetzen. Inka schaltete das Radio aus, als das Telefon läutete.

»Polizei Hanstedt, Inka Brandt«, meldete sie sich.

»Hier ist Hinner. Ich habe einen Treffer. Die Fingerabdrücke auf der Holzkelle und auf den Oberarmen des Toten sind identisch und stammen von einem gewissen Roland Altmann. Könnt ihr damit was anfangen?«

»Und ob wir das können. Was hat er auf dem Kerbholz?«

»Vor drei Jahren war da was auf seiner Arbeit mit Körperverletzung. Er verprügelte einen Kollegen, weil der ihn als Würstchen bezeichnete.«

»Deswegen hat er …«

»Jup. Männerehre, wenn du verstehst, was ich meine, liebe Kollegin.«

»Nicht wirklich«, antwortete Inka. »Und was ist mit dem Wasserschieber?«

»Ja, sind Fingerabdrücke drauf. Drei verschiedene Personen haben den Stiel angefasst, aber ich krieg sie in der Datenbank nicht zu fassen.«

»Hm. Fax mal rüber.«

»Mark«, sagte Inka an ihren Kollegen gewandt, während sie den Hörer auflegte, »wir haben einen Treffer, und wenn wir Glück haben, kriegen wir unseren Täter.«

»Glück und Zufall gibt es in unserem Beruf nicht«, erwiderte Mark demotiviert. Er nieste ins Taschentuch. »Wer ist es?«

»Roland Altmann. Seine Fingerabdrücke sind auf der Holzkelle, sie stimmen mit denen auf Klammers Oberarmen überein. Und er ist vorbestraft. Körperverletzung.«

Mark Freese schnäuzte und sprühte Nasenspray in seine rot geschwollenen Nasenlöcher. »Und auf dem Wasserschieber?«

»Ja, da sind Fingerabdrücke drauf. Drei verschiedene Personen haben den Stiel angefasst, sagt Hinner, aber er findet sie nicht in der Datenbank.«

»Tja, dann ruf ich den Herrn Altmann wohl mal an und bestell ihn auf die Wache.«

»Nee, lass sein.« Inka winkte ab. »Ich schicke die übereifrige Amsel auf Rundflug. Versuch du, ob du Berliner und Flensburger Kollegen motivieren kannst, das Umfeld von der Schroth und der Hoppe abzuklopfen. Ich fahre inzwischen zu den Damen ins Hotel«, sagte Inka und zog den Reißverschluss ihrer Winterjacke hoch, als das rote Lämpchen erneut an der Telefonanlage aufleuchtete. Anruf aus der Zentrale.

»Frauke, was gibt's?«

»Ein Toter in der Heide auf dem Wilseder Berg.«

»Nein, nicht jetzt! Ich wollte ... Verdammt. Wer ist es?« Inka drückte die Mithörfunktion.

»Keine Ahnung. Die Kollegen von der 110 sagten, Spaziergänger hätten angerufen und einen Toten auf dem Berg gemeldet.«

»Schick die Spusi hoch, und klingel Terry an. Wir kommen nach. Ach, und sag der Amsel, er soll Roland Altmann auf die Wache fliegen, und bitte Staatsanwalt Jankowitz, einen Haftbefehl auszustellen.«

»Amsel?«

»Ja. Kollege Amselfeld. Er möge so freundlich sein und Roland Altmann aus Schneverdingen auf die Wache einfliegen.«

Inka hörte Kichern am anderen Ende der Leitung. »Mach ich. Viel Spaß in der Heide.«

Mark wollte gerade mit den Armen in seine Jacke schlüpfen, als Inka ihn zurückhielt. »Wo willst du hin?«

»Na, ins *Storchennest*, um die drei Ehemaligen zu befragen, vielleicht fällt denen ja noch was ein. Du fährst doch auf den Berg.«

»Nichts da, ich sag doch, du bleibst im Warmen und hältst die Stellung. Ich übernehme mit Sebastian das *Storchennest*, sobald wir vom Berg wiederkommen. Trink einen heißen Tee, und ruf Susanne Heinrich vom psychologischen Dienst an. Die Kollegen sollen sie bitte sofort auf den Berg fahren.«

13

Nervös saß Inka auf dem Beifahrersitz von Sebastians Toyota. Während der Fahrt zum Wilseder Berg durch das autofreie Naturschutzgebiet versuchte Inka Richter Klammer zu erreichen. Der Empfang über dem sandigen Wander- und Kutscherweg in der Heide war bestenfalls sporadisch, und so brach die Verbindung stetig ab. Sie konnte gerade noch verstehen, dass fünf Kriminelle seinen Sohn für den Knast verantwortlich machten. Als es um Racheschwüre ging, brach die Verbindung erneut zusammen. Auch Kollege Amselfeld zwitscherte nur verzerrt in den Hörer und faselte was von Altmann nicht erreichen, keiner da, dann wieder unverständliches

Gemurmel und schließlich der Ort Schneverdingen. So hatte das keinen Sinn. Inka steckte das Handy ein. Sie würde es später noch mal versuchen.

Mit jedem Meter, den sich die Reifen des Wagens den Sandweg hinaufgruben und sie dichter an den Tatort herankamen, verstärkte sich Inkas Ahnung, dass beide Todesfälle zusammenhingen.

An der Holzabtrennung auf dem Gipfelplateau, gegenüber dem Gipfelstein, in den Richtungs- und Entfernungsangaben zu benachbarten Erhebungen sowie zu Städten in näherer und größerer Entfernung eingraviert waren, stellte Sebastian hinter einem grauen Fiat Clio und dem VW-Bus der Spusikollegen den Motor ab.

Inka stieg aus.

Für einen Wimpernschlag verharrte sie am Wagen. Eine unheimliche Stille und ein atemberaubender Ausblick empfingen sie. Es war, als hielten das Tal, der Wald, die Lüneburger Heide und seine Bewohner den Atem an. Wäre da nicht das eisklare Blau des Himmels, das durch die Baumwipfel und den sich auflösenden Dunstnebel blitzte und das hügelige Heidetal in einen friedlichen Ort verwandelte, hätte hinter jedem Baum und Strauch eine Hexe stehen können, die zum Tanz aufforderte. Doch das gab es wohl nur am Hanstedter Faßenberg, sofern man dem Aberglauben und einem der vielen Lüneburger Heidemythen verfallen war.

Seit sie vor einem halben Jahr nach Undeloh zurückgekehrt war, ritt sie oft mit Harlekin auf den Berg. Bei klarer Sicht konnte sie entfernt bis auf die Hamburger und Lüneburger Kirchturmspitzen sehen. Nie wieder, schon gar nicht für einen Mann, würde sie ihre Heimat verlassen. Das hatte sie sich geschworen.

Sie begrüßten den Streifenkollegen, der sie sogleich durch Heidekraut und dichtes Gehölz zum Leichenfundort führte.

Unter ihren Sohlen raschelte Laub und Äste knackten. Sebastian schob einen Brombeerstrauch für Inka zur Seite, so dass sie auf die Kiefer blicken konnten, an der der Tote festgebunden war.

Teresa war bereits vor Ort und begutachtete die Leiche. Ihre Brille mit dem schwarzen Hornrand, die sie nur zum Lesen und bei der Arbeit aufsetzte, saß auf der Nasenspitze, ihre Gesichtszüge schienen eingefroren. Sie war hoch konzentriert.

Achim, ein Kollege der Spurensicherung, sprach in knapp zehn Meter Entfernung mit einem Paar, beide in den Fünfzigern, die, wie Inka vermutete, den Toten gefunden hatten. Der Mann hielt einen rotbraunen Dackel an der Leine, der seine Nase in einen Laubhaufen steckte und darin herumwühlte, um sich dann an Achims Bein wie an einem Rammbock zu bedienen.

»Die Lüneburger Hunde haben es in sich«, witzelte Sebastian. Er kniff die Lippen zusammen.

Kopfschüttelnd machte Inka sich bei Teresa bemerkbar. »Hey, du bist schon da. Hast dich wohl hergehext, was? Ich habe deinen Wagen gar nicht gesehen.«

»Hergehext ist das richtige Wort. Die Werkstatt hat mir schon wieder so eine Keksdose von Leihwagen gegeben, und die muss ich sogar noch bezahlen, obwohl der Schaden des Wagens in der Garantiezeit liegt.«

»Sag bloß, du meinst die Sardinenbüchse auf dem Berg. Ist dein Jeep schon wieder in der Werkstatt?«

»Sicher, ist doch ein Neuwagen.« Teresas Gesichtszüge verkrampften. »Ich bin echt sauer, das sage ich dir.

Das ist jetzt schon das siebte Mal, bei einem Wagen, der gerade ein halbes Jahr alt ist. Wenn ich könnte«, sie rieb Zeigefinger an Daumen, »wenn du verstehst, würde ich den sofort wieder abstoßen, aber obwohl er nur knapp viertausend Kilometer auf dem Buckel hat, kann ich mit fünfundzwanzig Prozent Abzug rechnen.«

»Was hat er dieses Mal?« Von Teresas anfänglicher Begeisterung angesteckt, war Inka drauf und dran gewesen, sich einen ebensolchen Wagen zu kaufen, da er ihr für die Heide als Geländewagen durchaus geeignet schien. Eine ausgeklügelte Ratenzahlung lag seit Wochen in der Schreibtischschublade auf der Wache. Jetzt beschlichen sie handfeste Zweifel.

»Ach, einmal funktioniert die Zentralverriegelung nicht, dann ist es das Navi oder die Elektrik. Lass uns bloß das Thema wechseln.« Teresa winkte genervt ab. »Ich war übrigens auf dem Weg zu euch, als ich Fraukes Nachricht erhielt, und bin gleich den Berg hochgefahren.«

»Du wolltest zu uns?« Inkas Gedanken hingen bei dem kleinen Wagen auf dem Wilseder Plateau und ihrer ein Meter achtzig großen Freundin. Was für eine Unverschämtheit von der Autofiliale.

»Richtig. Deine Schokostreuselchen verdienen noch eine extra Portion Streusel«, sagte Teresa und enthob Inka weiterer Grübeleien.

»Und das heißt?« Sie war wieder bei der Sache.

»Hm«, machte Teresa, und ohne ihre Freundin lange auf die Folter zu spannen, sagte sie: »Dr. Detlef Klammer, ist, bevor er in der Sauna starb, vergiftet worden. Vor einer Stunde kam das toxikologische Ergebnis.«

»Nein! Nicht auch das noch!« Inka blies die Wangen voll Luft und ließ sie stoßweise entweichen. »Wer macht denn so einen Scheiß! Erst vergiften und dann in der Sauna einsperren. Doppelt hält besser, oder was?« Sie schnaufte. Der Tag fing ja gut an. »Was für ein Gift, weißt du das schon?«

Teresa nickte bedeutungsschwer. »Das errätst du nie«, sagte sie schmunzelnd. »Lass uns erst diesen Herrn bearbeiten.«

Inka nickte zum Toten. »Ich kenne ihn.«

»Wir auch«, erwiderten Sebastian und Teresa fast gleichzeitig. »Das ist ein Ehemaliger vom Klassentreffen aus dem *Storchennest*. Wie heißt er noch … Altmann?«

»Nein. Ullrich Grützmann, der Urologe aus dem Winsener Krankenhaus«, antwortete Inka, während sie sich dem Toten näherte.

Ullrich Grützmann saß am Stamm der Kiefer. Seinen Torso und seine Beine fixierte graues Gewebeband, die nackten Füße waren mit Laub bedeckt. Die Strümpfe und Schuhe des Toten standen neben dem Baumstamm, als hätte er sie für die Nachtruhe ausgezogen und für den nächsten Morgen bereitgestellt.

»Als Klammers Tatverdächtigen können wir ihn wohl aus der Liste streichen. Verdammt!«, fluchte Inka und wandte sich Teresa zu: »Wann, glaubst du, wurde er an den Baum gebunden? Und dann hier: Vom Plateau aus sind das …« Inka wiegte den Kopf.

»Dreiundvierzig Meter, laut Auskunft der Spusikollegen«, antwortete Teresa. »Hat Fridolin gemessen.«

»Das ist eine lange Strecke«, sagte Inka, und an Fridolin gewandt, fragte sie: »Fridolin, habt ihr Schleifspuren oder Spuren, die auf einen fahrenden Gegenstand deuten, gefunden? Schubkarre, Fahrrad oder so was?«

»Nee, Inka, bisher nicht«, antwortete Fridolin Kärcher.

»Ich versteh das nicht, Terry. Irgendwie muss Grützmann ja hier hergekommen sein. Er wird ja nicht zu seinem Mörder gesagt haben, ich gehe mit dir auf den Wilseder Berg, damit du mich umbringen kannst.«

»Tja, Süße, das ist eure Aufgabe. Ich kann dir nur noch sagen, dass der Tote seit gestern, um es genau zu sagen, seit Sonntagabend zwischen 17 Uhr und 18 Uhr hier sitzt. Rechne ich jetzt noch die Nachttemperaturen dazu, dann …«, Teresa zog den blauen Latexhandschuh über das Handgelenk und sah auf ihre Armbanduhr, »trat der Tod, plus minus einer Stunde, heute früh um sechs Uhr ein. Jetzt ist es elf Uhr. Gut siebzehn Stunden hat er ausgeharrt. Gestorben ist er an Unterkühlung. Ging ohne Strümpfe und Schuhe ins Bett, der Gute«, mit dem Zeigefinger wies sie auf schwarze knöchelhohe Lederstiefel. »Aber du weißt, ich muss erst Gulasch kochen, bevor ich dir Genaueres sagen kann.«

Sebastian warf Teresa einen verdatterten Blick zu. »Sie müssen Gulasch kochen, was heißt das, Frau Hansen?«

»Frau Hansen«, wandte Inka lachend ein, bevor Teresa antworten konnte, »seid ihr immer noch beim Sie? Ich dachte, ihr hättet Freitagabend Brüderschaft getrunken.«

Sebastian lächelte scheu.

»Ja, die gute Inka. So ist sie. Immer geradeheraus. Das war schon in der Schule so.« Teresa lachte. »Meine Freunde nennen mich Terry«, sagte sie und hielt Sebastian ihren Unterarm entgegen.

»Sebastian Schäfer, manche nennen mich Basti oder Rübezahl. Angenehm«, sagte der mit schmunzelndem Seitenblick zu Inka, dann schüttelte er sanft Teresas Arm. »Und was heißt jetzt, Sie müssen, ich meine, du musst Gulasch kochen?«

»Nichts weiter, ist so eine Art Geheimsprache zwischen Inka und mir. Ich muss erst wiegen und schnippeln, dann alles zurück in den Torso«, sagte sie. »Ist nicht abfällig den Toten über gemeint, das darfst du nicht falsch verstehen. Ich liebe meine Seelen. Ob groß, klein, dick oder dünn.«

»Das kann ich bezeugen«, mischte sich Inka ein. »Bevor Terry mit der Arbeit an einem Leichnam beginnt, rezitiert sie religiöse Texte und singt.«

»Sie singen? Ich meine, du singst?«, fragte Sebastian. »Aber wie passt der Buddhismus zu einer Rechtsmedizinerin? Soviel ich weiß, werden im buddhistischen Glauben die Toten drei Tage nicht berührt, um die komplexen, andauernden Sterbevorgänge nicht zu stören.«

»Ja, du hast vollkommen recht. Deine Frau war sicher … Oh, ich wollte nicht … bitte entschuldige«, begann Teresa.

»Ist schon in Ordnung.« Sebastian nickte nachdenklich. »Ja, meine Frau war auch Buddhistin, daher kenne ich einige Bräuche. Und?«

»Und?«

»Wie deine Arbeit mit deinem Glauben zusammenpasst.«

»Ach so, ja. Das mit dem Glauben. Ich sehe es lockerer als Flora. Und bei der Arbeit kürze ich mein Ritual so weit ab, bis ich denke und spüre, dass beide Seiten bereit sind.«

»Das ist schön«, erwiderte Sebastian. Seine dunklen Schokoladenaugen bekamen einen feuchten Glanz.

»Ich störe euch zwei Vereinte nur ungern, aber ich würde mich gerne wieder Herrn Grützmann zuwenden«, sagte Inka in die andächtige Zweisamkeit ihrer Freunde hinein.

»Klar. Wie gesagt: Todeszeitpunkt heute Morgen sechs Uhr. Todesursache auf den ersten Blick: Erfrieren.«

»Er wurde an den Baum gebunden und ist erfroren. Aber warum? Warum binde ich einen Menschen an den Baum, den bis zum Frühjahr in dieser Gegend garantiert keiner, außer Wildschweine, Wölfe oder ausgerissene Dackel, gefunden hätte? Dem Täter muss doch klar gewesen sein, dass bei dieser Kälte niemand eine Nacht überlebt. Ich tippe auf Rache, er wollte, dass Grützmann leidet, was meinst du, Sebastian?«

Sebastian nickte nachdenklich.

»Ist er hier im Wald gestorben oder …?« Inkas Blick wanderte erneut zu Fridolin und seinem Team, das den Waldboden genauestens untersuchte und jedes Herbstlaubblättchen und Tannenzweigchen im Umkreis dreimal umdrehte.

»Auf den ersten Blick würde ich dies bejahen«, erwiderte Teresa Hansen.

»Und was ist mit Abwehrspuren?« Inka trat zwei weitere Schritte an Grützmann heran. Sein Gesicht schimmerte weiß und matt wie ein Blatt Papier, und die Augen waren ausdruckslos geradeaus gerichtet. Die dunkelblaue Wollmütze mit dem kleinen dreieckigen, roten Emblem saß verrutscht auf dem Kopf des Arztes, so als wollte er sie jeden Moment gerade ziehen.

»Bisher habe ich nichts entdeckt. Es sieht aus, als hätte er keine Gelegenheit bekommen, sich zu wehren. Weder an den Händen, Handgelenken noch an den Füßen finden sich Abwehrspuren, zumindest kann ich hier noch nichts entdecken«, sagte Teresa und ließ die Gummihandschuhe von den Fingern schnalzen. Sie rieb ihre Hände aneinander und hauchte warmen Atem hinein. »Ist verflucht kalt heute Vormittag, hat letzte Nacht Frost gegeben«, sagte sie, während sie den kunterbunten Strickschal über das Kinn zog und in wärmende gleichfarbige Strickhandschuhe schlüpfte.

»Die beiden da drüben haben die Leiche gefunden?« Inka warf einen Blick auf das Paar, das zusammen mit Achim neben einem Wacholder stand.

»Ja, wie ich hörte, sind sie mit ihrem Hund spazieren gegangen. Olaf Feldern, vierundfünfzig, mit Ehefrau Michaela Feldern. Sie ist fünfzig. Beide wohnhaft in Offenburg, wo sie einen Zeitungskiosk betreiben. Sie machen Urlaub in Wilsede und sind ihrem Hund hinterhergehechelt, als der plötzlich ausriss. Als sie den Toten gefunden haben, rief der Mann die Hundertzehn. Die Kollegen sagten, er soll warten, bis wir auftauchen.« Teresa warf dem Ehepaar einen mitleidigen Blick zu.

»Dann war es ja Glück, dass unser Opfer von einem Dackel und nicht von Wildschweinen oder Wölfen aufgestöbert wurde.«

»Wir hatten Glück, dass ihn überhaupt jemand gefunden hat. Hätte er hier noch ein paar Tage länger als Stockfisch geruht, gäbe es für uns einiges mehr an Arbeit. Wer geht hier schon hin, außer zum Jagen oder Pilzesammeln? Bei diesem Wetter und zu dieser Jahreszeit.«

Inka nickte ihrer Freundin zu und ließ den Blick über den Wilseder Bergrücken schweifen. Wacholderbüsche, die wie übergroße dunkelgrüne Eistüten aus dem Heidekraut ragten, ausladende Tannen und stattliche, teils zwanzig Meter hohe Stühbüsche, eine Eichengruppenart, deren Alter wohl mehrere hundert Jahre zählte. Auf der anderen Seite der Lichtung war ein hölzerner verlassener

Hochstand. »Na, dann erlöse ich mal Achim«, sagte sie und setzte sich Richtung Ehepaar in Bewegung.

Olaf Feldern hatte den rechten Arm beschützend um seine Frau gelegt und sie dicht an sich herangezogen. Sie zitterte, entweder vor Kälte oder wegen des Leichenfundes, den sie gemacht hatten. Um sein linkes Handgelenk lag doppelt gewickelt die Hundeleine, mit dem er den Dackel immer wieder zu sich heranzog, wenn der sich Achims Bein näherte.

»Danke, Achim«, sagte Inka.

Achim nickte kurz, wünschte dem Ehepaar alles Gute und stapfte durchs Heidekraut Richtung Kollege Fridolin.

»Inka Brandt, Hanstedter Kripo«, stellte sich Inka vor. »Sie sind Frau und Herr Feldern.«

»Ja«, sagte die Frau. Ihre Nase war gerötet, und sie schniefte. Ein paar blonde Stirnfransen lugten unter einer dicken, selbstgestrickten eierschalfarbenen Schalmütze hervor, so eine, wie sie Inka im Dielenschrank hatte und die sie heute Morgen vergessen hatte umzulegen. Mit dem Stricken hatte sie begonnen, als sie in Lübeck allein zu Hause in ihrer Loftwohnung gesessen und auf Fabian gewartet hatte. Verlorene Maschen. *Nicht nur eine*, dachte Inka und konzentrierte sich wieder auf das Ehepaar.

»Ich ... wir haben noch nie einen Toten gesehen«, stammelte die Frau.

»Ich verstehe«, sagte Inka anteilnehmend. »Und es tut mir sehr leid, Sie in einen Mordfall hineinziehen zu müssen.«

»Hineinziehen?«, begann der Mann ruhelos. »Wir haben nichts getan, wir haben doch nur ...«

»So war das nicht gemeint. Entschuldigung, ich habe mich falsch ausgedrückt. Ich wollte Sie auf keinen Fall beunruhigen. Sie sind natürlich nur Zeugen. Und wir sind froh und dankbar für Ihren Anruf. Das hätte nicht jeder getan. Auch weiß ich, wie schwer es für Sie ist. Aber ich muss Ihnen ein paar Fragen stellen. Wo kommen Sie her? Wie kam es, dass Sie den Toten fanden? Wann war das? Haben Sie etwas beobachtet?«

»Wir sollen alles noch einmal erzählen?« Olaf Feldern war ebenso aufgeregt wie seine Frau, wenngleich er versuchte, es zu verbergen.

»Ja. Bitte.« Inka zog den Stift aus dem Falz des handgroßen Blockes. Sie fror.

»Wir heißen Olaf und Michaela Feldern und wohnen in Offenburg«, sagte der Mann in wanderfester Treckingkleidung, die so neu aussah wie die Kleidung seiner Frau. »Wir sind auf Urlaub in Wilsede. Das erste Mal, weil wir diesen Herbst unseren Urlaub in der Heide statt am Meer verbringen wollten. Gestern, am Sonntag, sind wir angekommen. Wären wir nur ...« Er stockte und sah auf seine Ehefrau. »Heute Vormittag entschieden wir uns für den Wilseder Berg. Sie müssen wissen, Frau Brandt, ich war, bevor wir vor einem Jahr den Zeitungskiosk übernahmen, Geschichtslehrer. Und der Wilseder Berg überliefert viele geschichtliche Hintergründe. Wussten Sie, dass sich hier zu Zeiten des Kaisers Napoleon eine Signalstation befand, mit deren Hilfe von Berg zu Berg Nachrichten weitergemeldet wurden?« Olaf Felderns Augen begannen zu leuchten, und für einen Moment vergaß er den Toten, der zehn Meter weiter am Baum festgebunden war und der ihm einen Heidenschreck eingejagt hatte. »Der Berg ist mit seinen 169,2 Metern die höchste Erhebung in der norddeutschen Tiefebene«, fuhr Feldern enthusiastisch fort.

»Herr Feldern«, sagte Inka. Sie musste den ehemaligen Geschichtslehrer stoppen. »Ich bin hier aufgewachsen und kenne die Gegend; wenn Sie mir bitte nur sagen könnten, wie es dazu kam, dass Sie den Toten gefunden haben.«

»Ja, natürlich.« Schlagartig wurde Feldern wieder bewusst, warum er einer Kommissarin gegenüberstand. »Knut«, Feldern nickte zum Dackel, der mittlerweile im verblühten Heidekraut lag, den Kopf auf die Vorderpfoten gelegt, »er ist immer brav, zu Hause läuft er nie weg, aber heute …« Wieder sah er hinunter auf seinen Hund, der ihn mit schwarzen Kulleraugen anblinzelte, als wolle er sich dafür entschuldigen, sein Herrchen in diese missliche Lage gebracht zu haben. »Mit einem Mal bellte er, als hätte ihn etwas gestochen, und dann sauste er auch schon wie ein Blitz davon. Wir sind sofort hinterher, riefen ihn immer wieder, aber nichts. Erst an der Kiefer fanden wir ihn wieder.« Feldern warf einen Blick über Inkas Schulter zu dem Leichnam, den Teresa mit Fridolins Hilfe des Klebebands entledigte. »Knut saß vor dem armen Mann und jaulte herzzerreißend. Ich rief die Polizei. Man sah ja, was passiert ist. Ihre Kollegen sagten, wir sollten warten, bis Kollegen aus Hanstedt einträfen. Aber das Warten war furchtbar.«

Inka nickte. Fanden Zivilisten einen toten Menschen, brauchten sie meistens psychologische Hilfe. »Wann genau war das, Herr Feldern?«

»Ich …, ich kann es Ihnen nicht mehr genau sagen. Es muss so um halb neun heute Morgen gewesen sein, als wir aus dem Hotel losgegangen sind. Bis wir hier oben waren … Weißt du noch die Uhrzeit, Michi?«

Kopfschütteln.

»Gut«, erwiderte Inka. »Sahen oder hörten Sie irgendetwas? Ein Auto oder einen Wanderer?«

»Nein«, sagte der Mann. »Darum sind wir ja diesen Herbst in die Heide gefahren. Wir wollten endlich Ruhe und Zeit für uns finden. Zu Hause sind ständig Leute um uns herum. Immer will jemand irgendetwas von uns.«

»Und Sie haben wirklich niemanden beobachtet oder sind einer Gruppe Ausflügler begegnet?« Den Rüffel über die Leinenpflicht von Hunden im Naturschutzgebiet verkniff sie sich.

»Nein, wenn ich das doch sage. Niemanden. Ist ja auch eine irre Strecke hier rauf und dann das Wetter.« Feldern blickte zum Himmel, an dem sich bleigraue Wolken vor die Sonne schoben. »Eisig kalt, und wenn Sie keine Fragen mehr haben, würden wir gerne ins Hotel zurückgehen und uns ausruhen.«

»Sicher. Frau Susanne Heinrich wird Sie begleiten.« Inka nickte einer Frau zu, die bei Teresa gewartet hatte. »Frau Heinrich ist vom psychologischen Dienst, mit ihr können Sie das Geschehene besprechen und ...«

»Nein.« Feldner schüttelte vehement den Kopf. »Ich denke, das ist nicht nötig«, er warf einen kurzen Seitenblick zu seiner Frau, die ihm verhalten zustimmte, »wir wollen jetzt nur unsere Ruhe.«

»Wie Sie möchten«, antwortete Inka. »Frau Heinrich können Sie jederzeit auch telefonisch kontaktieren, falls Sie es sich anders überlegen. Wie erreiche ich Sie?«

»Wir wohnen im Hotel *Zum Heidemuseum* in Wilsede. Wissen Sie, wir haben ausdrücklich dieses Hotel gebucht, weil Freunde aus Offenburg es uns empfohlen haben. Es ist einfach toll, nicht, Michi?« Ein Blick streifte seine zitternde Frau, die ihrem Mann weder zustimmte noch verneinte, sondern lediglich mit leeren Augen umherblickte, als suche sie einen sicheren Punkt. »Dass Knut einen Toten …« Feldern wagte erneut einen Blick über Inkas Schulter. »Am Freitag fahren wir nach Hause.«

Inka verabschiedete das Ehepaar und kehrte zu Teresa und Sebastian zurück, als Fridolin ihr auf halbem Weg entgegeneilte. Mit seinem Team hatte er keine Spuren gefunden, die auf einen Kampf hingedeutet hätten. Ein ernüchterndes Ergebnis, das Opfer musste den Täter gekannt haben. Doch warum war Grützmann überhaupt in die Heide gegangen? Warum saß er gefesselt ohne Schuhe und Strümpfe am Baum? Und wie hing sein Tod mit dem von Klammer zusammen? Beide waren Klassenkameraden. Handelte es sich um denselben Täter?

Inka wandte sich Teresa zu. »Bist du fertig?«

Nicken.

»Dann rück raus, was war das für ein Gift, mit dem Klammer vergiftet wurde?«

»Pilzgift. Schlicht und einfach Pilzgift.«

»Wie kann das möglich sein?«

»Durch Phallotoxine und Amatoxine, die für die potentiell lebensbedrohliche Wirkung der Giftpilze verantwortlich sind und die …«

»Auf Deutsch, Terry.«

»Dass zwei Gifte, die beide in diesem Pilz vorhanden sind, für seinen Tod verantwortlich gewesen wären, wäre er nicht an Überhitzung gestorben.«

»Und sagst du uns auch, was es für ein Pilz war?«

»Bisher hast du nur nach dem Gift gefragt, nicht nach der Pilzgattung.«

»Das macht dir Spaß.«

»Manchmal.«

»Also?«

»Also was? Ach so, es ist oder eher war der Amanita phalloides oder auch ...«

»Knollenblätterpilz.«

»Richtig. Um es genau zu sagen, der grüne Knollenblätterpilz.«

»Und wann hat er den gefuttert?«

»Schwer einzuschätzen. Die Latenzzeit ist unterschiedlich. Aber meist gelangen nach ein bis zehn Stunden nach dem Verzehr der Pilze die Phallotoxine in die Blutbahn. Dann beginnt die gastrointestinale Phase der Vergiftung mit kolikartigen Bauchschmerzen, wässrigem Durchfall und Erbrechen. Manchmal führt dies allein schon zu einem hypovolämischen Schock, und wenn dann nicht genug Flüssigkeit zugeführt wird ... Tja, aus die Fledermaus.« Teresa klatschte die Hände in den Strickhandschuhen aneinander, als wolle sie eine Mücke zerquetschen.

»Und wenn genügend Flüssigkeit zugeführt wird?«, setzte Inka nach. Sie wusste, Teresas Geschichte fehlte die Pointe.

»... macht es das Ganze nicht besser. Eine Pilzvergiftung ist schwer zu diagnostizieren, weil sich der Patient nach der ersten Phase wieder besser fühlt und glaubt, es war nur eine Magen-Darm-Verstimmung. Doch nach den drei bis vier Tagen Erholung beginnt die hepatorenale Phase. Der für die Gefährlichkeit der Pilzvergiftung verantwortliche Vertreter der Amatoxine, das Alpha-Amanitin, macht sich bemerkbar. Dieses Oligopeptid besitzt eine erst sehr spät eintretende, stark organschädigende Wirkung.«

»Terry, ich bitte dich, für alle, die keine fanatischen

Forensikerinnen sind wie du, alles etwas kürzer.« Inka stampfte von einem Fuß auf den anderen.

»Zu kalt angezogen, was?«, frotzelte Teresa. »Na gut, damit du ins Warme kommst ... Also, nach einer Erholungszeit beginnt die Lebensgefahr. Wie ich schon sagte, eine Pilzvergiftung ist schwer festzustellen. Bereits im Mittelalter ...«

»Terryyyyy, ich friere!«

»Jaaaa. Spätestens nach weiteren zehn Tagen tritt die verhängnisvolle Wirkung der Ama... Gifte ein. Gelbsucht, Leberschädigung, Nierenversagen. Aus. Kurz genug?«

»Wunderbar. Danke. Schriftlichen Bericht kriegen wir. Und bei ihm hier siehst du auch nach, wegen des Gifts, meine ich.«

»Sicher.« Teresa nahm ihre Freundin in den Arm und küsste sie auf beide Wangen. »Ach, ich soll dir von Flora ausrichten, dein Buddha ist Spitzenklasse. Er hat einen Ehrenplatz bei uns im Wohnzimmer.«

»Das freut mich«, sagte Inka. »Sag mal, Terry, eine Apothekerin kennt sich doch mit Giften aus, oder?«

»Sollte sie. Zumindest hat sie Kontakte und Zugänge.«

Inka hatte genug gesehen und gehört. Fridolin würde den Bericht und die Fotos ausarbeiten, und Teresa musste Gulasch kochen. Jetzt war Geduld angesagt. Inka kehrte mit Sebastian zu seinem Toyota Kombi zurück und stieg in das eiskalte Auto.

»Glaubst du, es wäre eine Marktlücke, auf dem Wilseder Berg einen Coffee-to-go-Kiosk aufzubauen?«, fragte Sebastian.

»Im Moment könnte es mir gefallen. Mir ist arschkalt«, erwiderte Inka. »Ansonsten bitte nicht in der Lüneburger Heide.«

»Warum nicht?«

»Für verwöhnte Stadtjungen, wie du einer bist, mag das ein verlockender Gedanke sein, aber nicht für Einheimische. Und jetzt starte deinen Kasten, damit wir hier wegkommen und nicht am Sitz festfrieren.« Inka lächelte, obwohl ihr nach diesem Morgen alles andere als fröhlich zumute war.

Als Sebastian den Wagen wendete, fiel Inka im Seitenspiegel ein Transporter auf, der versteckt hinter Fridolins VW-Bus parkte.

»Halt an«, befahl sie, als Sebastian bereits aufs Gas drückte. Inka stürmte aus dem Wagen und rannte auf den Transporter zu. Mit Schwung riss sie die Fahrertür auf.

»Kohlhase, hatten wir nicht eine Vereinbarung?«, polterte sie los.

»Ach, die Frau Brandt«, antwortete der Reporter grinsend. In der Hand hielt er den Plastikbecher einer Thermosflasche, aus der kleine weiße Wölkchen emporstiegen und leichten Kaffeeduft zu Inka wehten. »Genießen Sie auch die schöne Aussicht? Dieser Ausblick ist einfach unbeschreiblich. Alleine die …« Weiter kam er nicht.

»Was treiben Sie hier oben, Kohlhase?«

»Na, was wohl? Kaffee trinken und die Schönheit der Lüneburger Heide bewundern.« Er hielt den Becher in Inkas Richtung.

»Und nebenbei Bilder für den Naturschutzbund knipsen, was?« Unwirsch schob sie den Becher mit der Hand zur Seite.

»Ja, ganz genau und darum …«

Inka fiel ihm ins Wort. »Dann wissen Sie sicher, dass

der Weg zum Wilseder Berg, wie viele Wege und Gebiete der Lüneburger Heide, unter Naturschutz stehen und lediglich Wanderern, Pferden oder Kutschen erlaubt ist, sie zu begehen oder zu befahren. Ihren Ausweis, den Führerschein und die Zulassungspapiere des Wagens, Herr Kohlhase.«

Wolfgang Kohlhase schnaufte. Die Strafe, die Inka ihm aufbrummte, würde die Gemeindekasse sanieren.

14

»Glaubst du, Inka, Grützmanns Täter ist Klammers Täter?«, fragte Sebastian, als er den betagten Toyota den Berg hinunterrollte.

»Ich bin mir sicher. Wer immer Grützmann an den Baum fesselte, hat auch Klammer auf dem Gewissen. Die Kollegen haben die Fingerabdrücke auf Klammers Oberarm und der Schöpfkelle aus der Sauna durch die AFIS-Datenbank gejagt. Es gibt einen Treffer: Roland Altmann. Fürs Erste ist er unser Mann.«

»Nehmen wir an, Inka, er ist Klammers und Grützmanns Täter. Warum vergiftet er Klammer erst und sperrt ihn zusätzlich in der Sauna ein? Das ist unlogisch.«

»Vielleicht dachte er, er hätte ihm nicht genug Gift eingeflößt, und wollte auf Nummer sicher gehen.«

»Wer mit Gift hantiert, kennt sich aus, Inka. Außerdem starb Klammer starb zwischen 18.45 Uhr und 19.15 Uhr, aber da saß Altmann, wie seine Kameraden aussagten, bereits wieder im Kaminzimmer.«

»Na klar, hätte er das Weite gesucht, wäre er der Erste auf der Liste der Verdächtigen gewesen. Sich ins Kaminzimmer zu den anderen zu setzen und zur gemütlichen Plauderstunde überzugehen war das Beste, was er machen konnte.«

»Und wo ist sein Motiv, Inka?«

»Ich weiß es nicht, Sebastian, aber wir kriegen es raus. Hoffentlich. Lass uns als Erstes Altmanns Umfeld abklopfen. Familie, Freunde, Bekannte, Arbeitskollegen, seinen Friseur, Schuster, Arzt, wo kauft er sein Klopapier, die ganze Liste.« Inka nestelte an dem Gebläse, das nur kalte Luft aus seinen Schlitzen heraushustete. »Wobei, wenn du recht hast, mich das mit dem Gift auf Beate Schroth zurückführt. Folge ich jedoch Terrys Erklärungen, könnte Klammer bereits in Cuxhaven vergiftet worden sein, da die Latenzzeit bei jedem Menschen recht unterschiedlich verläuft. Dann haben wir jedoch einen Täter aus diesem Dunstkreis übersehen. Was wiederum heißt, der zweite Täter wäre nicht zwingend aus dem Kreis der fünf Verbliebenen zu ziehen, falls es überhaupt zwei Täter gibt. Und weiter stellt sich die Frage, ob unser Mörder bereits den nächsten Kameraden auf der Abschussliste hat. Meine Güte, was für ein Durcheinander! Am besten wird sein, wir beginnen mit Altmann und der Schroth. Sag mal, Sebastian, wachsen an der Nordsee Knollenblätterpilze?«

»Soweit ich weiß, wachsen die Dinger überall.«

»Ich hasse Pilze. Immer wenn Mutter mit uns Kindern in die Pilze wollte, habe ich mich zu Vater in den Stall verdrückt und mich hinter Heuballen versteckt.«

»Verstehe ich nicht, Pilze sind doch lecker, kalorienarm und enthalten viel Vitamin D«, setzte Sebastian dagegen. »Erst Freitag habe ich mir eine riesige Portion mit Schnitzel im *Storchennest* gegönnt.«

»Du warst zum Essen im Hotel?«

»Freitagmittag, ja. Warum?«

»Weil die Ehemaligen am Freitag im *Storchennest* angereist sind.«

»Du meinst doch nicht etwa, sie haben …« Sebastian warf Inka einen irritierten Seitenblick zu.

»Und wie ich das meine! Schnitzel mit Pilzsoße. Was gibt es für eine bessere Gelegenheit, als sieben auf einen Streich auszulöschen? Gib Gas, Sebastian, wir fahren ins Hotel!« Inka sah durch die Windschutzscheibe in den grauen Himmel. Sie mussten sich beeilen, der nahe Regen würde den Sandweg in eine Rutschpartie verwandeln und sie gnadenlos festsetzen.

Im Foyer des Hotels *Zum Storchennest* war es mollig warm, und im Hintergrund dudelte leise klassische Musik. Hinter dem gebogenen, polierten schwarzen Holztresen saß eine junge Rezeptionistin. In ihrem schwarzen Kostüm, der weißen Bluse und dem roten Schalkragen ähnelte sie dem Gefieder eines Schwarzstorchs.

»Ja, bitte?«, sagte die Frau und hob den Blick von der Tastatur. »Was kann ich für Sie tun?«

»Inka Brandt«, sagte Inka und hielt ihren Ausweis über den Tresen. »Und das ist mein Kollege Sebastian Schäfer. Wir hätten gerne Ihren Chef Herrn Patten gesprochen.«

»Sehr gern«, sagte Cordula Schilling, wie ihr Name auf dem fingerlangen Schild mit Storchenmotiv verriet. »Bitte, nehmen Sie Platz.« Ihre knochige Hand wies auf ein schwarzes, kantiges Ledersofa mit signalroten Biesen. »Ich werde Herrn Patten sofort holen.« Nach einem kurzen Telefonat trat sie hinter dem Tresen vor. Ihre Beine waren ebenso dürr wie die eines Storches, und ihr Gang besaß das unverwechselbare Staksige dieser Vögel. »Darf ich Ihnen etwas zu trinken anbieten? Einen Kaffee, Tee vielleicht?«

»Gerne einen Tee.«

»Ich Kaffee, mit viel Zucker«, setzte Sebastian nach.

»Sehr gern. Herr Patten wird Sie gleich empfangen.«

Es dauerte eine Viertelstunde, bis Norbert Patten vor die Sitzecke im Foyer trat und den Besuch begrüßte.

»Was kann ich für Sie tun, meine Herrschaften?« Seine Haltung und sein Gastronomendeutsch klangen hoffähig.

»Herr Patten«, begann Inka. »Erinnern Sie sich an Ullrich Grützmann? Er war einer der Herren aus der Runde der ehemaligen Abiturienten, die am Wochenende bei Ihnen zu einem Klassentreffen zusammenkamen.«

»Ja, natürlich erinnere ich mich. Sieben ehemalige Schüler aus dem Hanstedter Klara-Wegener-Gymnasium. Herr Grützmann ist ein Urologe aus Winsen, wir kamen ein wenig ins Gespräch. Was ist passiert?«

»Er ist tot.«

»Oh, wie schrecklich!«

»Ja. Kam er mit dem Auto zu den Treffen?«

Schulterzucken.

»Wie lange blieb er?«

»Das weiß ich nicht, ich bin nicht immer an der Rezeption. Nur ab und an. Warten Sie, ich sehe kurz nach, wir schreiben die Gäste auf, die … Ah ja, hier habe ich ja eine Eintragung. Herr Grützmann traf am Freitagabend und am Samstagvormittag ein, ebenso wie Herr

Altmann und Frau Griese. Am Sonntagfrüh kamen nur der Doktor und Frau Griese, Herr Altmann sagte für den Tag ab.«

»Sie führen Buch über Gäste, die Ihr Hotel besuchen, aber nicht in Ihrem Hotel wohnen, Herr Patten?«

»Ja. Nein. Im Normalfall nicht, aber die Ehemaligen kamen zum Klassentreffen und haben über unser Hotel Kutschfahrten, Ausflüge und gemeinsame Abendessen gebucht. Daher weiß ich natürlich, wer wann da war und sich für Aktivitäten angemeldet hatte.«

»Schön. Könnten Sie auch nachsehen, wann die Herrschaften am Abend abgefahren sind?«

»Das notieren wir natürlich nicht. Wir sind ja kein Gefängnis, sondern ein Hotel«, sagte Patten leicht angesäuert und drehte sich zur Rezeptionistin. »Cordula, wissen Sie, wer am Sonntagabend Dienst an der Rezeption hatte?«

»Ja, ich. Aber leider weiß ich auch nicht, wann die Gäste abgefahren sind. Tina hat mich ständig ins Restaurant gerufen, um auszuhelfen, und da war die Rezeption nicht besetzt.«

»Wie Sie hören, Frau Brandt«, wandte sich Patten wieder Inka zu, »können wir Ihnen nicht weiterhelfen.«

Inka nickte nachdenklich. »Es wundert mich, Herr Patten, ein Fünfsternehaus, und die Rezeption ist kaum besetzt? Wie kann das sein?«

»Eine Erkältungswelle, Frau Brandt«, erwiderte Patten verdrießlich, »täglich gibt es neue Ausfälle von Mitarbeitern. Zurzeit ist jeder, der noch verfügbar ist, überall im Haus für Arbeiten eingeteilt.«

»Ja, die legt zurzeit viele Betriebe lahm«, murmelte Inka. »Herr Patten, welche Gerichte haben die Schüler beim Abendessen bestellt? Besonders interessiert uns das Essen am Freitagabend, beim ersten Treffen.«

»Oje, stimmt irgendetwas nicht?« Pattens Miene bekam einen gehetzten Ausdruck.

»Das würden wir gerne feststellen.«

»Ich verstehe. Einen Moment …« Patten eilte hinter den Rezeptionstresen, tippte auf der Tastatur und war dreißig Sekunden später wieder beim Sofa. »Sie haben Glück, es wurde eine Rechnung ausgestellt, auf der das Menü steht, ansonsten … Nun, hier, bitte.« Er reichte Inka einen handgroßen Bon.

»War Schnitzel mit Pilzsoße das Tagesgericht am Freitag?«, fragte sie und sah aus den Augenwinkeln, wie Sebastian auf dem Leder unruhig hin und her rutschte und auf den Bonzettel in ihrer Hand schielte. Sieben Portionen Schnitzel Wiener Art, Pilzsoße, Pommes, Salat und drei Portionen Fürst-Pückler-Eis mit Sahne. Getränke: vier Bier, fünf Merlot, zwei Wasser, eine Apfelschorle und zweimal sieben Kartoffelschnaps.

»Natürlich, wie immer. Einmal die Woche. Von September bis Dezember. Es sind alles Pilze aus unserer schönen Heide, die gesäubert und eingefroren werden. Unsere Gäste lieben dieses Gericht, besonders natürlich die Pilzsoße«, sagte er. Sein Blick fiel auf Sebastian. »Waren Sie nicht auch zum Essen da am Freitag?«

»Ja, aber schon am Mittag.«

»Stimmt, ich glaube, dass ich Ihnen sogar Ihr Essen serviert habe, oder?«

Sebastian nickte wortlos.

»Wie köstlich! Pilze sind ja so kalorienarm und enthalten viel Vitamin D«, sagte Inka und fing Sebastians besorgten Blick ein.

»Auch das, Frau Brandt, aber …«

»Machen wir es kurz, Herr Patten. Wie viele Gäste haben dieses Gericht am Freitagabend bestellt?«

»Auch da müsste ich nachsehen.« Erneut eilte Patten hinter den Tresen zur Rezeptionistin, tippte auf der Tastatur herum, sah auf den Bildschirm, der Drucker knatterte zu seiner Linken und spuckte ein Blatt aus. »Bitte schön«, sagte er, »es wurden einundvierzig Schnitzel mit Pilzsoße bestellt und …«

»Das reicht«, unterbrach Inka den Gastronomen. »Gab es irgendeinen außergewöhnlichen Zwischenfall oder litt einer Ihrer Gäste unter einer Magen-Darm-Verstimmung, nachdem er das Menü gegessen hatte?«

»Nein.« Patten schüttelte energisch den Kopf. »Nicht dass ich wüsste. Ihnen geht es doch gut, oder?«

Sebastian rieb sich den Hals und nickte zaghaft.

»Das einzige Außergewöhnliche, von dem mir eine Kellnerin berichtete, war ein Streit am Tisch des Klassentreffens, bei dem Teller zu Bruch gingen. Was aber, so viel ich mitbekam, nichts mit dem Essen zu tun hatte.«

»Und um was ging es bei dem Streit? Können Sie oder die Bedienung dazu etwas sagen?«

Patten schüttelte den Kopf. »Nein, das weiß ich nicht. Tina, die Kellnerin, hab ich natürlich sofort gefragt, was los ist. Aber sie wusste es nicht. Nur, dass mit einem Mal ein Tumult entstand und Gläser und Teller auf dem Boden landeten.«

Inka war unzufrieden mit dieser Auskunft, doch für den Augenblick musste sie sich damit zufriedengeben.

»Am Freitagabend stand ein Notarztwagen vor Ihrem Hotel. Kam der Arzt für einen der Ehemaligen?«

»Nein. Ein weiterer Gast hat sich das Handgelenk verstaucht.«

»Und da fuhr er nicht ins Krankenhaus?«

»Nein. Er bestand auf den Notarzt, den wir natürlich sofort alarmiert haben. Aber wie ich aus Ihren Worten heraushöre, geht es Ihnen um das Tagesgericht am Freitag.«

Inka nickte.

»Es ist so«, begann Patten zögerlich, »sowohl vom Mittag- als auch vom Abendessen werden täglich kleine Reste für eine Woche eingefroren. Das machen wir immer so, zur Sicherheit. Sonst könnte ja jeder kommen und sagen, unser Essen wäre an irgendeiner Erkrankung schuld. Wir sind ein Fünfsternehaus, Frau Brandt. Ich gebe Ihnen die Proben, wenn Ihnen das weiterhilft.«

»Gern. Ach, und das gesamte Personal, einschließlich Ihnen und Ihrer Frau, möchte ich morgen auf dem Revier sehen. Wir benötigen Ihre Fingerabdrücke.«

Patten starrte sie überrascht an. Er sah sich nach seiner Mitarbeiterin um, dann brauste er auf: »Wozu denn das?«

»Unsere Techniker haben festgestellt, dass der Wasserschieber aus der Wellnessabteilung verwendet wurde, um die Saunatür zu blockieren. Und da sich auf dem Stiel Fingerabdrücke befinden, interessiert uns natürlich, wem die gehören.«

»Die Mühe können Sie sich sparen.« Pattens Gesichtszüge verzogen sich zur grimmigen Fratze. »Natürlich werden Sie Fingerabdrücke von mir und meinem Personal auf dem Griff des Schiebers finden. Wir arbeiten hier im Hotel. Jeder nimmt den mal in die Hand. Vielleicht sogar Schwimmbadbesucher. Sie sollten …«

»Das werden wir sehen, Herr Patten«, beendete Inka Pattens Satz. Sie hasste es, wenn Zeugen Diskussionen über ihre Arbeit begannen.

Patten warf einen zweiten Blick zu Cordula Schilling,

die ebenso ratlos eine zu dünnen Strichen gezupfte Augenbraue hob. »Also bitte«, sagte er, »wenn Sie in Ihrer Arbeitszeit nichts Sinnvolleres zu tun haben. Auf mich müssen Sie jetzt verzichten. Ich muss arbeiten. Auf Wiedersehen.«

15

»Ich finde, eine heiße Suppe täte uns jetzt gut, was meinst du?«, fragte Inka, als sie und Sebastian das Hotel verließen und in den Toyota stiegen.

»Wenn du an die leckeren Kreationen deiner Schwester denkst, bin ich dabei.«

»Schön, dass es dir besser geht.«

»Wieso, mir ging es nie schlecht. Sollte in dem Essen etwas sein, was da nicht reingehört«, Sebastian nickte in Richtung Kühlbox, die auf dem Rücksitz stand, »hätte ich diese gastrointestinale Phase, die Teresa angesprochen hat, übersprungen, und das ist unmöglich. Also, warum sollte es mir schlechtgehen?«

»Ist ja gut. Ich freue mich nur über deine wiederhergestellte psychische Stabilität«, sagte Inka, ohne den spöttischen Unterton in ihrer Stimme zu verstecken. »Aber weißt du, was mir keine Ruhe lässt, Sebastian?«

»Na?«

»Du warst zur Mittagszeit im *Storchennest* zum Essen, das Klassentreffen erst am Abend. Du zeigst keine Anzeichen einer Vergiftung, zumindest noch nicht.«

Sebastian warf ihr einen mürrischen Seitenblick zu.

»Nun schau mich nicht so an! Sollte noch was kommen, dann wissen wir wenigstens, woher.«

»Wie beruhigend«, murmelte Sebastian und lenkte den Wagen auf die Landstraße.

»Also, zwischen Mittag und Abend liegen immerhin sechs, sieben Stunden. Was ist, wenn du davongekommen bist, aber die Schüler nicht? Was ist, wenn jemand alle sieben auf einen Streich auslöschen wollte?«

»Das kann ich mir nicht vorstellen, Inka. Das spricht gegen alle Fakten, die wir bisher haben.«

»Ist mir egal, ich ruf jetzt Mark an. Gib Gas.« Sie griff zum Handy. »Mark, hör zu«, sagte sie, als sich ihr Kollege verschnupft meldete, »du musst eine Untersuchung der verbliebenen ehemaligen Schüler anordnen. Wir müssen wissen, ob sie wie Klammer das Pilzgift zu sich genommen haben. Schick sie alle zu Teresa.«

»Das krieg ich hin. Allerdings ist es für unsere Ermittlungen unerheblich, falls überhaupt, wann und wo sie das Gift bekommen haben. Zeitlich eingrenzen können wir es nicht, da die Latenzzeit bei jedem Menschen unterschiedlich verläuft.«

»Ich weiß, Mark, aber wir dürfen nicht riskieren, dass es einen weiteren Toten gibt. Und mag sein, dass wann und wo nicht unbedingt von Belang sind, aber das Wer ist es auf alle Fälle«, erwiderte Inka mit Nachdruck und legte auf, bevor Mark noch etwas erwidern konnte.

»Hm«, brummte Sebastian. »Warum wolltest du eigentlich unbedingt wissen, ob Grützmann mit dem Wagen gekommen ist?«

»Weil er aus Winsen kommt, aber sein Wagen nirgends zu sehen ist. Und jetzt verrate mir, wie kommt der Mann ohne Auto in der Dunkelheit auf den Berg?«

»Zu Fuß?«

»Im Dunkeln bei drei Grad minus? Nie.«

»Tja, dann werden wir wohl an der Lösung ein wenig knabbern müssen«, erwiderte Sebastian und schaltete das Radio ein. Der Wetterbericht lief gerade.

Als Inka und Sebastian die kleine Kapelle in der Heimbucher Straße erreichten, standen bereits Autos auf beiden Seiten der sandigen Fahrbahn.

Der Bauernhof mit Ferienzimmern, den ihre Schwester Hanna mit ihrem Schwager Tim vor drei Jahren von ihren Eltern gekauft und in den Biohof *Sundermöhren* umgestaltet hatten, war auch in den Wintermonaten ausgebucht. Hanna und Tim schnürten für ihre Gäste ein Rundum-sorglos-Paket, das Familien mit Kindern aus nah und fern zu jeder Jahreszeit anlockte.

»Hier, fahr auf meinen Parkplatz«, sagte Inka und dirigierte Sebastian zu einer Einbuchtung neben der Birke, mit dem Hinweisschild »Privat«.

Als sie ausstiegen, kam ihnen Tim in weißer, blutbeschmierter Plastikschürze um den Bauch über den Hofplatz entgegen.

»Ach, wen haben wir denn da? Hat die Kommissarin heute wieder frei?«, bombardierte er Inka gleich in seiner typischen Manier.

»Klar, Tim. Sex und Rock 'n' Roll, und das den ganzen Tag. Aber weißt du, was noch besser ist?«, konterte Inka ebenso angriffslustig.

»Klar, du hast Hilfe mitgebracht, und ihr könnt Hanna nach Leibeskräften bei der Zimmerreinigung der abreisenden Gäste unterstützen.« Tim Sundermöhren setzte ein spöttisches Lächeln auf.

»Wieso, ist etwa Samstag?« Inka tat erstaunt, als hätte sie tatsächlich den Wochentag vergessen, an dem sie normalerweise im Hofladen stand oder Hanna bei den

Ferienzimmern zur Hand ging, sofern kein wichtiger Fall dazwischenkam.

Tims Gesichtsmimik erstarrte. »Die liebe Inka, wie immer sehr witzig. Aber es ist schön, dass du weißt, wo du wohnst, wenn deine grausam anstrengende Schicht bei der Polizei beendet ist.«

»Tim, hör auf. Ich hab keine Lust, mit dir schon wieder über meine Arbeit zu diskutieren. Wir kommen gerade von einem Mordfall auf dem Wilseder Berg und sind bis auf die Knochen durchgefroren. Das Einzige, was wir jetzt wollen, ist, uns den Bauch mit Hannas Suppe vollschlagen.« Tim raubte ihr den letzten Nerv. Dass er ihrem Beruf kein Verständnis entgegenbrachte, weil er dachte, sie suche nur ausgebüxte Heidschnucken, war eine Sache, damit kam sie klar, aber dass er ihr ständig Faulheit und mangelnden Familiensinn vorhielt, brachte sie auf die Palme.

»Suppe ist aus. Es gibt Gänsebraten, frisch geschlachtet«, frotzelte Tim in Inkas Gedanken hinein. Demonstrativ wies er auf seine blutverschmierte Schürze.

»Spar dir deinen Sarkasmus, lieber Schwager«, erwiderte Inka gelassen. Sie wusste, Gustav, dem grauen Ganter, und Gloria, der weißen Gans, dem Heiligtum seiner Söhne, würde er nie auch nur eine Feder krümmen. Wortlos ließ sie Tim stehen und ging, gefolgt von Sebastian, Richtung Haupthaus.

Der Steckrübeneintopf mit Schweinefleisch und Speck, den Hanna gekocht hatte, schmeckte köstlich. Auch die Gäste liebten ihre Kochkünste. Besonders Hannas selbstgebackenes Kürbisbrot erfreute sich während der Herbst- und Wintermonate reger Beliebtheit.

Inka war gerade dabei, ihre Jacke anzuziehen, während Sebastian das rosa Spendenschweinchen am Tischende fütterte, als ein Mann in den Sechzigern die Küche betrat.

»Mahlzeit«, sagte er, schob Schreibblock und Stift auf den Tisch, ging weiter zur Anrichte und zum armhohen Tellerstapel. Er nahm sich einen Suppenteller und den Deckel vom Zehnlitertopf. Heißer Dampf fuhr in einer Säule an die Decke, und der köstliche Duft von Hannas geheimer Kräutermischung füllte die Küche.

»Mahlzeit«, erwiderte Inka.

»Aber bitte, wegen mir müssen Sie nicht das Feld räumen.« Der Mann in Jeans, dessen Hosenbeine in Wanderstiefeln steckten, lachte.

»Nein, nicht wegen Ihnen«, erwiderte Inka, »ich muss arbeiten.« Sie wollte sich gerade erheben, als der Mann sie mit seinen nächsten Worten auf den Stuhl zurückwarf.

»Sie gehören zur Sundermöhren-Familie, stimmt's?«, sagte er, während er sich Inka gegenübersetzte. »Ich hab ein Bild von Ihnen in meinem Zimmer gesehen, ich meine natürlich in Ihrem Zimmer.«

»Wie darf ich das verstehen?«, fragte Inka vorsichtig. Hatten Tim oder Hanna einem Gast ihre Wohnung geöffnet?

»Entschuldigung«, sagte er. »Wie unhöflich. Darf ich mich zuerst vorstellen?« Er erhob sich, verbeugte sich vor Inka und stellte sich vor: »Mein Name ist Gisbert Sommer. Ich bin Verleger des Sommer Verlagshauses aus Bremen. Kochbücher und Reiseliteratur«, setzte er erklärend hinzu.

»Angenehm«, sagte Inka und nahm die Hand, die er ihr über den breiten Holztisch entgegenstreckte.

»Ich wohne im Triel-Zimmer«, sagte Sommer, während er sich wieder setzte. »Burhinus oedicnemus, auf Latein. Eine zu Beginn des 20. Jahrhunderts leider erloschene Vogelart, die der nicht ganz zu vermeidenden Intensivierung der Landwirtschaft, die auch im Naturschutzgebiet der Lüneburger Heide stattfand, zum Opfer fiel.«

»Im Triel-Zimmer.« Inka atmete auf.

Das fünfundzwanzig Quadratmeter große Zimmer lag mit angrenzendem Bad unter der Mansarde links im Winkelanbau und galt als ruhigstes Zimmer des Hofes. Als Inkas früheres Kinderzimmer hatte es nach der Renovierung ein leichtes grau-schwarzes Flair erhalten, das der Gefiederart des Vogels ähnelte, doch ohne den Charme der satten Rot- und Grüntöne der Lüneburger Heide zu vernachlässigen. Eine Kombination, die Hanna bei der Umgestaltung geschickt eingesetzt hatte. Neben dem Fenster hing eine Bildergalerie, die an die frühere Bewohnerin des Zimmers erinnerte.

»Ja.« Gisbert Sommer räusperte sich. »Übrigens eine wunderbare Idee, ausgestorbener Tierarten zu gedenken, das mit den Zimmernamen. Aber das gehört sicher zum Konzept dieses vorbildlich geführten Biohofes. Ihre Tiere leben im Paradies. Nun ja, wir wissen ja alle, dass Fleisch nicht auf Bäumen wächst. Da beißt die Maus keinen Faden ab. Wer Fleisch isst, muss sich darüber im Klaren sein, dass das, was er auf dem Teller hat, vorher Augen hatte.« Er räusperte sich ein zweites Mal. »Wie Sie merken, bin ich ehrlich begeistert und komme gerne wieder. Ich habe mich so gut erholt wie schon lange nicht mehr. Vielleicht buche ich dann das Zimmer der Wiesenweihe, Circus pygargus. Nun, um nicht zu sehr abzuschweifen: Seit Tagen hoffte ich, Sie persönlich zu treffen. Ihre Schwester hat mir verraten, dass Sie bei der Polizei arbeiten.« Er griff im Brotkorb zu einer dicken Scheibe Kürbisbrot.

Inka nickte dem ornithologisch angehauchten Kochbuch- und Reiseliteraturverleger freundlich zu. »Gibt es ein Problem?«

»Nein. Ja. Also es ist so. Ich würde sehr gerne mit Ihrer Schwester ein Heide-Kochbuch veröffentlichen, aber sie sträubt sich, ihre Suppen- und Eintopfgerichte preiszugeben. Es seien Familienrezepte.«

Inka lachte. »Ja, Hanna ist stur wie ein Hammel.«

»Ja, und das, obwohl ich ihr ein wirklich verlockendes Angebot unterbreitet habe, aber ... Nun, ich dachte, Sie ...«

Inka nahm dem Verleger das Wort aus dem Mund. »Da dachten Sie, Herr Sommer, ich könnte meine Schwester überreden, auf Ihr Angebot einzugehen, damit sie Ihnen die Rezepte unserer Urahnen verrät.« Inka schmunzelte.

»Das wäre sehr schön. Die Suppen und Eintöpfe, die Ihre Schwester täglich ihren Gästen darbietet, sind einfach großartig.«

»Wohl wahr.« Inka reichte dem Verleger die Hand und stand auf. »Also gut«, sagte sie, »ich werde mit Hanna sprechen, aber versprechen kann ich Ihnen nichts.«

Als Inka mit Sebastian die Küche verließ, klingelte ihr Handy. Sie sah auf das Display. *Amselfeld ruft an*, las sie und nahm das Gespräch an. »Herr Kollege, was gibt es?«

»Roland Altmann ist verschwunden.«

»Wie verschwunden? Was soll das heißen?«

»Dass er nicht in Schneverdingen bei der Arbeit ist und auch nicht bei sich zu Hause. Seine Frau sagt, er habe Sonntagmorgen beim Klassentreffen abgesagt, das Haus verlassen und sei seitdem verschwunden.«

»Und was ist mit Handy, Freunden, Bekannten oder Nachbarn?«

»Wie?«

»Ob Sie versucht haben, auf seinem Handy anzurufen, ob Sie bei Freunden, Bekannten oder …«

»Ja, ich bin doch nicht …« Amselfeld stoppte. »Nur die Mailbox springt an, und seine Frau hat in meinem Beisein alle Stellen abtelefoniert. Nichts.«

»Hat seine Frau eine Vermisstenanzeige aufgegeben?«

»Nein. Sie sagt, sie waren sich momentan nicht grün. Es gab Streit gestern, also Sonntagmorgen. Altmann ist weg und nicht wiederaufgetaucht. Sie dachte, er müsse sich austoben und käme dann wieder.«

»Also gut, Kollege, ich kümmere mich um Altmann. Sie übernehmen solange die auswärtigen Fahrten zu Grützmanns Verwandten und Arbeitskollegen. Bringen Sie den Eltern schonend bei, was passiert ist. Soweit wir wissen, war er nicht verheiratet, vielleicht hatte er eine Freundin. Und ich will wissen, ob es Probleme auf der Arbeit gab. So weit Sie kommen.« Ohne Verabschiedung klappte sie das Handy zu, steckte es in die Jackentasche und rutschte auf den Beifahrersitz von Sebastians Toyota. Amselfelds Bericht über Roland Altmanns Verschwinden nahm sie vollkommen in Beschlag. Nach zehn Minuten fing die Heizung an, lauwarme Luft ins Wageninnere zu blasen. Inka öffnete den Reißverschluss ihrer Daunenjacke. Aus dem Radio ertönte ein amerikanisches Weihnachtslied, während dicke Regentropfen auf die Windschutzscheibe platschten. Dann klingelte ein zweites Mal ihr Handy. Eine Nummer mit einer Vorwahl, die sie nicht kannte.

»Brandt.«

»Klammer«, hörte sie die Stimme sagen.

»Herr Dr. Dr. Klammer, was kann ich für Sie tun?« Inka stellte die Mithörfunktion ein.

»Wollten Sie mich nicht anrufen?«

»Sobald es Neuigkeiten gibt, aber die …«

»Und dass mein Sohn vergiftet wurde, sind keine Neuigkeiten? Verstehen Sie das unter Zusammenarbeit?«

Inka verdrehte die Augen und sah genervt zu Sebastian.

»Ob Sie es glauben oder nicht Herr Dr. Dr. Klammer, soeben war ich im Begriff, Sie anzurufen und über die toxikologischen Berichte zu unterrichten. Das Telefon liegt schon in meiner Hand.« Zumindest hiermit hatte sie nicht geschwindelt.

»Um was für ein Gift handelt es sich?«, knurrte Klammer.

»Amanita phalloides.«

»Was?«

»Amanita phalloides. Der grüne Knollenblätterpilz«, wiederholte Inka.

»Ich kenne den lateinischen Wortlaut. Gibt es weitere Meldungen, die wir besprechen sollten, Frau Brandt?«

»Bei uns liegt nichts an, aber wenn Sie …«

»Frau Brandt.« Der Ton in der Stimme des Richters nahm einen drakonischen Laut an. »Vor ein paar Minuten informierte mich Ihr Vorgesetzter Herr Amselfeld, dass es einen weiteren Toten gebe. Ein ehemaliger Abiturkollege meines Sohnes.«

»Mein Vorgesetzter, Herr Amselfeld, hat Sie informiert«, wiederholte Inka. »Wie aufmerksam von meinem Chef.« Inka spürte Wut über den Kollegen aufkeimen, der sich Fritz Lichtmanns Chefposten anmaßte. Doch die

Blöße, ihre Beherrschung zu verlieren, gab sie sich vor Klammer keinesfalls. »Wir kommen gerade vom Tatort«, sagte sie stattdessen. Wenn sie sich nicht mit der Schwangerschaft das Rauchen abgewöhnt hätte, wäre jetzt der richtige Zeitpunkt, um sich eine Zigarette anzustecken. »Ullrich Grützmann wurde von Spaziergängern in der Heide am Wilseder Berg gefunden. Er war an einem Kiefernstamm gefesselt. Nach ersten Erkenntnissen unserer Rechtsmedizinerin ist er erfroren. Kennen Sie den ehemaligen Klassenkameraden Ihres Sohnes?«

»Das weiß ich doch heute nicht mehr. Vielleicht hat Detlef den Namen irgendwann mal erwähnt. Ist dieser, wie heißt er ... Grützfeld, auch vergiftet worden?«

»Grützmann, Ullrich. Wir warten auf das toxikologische Ergebnis. Jedoch besteht die Vermutung, dass beide Morde, der an Ihrem Sohn und der an seinem Kameraden, in Zusammenhang stehen.«

»Dann nehmen Sie die Verbliebenen des Klassentreffens in die Zange. Einer muss es gewesen sein. Die meisten Mordopfer kennen ihren Mörder.«

»Wir geben uns allergrößte Mühe. Darf ich Sie noch kurz fragen, ob Sie zu dem arbeitstechnischen Umfeld Ihres Sohnes Neuigkeiten für uns haben. Auf dem Weg zum Tatort brach unsere Verbindung ständig ab, doch ich glaube mich zu erinnern, dass Sie von fünf Kriminellen sprachen, die ...«

»Ja«, würgte Dr. Dr. Egon Klammer seine Gesprächspartnerin ab. »Ich konnte fünf Exsträflinge ausfindig machen, die Detlef Rache schworen, sobald sie auf freiem Fuß wären. Wobei ich sagen darf, dass das nichts Neues ist. Wir Gerichtler erhalten laufend Drohungen, nähmen wir die alle ernst ...« Er schnaufte. »Nun, wie auch immer. Ich konnte alle außer einen überprüfen. Drei haben wasserdichte Alibis, einer ist verstorben und einer ist ausstehend. Wobei es Gerüchte gibt, er sei ausgewandert. Diese Sachlage wird natürlich weiterhin untersucht.«

»Wo waren Sie am Samstagabend, als Ihr Sohn starb, Herr Dr. Dr. Klammer?« Eine Frage, die Inka schon bei ihrem ersten Kennenlernen auf der Zunge gelegen hatte und dringend rausmusste.

»Wüsste ich nicht, dass es zu Ihren Aufgaben gehört, Angehörige zur Tatzeit zu befragen, würde ich Ihnen eine Dienstaufsichtsbeschwerde anhängen, Frau Brandt. So aber habe ich Ihre Frage erwartet.« Er räusperte sich. »Meine Frau und ich haben die Oper besucht. Schwanensee. Kennen Sie das Ballett?«

Was sollte das jetzt? Wollte er ihr Allgemeinwissen prüfen? »Nein. Ja. Natürlich kenne ich Schwanensee«, antwortete Inka. Sie war kein Freund der Oper, dennoch war ihr Tschaikowskys Bühnenwerk, zumindest vom Hörensagen, durchaus ein Begriff.

»Wir haben ein Vierer-Abonnement. Wir gehen immer mit Freunden in die Oper und ins Theater. Möchten Sie die Namen?«

Im Normalfall hätte Inka auf die Namen für eine Alibiüberprüfung bestanden, bei Klammer war sie sich sicher, dass er seinen Sohn nicht umgebracht hat. Ein Vater, der seinen Sohn mit Kontakten überschüttete, nur, damit dieser bereits mit dreißig zum Richter ernannt wurde … Wo war da der Grund? »Ich denke, das ist nicht nötig. Vielen Dank für Ihr Entgegenkommen. Dann darf ich annehmen, dass auch weitere Freunde und Bekannte Ihres Sohnes aus seinem Cuxhavener Umfeld für eine Täterauswahl nicht infrage kommen?«

»Sollte dies eine Frage Ihrerseits sein, Frau Brandt, ist sie überflüssig. Selbstverständlich wurde das enge wie weitläufige Umfeld meines Sohnes genauestens überprüft. Keinerlei Anhaltspunkte lassen darauf schließen, dass die Fremdeinwirkung, die zum Tode meines Sohnes geführt hat, aus unseren Kreisen stammt.«

»Ich danke Ihnen, Herr Dr. Dr. Klammer, für Ihre Zusammenarbeit. Ich werde Sie benachrichtigen, sobald der weitere Ermittlungsfortschritt dies erlaubt. Doch um eins würde ich Sie noch bitten: Es geht um die Untersuchung sämtlicher Lebensmittel aus der Wohnung Ihres Sohnes. Kühlschrank, Vorratsräume, Obst und Getränke und die verschlossenen Flaschen. Ich bitte Sie, diese auf Pilzgift untersuchen zu lassen. Ich könnte natürlich die Cuxhavener Kollegen ...«

Dr. Dr. Klammer ließ Inka keine Möglichkeit, ihren Satz zu beenden. »Sparen Sie sich die Mühe. Ich kümmere mich darum. Sobald es ein Ergebnis gibt, melde ich mich, Selbiges erwarte ich Ihrerseits. Ach, und Sie sollten nicht denken, dass ich Ihnen Ihren Fall wegnehmen will, ich will nur Ihre Arbeit mit meinen Mitteln unterstützen, damit Sie in der Warteschlange schneller aufrücken. Ich weiß um die Zähigkeit der Mühlen auf dem Dorf. Einen schönen Tag.«

»Auf Wiedersehen.« Inka legte auf und atmete schwer aus. »Meine Güte, was für ein anstrengender Knilch. Wie mich solche gestelzten Gespräche nerven.«

»Aber wenigstens wissen wir, Cuxhaven ist sauber, und ein wenig Einfluss kann nicht schaden«, antwortete Sebastian und bog in die Ferdinand-Porsche-Straße ein.

16 Rechtsmedizinerin Teresa Hansen saß im Sessel ihres Bereitschaftszimmers. Ihre Assistentin Lena Blume, auch Blümchen genannt, saß ihr gegenüber auf der ausklappbaren flaschengrünen Cordcouch und schniefte in ein Taschentuch. Noch vor drei Monaten hatte Paula jeden Tag dort gesessen, als sie mit Windpocken nicht zu Tilly konnte und Inka von den Morden im *Seerosenhof*, der privaten psychosomatischen Klinik in Undeloh, festgehalten wurde. Inka warf einen Blick auf das Buntstiftbild, das mit Klebefilm über der Couch angebracht war. Die anfänglichen Malversuche eines Strichmännchens, das zwischen wildem Gekritzel auftauchte.

»Stören wir?«, fragte Inka und riss sich lächelnd von dem Bild los, das Paula für Teresa gemalt und seinen Ehrenplatz gefunden hatte.

Teresa signalisierte ein wortloses »Ja«, Blümchen hingegen winkte ab.

»Bleibt hier«, sagte sie und stand auf, »aber auf meine Gesellschaft müsst ihr verzichten.« Mit diesen Worten verschwand sie schluchzend aus der Tür.

»Liebeskummer. Sie ist allein von den Galapagos zurückgekommen. Streit mit Enrico«, erklärte Teresa knapp.

»Ah«, sagte Inka. »Wir haben dir etwas mitgebracht.« Aus einer Kühlbox holte sie zwei kleine durchsichtige Gefrierdosen. *Pilzsoße, Tagesgericht, eingefroren am Freitag, 28. November 2014, Mittag und Abend*, stand handschriftlich auf den Aufklebern. »Könntest du die auf Pilzgift untersuchen lassen?«

»Klar, gebe ich ins Labor«, sagte Teresa, gab beide Dosen in ein Tütchen und legte sie in den Gefrierschrank. »In zwei, drei Tagen wissen wir mehr, aber falls du wissen willst, ob der Bergtote auch vergiftet wurde, könnte ich dir bereits jetzt weiterhelfen.«

»Ja?«

Teresa Hansen nickte. »Ja«, sagte sie, ging zur Anrichte und schenkte sich aus der weißen Pumpkanne mit den aufgedruckten rosa Elefanten Tee ein. »Möchtet ihr?«

»Nein, ich will …«

»Nein. Ullrich Grützmann wurde weder mit dem grünen noch dem weißen Knollenblätterpilz vergiftet.«

»Und woher weißt du das so schnell?«

»Gewisse Substanzen verursachen beim Toten keine Auffälligkeiten. Wissen wir jedoch, wonach wir suchen müssen, wird eine Sonderuntersuchung angeordnet. Aber selbst dann wird es oft schwierig, Gifte, die in geringen Mengen eingenommen werden, nachzuweisen. Zumal, sollte er mit Pilzen vergiftet worden sein, aufgrund der langen Latenzzeit die wichtigsten Elemente für eine Diagnose oftmals schon beseitigt sind, sprich, er hat alles ausgekotzt. Doch das Hauptgift lässt sich auch im Urin nachweisen.«

»Und du hast ihn angezapft.«

»Sofern du eine Blase mit einem Bierfass vergleichen willst, ja. Allerdings werde ich weitere labordiagnostische Untersuchungen der Leber anstellen. Und sollte ich hier auch auf die entzündlichen Infiltrate und Nekrosen stoßen, die mich beim Oberstaatsanwalt nachdenklich stimmten, dann …«

»Sagst du uns Bescheid. Ich danke dir.« Inka wollte bereits aufstehen, als Sebastian sich in das Gespräch einmischte.

»Wie lange dauert so eine Urinuntersuchung? Nur so aus Neugier.«

»Wie ich sagte, da wir jetzt wissen, nach welchem Gift wir suchen«, Teresa wiegte den Kopf, »wenn es schnell geht, ein, zwei Stunden.«

»Und …« Sebastian stockte und Inka mischte sich ein.

»Sebastian hat am Freitag das Tagesmenü im *Storchennest* verputzt und befürchtet, ebenfalls vergiftet worden zu sein.«

»Ah, ich verstehe. Gab es Anzeichen von Übelkeit, hast du erbrochen oder …«

Kopfschütteln.

»Also ein Test nur zur vollkommenen Sicherheit. Kein Problem. Bitte«, sagte Teresa und drückte Sebastian einen Plastikbecher in die Hand. »Toilette ist auf dem Gang hinten rechts. Den Becher bei Blümchen abgeben. Und vollmachen!«, rief sie ihm hinterher. Sie schmunzelte und wandte sich an Inka. »Ist er hypochondrisch veranlagt?«

»Er ist Polizeiprofiler und Psychologe, das sagt alles, oder?«

»Er ist nett.«

»Nett ist das entscheidende Wort.«

»Und das war's schon? Komm, Süße, ich kenne dich ein paar Tage länger, und ich sehe, da ist mehr, als du zugibst.«

»Du meinst, ich sollte mich auf ein Schäferstündchen einlassen?«

»Ich weiß, es fällt dir schwer, anderen Menschen zu vertrauen, aber ich weiß auch, dass du dennoch immer die richtige Entscheidung triffst.« Teresa machte eine kleine Pause. »Außer bei Fabian.«

Inka zog eine Grimasse. »Siehst du. Was ist, wenn ich wieder … Außerdem sollte man Privates und Berufliches strikt auseinanderhalten. Deine Worte.«

»Ach was, der blöde Spruch taugt nur so lange, bis man sich am Arbeitsplatz richtig verliebt.«

»Ich weiß nicht, Terry. Sebastian hat seine Frau und seine Tochter auf so furchtbare Weise verloren. Und ob er nun Psychologe ist oder nicht, wie kann ein Mensch so schnell einen solchen schrecklichen Schicksalsschlag verkraften? Nein. Ich kann mich ihm doch nicht einfach an den Hals werfen.« Inka erinnerte sich an Sebastians Worte in der Hotelbar, seine Andeutungen, die Blicke.

»Seit dem schrecklichen Unglück sind vier Jahre vergangen, Süße.«

»Na und. Wer sagt denn, wie lange und wie ein Mensch trauern darf? Wer hat das Recht zu verlangen, alles von einem geliebten Wesen zu vernichten, zu verschenken oder in Kartons in den Keller zu verbannen, selbst die Gefühle? Wer hat das Recht zu sagen, Kopf hoch, das Leben geht weiter? Wer, sag es mir?«

»Hoppla, Süße, was ist denn mit dir los? Ich bin zwar auch kein Freund von Trauermodellen und mir sicher, dass solche Verluste, wie Sebastian sie erfahren hat, nie aufhören wehzutun. Aber ich weiß auch, dass zu viel Trauer niemandem guttut, und irgendwann wird es auch für Sebastian leichter, davon bin ich überzeugt. Er wird lernen weiterzuleben, auch mit der Vergangenheit, und er wird sein Leben Stück für Stück wieder zusammensetzen. Vielleicht nicht mehr so, wie es einmal war, womöglich auch lückenhaft, aber er wird es schaffen.«

»Ich hoffe es, Terry. Ich kann ihn so gut verstehen. Als ich damals Sternschnuppe verlor, war ich dreiundzwanzig, weißt du noch?«

»Dein Pony, ja. Es war dein Ein und Alles. Sie wartet im Himmel auf dich.«

»Ja«, sagte Inka, obwohl sie sich mit der Religion, in welcher Weise auch immer, nicht so recht anfreunden konnte. Ein feuchter Glanz erfüllte ihre Augen. »Ist schon gut. Ist ja schon lange her. Aber ich mag mir nicht vorstellen, wie es wäre, Paula ...« Sie schluckte. »So muss es Sebastian gehen. Er fahndet noch immer nach dem Täter. Ich habe die Aktenordner in seinem Wilseder Zimmer gesehen. Er sammelt und notiert alles über diesen ... diesen Verbrecher, der seiner Familie das angetan hat. Neulich habe ich ihn beim Ausreiten entdeckt, als er in der Heide herumstiefelte. Er starrte auf den Boden, als würde er etwas suchen, und er wirkte so schutzlos wie ein kleines Kind. Ich habe mich mit Harlekin hinter einer Tanne versteckt und ihn beobachtet. Plötzlich hat er sich auf den Boden geworfen und so bitterlich geweint, und er schrie so verzweifelt, dass ich eine Gänsehaut bekommen habe. Es war furchtbar, seinen Schmerz mit anzusehen.«

»Kein Wunder, dass er rumläuft wie Rübezahl, wenn er ständig die Heide entkusselt«, sagte Teresa berührt. »Der arme Kerl. Anscheinend leidet er stärker unter Angstzuständen und Halluzinationen, als ich angenommen habe.«

»Er hat dir davon erzählt?«

»Nur angedeutet. Vergiss nicht, ich bin Ärztin, zwar eine für die andere Ebene unseres Daseins, doch das Diesseits ist mir nicht verschlossen.«

Inka nickte. »Als der *Seerosenhof* nach den Morden geschlossen wurde, war er gerade knapp eine Woche in Behandlung. Inzwischen geht er zur Aufarbeitung zu einem Kollegen nach Winsen. Ich dachte, die Therapiestunden würden ihm guttun, er wirkte viel ruhiger und entspannter.«

»Vielleicht ist es seine Art, mit der Vergangenheit klarzukommen.«

»Ja, mag sein, Terry. Und ich hoffe, er schafft es, er hat es verdient, glücklich zu sein. Er ist ein erstklassiger Psychologe und Profiler, unglaublich gebildet und ein netter Mann. Aber weißt du, Terry, seine Krankheit ist es nicht, wovor ich mich fürchte. Ich will einfach kein Trostpflaster sein, das man nach einer Heilungsphase abreißt und in den Müll wirft. Ich bin achtunddreißig und habe eine Tochter. Ich muss an Paula denken. Ein erneutes Beziehungsdurcheinander kann und will ich ihr nicht zumuten.«

Teresa blickte ihrer Freundin in die Augen und streichelte mit einer Hand ihre Wange. »Wer sagt denn, dass es ein Durcheinander geben wird? Ist doch möglich, dass ihr das Liebespaar des Jahrhunderts werdet.«

»Nein.«

»Warum nicht?«

»Weil der Pokal für das Liebespaar des Jahrhunderts bereits an dich und Flora geht.«

»Im Leben gibt es mehrere Verlosungen, Süße. Und nur weil du einmal eine Niete gezogen hast, heißt es nicht, dass nie wieder die Liebe in dein Leben tritt.«

Bevor Inka erneut Einwände vorbringen konnte, betrat Sebastian wieder den Raum.

»Bin fertig«, sagte er und klang wie ein Schuljunge, der darauf wartete, nach dem Zähneputzen von seiner Mutter ins Bett gebracht zu werden.

»Wunderbar, ich rufe dich an, sollte es erforderlich sein, dass dir der Magen ausgepumpt wird.« Teresa setzte eine ernste Miene auf.

»Was? Ich dachte …«

»War ein Scherz«, fiel sie Sebastian ins Wort und sagte an Inka gewandt: »Bevor ich es vergesse: Grützmann, euer zweiter Toter, hat ein ordentliches Hämatom im Nackenbereich. Er hat mit einem Handkantenschlag einen Hieb hintendrauf gekriegt, was ihn kurz außer Gefecht gesetzt hat und erklärt, warum am Tatort keine Abwehrspuren waren.«

»Und DNS-Spuren?«

Teresa schüttelte den Kopf. »Keine. Euer Täter hat vermutlich Handschuhe getragen.«

Es regnete noch immer, als Inka und Sebastian die Stader Rechtsmedizin verließen und in den Wagen stiegen. Der Zeiger der Uhr auf dem Armaturenbrett sprang auf 16 Uhr. Der erste Tag im Dezember legte sich ebenso düster über die Lüneburger Heide wie sein Vormonat. Draußen dämmerte es bereits, und die Straßenlaternen warfen ihr Licht auf den wässrig glänzenden Asphalt.

Inkas Gedanken schwirrten ruhelos in ihrem Kopf umher. Dr. Ullrich Grützmann wurde nicht wie Klammer vergiftet. Doch warum? Es wäre ein Abwasch gewesen. Warum wurde er an einen Baum gebunden? Und warum hatte Fridolin mit seinem Team keine Schleifspuren gefunden? Das Opfer musste seinen Mörder gekannt haben, und beide mussten zusammen auf den Berg gegangen sein. Dort überraschte der Mörder sein Opfer mit einem Schlag ins Genick und fesselte es an den Baum. Nur so erklärten sich die Fakten. Das Hämatom im Nacken. Doch was hatten Opfer und Mörder an diesem Abend überhaupt auf dem Berg gewollt? Die Aussicht genießen wohl kaum.

Inka hatte gar nicht bemerkt, dass sie die ganze Fahrt von Stade nach Hanstedt über geschwiegen hatte. Jetzt, als Sebastian seinen Wagen in die Parkplatzeinfahrt beim Rathaus einlenkte, erwachte sie wie aus einem Tagtraum.

Das Rathaus in Hanstedt war ein zweistöckiges winkeliges rotes Backsteingebäude. Mittig verband ein Turm, der aufgebaut war wie ein Leuchtturm, beide Gebäudeteile miteinander.

»Die schon wieder«, sagte Inka und meinte die Schar Reporter, die wie eine dicke Traube vor dem Eingang mit Kameras und Mikrophonen herumlungerten. Der Übertragungsvan eines niedersächsischen Fernsehsenders blockierte Inkas Parkplatz am hinteren Eingang. Es blieb ihnen nichts anderes übrig, als den Rückwärtsgang einzulegen und in einen der vorderen Parkplätze am Haupteingang einzuscheren.

Eine Reporterin in schwarzer Jacke, rapsgelber Hose und schwarzen Stiefeln rannte auf Sebastian zu. Sie war kaum größer als Inka, aber bestimmt zehn Jahre jünger.

»Hallo, Basti«, kam eine Kleinmädchenstimme aus einem roséfarbenen Glossmund, während sie Sebastian ein Mikrophon vor die Nase hielt. »Wie ich hörte, gab es einen weiteren Toten der ehemaligen Abiturientenklasse des Hanstedter Klara-Wegener-Gymnasiums. Er wurde auf dem Wilseder Berg gefunden, stimmt das? Was kannst du uns zu den beiden Toten sagen? Stehen beide Fälle in Zusammenhang? Müssen weitere Klassenkameraden befürchten, ermordet zu werden? Ist der Mann, der bei euch im Büro sitzt, ein Verdächtiger?« Sie schenkte Sebastian ein strahlendes Lächeln.

»Genug der Fragerei«, schob Inka dazwischen und öffnete die Tür des Rathausgebäudes. »Mittwochabend, um 18 Uhr, findet im Rathaus eine Pressekonferenz statt, an der dürfen Sie gerne teilnehmen.«

»Ja, aber es wäre doch schön, wenn die Bewohner der Lüneburger Heide bereits …«

»Und ich fände es schön, wenn wir jetzt unsere Arbeit machen könnten«, würgte Inka die forsche kleine Reporterin mit dem roten Kurzhaarschnitt und den großen blauen Augen ab. »Und machen Sie das Ding aus«, befahl sie dem Zweimetermann, der eine Kamera auf der Schulter mitschleppte und der Reporterin wie ein Hündchen folgte. »Wir können Ihnen derzeit keine Auskünfte erteilen.« Damit schob sie Sebastian in das Rathausfoyer und schloss die Tür.

»Du kennst sie?«, knurrte Inka, während sie durch die Glastür nach draußen sah, wo die Rothaarige in die Kamera strahlte und in ihr Mikrophon sprach.

»Joulie Sophie Beatrice de Leclerc. Sie ist eine Teilnehmerin der Gruppentherapie aus Winsen, zu der ich wöchentlich gehe.«

»Eine Französin.«

»Sie kommt aus Toulouse.«

»Sie spricht gut Deutsch, ihr Akzent ist kaum hörbar«, gab Inka zu.

»Ihre Mutter ist Deutsche, und Beatrice hat in Heidelberg studiert.«

»Und sie nennt dich Basti.«

»Ja.«

»Was hat sie für ein Problem, sie wirkt recht aufgeweckt für ihr Alter?«, fragte Inka neugierig und in einem Tonfall, der Sebastian aufhorchen ließ.

»Sie ist siebenundzwanzig und … über Gruppengespräche rede ich nicht, die sind streng vertraulich.«

»So vertraulich, um dich Basti zu nennen?«

»Wir gehen manchmal mit der Gruppe nach einer Sitzung noch in den Ratskeller auf ein Glas Bier. Bea hat gefragt, ob sie mich Basti nennen darf, ihr früherer Freund hieß Sebastian. Warum interessiert dich das?«

»Berufliche Neugier«, log Inka, während sie durch die nächste Glastür auf ihr Büro zustiefelte. *Bea und Basti*, dachte Inka. Die Vertrautheit missfiel ihr, doch es war nicht der richtige Moment für weitere Fragen, sie hatte an den Fall zu denken.

Inka drückte die Türklinke herunter und trat ein. Augenblicklich verharrte sie. Roland Altmann saß neben ihrem Kollegen Mark Freese am Schreibtisch, vor ihm ein Teller mit Kekswaffeln, ein Kaffeebecher sowie ein Block, auf denen Schulnoten von Eins bis Sechs neben Kästchen mit Kreuzchen standen. Der Duft von Kaffee und Zimt lag in der Luft.

»Guten Abend.« Inka nickte den Männern zu.

»Hallo, Inka. Wir haben Besuch.«

»Ich sehe schon, Mark«, sagte Inka. »Altmann. Entschuldigung, Herr Altmann. Wo waren Sie? Seit heute Vormittag versucht mein Kollege Sie zu erreichen, und Ihre Frau sagte, Sie hätten das Sonntagstreffen mit Ihren Kollegen im *Storchennest* abgesagt und seien seitdem verschwunden«, polterte Inka los. War Altmann der Verdächtige, den die rothaarige Französin erwähnt hatte?

»Ich war bei einem Bekannten im Schrebergarten. Meine Frau wusste Bescheid. Ich wollte mich verstecken, bis die Sache mit Detlef geklärt ist. Ich habe ihn nicht umgebracht, aber mir war klar, Sie würden mich als Erstes verdächtigen. Und als Ihr Kollege gegangen war, rief mich meine Frau an und sagte, ich solle zu Ihnen gehen, es hätte keinen Zweck, sich zu verstecken, weil Sie meine Fingerabdrücke auf Detlefs Oberarmen gefunden haben. Und würde ich nicht spätestens in drei Stunden bei Ihnen auf der Wache auftauchen, würden Sie einen Haftbefehl ausstellen«, erwiderte Roland Altmann prompt, während er die angeknabberte Kekswaffel neben den Teller legte.

»So ist es«, sagte Inka. Die Amsel hatte gezwitschert und Ermittlungsarbeit weitergegeben. Aber immerhin, Altmann war aufgetaucht. Sie nahm den Becher Kaffee, den Sebastian ihr reichte, und rutschte hinter den Schreibtisch. »Sie sind vorbestraft, Herr Altmann.«

»Ja.« Altmann nickte. »Ist schon eine Weile her, war 'ne dumme Sache auf der Arbeit. Hab dem Kollegen eine gewienert.« Er senkte den Blick.

»Eine gewienert ist harmlos. In meinen Unterlagen steht, Ihr Kollege durfte eine Gehirnerschütterung und zwei verlorene Zähne verzeichnen.« Sie klappte die Akte zu. »Aber das war gestern, Herr Altmann. Heute will ich wissen, was in der Sauna geschehen ist. Warum sind Ihre Fingerabdrücke auf Klammers Leiche und auf der Holzkelle aus der Sauna?«

Roland Altmann holte tief Luft, dann begann er: »Eigentlich war es so, wie ich bereits sagte. Ich bin zusammen mit Detlef in die Sauna gegangen. Mir war den ganzen Tag kalt, und ich befürchtete, mir eine Erkältung eingefangen zu haben. Ich wollte mich aufwärmen. Ich kann es mir nicht leisten, krank zu werden. Hinter mir stehen hundert andere in der Schlange und warten auf meinen Job.« Altmann machte eine Pause, griff zum Kaffeebecher und trank einen kleinen Schluck. »Also, ich bin mit Detlef in die Sauna. Wie immer hat es nicht lange gedauert, bis wir ordentlich aneinandergerasselt sind.

Unser Freundschaftsband war schon immer etwas … brüchig.«

»Sie meinen früher, in der Schule.«

Nicken.

»Gab es einen Grund?«

»Detlef spielte sich als Chef auf. Hatte er etwas verbockt, büßten andere, oder sein Vater, der Herr Richter, paukte ihn mit ein paar Scheinchen aus der Scheiße.«

»Büßten Sie auch für etwas, das Ihr Schulkamerad verbockt hatte?«

»Ja. Nein. Ich war selber schuld. Detlef, Ullrich, Thomas, Tanja, Liane und Annabella gehörten damals zur angesagtesten Clique der Schule, jeder wollte bei denen mitmischen. Ich natürlich auch. Doch bevor man aufgenommen wurde, musste man eine Mutprobe bestehen.« Altmann machte erneut Pause. Er atmete schwer, und Inka spürte, wie viel Kraft ihm dieses Gespräch abverlangte. »Detlef sagte, ich solle ihm den Fragenkatalog der Jahresklausuren unserer Lehrer besorgen, dann würde er ein gutes Wort in der Clique für mich einlegen. Ich tat es und wurde erwischt. Das Ende vom Lied war mein Rauswurf aus der Schule. Ohne Abitur. Jetzt bin ich Tankreiniger, eigentlich wollte ich Chirurg werden. Na ja, irgendwie ähneln sich die Berufe.«

»Haben Sie das Klassentreffen organisiert?«

»Wenn ja, hätte ich Detlef auf der Liste übersehen.«

»Und wer hat zu dem Klassentreffen aufgerufen?«

»Da bin ich überfragt. Ich war es jedenfalls nicht. Ich habe mich sowieso über meine Einladung gewundert. Immerhin bin ich früher abgetreten.«

»Und wer hat Sie eingeladen?«

»Detlef rief an und sagte, es fände ein Klassentreffen

statt, und fragte, ob ich kommen wolle. Ich sagte zu, und er meinte, ich solle Ullrich anrufen und der den nächsten Ehemaligen, diese Kettenanrufe eben.«

»Aber wer Detlef informierte, wissen Sie nicht.«

»Nein. Vielleicht war es ja eine der Frauen. Tanja, Beate, Dora oder Liane.«

»Kommen wir zurück auf den Saunabesuch. Wie erklären Sie Ihre Fingerabdrücke auf der Holzkelle, Klammers Kinn und seinen Oberarmen?«

»Wie ich sagte, ich bin mit Detlef in die Sauna gegangen. Er hat sich gleich auf die oberste Bank geschwungen. Ich fragte noch, ob ihm das nicht zu heiß sei, aber er blubberte was von Adoniskörper.« Altmann rollte die Augen. »Wie auch immer, ein Wort ergab das andere, und dann habe ich …«

»Stopp, Herr Altmann. Bitte erzählen Sie so genau, wie es Ihnen nach den Tagen noch möglich ist. Was sagten Sie, was sagte Herr Klammer?«

»Ich sagte, er hätte einen fetten Arsch. Er meinte, ich würde ihn beleidigen, und ich sagte, er wäre es, der beleidigt und diskriminiert. Schon in der Schule, das mit Dora, Beate und Tanja und so. Und …«

»Was war mit …«, Inka schlug die Akte wieder auf, blätterte in den Unterlagen, fuhr fort: »… mit Dora Hoppe, Beate Schroth und Tanja Griese?«

»Dora hat ungarische Wurzeln, und Detlef ist durch und durch ein Rechter. Deutsch ist deutsch, und deutsch muss deutsch bleiben, das ist seine Meinung. Dora kam zu uns in die Klasse, als sie vierzehn war. Detlef hat sie vom ersten Tag an gemobbt und retuschierte Nacktfotos von ihr ins Internet gestellt. Es ist nicht schade um ihn, glauben Sie mir. Die Welt hat ein Arschloch weniger.«

»Und das verdankt die Welt Ihnen?«, mischte sich Mark erstmals ins Gespräch.

»Quatsch. Ich habe ihm eins mit der Kelle übergeprügelt, ihm einen Kinnhaken verpasst, ja. Beides mit Freude und Genuss, das gebe ich zu, immerhin bin ich seinetwegen von der Schule geflogen, und keine andere Schule der Gegend hat mich aufgenommen, so dass ich mein Abitur vergessen konnte. Das ging doch wie ein Lauffeuer bei uns durch die Dörfer. Sie kennen das doch, Sie beide sind doch auch Einheimische, hier bleibt nichts lange geheim.« Altmanns Blick huschte von Mark zu Inka.

Wenn's denn so wäre, hätten wir die Morde schon aufgeklärt, sinnierte Inka. Sie wusste von einigen Bewohnern der umliegenden Dörfer, die es faustdick hinter den Ohren hatten, darüber täuschte auch die landschaftliche Idylle nicht hinweg.

Eine hinterhältige Loyalität.

»Ich schwöre, Frau Brandt, Herr Freese, als ich aus der Sauna raus bin, war Detlef quicklebendig.« Altmann holte Inka zum Fall zurück.

»Das glaube ich Ihnen sogar, Herr Altmann. Aber Ihre Wut auf Ihren Schulkameraden ließ Ihnen keine Ruhe, und da nahmen Sie den Stiel des Wasserschiebers, versperrten die Saunatür und sahen zu, wie Detlef Klammer tot zusammenbrach.«

»Nein. Das war ich nicht. Ich habe ihm ordentlich eine gezimmert, sag ich doch. Erst mit der Kelle, weil er mich wieder verspottete, dann eins aufs Kinn oder umgekehrt, ich weiß es nicht mehr. Als er am Boden lag, wollte ich ihm sogar aufhelfen, aber er hat mich angemotzt und beschimpft. Er lebte, als ich ging, wirklich! Hören Sie, ich stehe kurz vor der Beförderung zum Abteilungsleiter.

Das heißt ein paar Scheine mehr im Portemonnaie und nicht mehr in den Tank kriechen. Ich wäre doch saublöd, wenn ich mir von so einem Arschloch die Beförderung versauen würde.«

Es entstand eine Pause. Inka stand auf, kippte den Kaffee aus ihrem Becher ins Spülbecken und goss sich ein Glas Wasser ein. Sie lehnte sich an die Wand neben das Flipchart, auf dem die Namen der sieben Klassenkameraden, angeordnet wie ein Stammbaum, mit rotem Stift geschrieben standen. An der Metallwand daneben hingen die Tatortfotos von Finn, dem Polizeifotografen.

»Wo waren Sie gestern, am Sonntag, in der Zeit zwischen 17 Uhr und 20 Uhr, Herr Altmann?«, wollte Mark wissen.

»Auch in der Laube meines Bekannten.«

»Wo liegt diese Laube? Wie heißt Ihr Bekannter?«

»Im Kleingartenverein *Wolfsbau* am Schneverdinger Stadtrand, und sie gehört Winfried Pfalzgraf und seiner Frau Astrid.«

»Wer hat Sie im Schrebergarten gesehen?« Mark Freese ließ nicht locker und feuerte seine Fragen Altmann in schnellem Lauf entgegen.

»Niemand. Ich wollte nicht auffallen und bin so wenig wie möglich nach draußen. Außerdem ist zu dieser Jahreszeit kaum jemand im Garten unterwegs.«

»Und was ist mit Herrn und Frau Pfalzgraf? Sie müssen Ihnen doch den Schlüssel für die Laube gegeben haben.«

»Nein. Wir haben nur kurz telefoniert, und der Schlüssel liegt unter dem Blumentopf. Das machen wir immer so. Was gibt's in einer Laube schon zu stehlen?«

»Dann kann also niemand bezeugen, dass Sie wirklich

in der Laube waren.« Inka rutschte Altmann gegenüber wieder auf ihren Stuhl.

»Nein, ich habe doch schon gesagt, da ist um diese Zeit kaum was los. Ein Hase hoppelte mir über den Weg, wenn das hilft.«

»Sehr witzig, Herr Altmann.« Inka zog eine Grimasse.

»Was glauben Sie denn, Frau Brandt? Die Liste der Menschen, die Detlef gehasst haben, ist so lang wie die Landstraße von Undeloh nach Hanstedt. Sie sollten sich nicht nur auf mich einschießen.«

»Sie spielen auf Ihre ehemaligen Schulkolleginnen an, oder? Was war mit den Frauen? Beate und Tanja, Liane und Dora.«

»Och, nur Kleinkram.« Altmanns Blick schwenkte im Wechselspiel zwischen Inka und Mark. »Beate hatte als Jugendliche ein paar Pfund zu viel auf den Rippen. Detlef hat sie deswegen aufgezogen und vorgeführt. Doch wer im Glashaus sitzt, sollte nicht mit Steinen werfen, oder?«

Inka ging auf Altmanns Frage nicht ein, sondern stellte eine Gegenfrage: »Sie meinen Beate Schroth.« Inka erinnerte sich an die gertenschlanke, elegant gekleidete Dreißigerin mit den grünen, klugen Augen.

»Ja. Sieht man ihr heute nicht mehr an, hat sich echt rausgeputzt. Vom hässlichen Entlein zum stolzen Schwan, wie man so schön sagt«, antwortete Altmann, als hätte er Inkas Gedanken erraten. Er grinste, doch wurde sofort wieder ernst. »Bei Dora waren es ihre ungarischen Wurzeln, und Liane, nee, da weiß ich gar nicht so recht. Tanja, ja, Tanja schob er einen Braten in die Röhre und bestritt die Vaterschaft. Das war ein echt mieser Zug. Als Hanstedter Dorfmatratze solle sie sich einen anderen Blöden suchen, dem sie ihr Balg anhängen könne. Er wolle in die Fußstapfen seines Vaters treten und keine Windeln wechseln. Es hieß, Detlefs Alter hätte einige Scheinchen lockergemacht und um drei Ecken jemanden besorgt, der …«

»… auf illegalem Wege eine Abtreibung vorgenommen hat«, setzte Inka den Satz fort.

»Ja, so eine Engelmacherin. Ein halbes Jahr später sind die Klammers nach Cuxhaven gezogen. Der Alte, der Klammer, bekam ein Angebot vom Landgericht. Wie auch immer. Am Freitagabend, im *Storchennest*, bevor ich in die Sauna bin, habe ich zufällig gehört, wie Tanja der Übermutter Dora erzählte, sie könne seit dem Eingriff keinen Nachwuchs mehr bekommen. Die Arme war ganz aus dem Häuschen und heulte wie ein Schlosshund. Kommt wohl nicht drüber weg und dann noch dem Mann gegenübersitzen, der … ist schon eine schlimme Sache. Ich weiß ja, wie das ist, wenn sich eine Frau ein Kind wünscht. Wir, meine Heike und ich, drei Jahre haben wir es versucht, bis es geklappt hat. Was für eine Tortur.«

»Herr Altmann, bei Ihrem Wiedersehen im *Storchennest*, was haben Sie da zum Essen bestellt?«, mischte sich Sebastian ein.

»Das, was alle hatten. Schnitzel mit Pilzsoße. Aber das Essen hat Detlef vorbestellt, sagte er zumindest. Es sollte eine Hommage an unsere Schulkantine sein. Einmal die Woche stand Schnitzel mit Pilzsoße auf der Tafel, mit scheußlicher Pilzsoße.« Altmann zog die Nase kraus.

»Aber nach dem Essen am Freitagabend ging es Ihnen gut. Es plagten Sie weder Magenprobleme noch Durchfälle.«

»Sie meinen, weil Detlef die Nacht gekotzt und ge…

nein, mir ging es gut, Herr Kommissar. Fragen Sie meine Frau. Ich bin ja am Freitag nach dem Essen gleich nach Hause gefahren. Eine Übernachtung in einem Fünfsternehotel kann ich mir nicht leisten, außerdem ist es nach Schneverdingen nicht weit. Aber Ihr Kollege hat mir gerade gesagt, dass ich nach Stade in die Rechtsmedizin muss, um mich untersuchen zu lassen. Warum, weiß ich immer noch nicht.«

»Wir haben in Dr. Detlef Klammers Organismus Spuren eines Pilzgiftes gefunden, und um auszuschließen, dass auch Sie vergiftet wurden, möchten wir Ihnen anraten, unsere Ärztin aufzusuchen.«

»Ach du liebe Zeit! Heutzutage kann man aber auch nirgendwo mehr vernünftig essen gehen.« Roland Altmann wirkte besorgt.

»Herr Altmann, wir gehen nicht davon aus, dass das Restaurant die Schuld trägt. Wir vermuten, das Gift wurde Ihrem Schulkameraden gezielt verabreicht.«

»Detlef ist vergiftet worden, bevor man ihn durchgekocht hat? Das ist ja krass. Da wollte aber einer auf Nummer sicher gehen.«

»Einer?«, fragte Inka.

»Ja, oder auch eine, da ich es nicht war«, setzte Altmann mit erstaunlicher Selbstverständlichkeit nach. »Wobei ... Ich kann oder will mir nicht vorstellen, dass Ullrich oder eine Klassenkameradin Detlef erst vergiftet und dann ...« Altmann vollendete seinen Satz nicht.

»Dora Hoppe, Liane Wolters, Beate Schroth und Tanja Griese, welcher der Damen trauen Sie einen Giftanschlag zu? Welche der vier Frauen oder auch zwei, drei oder alle gemeinsam, hassten ihn so sehr, um diese Tat verüben zu können, was glauben Sie, Herr Altmann?«

Altmann schüttelte nachdrücklich den Kopf. »Nein«, sagte er. »Das raff ich nicht. Gut, ich sagte ja schon, jede der vier Frauen hatte ihre Probleme mit ihm, die eine mehr, die andere weniger. Aber umbringen, und dann auf dem Klassentreffen nach zehn Jahren? Nein. Und Ullrich, der war in Detlefs Clique. Die klebten zusammen wie siamesische Zwillinge. Aber ich weiß, dass Ullrich trotzdem nicht mit allem einverstanden war, was Detlef so machte.«

»Somit rutschen Sie wieder in den Fokus, Herr Altmann.«

»Warum, es gab mehr Menschen, die sich an dem Abend im Hotel aufhielten, warum soll ausgerechnet ich der Sündenbock sein? Vielleicht war es ja doch Ullrich? Er ist Arzt und kennt sich bestimmt mit Giften aus.«

»Weil Sie ein Motiv haben. Immerhin hat Klammer Ihnen Ihre berufliche Zukunft versaut. Das hat einiges an Gewicht.« Langsam wurde Inka ungeduldig.

»Ja, ich gebe zu, ich war noch immer wütend auf ihn, auch am Freitagabend beim Essen und am Samstagabend, als ich ihm in die Sauna gefolgt bin. Manchmal kocht die Vergangenheit eben wieder hoch, kennen Sie das nicht?« Da er keine Antwort erhielt, fuhr er fort: »Im Grunde gebe ich Detlef recht, ich hätte von dem Scheiß mit den Klausurfragen die Finger lassen sollen. Aber fragen Sie Ullrich oder meine Mitschülerinnen, die bestätigen Ihnen jede Kleinigkeit, die ich Ihnen gesagt habe.«

»Ihre Mitschülerinnen werden wir befragen, aber bei Ihrem Kollegen Ullrich Grützmann wird das schwierig. Und jetzt will ich noch einmal wissen, wo Sie sich am Sonntagabend in der Zeit zwischen 17 Uhr und 20 Uhr aufhielten.«

»Was soll das? Detlef wurde am Samstagabend umgebracht.«

»Das stimmt. Aber Sonntagabend ist die Todeszeit Ihres zweiten Schulkollegen. Ullrich Grützmann wurde heute Morgen in der Nähe des Wilseder Berges an einen Baum gefesselt gefunden. Er ist ebenfalls ermordet worden.«

Inka drehte sich um und wies auf die Tatortfotos vom Wilseder Berg.

»Was, das kann doch nicht sein!« Roland Altmann folgte Inkas Arm zur Tafel. Schweißperlen traten auf seine Stirn. »Wer macht denn so was?«

»Gute Frage, wer macht denn so was? Erst Detlef Klammer, jetzt Ullrich Grützmann. Vielleicht geht es um Rache?«

»Rache? Ich wüsste nicht, warum? Wir hatten zehn Jahre keinen Kontakt mehr zueinander. Das ist doch alles Schnee von gestern. Wer sollte denn nach der langen Zeit …«

»Was denn nun, ist alles Schnee von gestern oder kocht alles wieder hoch?«, unterbrach Inka Altmanns Satz. »Ist es nicht eher so, dass *Sie* Detlef mal ordentlich ins Schwitzen bringen wollten? Ich meine, verdient hätte er ja eine Abreibung, bei allem, was er Ihnen und den Damen angetan hat! Vielleicht konnten Sie die Zeit nicht einschätzen. Als Sie die Saunatür versperrten, haben Sie sie etwas zu lange zugehalten, gut, aber vielleicht nicht absichtlich.«

»Nein, weder absichtlich noch unbeabsichtigt habe ich Detlef in die Sauna gesperrt!«, protestierte Altmann lautstark.

»Dann drehen wir uns im Kreis«, sagte Inka, wohl

wissend, nicht nur ihr Gesprächspartner, sondern auch Tanja Griese, Dora Hoppe und Beate Schroth hatten mit Detlef Klammer während ihrer Schulzeit einiges auszustehen.

»Ja, das ist Ihr Los, aber ich … ich war das nicht. Bestimmt nicht. Ich war in der Laube!«

»Von Schneverdingen bis zum Wilseder Berg ist es nur ein Katzensprung, Herr Altmann. Zudem kennen Sie die Gegend, Sie haben in Wilsede gewohnt.«

»Hören Sie auf, Frau Kommissarin, wer hat da nicht in der Nähe gewohnt und kennt nicht den Wilseder Berg! Das hat ja wohl nichts zu bedeuten.«

Inka warf einen nachdenklichen Blick zu Sebastian, der ihr wortlos, doch unmissverständlich zu verstehen gab, dass Altmann nicht ihr Mann war. Sie musste dem zustimmen, wenn auch ungern. Altmann legte ein starkes Motiv vor, war bereit zuzuhauen, wenn er provoziert wurde, aber er war kein Mörder. Um diese Schwelle zu übertreten, verlangte sein Gehirn nach mehr Reizsignalen.

»Und, bin ich jetzt der nächste Mann auf der Abschussliste?«, wollte Altmann wissen.

»Das weiß ich nicht, Herr Altmann. Ich kann Ihnen aber ein paar Tage auf Staatskosten anbieten, wenn Sie möchten.«

»Ich soll in den Knast? Nein danke.«

Inka nickte. »Ich werde mit den Kollegen von Schneverdingen reden, dass Beamte vor Ihrem Haus für achtundvierzig Stunden Wache stehen.«

»Nur achtundvierzig Stunden? Und was ist danach?«

»Zwei Tage sind bei einer Ermittlung recht viel, Herr Altmann. Aber lassen Sie uns abwarten, wir werden in zwei Tagen weiter entscheiden.«

17

»Und nun?«, fragte Mark, nachdem Altmann mit zwei Kekstüten in der Hand abgerückt war.

»Jetzt knöpfen wir uns endlich Beate Schroth vor. Hast du inzwischen die Berliner Kollegen erreicht?«

»Ja. Sie sind dran. Morgen früh dürften wir mit den ersten Ergebnissen aus der Hauptstadt rechnen.«

»Gut. Soweit ich mich erinnere, hat sie früher in Undeloh gewohnt. Ich kannte sie, allerdings nur flüchtig. Die Eltern haben in der Lehmkuhle bis in die 80er oder 90er Jahre eine Apotheke betrieben. Du müsstest dich auch an sie erinnern, sie ist wie wir auf das Klara-Wegener-Gymnasium gegangen.«

»Ich bin ein Hanstedter Junge, und außerdem stand und stehe ich nicht auf junges Gemüse«, erwiderte Mark, dann nieste er kräftig ins Taschentuch.

»Sie ist nur acht Jahre jünger als du, Mark.«

»Nein, keinen Plan, Inka«, schniefte der mit ernster Miene.

Inka hatte verstanden. Sie wusste, Marks Gefühle waren schon seit der Schulzeit für sie mehr als nur freundschaftlicher Natur, doch hatte sie diese nie erwidert. Sie schätzte Mark als Kollegen und Freund, und so sollte es zukünftig auch bleiben.

Inka räusperte sich und sah auf Sebastian, der das Gespräch der beiden wort- und ausdruckslos verfolgt hatte. *Ganz Profi*, dachte Inka. »Für mich legen Beate Schroth, Tanja Griese, Dora Hoppe und Roland Altmann ein Motiv vor. Beate Schroth hatte Übergewicht, über das sich Klammer lustig gemacht hat. Die Griese kann keine Kinder mehr kriegen. Dora Hoppe hat ungarische Wurzeln, wegen der Klammer sie diskriminiert hat. Roland Altmann hat kein Abitur. Aber, und hier fallen und stehen die Motive: Leidet die Schroth noch heute unter den Beleidigungen? Ich glaube nicht. Sie ist eine hübsche Frau, die ihren Weg gefunden hat. Ebenso Tanja Griese. Und bei ihr können wir nicht wissen, ob sie wirklich seit Jahren so unter der Kinderlosigkeit leidet, wie es Altmann erzählt. Es gibt noch keine konkreten Beweise. Die Aussagen ihres Gynäkologen stehen noch aus. Dann Dora Hoppe, acht Kinder, das neunte ist unterwegs, würde sie Morde aus Rache begehen, aus Gründen, die zehn Jahre zurückliegen?« Inka blies die Wangen voll Luft und schüttelte den Kopf. »Ich kann es mir nicht vorstellen. Roland Altmann hat für mich immer noch das stärkste Motiv. Seine Zukunft war vermasselt, weil er ohne Abitur die Schule verlassen musste.«

»Ich weiß nicht, Inka. Das Abi kann man auch auf dem zweiten Bildungsweg nachholen. Ich finde, die Griese ist weit schlechter dran«, mischte sich Mark in Inkas Ausführungen.

»Das kann man nicht sagen«, meldete sich jetzt Sebastian zu Wort. »Jeder Mensch empfindet Schmerz, Trauer oder den Verlust eines Lebewesens, das ihm am Herzen liegt, stärker oder schwächer. Und welchen Antrieb Menschen brauchen, um zum Mörder zu werden …« Sebastian holte tief Luft. »Wenn der Schalter im Kopf umspringt, ist es egal, ob jemand verarscht und veräppelt oder nur angerempelt oder schräg angesehen wird. Wenn es klick macht, macht es klick, und der Lauf ist nicht aufzuhalten.«

»Und warum bist du bei Altmann so sicher, dass er als Täter nicht infrage kommt?«

»Seine Körperhaltung und seine Sprache verraten Ge-

genteiliges. Er war viel zu aufgeregt. Zudem schweifte er ständig vom Thema ab. Wäre er wirklich der Mörder, hätte er ruhiger, konzentrierter und gezielter geantwortet.«

»Von wegen, Sebastian!«, wandte Inka erregt ein. »Das kannst du nicht verallgemeinern. Hier auf dem Stuhl saßen schon Verbrecher, die völlig durch den Wind waren, als wir sie vernommen haben, und von denen wir dachten, der war es nie und nimmer. Und dann gab es welche, da dachtest du, da geht eher die Welt unter, bevor der sich aus der Ruhe bringen lässt. Und genau der war der Falsche auf der Liste. Richtig, Mark?«

Nicken.

»Mag sein, Inka. Aber es gibt bestimmte Verhaltensmuster, nach denen du erkennen kannst, wann ein Mensch lügt und wann nicht.«

»Ach was, das nehme ich dir nicht ab! Manche Menschen reagieren eben etwas eigenartig, wenn sie es mit unsereins zu tun kriegen.«

»Auch da gebe ich dir recht, Inka. Aber du musst den gesamten Ablauf eines Gesprächs beurteilen. Es genügt nicht, wenn ich sage, deine Haare sitzen toll, und denke: Was sieht die heute wieder scheiße aus. In meiner Gesichtsmimik würdest du mir, wenn du geübt bist, meine Lüge ansehen, ohne dass ich es merke. Was aber immer noch nicht heißt, dass ich dich ständig oder während des ganzen Gesprächs anlüge. Es ist ein Zusammenspiel des Ganzen.«

Inka war unzufrieden mit Sebastians psychologischer Erklärung. »Wie auch immer, ich fange jetzt mit der Schroth und ihrer Apotheke an. Wer in einer Apotheke aufgewachsen ist, kennt sich mit Giften aus. Und welches Kind der Lüneburger Heide war früher nicht in der

Heide auf Pilzsuche? Jedenfalls ab und an, auch wenn es eigentlich verboten ist.« Inka stand auf. »Konntest du die ehemaligen Schülerinnen erreichen und zu Terry zur Untersuchung schicken, Mark?«

Nicken. »Aber sicher doch. Alle auf dem Weg.«

»Danke.« Erleichtert atmete Inka auf. »Gehen wir, Sebastian. Und du, Mark, gehst nach Hause und legst dich ins Bett.« Inka nahm ihre Jacke vom Haken und hielt kurz inne. »Aber vorher muss ich noch ...« Aus der Schreibtischschublade holte sie eine Werbebroschüre der Automarke Jeep und jagte diese durch den Schredder. »So.« Sie lächelte zufrieden, als der Container knatternd das letzte Blatt fraß. »Das musste noch erledigt werden.«

»Nimm das mit. Soll ich dir von Amselfeld geben«, hielt Mark seine Kollegin zurück und reichte Inka ein loses Blatt Papier über den Schreibtisch.

Als Inka auf den *Sundermöhren-Hof* lenkte, ging es auf 20 Uhr zu. Sie war müde und fühlte sich ausgelaugt.

Es war ein langer Tag gewesen.

Beate Schroth, die Berliner Apothekerin, war für Inka und Sebastian am Abend nicht zu erreichen gewesen, mit ihren Klassenkameradinnen amüsierte sie sich im Hamburger Musical *Tarzan*. Sie würden es morgen wieder versuchen. Vor Roland Altmanns Haus wurden rund um die Uhr Schneverdinger Beamte postiert. Kollege Amselfeld hatte Ullrich Grützmanns Eltern vom Tod ihres Sohnes informiert und für den morgigen Dienstag ins rechtsmedizinische Institut nach Stade gebeten, um die Identifizierung vorzunehmen. Die Adressen von Grützmanns zwei Geschwistern, Freunden und Arbeitskollegen wie sämtliche Alibis, die die Tatzeit betrafen, standen akribisch auf dem Zettel, den ihr Mark gegeben hatte. Inka musste zugeben, wenn Amselfeld auch oft über das Ziel seiner beruflichen Kompetenzen hinausgaloppierte, erledigte er immerhin gewissenhaft seine Arbeit.

Teresas Anruf, dass das Gift des Knollenblätterpilzes ihren Untersuchungen nach Klammer zeitlich nur im *Storchennest* hatte verabreicht werden können, brachte einen kleinen Fortschritt in der Aufklärung. Dass Detlef Klammer von einem Täter aus seinem wohnlichen Umfeld in Cuxhaven vergiftet worden war, war somit vom Tisch. Die Untersuchungen der Schulkollegen verliefen negativ. Keiner der fünf wies die Anzeichen einer Vergiftung auf.

Neben der Birke parkte sie ihren Wagen und stieg aus. Der Duft von Geräuchertem hing über dem Hof, aus einem Fenster des ersten Stocks des Hauses drang lautes Stimmengewirr, ein Ehepaar stritt, die drei anderen, zum Hof liegenden Ferienzimmer lagen im Dunkeln.

An der Tür ihrer Einliegerwohnung hing ein mit roten Kugeln und Schleifen geschmückter Tannenkranz, und neben der Tür stand eine kniehohe Laterne aus weiß lackiertem Metall, in der eine rote Kerze brannte. *Das kann nur Hanna gewesen sein*, dachte Inka. *Wie schön.* Wann hatte sie eigentlich das letzte Mal ihre Wohnung dekoriert? Der erste Advent war vorbei, und sie hatte noch nicht einmal Zeit gefunden, um mit Paula einen Adventskranz zu basteln. Sie musste das unbedingt nachholen, wenn Fabian Paula am Sonntag zurückbrachte. Sie musste so vieles nachholen.

Inka schloss die Tür auf, zog die Gummistiefel an und machte sich auf in den Stall.

Die Nähe zu Harlekin und seinem Bruder Bajazzo,

den Sebastian vor acht Wochen von Hofstettens Gestüt gekauft hatte, wirkte beruhigend auf sie. Besonders bei Dämmerung oder in der Nacht, wenn das schummrige Stalllicht glimmte, der Geruch nach Leder ihr in die Nase stieg und das Scharren der Hufe ihr entgegenschlug, fühlte sie sich zu Hause.

Sie knipste das Stalllicht an und verschaffte sich einen kleinen Überblick. Die Sättel, dunkelbraunes Rindsleder, abgewetzt und vom Alter rissig, lagen auf zwei Holzböcken, Zaumzeug und Werkzeug, um das jeder Pferdebesitzer nicht umhinkam, hing nahe dem Futterschrank an Eisenhaken an der Wand. Auch keine Maus, Ratte oder anderes Getier hatte sich in den Stall eingeschlichen.

Im August hatte Inka eine Kreuzotter gefangen, die in Harlekins Box unter dem Stroh gekauert hatte. Sie hatte die Schlange nicht bemerkt, erst, als es im Stroh raschelte und sich das charakteristische Zickzackmuster bewegte. Die längst vergessenen Worte ihres Vaters fielen ihr ein. *Sei achtsam, schau dich gründlich um, ob sich eine Schlange, Ratte, ein Marder oder Fuchs aus der Heide in den Stall verirrt hat. Ein in der Box eingesperrtes Pferd können Kreuzottern mit ihrem Gift zwar nicht töten, aber beachtlich in Rage bringen.*

Sie hatte einen Kartoffelsack über die Schlange geworfen, sie in einen Eimer geschaufelt, den Deckel draufgesetzt und das in seiner Art gefährdete Tier in der Heide ausgesetzt, so wie es Vater sie gelehrt hatte.

»Na, ihr zwei«, sagte sie, während sie Harlekin mit der einen Hand und Bajazzo mit der anderen Hand über die weiße Blesse streichelte. »Wie habt ihr den Tag verbracht? Ich habe so wenig Zeit für euch.«

»Nicht nur für deinen Gaul.«

Eine Stimme hinter Inkas Rücken ließ sie herumfahren. »Tim, hast du mich erschreckt.«

»Ich muss mit dir reden, Inka.«

»Was gibt's?« Inka zog die Hand aus den Boxen der Brüder und wandte sich ihrem Schwager zu. Tim war groß und schlank und ein blonder Typ Ende dreißig. Wie er da so in seinen Gummistiefeln vor ihr stand, im mageren Schein des Stalllichts, schien es Inka, als würde er lächeln. Aber das war wohl nur Einbildung.

»Inka, es ist so, Hanna und ich möchten …« Tim stockte. Das war neu.

»Ja?«

»Hanna und ich möchten …«

»Noch mehr Nachwuchs?«, sprudelte es aus Inka übereifrig heraus.

»Ja. Nein. Wir möchten, dass Harlekin eine Stute deckt. Wir wollen Linus den Nachwuchs zu seinem achten Geburtstag nächstes Jahr im November schenken. Und wir wollten dich fragen, ob du damit einverstanden wärst.«

»Das ist alles? Ich dachte schon, du wolltest meine Miete erhöhen oder wieder mit der …«

»Wenn wir schon dabei sind, dann …«

»Übertreib es nicht, Tim. Habt ihr schon eine Dame für Harlekin im Auge?«

»Ja. Madame Pompadour aus Wischers Stall.«

»Und wann soll es losgehen?«

»So schnell wie möglich, das heißt, wenn die Stute bereit ist und ihr Harlekin gefällt und der Decksprung klappt. Mit künstlicher Besamung läuft nichts, bei uns spielt die Natur ihr Spiel.«

»Na dann. War es das oder …?«

»Ja, das war alles, mehr wollte ich nicht.«

»Schön. Die beiden haben nämlich Hunger.«

»Vielen Dank, Inka, das ist sehr nett von dir.« Tim drehte sich um und stiefelte Richtung Ausgang.

»Vergiss nur nicht die Besamungssteuer!«, rief ihm Inka hinterher, froh, dass ihr Schwager bereits zehn Meter entfernt die Scheunentür erreicht hatte. »Nicht, dass du dich wunderst, warum ein halbes Jahr keine Miete von mir auf dein Konto eingeht.« Für drei Sekunden ließ sie ihre Worte wirken, dann lachte sie laut los und beobachtete vergnügt, wie Tim wortlos davoneilte, als hätte er noch einen wichtigen Termin.

Das kleine Scharmützel mit ihrem Schwager hatte sie aufgemuntert. Vor sich hin summend drehte sie den Wasserhahn der Tränke auf, füllte Hafer in die Futterbehälter und sah zu, wie die Haflinger-Brüder sofort ihre samtigen Mäuler in die hölzernen Tröge versenkten.

18

Durch das kleine Dachfenster seines Zimmers, hoch über der Wilseder Straße, betrachtete er die Weihnachtsbeleuchtung der Nachbarhäuser. Ein Meer aus vielen kleinen hellen Lichtern, teils bunt und in verschiedenste Skulpturwerke gezaubert. Schräg gegenüber, fern dem Alltags- und Straßenlärm, eingebettet wie eine vergessene Insel in der Heidelandschaft, lag das Hotel *Zum Heidemuseum.*

Es war das Hotel, das das Ehepaar Feldern bewohnte. Der rote Backstein, die liebevoll angelegten Rabatten, die

Heidedekorationen verliehen dem Hotel eine museale Ausstrahlung, so, wie es die Gäste, die das Lüneburger-Heide-Idyll suchten, erwarteten.

Sebastian setzte sich an den Schreibtisch und schlug den Block mit seinen handschriftlichen Notizen auf. Er würde sie mit den bisher ausgearbeiteten Profilen der sieben Klassenkameraden vervollständigen, für die er bereits im Computer eine Datei angelegt hatte.

Der schwarze Bildschirm, angeleuchtet von der Stehlampe hinter ihm, zeigte ihm schmerzhaft sein Spiegelbild. Ein zweiundvierzigjähriger Mann, dessen Augen tiefe Schatten umgaben. Schulterlange schwarze, verwilderte Haare, mit Silbersträhnen durchzogen, ließen ihn wie einen alten grauen Wolf wirken, der sich vergessen hatte und den nur noch die Jagd aufrecht hielt. Die Jagd nach dem, der ihn in dieses Leben getrieben hatte. Ein Leben, sein Leben, das erloschen war, als seine Frau Maja und seine siebenjährige Tochter Katharina starben.

Es war seine Schuld.

Wie so oft in den vergangenen vier Jahren verspürte Sebastian eine große Müdigkeit, von der er wusste, sie würde auch diese Nacht keinen erholsamen Schlaf bringen. Im Gegenteil. Sie würde sich einschleichen wie ein ungebetener Gast, ihn ausfindig machen, verfolgen, quälen.

Auf seine Träume war Verlass.

Um ein Uhr, von Müdigkeit benommen, rieb sich Sebastian die tränenden Augen. Noch einen Blick auf Dora Hoppes Vita: Viel hatten Inka und er nicht an Informationen der sieben Klassenkameraden zusammengetragen.

Konzentriere dich.

Sebastian trommelte mit den Fingern auf den Schreibtisch, bis das Programm startete. Auf dem Bildschirm erschien eine lange Liste mit Zeitangaben, Datumsanzeigen und Stichpunkten. Dora Hoppe, neunundzwanzig Jahre, verheiratet mit Jens Hoppe, dem selbständigen Malermeister. Wohnhaft bei Flensburg an der Förde in dem kleinen Ort Langballig kurz vor Dänemark. Dora Hoppe hatte acht Kinder, das neunte war unterwegs. Mit Jens Hoppe, ihrem Mann, den sie nach dem Abitur mit gerade neunzehn geheiratet hatte, war sie von Hanstedt in die Nähe von Flensburg gezogen. Dort betrieb ihr Mann ein florierendes Malergeschäft. Ihre Ehe bezeichneten Verwandte und Nachbarn, wie Flensburger Kollegen recherchiert hatten, als katholisch und bilderbuchartig.

In der Schule wurde Dora wegen ihrer ungarischen Wurzeln von Detlef Klammer verspottet und bloßgestellt. Seine Absicht war es gewesen, Dora mit allen Mitteln von der Schule zu vertreiben. Er lebte die Parole: *Ausländer raus*. Um seinem Anliegen Nachdruck zu verleihen, retuschierte er Fotos von Dora zu Nacktfotos und stellte sie ins Internet.

Was für ein mieser Zug.

Doch reichte Dora Hoppes schulische Vergangenheit aus, um einen Mord zu begehen? Hatte sie Klammer das Pilzgift verabreicht? Wie gut kannte sie sich mit Pilzen aus? Sie war, wie alle sieben Kameraden, ein Kind der Lüneburger Heide. Wurde ihnen nicht mit der Muttermilch eingetrichtert, welche Pilze essbar waren und welche als giftig galten?

Urplötzlich fiel Sebastian sein Urintest ein. Er sah auf die Uhr. Zu spät oder eher zu früh für einen Anruf bei Teresa.

Es wird nichts sein. Dir war weder übel noch hast

du dich übergeben, und Teresa hätte sich gemeldet, sobald … ganz bestimmt. Atme ruhig. Alles ist gut.

Er stand auf, kippte das Fenster und holte tief Luft. Die Heide lag im Dunkeln vor ihm, alle Lichter in den umliegenden Häusern waren erloschen, die Weihnachtsbeleuchtung in den Gärten ausgestellt. Einzig der milchig gelbe Laternenschein des Hoteleingangs *Zum Heidemuseum* wies Nachtschwärmern den Weg ins warme Bett.

Sebastian ging zurück an den Schreibtisch, zündete sich eine Zigarette an, klemmte sie in den Mundwinkel und tippte auf der Tastatur. Hatte Dora ihren Klassenkamerad Detlef, ohne zu wissen, dass er vergiftet worden war, in der Sauna eingesperrt? Ihr Alibi war felsenfest. Aber selbst, wenn sie ihn ermorden wollte, warum erst nach zehn Jahren Wiedersehen? Und was war mit Ullrich Grützmann? Hätte diese pummlige achtfache und schwangere Mutter es geschafft, einem Mann einen Nackenschlag zu versetzen und ihn an einen Baum zu binden? Und warum hätte er mit ihr in den Wald gehen sollen?

Sebastian nahm die Zigarette aus dem Mund und blies die Asche von der Tastatur. Der Cursor blinkte, als wolle er ihm zuwinken. Mit Vermutungen kam er nicht weiter. Informationen mussten her, ohne die liefen alle seine psychologischen Ansätze ins Leere. Er drückte die Zigarette in den Aschenbecher und schaltete den Computer aus.

Für heute war es genug. Noch ein Profil würde er nicht bewerkstelligen. Er rieb sich das Kinn. Eine Rasur wäre dran, heiß duschen, den Staub des Tages durch den Abfluss jagen und dann ins Bett.

19 Der Wettergott warf am Dienstag, den 2. Dezember 2014, um sechs Uhr am Morgen alle Wetterprognosen über den Haufen. Es gab Schneeregen bei drei Grad minus, als Sebastian seinen betagten Toyota Kombi viereinhalb Kilometer durch das Naturschutzgebiet von Wilsede nach Undeloh lenkte. *Nur nicht stehen bleiben oder ruckartig Gas geben.*

Der holprige Sandweg – der nur für Wilseder Einwohner und Hotelgäste mit Sondergenehmigung zur Befahrung mit dem Auto freigegeben war – verzieh bei diesem Wetter keine Kapriolen.

Es war stockdunkel. Mit eingeschaltetem Fernlicht tuckerte Sebastian über den Waldweg. Links und rechts Hutewäldchen, Kiefern, Tannen und Stühbüsche, eine kleine Lichtung, Wacholder, teilweise hoch wie Einfamilienhäuser, kein Lebewesen weit und breit.

Sebastian beugte sich vor, um besser durch die Scheibe zu sehen. Die Wischerblätter knarzten, er musste dringend ein neues Paar besorgen. Die Augen nach vorn gerichtet, suchte er im Blindflug mit den Fingern der rechten Hand den Schieberegler des Gebläses, um den Eisfilm zu entfernen, der sich bei jedem seiner Atemstöße neu auf der Frontscheibe bildete. Das laute Gekreische einer Heavy-Metal-Band ertönte. »Scheiße«, schimpfte Sebastian und schaltete die Innenbeleuchtung ein. Er machte das Radio aus und drehte das Gebläse auf volle Laufleistung. Als er wieder aufsah, blieb ihm eine Zehntelsekunde, die Bremse zu betätigen. Der nasse Sand peitschte wie ein Sandstrahler seitwärts an die Karosserie, und das rechte Hinterrad rutschte in eine armbreite matschige Grabenmulde am Rande des Weges. Der Motor verstummte.

Mit offenem Mund starrte Sebastian durch die Scheibe, die Hände um das Lenkrad gekrallt, den Fuß noch immer auf durchgetretener Bremse. Vor der Motorhaube stand ein prächtiger Hirsch mit nur einer Geweihhälfte und blinzelte ihn aus dunklen Kulleraugen an.

Ich hätte im Bett bleiben sollen, keine Frage. Mein Körper hätte sich ein paar Stunden Erholung gestohlen, ob er will oder nicht, ich kenne das doch.

Das mächtige Tier hob den Kopf, röhrte laut und knallte die Vorderhufe auf die Motorhaube. Erschrocken drückte Sebastian sich in den Sitz. Seit drei Monaten lebte er in der Lüneburger Heide, sogar mit einigen Gäulen hatte er sich angefreundet, er genoss die Ausritte auf Bajazzos Rücken, aber das hier … das ging zu weit.

»Verschwinde!«, brüllte er durch die Windschutzscheibe, während er wild mit Armen und Händen in der Luft gestikulierte. »Geh runter, du Ungetüm! Du demolierst mir meinen Wagen. Los, mach schon, du Einhorn, Elch, Hirsch oder was du auch sein willst.«

Sebastians cholerische Aufforderung störte das rotbraune Tier keineswegs. Es hob den Kopf, röhrte erneut aus gewaltiger Kehle, bevor es das einseitige Geweih kopfschwenkend über die Motorhaube hin und her ratschte.

»Jetzt langt es aber!«, schrie Sebastian und drückte ohne Unterlass kräftig auf die Hupe.

Das Wild schwang die Vorderbeine vom Toyota, machte einen Hüpfer und verschwand hinter einer dichten Tannengruppe und im Schutz der Dunkelheit.

»Na wunderbar«, keuchte Sebastian. Mit den Handflächen schlug er auf das Lenkrad, dann drehte er den Schlüssel. Der Wagen bot mickriges Geblubber, das Scheinwerferlicht zuckte.

Sebastian nahm die Stabtaschenlampe aus dem Türfach, stieg aus und schüttelte sich wie ein nasser Hund. Es war klirrend kalt, zappenduster, und der Schneeregen suchte sich den Weg in seinen Nacken.

Sebastian blickte sich um. Nirgends ein Zeichen von Licht oder Leben. Wo sollte er jetzt hin? Geradeaus fünfhundert Meter weiter nach Undeloh, vier Kilometer zurück nach Wilsede oder doch die Kollegen aus Hanstedt anrufen? Ob schon jemand in der Zentrale saß, der ihn aus diesem Schlamassel befreien konnte? Sebastian zog das Handy aus der Hosentasche und tippte im Telefonbuch auf Inkas Nummer. Nach dem fünften Läuten legte er auf. Sicher schlief sie noch. Und was sollte er sagen, warum er sie zu frühmorgendlicher Stunde aus dem Bett klingelte? Vielleicht, dass er mit dem Wagen durch die Gegend fuhr, weil ihn ein Alptraum aus dem Schlaf gerissen, ihm Godzilla aus dem Wald aufgelauert hatte und er im Graben gelandet war? Sie würde ihn für verrückt erklären. Oder auch nicht: Er betrachtete seine demolierte Motorhaube, die einer Kraterlandschaft glich, und die zweite Hälfte des Geweihs, das dem Ungetüm in seiner ungestümen Art abgebrochen war, klemmte zwischen Stoßstange und Haube wie die Galionsfigur einer alten Fregatte.

Als er die Rettungsdecke aus dem Notfallkoffer zog, vibrierte sein Handy in der Hosentasche. Er sah auf das Display. Inka. »Ja«, sagte er leise.

»Was, ja?«, raunzte Inka ihm entgegen.

»Ähm, ich habe mich verwählt. Entschuldige«, log er.

»Um sechs Uhr morgens?«

»Tut mir leid. Schlaf weiter.«

»Vergiss es. Spuck's aus, was ist los?«

»Ich stecke fest.«

»Was?«

»Ich bin im Wald.«

»Wo?«

»Im Naturschutzgebiet. Wilsede. Fünfhundert Meter vor Undeloh, sagt das Navi, aber der Wagen steckt im Graben.«

»Was machst du im Wald?«

»Ich wollte in Undeloh Brötchen kaufen, mit dir frühstücken und den Fall Revue passieren lassen«, log er ein zweites Mal.

»Aha. Und nun?«

»Springt der Motor nicht an, und ich mache mich auf den Rückweg nach Wilsede.«

»Bei diesem Wetter! Hast du 'nen Knall? Setz dich in den Wagen, ich bin gleich da.«

Eine halbe Stunde später saßen Inka und Sebastian am Küchentisch in ihrer Wohnung, tranken Kaffee und ließen Imker Tebens Heidehonig auf warme Roggenbrötchen laufen. Tim Sundermöhren hatte sich mit dem Trecker aufgemacht, um Sebastians Toyota aus dem Matsch zu ziehen. Auf dem Fliesenboden lag Godzillas Geweih.

»Die Dinger sind selten zu finden«, sagte Inka, leckte sich mit der Zunge die klebrigen Lippen ab und warf einen Blick zum Boden. »Der König der Wälder hat dich reich beschenkt.«

»Ja, mit einer Werkstattrechnung über Hunderte von Euro, nachdem er seine Klauen auf meinem Wagen verewigt hat. Vielen Dank«, maulte Sebastian und belegte die zweite Brötchenhälfte mit doppelt Hofkäse.

»Schalen, sagt der Jäger zu den Hufen der Rothirsche, und sei froh über den Blechschaden, es hätte auch anders ausgehen können.«

»Ha, hätte ich eine Schrotflinte dabeigehabt, ganz bestimmt«, setzte Sebastian nach. Er schmunzelte, bis er Inkas ernstes Gesicht sah. »Was ist los?«, fragte er. »Warum machst du so ein empörtes Gesicht?«

»Würdest du mit einer Schrotflinte schießen, würde so ein kapitaler Hirsch elendig verrecken. Die Tiere, die in unseren Wäldern gejagt werden, sollen nicht leiden.«

»Aber das war doch nur ein Scherz. Ich würde ... Ich könnte ... Traust du mir zu, auf ein Tier zu schießen?«

Inka ließ ein paar Sekunden verstreichen, bevor sie weitersprach. »Die Auswahl der Waffe und des Kalibers ist sehr wichtig.«

»Das will ich nicht wissen, sondern ob du mir ...«

»Nein. Außerdem wollte sich der Hirsch nur paaren.« Inka grinste. Sie durfte Sebastian seinen Fauxpas nicht nachtragen. Woher sollte ein Stadtjunge auch wissen, dass Hochwild mit Winchestergewehren oder Repetiergewehren und Einkugelgeschossen und nicht mit Bleikugeln erlegt wurde? Aber einen kleinen Dämpfer hatte er verdient.

»Du meinst tatsächlich, er wollte mit meinem Toyota ...?«

Inka nickte todernst, und am liebsten hätte sie Sebastians Satz beendet und dann laut losgelacht.

»Warum hatte der Elch, Hirsch, nur ein Geweih?«

»Deine Begegnung der dritten Art war ein Gabler. Sieh her«, Inka hob das Geweih vom Boden. »Die Stangen sind wie zu einer Gabel geformt, drei Enden pro Stange ist gleich ein Sechsender, und deiner hier hatte noch drei obere zusätzliche Stangen, er war ein Kronenhirsch.« Mit den Fingern fuhr sie über die an den Enden graubraunen holzigen knöcherigen Stangen.

»Und zu deiner Beruhigung, zum Paaren war er zu spät dran. Der hat sich bestimmt ebenso erschreckt wie du.«

»Vielleicht war er ein Spätzünder.«

»Nein. Wenn auf etwas Verlass ist, dann ist es die Natur in der Lüneburger Heide. Die Paarungszeit des Rotwilds beginnt im Spätsommer, gleich danach, bis zum Winter, wird das Geweih abgeworfen, geschoben heißt es in Waidmannssprache. Warum sie das machen, ist allerdings ungeklärt. Wie auch immer, sobald das Geweih abgeworfen ist, beginnt es sich wieder zu erneuern.«

»Und das heißt, dem Hirsch geht es prächtig.«

»Da du kein geeignetes Gewehr hattest, denke ich, dass alles okay ist. Außer dem Schock, den das arme überfallene Vieh sein restliches Leben davontragen wird, weil es dir begegnet ist.« Inka gluckste, dann lachte sie laut los.

»Touché, Madame. Das habe ich wohl verdient. Ich frage mich nur, ob ich mich irgendwann an das Landleben und die Eigenheiten seiner Bewohner gewöhne.« Sebastian zog eine Grimasse.

»Wenn du alles liebst, kommt der Rest alleine«, antwortete Inka und bemerkte das kleine Funkeln in den schokoladenbraunen Augen ihres Gegenübers. »So, und jetzt rück raus mit der Sprache, warum kurvst du um diese Uhrzeit durch die Gegend? Alpträume?«

Sebastian nickte. »Bis kurz nach eins heute Morgen habe ich am Fall getüftelt, dann …«

Inka wartete einen Augenblick, ob Sebastian sich seinen Kummer von der Seele reden oder zum Fall schwenken würde. Welche Richtung er auch einschlug, sie akzeptierte es.

»Ich denke«, begann er zögerlich, »wir können Dora Hoppe aus dem Kreis der Verdächtigen ausschließen. Sie besitzt nicht die körperliche Konstitution, um einen Mann an einen Baum zu binden.«

»Es gehört kaum Kraft dazu, einen Mann in der Sauna einzuschließen, das schafft auch eine kleine Schwangere.«

»Stimmt. Aber würde eine Frau, die acht Kinder hat, bei der das neunte unterwegs ist, sich auf einen Mord einlassen? Nein, Inka, hier greift das Prinzip: Würde er oder sie das wirklich tun?«

»Vielleicht nicht alleine, aber wie ist es in der Gemeinschaft? Erinnere dich an Julius Cäsar«, sagte Inka, während sie aufstand und das Frühstücksgeschirr in die Spülmaschine räumte.

»Auf Julius Cäsar wurde eingestochen«, erwiderte Sebastian, erhob sich ebenfalls und räumte Butter, Käse und Honig weg.

»Richtig, dreiundzwanzig seiner Gefolgschaftsmänner setzten je einen Stich, doch nur einer ins Herz war tödlich. Angeblich.« Inka lutschte am Honiglöffel.

»Was willst du damit sagen, du Geschichtsgenie?«

»Es möglich wäre, dass Dora Hoppe – Gründe, auf Klammer wütend zu sein, hatte sie genug – daneben stand, als eine andere Mitschülerin die Saunatür verschloss. Vielleicht ist sie sogar unsere Giftmischerin.« Sie drückte die Starttaste der Spülmaschine, und sofort setzte ein Rauschen ein.

»Oder Grützmann war der Giftmischer, oder es ist diese Apothekerin oder alle zusammen oder, oder,

oder … nein, Inka, du zäumst das Pferd von hinten auf, so kommen wir nicht weiter.«

Inka ließ Sebastians Worte wirken. Er hatte recht, sie drehten sich im Kreis, und sie verloren Zeit. Sie mussten da anfangen, wo sie gestern Abend aufgehört hatten. »Also los, fahren wir ins Hotel«, sagte sie, wischte die ihre Hände am Handtuch ab und nahm die Winterjacke vom Haken.

20

Liane Wolters sah auf die grüne Digitalanzeige ihrer Pulsuhr, die in regelmäßigen Abständen kleine Pieptöne ausstieß. Für heute war es genug.

Jetzt die gleiche Strecke zurück, unter die heiße Dusche und ab zu den Mädels, frühstücken. Das hatte sie sich verdient. Zwei Kilometer mehr war sie gelaufen und einhundert zusätzliche Kalorien hatte sie verbraucht. Ricky, ihr Fotograf der Kieler Zantrustra-Agentur, wäre stolz auf sie. Noch drei Kilo mussten runter, dann war die Fünfzig-Kilo-Marke geknackt und der Auftrag in Paris in der Tasche.

Paris im Frühling, dachte sie, während sie mit dem Handrücken über ihre eiskalte schweißnasse Stirn wischte. Schon als kleines Kind war es ihr Traum gewesen, einmal in dieser Stadt auf dem Laufsteg die Mode großer Designer vorzuführen. Ich brauche kein Studium, ich will nicht Agrarwissenschaft studieren und den Egestorfer Hof übernehmen, hatte sie den Eltern vor zehn Jahren an den Kopf geworfen. Ich will weder einen Bauern heiraten noch den Schweinestall ausmisten, Hühner füttern oder Kühe melken. Ich will raus aus dem Dorf und Model werden. Ihre Eltern hatten ihr nie verziehen, letztendlich den Hof mit allem Getier weit unter Preis verkauft und waren in Jesteburg in eine Eigentumswohnung gezogen.

Ob sie sie besuchen sollte? Ihre Differenzen waren mit jedem Jahr, in dem sie sich nicht sahen, größer geworden. Mit ihrer Mutter hatte sie ab und an Kontakt. Sie telefonierten, schrieben sich über Facebook; aber was war mit ihrem Vater? Würde er ihr irgendwann vergeben, dass sie einen anderen Beruf gewählt hatte?

Liane keuchte, verwarf den Gedanken an den Elternbesuch und verlangsamte ihr Tempo. Die letzten Meter bis zum Hotel im Schritttempo, aufatmen und den Puls senken.

Der Frühnebel zog sich wabernd über die Heide, schlich um die kräftigen Stämme der Stühbüsche und Tannen und hüllte das bereits sichtbare, nachgebildete Storchennest auf dem Dach des Hotels *Zum Storchennest* in einen weißen Schleier. Der Geruch feuchter Erde und herben Wacholders empfing Liane und ließ Kindheitserinnerungen wach werden. Was gab es Schöneres für ein Kind als die Freiheit der Lüneburger Heide. Hier war sie mit ihren Freunden auf den vielen Heidebächen Schlittschuh gelaufen, auf dem Wilseder Berg Schlitten gefahren, hatte Pilze gesammelt und Drachen steigen lassen. Ein träumerisches Lächeln huschte über Lianes Gesicht.

Dann stand er vor ihr.

»Na, schon zu so früher Stunde unterwegs?«, fragte der Mann, der plötzlich hinter einem Wacholder hervorgesprungen war und sich jetzt Liane in den Weg stellte.

Er erwartete keine Antwort, wollte keine Antwort. Er wollte Rache, das verrieten die eiskalten Gesichtszüge, das Zucken seiner Augenlider.

Seine Faust schnellte vor und versetzte Liane einen kräftigen Kinnhaken, taumelnd ging sie zu Boden. Benommen von dem Schlag, spürte sie, wie sie an den Handgelenken ein paar Meter, ihrem Empfinden nach dürften es kaum zwei gewesen sein, durch Heidekraut gezerrt, hochgehoben, auf etwas Hartes gelegt und weggefahren wurde.

Das Schnaufen des Mannes drang an ihre Ohren, in denen es unaufhörlich klopfte. Poch. Poch. Poch.

Alice im Wunderland. Ihr Lieblingsmärchen.

Sie hatte von dem Keks gegessen, der sie wachsen ließ, und nun war sie zu groß, um durch die Tür zu gehen. Das kann nicht sein. Das letzte Mal, dass sie einen Keks gegessen hatte, war an Samanthas fünfundzwanzigstem Geburtstag in Wien gewesen. Wie lange war das her? Zwei Jahre, drei Jahre?

Es ruckelte unter ihrem Rücken, ihre Beine baumelten über einer harten Kante, und ihr Kopf schaukelte unkontrolliert hin und her.

Irgendwann verstummte das Poch, Poch, Poch, hörte das Ruckeln auf. Ein Schlüsselbund klimperte, Scharniere quietschten. War sie geschrumpft? Sie hatte doch nichts gegessen. Noch nicht einmal Frühstück. Sport vor dem Frühstück ist effektiver, kurbelt deinen Stoffwechsel besser an, hatte Ricky sie belehrt. Eisern befolgte sie seine Worte.

Liane blinzelte und schlug die Augen auf. Es war dunkel und eisig, viel kälter als in der Heide bei ihrer Joggingrunde.

»Wir sind angekommen«, hörte sie die Stimme des Mannes.

Liane spürte ein kurzes Schwanken des Transportmittels, versuchte sich am Rand festzuhalten und landete, immer noch benommen von dem Kinnhaken, mit der rechten Gesichtsseite auf hartem Untergrund. Ein brennender Schmerz durchfuhr sie, und grelles Neonlicht, das wie ein Blitz aufleuchtete, blendete sie.

»So, Liane, nicht der Luxus vom *Hilton* oder die Suite im *Storchennest*, wie du es gewohnt bist, aber du wirst es dir schon gemütlich machen. So lange eben, wie es dauert, bis du verhungert, verdurstet oder erfroren bist.«

»Wer sind Sie?«, fragte Liane mit weinerlicher Stimme und sah zu dem Mann hoch. Er hatte feingliedrige Gesichtszüge, intelligente Augen und eine Fülle blonder lockiger Haare lag um seine Wangenknochen.

»Du hast genügend Zeit, darüber nachzudenken, und jetzt komm her, du Schlampe.« Ein diabolisches Lachen folgte.

Ein kräftiger Ruck an ihren Haaren ließ sie aufschreien. Mit beiden Händen griff sie an ihren Zopf, den ein fester Griff umklammerte und ihn ihr mitsamt jeder einzelnen Haarwurzel aus dem Kopf zu reißen versuchte. Sie stemmte ihre Fersen auf den Untergrund, schob sich ein paar Zentimeter in die Höhe, um sich zu drehen, und griff mit den Händen nach, erwischte weiches Fleisch und bohrte ihre Fingernägel hinein.

Ein kurzer Aufschrei. Der Mann hinter ihr fluchte und zog sie an den Haaren zu einem Holzpfahl. Noch bevor sie von dem Schmerz, der auf ihrer Kopfhaut tobte, aufatmen konnte, schickte ein zweiter Kinnhaken sie ins Traumland.

Als Liane wieder zu Bewusstsein kam, war sie sitzend an einen Holzpfahl gefesselt. Der Mann, der sie niedergeschlagen und in diesen Raum eingesperrt hatte, war verschwunden. Warum nur? Was hatte sie getan? Und wer war der Mann? Lianes Gedanken rotierten, während sie versuchte sich von den Seilen, die ihre Hände hinter dem Rücken an dem Pfahl festhielten und ihre Füße gefesselt hatten, zu befreien.

Dora Hoppe und Beate Schroth saßen mit ernsten Gesichtern im Frühstücksraum des Hotels *Zum Storchennest*. Neben dem Teller mit dem angebissenen Marmeladenbrötchen und einem Rest Rührei lag das *Hanstedter Heideblatt*, mit der Titelseite zuoberst. Es zeigte Ullrich Grützmann in Großaufnahme, sitzend und barfuß an einen Baumstamm gebunden.

Darüber die Überschrift:

WIEDER EIN MORD! IST DIE IDYLLE DER LÜNEBURGER HEIDE GEFÄHRDET?

Darunter ein ellenlanger Bericht, der die ganze Seite füllte.

Inka schnaufte.

»Guten Morgen, die Damen«, sagte sie und rang sich ein Lächeln ab. Kohlhase konnte was erleben. »Wie ich sehe, sind Sie bereits über den Tod Ihres zweiten Schulkollegen informiert.«

»Guten Morgen, Frau Brandt«, kam es fast gleichstimmig aus den Mündern der Frauen. »Ja, wir haben gerade über Ullrichs ...«, begann Dora Hoppe zaghaft. »Stimmt es, dass er von demselben Täter wie Detlef ermordet wurde? In der Zeitung steht, er hing die ganze Nacht am Baum. Und ...«

Eine Kellnerin, die an den Tisch eilte und Inka und Sebastian nach ihren Zimmernummern fragte, unterbrach Dora Hoppes Fragenkatalog. Als Inka ihren Ausweis vorzeigte, nickte sie kurz, nahm die Bestellung für Beate Schroths Kräutertee auf und verschwand auf leisen Sohlen über den schwarz-rot gemusterten Teppichboden, auf dem der kleinste Krümel zu sehen war und der für jede Reinigungskraft eine Herausforderung darstellte.

»Ja«, gab Inka an Dora Hoppe gewandt Auskunft. »Dr. Ullrich Grützmann ist, wie Ihr Kollege Dr. Detlef Klammer, ermordet worden, ob vom selben Täter ist ungewiss.«

»Das ist ja grauenhaft.« Dora Hoppe schlug sich die Hand vor den Mund. Über ihrer Nase bildete sich eine tiefe Furche.

»Ja, das ist es«, erwiderte Inka.

»Meinen Sie, Frau Brandt ...«, begann Beate Schroth zaghaft.

Inka ahnte die Frage der Apothekerin. »Wollten Sie fragen, ob es einen Mörder gibt, der Sie alle nacheinander umbringen will?«

Die Frauen nickten, dann sagte Dora Hoppe: »Sieben auf einen Streich, wie die Fliegen auf dem Pflaumenbrot des Schneiders.«

»Mensch, Dora, tu einmal so, als wärst du auf unserem Planeten«, patzte Beate Schroth unverhofft los. »Das hier ist kein Märchen, das du deinen acht Ablegern erzählst.«

»Neun, es sind bald neun Kinder«, berichtigte die und legte ihre Hand auf den Bauch.

»Ja, meinetwegen, wenn ihr nichts anderes zu tun

habt, als zu …« Beate Schroth schluckte den Rest ihres Satzes gerade noch hinunter.

»Was fällt dir ein, du weißt genau, wie streng katholisch Jens ist«, empörte sich Dora. Ihre Wangen röteten sich wie die Weihnachtsapfeldekoration auf dem Frühstückstisch.

»Ja, der Papst ist auch katholisch, aber fickt trotzdem nicht den ganzen Tag auf Teufel komm raus.« Jetzt war es raus.

Dora Hoppe hielt die Luft an und blähte die Wangen auf, während Beate Schroth die Arme vor der Brust verschränkte und unverständlich vor sich hin murmelte.

»Entschuldigung.« Inka räusperte sich. »Ich würde gerne beim Thema bleiben. Also, da nach Ihrer Untersuchung inzwischen feststeht, dass Sie keinerlei Pilzgift verabreicht bekommen haben und bisher nur zwei männliche Schulkollegen ermordet wurden, können Sie davon ausgehen, dass Ihnen vorerst keine Gefahr droht. Zumal es nicht ausgeschlossen ist …«

»Das ist weder beruhigend noch habe ich Lust, auch nur eine Minute länger als nötig in diesem Hotel zu verweilen«, fuhr Dora Hoppe Inka über den Mund. »Ich werde sofort meine Koffer packen und abreisen.«

»Das geht leider nicht«, konterte Inka, »wir können Sie nicht gehen lassen. Sie gehören zum Kreis der Hauptverdächtigen.«

»Ich … ich bin schwanger. Ich warte doch nicht in diesem Mörderhotel, bis ein Wahnsinniger mich und mein Baby umbringt.«

»Sie bekommen Polizeischutz.« Aus welchem Ärmel sie die zusätzlichen Kollegen schütteln wollte, wusste Inka allerdings noch nicht.

»Was ist mit Roland?«, fragte Beate. »Ist er auch in Gefahr oder vielleicht ...«

»Beides ist möglich. Wie Sie gehört Herr Altmann ebenfalls zum Kreis der Verdächtigen.«

»Und Liane und Tanja?«

»Ja. Frau Wolters und Frau Griese ebenfalls. Aber das gehört zu unseren normalen polizeilichen Ermittlungen. Sie sollten sich nicht beunruhigen. Und jetzt würde ich mit Ihnen beiden, Frau Hoppe, Frau Schroth«, Inkas Blick wanderte ebenso kurz wie schnell von einer Frau zur anderen, »gerne noch einmal auf den Freitagabend zurückkommen, aber vorher ... Wo ist Frau Wolters, wollte sie nicht mit Ihnen den Hotelaufenthalt verlängern?«

»Liane ist vor dem Frühstück zum Joggen in die Heide«, bekundete Dora, rollte die Augen und verriet auch ohne Worte, wie sie zu körperlicher Betätigung stand. »Sie wollte später zu uns kommen.«

»Aha. Gut«, sagte Inka, und wandte sich an Sebastian. »Wenn du dich bitte mit Frau Hoppe ein paar Tische weiter setzen würdest, dann ...«

»Klar, das machen wir, nicht wahr, Frau Hoppe?«, Sebastian bedachte Dora Hoppe mit einem freundlichen Lächeln.

»Frau Schroth, bitte erzählen Sie mir doch den genauen Ablauf Ihres Wiedersehens mit Ihren Schulkameraden.« Inka sah Sebastian nach, der mit Dora Hoppe am anderen Ende des Raumes Platz nahm. »Wann sind Sie angekommen, wen haben Sie als Erstes gesehen, was haben Sie am Freitag unternommen, Samstag und Sonntag, alles, was Ihnen einfällt, selbst, wenn es Ihnen noch so unwichtig vorkommt.«

Beate Schroth bedankte sich bei der Kellnerin für den

Tee und schob den Zuckertopf beiseite. »Ich möchte mich zuerst für meinen Ausbruch entschuldigen. Es ist nicht meine Art, so ausfallend zu werden, aber Dora kann einen mit ihrem Kinderkram richtig auf die Nerven fallen. Seit Freitag dreht sich ihr Gesprächsthema nur noch um wunde Hintern, Schlafenszeiten und Bäuerchen. Ich kann es nicht mehr hören. Haben Sie Kinder, Frau Brandt?«

»Ja. Aber wenn Sie dann …«

»Natürlich. Also, um die Mittagszeit bin ich in Undeloh angekommen, habe mein Zimmer bezogen und mich zwei Stunden hingelegt. Um drei Uhr, ja, es war ungefähr drei, habe ich im Restaurant eine Kürbissuppe bestellt. Etwas Leichtes«, sagte sie, als müsse sie sich für das Essen entschuldigen. »Dann habe ich einen kleinen Spaziergang durchs Dorf zu unserem alten Geschäft in der Straße Lehmkuhle gemacht; ich wollte sehen, ob das Haus noch existiert.« Über ihre Gesichtszüge legte sich ein Hauch Wehmut. »Es ist jetzt eine Weidefläche.«

»Ich kann mich dunkel an Sie erinnern. Sie waren noch sehr klein«, sagte Inka. »Ihre Eltern besaßen früher die Apotheke. Wenn ich mit meiner Mutter Medikamente gekauft habe, bekam ich immer zwei Stück Traubenzucker mit Himbeer- oder Zitronengeschmack, manchmal auch in kleinen Tütchen verpackte Lakritzbonbons. Die mochte ich am liebsten.«

»Ja.« Beate lächelte leise, während sie den Teebeutel am Papierschnipsel, Inka las Fenchel, mit Zeigefinger und Daumen aus dem bauchigen weißen Keramikkännchen auf einen Unterteller beförderte. »Ich sollte das Geschäft übernehmen, sobald ich mit dem Studium fertig war, doch Monat für Monat ging es wirtschaftlich weiter bergab. Die Einheimischen kauften ihre Medikamente in der Stadt, in den Apotheken der Ärztehäuser. Bei uns blieben die Kunden aus, und nur von Kopfschmerztabletten, Salben und Traubenzucker konnten meine Eltern nicht überleben.« Sie goss Tee in die Tasse. Ein würziger Lakritzduft stieg Inka in die Nase. »Möchten Sie?«, fragte Beate und reichte die Tasse über den Tisch.

»Danke. Ich nehme ein Wasser.«

Beate nickte. »Als mein Onkel, er ist Makler, meinen Eltern einen verlockenden Pachtvertrag anbot, brachen sie in Undeloh ihre Zelte ab und siedelten nach Berlin um. Und als ich mein Studium vor drei Jahren an der Hamburger Uni beendet hatte, zog ich in ihre Nähe. Wir wohnen nur drei Straßen auseinander«, fügte Beate hinzu. Ihre Worte vermittelten die Wichtigkeit ihres familiären Zusammenhalts.

»Sind Sie verheiratet?«

»Verlobt. Im Frühjahr wollen Ingo und ich heiraten.« Sie führte die Tasse, die sie noch immer in der Hand hielt, an die Lippen und nippte an ihrem Tee.

»Ich gratuliere.« Inka sah muntere grünbraune Augen strahlen. »Frau Schroth, wie ich hörte, hat Detlef Klammer während Ihrer Schulzeit nicht gerade ein Füllhorn mit Komplimenten über Ihnen ausgeschüttet.«

Das Strahlen erlosch schlagartig.

»Das stimmt, ja«, sagte sie tonlos, doch nicht ohne einen Funken Wut in ihrer Stimme erkennen zu lassen. »Ich war etwas moppelig und tat mich schwer beim Sportunterricht. Detlef machte sich einen Scherz daraus, mich jede Stunde aufzuziehen. Ich weiß nicht, wie er es geschafft hat, die Klasse gegen mich aufzubringen. Auf jeden Fall war ich immer die Letzte, die beim Völkerball in eine Gruppe gewählt oder beim Tanzunterricht aufgefordert wurde. Der Notnagel sozusagen.« Beate Schroth atmete tief ein. Der Schmerz der Vergangenheit wirkte nach. »Einmal hat er sogar …«

»Ja?«

»Er hat meinen … meinen Schlüpfer, also nicht meinen, sondern er hat einen übergroßen aus Papier gebastelt, meinen Namen und ›Zirkuszelt‹ darauf geschrieben und über die Schultafel gehängt.«

»Ein kleiner Scheißkerl«, erwiderte Inka kopfschüttelnd.

»Ein großes Arschloch trifft es eher. Sieht man ihn heute …« Beate verstummte, als ihr die Unsinnigkeit ihrer Worte bewusst wurde. »Wer hat das nur getan?«

»Das würden wir auch gerne wissen, Frau Schroth.«

Beate Schroth nickte und schob die Tasse neben eine weihnachtliche Tannendekoration aus roten kirschgroßen Kugeln, getrockneten Apfelscheiben und Zimtstangen.

»Wie ging es weiter, als Sie am Freitag nach Ihrem Spaziergang zurück ins Hotel gegangen sind?«

»Ich habe an der Rezeption gefragt, ob bereits ehemalige Mitschüler eingetroffen wären.«

»Und?«

»Die Dame am Empfangstresen sagte, Detlef, Liane und Dora hätten vor zehn Minuten eingecheckt und ihre Zimmer bezogen, und Roland säße mit Tanja im Kaminzimmer.« Beate Schroth trank ihren Tee aus und schenkte sich nach. Auf ihren Wangen zeichneten sich zwei kleine rote Flecken ab, die unter hellbeigem Makeup hindurchschimmerten. »Ich ging auf mein Zimmer, um mich für das Abendessen umzuziehen.«

»Wie spät war es, erinnern Sie sich?«

»Sicher. Ich sah auf die Uhr und dachte noch, ›Zeit genug‹. Halb sechs war es, treffen wollten wir uns alle um 18 Uhr im Restaurant.«

»Und dann?«

»Wir aßen zu Abend …«

»Schnitzel mit Pilzsoße.«

»Richtig.«

»Sie alle, oder …«

»Ja. Nein. Liane stocherte nur in ihrem Essen herum, gegessen hat sie nicht wirklich viel. Sie sagte, sie müsste auf ihre Figur achten. Wenn Sie mich fragen, ist sie jetzt schon untergewichtig. Aber gut, ich verstehe sie ja, nur übertreiben sollte man es trotzdem nicht.«

»Gab es irgendetwas Außergewöhnliches an dem Abend? Einen Streit?«

»Detlef und Roland wären sich fast an die Gurgel gegangen, aber das war nichts Neues. Es gab einen Disput zwischen den beiden. Hat Ihnen Roland nichts erzählt?«

»Wir wissen von den Mutproben und Klausuraufgaben, wenn es das ist, was Sie meinen.«

»Eine alte Geschichte. Ich sag ja, Detlef war ein Arschloch. Kaum einen Mitschüler hat er mit seiner Tyrannei verschont. Ullrich vielleicht oder Liane und noch ein oder zwei aus seiner Clique. Ich durfte nur mit, wenn ich Bonbons aus der Apotheke mitbrachte. Was nur ging, wenn die Vertreter einen Karton Traubenzucker oder Hustenbonbons in der Apotheke ließen.«

»Ist einer von Ihnen während des Essens am Freitagabend aufgestanden?«

»Sicher.«

»Wer und wohin?«

»Auf die Toilette, wohin sonst.«

»Und nach dem Abendessen sind Sie alle auf Ihre Zimmer gegangen und haben sich erst zum Frühstück wiedergesehen.«

»So ungefähr. Ullrich, Roland und Tanja sind nach Hause gefahren. Sie wohnen ja um die Ecke. Detlef fühlte sich nicht wohl und war der Erste, der auf seinem Zimmer verschwand, wobei er es nicht ausließ, damit zu prahlen, was für eine tolle Suite er gebucht hatte. Liane, Dora und ich saßen noch eine Weile im Kaminzimmer und haben geklönt, bis um 23 Uhr ungefähr. Am Samstagmorgen haben wir Detlef vermisst, wir hatten eine Kutschfahrt gebucht, Dora ging nachsehen und meinte, er würde gleich zu uns stoßen. Auf der Fahrt durch die Heide erzählte Detlef ausführlich von seiner nächtlichen Unpässlichkeit. Wir feixten und meinten, er habe sich bestimmt überfressen, so viel, wie er am Abend zuvor in sich reingeschaufelt hat.« Ein schmales Lächeln huschte über Beates Gesicht. »Wie auch immer«, sagte sie, während ihre Finger mit dem eingeschweißten Keks spielten, der auf dem Tablett neben der Teekanne lag. »Jedenfalls ging es ihm blendend, und am Nachmittag hat er im Brunnencafé Buchweizentorte gefuttert, als wäre nie etwas gewesen, und abends verschlang er die größte Heidschnuckenkeule und einen Kloß nach dem anderen. Danach verschwand er mit Roland in der Sauna. Wobei Roland nach ungefähr einer Viertelstunde zurück ins Kaminzimmer kam und erzählte, sie hätten wieder gestritten und Detlef solle bloß das Weite suchen.«

»Und erzählte Roland auch, dass er Detlef …«

»Eins mit der Holzkelle übergebraten, ihm einen Kinnhaken verpasst und der ihn verflucht hat. Ja, hat er.«

»Und dass Ihr Schulkollege nicht wiederaufgetaucht ist, kam keinem von Ihnen komisch vor?«

»Nein. Detlef ist … war ein sonderbarer Kauz. Und ganz ehrlich, vermisst hat ihn an diesem Abend keiner.«

»Und in der Sauna haben Sie auch nicht nachgesehen, ob er sich noch dort aufhielt? Ich erinnere mich, dass Sie gerade sagten, Sie seien auf die Toilette gegangen. Die befindet sich nicht weit entfernt von der Wellnessetage, da wäre es …« Inka blätterte in ihrem Block. »Ach, Entschuldigung, nicht Sie, sondern Frau Griese und Frau Wolters sind zur Toilette gegangen. Und Sie?«

»Ich besuche ungern fremde Toiletten. Als ich es nicht mehr ausgehalten habe, bin ich rauf in mein Zimmer. In meinem Koffer liegen Reinigungsutensilien und Desinfektionsmittel für meine Reisen. Was ich teilweise in Hotels erlebe …« Beate Schroth verzog die Mundwinkel.

»Ich verstehe. Und Herr Grützmann, ist er aufgestanden?«

»Das weiß ich nicht, vielleicht, als ich auf meinem Zimmer war, aber ich frage doch nicht jeden, ob er auf dem Klo war.«

Inka stimmte wortlos zu und machte sich eine kurze Notiz. »Frau Schroth, fällt Ihnen ein Schulkollege ein, der es auf Sie sieben abgesehen haben könnte?«

»Nein.« Beate schüttelte den Kopf. »Reibereien gibt es immer, aber das … Nein, mir fällt niemand ein.«

»Wie war Ihr Verhältnis zu Ullrich Grützmann?«

»Was soll diese Frage? Wollen Sie mir den Mord an Ullrich anhängen?«

Inka ging auf die Frage nicht ein. »Frau Schroth, wie war …«

»Ich hatte kein Verhältnis zu Ullrich, weder damals noch heute. Ich sagte schon, ich war eine Außenseiterin. Ich saß meist zu Hause und lernte. Ullrich war in Detlefs Clique, mit der ich nur rumzog, wenn ich genügend Bonbons mitbrachte, und das kam vielleicht alle drei Wochen einmal vor.«

»Und Ihr Schulkollege Roland Altmann, wie stand er zu Herrn Grützmann?«

»Sie waren Klassenkameraden, nichts weiter. Ullrich war in Klammers Clique, in die Roland auch wollte, das habe ich mitgekriegt. Aber wenn Sie wissen wollen, ob die beiden sich in den Haaren lagen …« Beate Schroth verneinte kopfschüttelnd.

»Frau Schroth, Sie als Apothekerin kennen sich doch mit Giften, sagen wir mit Pilzgiften, hervorragend aus.«

»Klar.«

»Und die Wirkung des Gifts des Knollenblätterpilzes ist Ihnen bekannt?«

»Die Phallotoxine und die Amatoxine. Natürlich. Ah, ich verstehe, Sie meinen, ich als Apothekerin … Nein, Frau Brandt, da sind Sie auf dem Holzweg. Ich habe keine großen Sympathien für Detlef gehegt, das gebe ich gerne zu, auch trauere ich nicht sonderlich um ihn, aber einen Menschen vergiften … Nein. So weit würde ich nie gehen.«

Beate lehnte sich an die beigefarbene Kunstledersitzbank und verschränkte abwehrend die Arme vor der Brust.

»Ein Kind zu hänseln oder aus der Gemeinschaft auszustoßen, weil es nicht der Norm entspricht, zumindest nicht der Norm der Gruppe, kann ein schweres Trauma herbeiführen«, hakte Inka nach.

»Frau Brandt, wir sind alle in der Lüneburger Heide aufgewachsen. Jeder kennt sich hier mit Pilzen aus.«

»Möglich. Aber Sie sind …«

»Eine Apothekerin, die auch mit Giften hantiert, ja, aber da bin ich nicht die Einzige«, fuhr sie Inka über den Mund. »Fragen Sie Dora. Sie hat, soweit ich weiß, zwischen ihren vielen Kindern ein paar Semester Biologie studiert.« Beate nickte mit dem Kopf zum anderen Ende des Raumes. »Während der Schulzeit hat Detlef von ihr diese Nacktfotos rumgehen lassen. Was meinen Sie, wie Dora gelitten hat. Und Tanja wurde nach einem Techtelmechtel mit Detlef schwanger. Als Dorfmatratze hat er sie hingestellt und denunziert, bis sie abgetrieben hat. Jetzt kann sie keine Kinder mehr bekommen. Die war so fertig, dass sie ihren Studienplatz nicht angenommen hat. Sie wollte Kinderärztin werden. Oder … Aber auch das hat Ihnen Roland sicher schon alles erzählt.« Beate Schroth stoppte ihren Informationsfluss, und Inka wusste, mehr würde sie nicht erfahren. Beate schien sich nun unbehaglich zu fühlen, weil sie ihre Schulkolleginnen so angeprangert hatte. Augenblicklich nahm ihr Gesicht einen verschlossenen Ausdruck an.

»Noch eine Frage, Frau Schroth. Was denken Sie, könnten diese Abkürzungen bedeuten?« Inka legte der Apothekerin Klammers aufgeschlagenes Notizbuch mit den Buchstaben »E« und »D« vor.

Beate Schroth überlegte kurz, schmunzelnd sagte sie: »Das sind eindeutig Bezeichnungen für ›Eiergrabbler‹ und ›Dorfmatratze‹.«

»Eiergrabbler«, wiederholte Inka. »Wer soll das sein?«

»Ullrich natürlich. Als Urologe, Tanja als Dorfmatratze.« Sie vermied Inkas Blick und leerte die Tasse.

Argwöhnisch fragte sie: »Meinen Sie, ich könnte am Sonntag wie geplant abreisen? Meine Vertretung in der Apotheke ist krank, und ich werde erwartet.«

»Wir tun unser Bestes, und falls nichts dazwischenkommt, denke ich …« Wieder kam die Kellnerin und unterbrach das Gespräch.

»Entschuldigen Sie, Frau Schroth, aber Frau Wolters hat für neun Uhr eine Massage gebucht, eine Maniküre und …«, die Kellnerin blätterte in ihrem Zettelblock, »eine Pediküre.« Sie sah auf. »Leider ist sie nicht auf ihrem Zimmer, können Sie uns sagen, wo wir sie finden?«

»Nein, tut mir leid.« Beate sah auf ihre Armbanduhr. »Aber … das verstehe ich nicht.« Sie warf Inka einen unruhigen Blick zu. »Um halb neun wollte sie zum Frühstück hier sein, weil sie um neun … Es wird ihr doch nichts passiert sein?«

Ihr Handy klingelte in ihrer Trainingsjacke und holte Liane aus dem Dämmerschlaf. Aufgeschreckt hob sie den Kopf und ruckelte mit dem Oberkörper und den Händen an den Schnüren.

Das Handy klingelte noch immer. Vier, fünf, sechs Mal, gleich würde die Mailbox anspringen.

Wo war sie nur? Sie nahm einen fürchterlichen Geruch nach Moder und Fäulnis wahr. Um sie herum herrschte Dunkelheit, und der Untergrund, auf dem sie saß, war hart und eisig kalt. Das grelle Licht, das sie geblendet hatte, als sie hergeschleppt wurde, war erloschen.

Es könnte ein Eiskeller sein, erinnerte sich Liane. Ihre Eltern lagerten früher in einem ähnlichen unterirdischen Raum auf der Weide ihre Vorräte. Kartoffeln, Äpfel,

Kohl, armdicke Mettwürste, Schinkenkeulen und Speck. Viele Höfe machten das.

Der Geruch nach Geräuchertem erinnerte Liane an ihren Vater. Sie sah vor sich, wie er mit Messer und Holzbrett die Stufen hinab in den eiskalten Raum stieg, wie sie folgte und zusah, wie er ein hauchdünnes Scheibchen Schinken von einer geräucherten Keule absäbelte, es auf ihre Zunge legte und wartete, bis sie den Schinken gegessen und genickt hatte. Immer die gleiche Prozedur.

Liane leckte sich die Lippen. Die Gedanken an die Vergangenheit beruhigten sie, ließen sie einen Augenblick Angst und Eingesperrtsein vergessen. Sie würde ihre Eltern anrufen, sobald sie hier rauskäme. »Ich rufe euch an!«, rief sie mit krächzender Stimme: »Ich rufe euch an. Ganz bestimmt.«

Wie spät war es eigentlich? Um halb neun war sie mit ihren Freundinnen zum Frühstück verabredet und um neun zur Massage angemeldet. Eine wohlige warme Massage. Dora und Beate würden sie suchen. Sie wussten, sie war zum Joggen in die Heide gegangen.

Ihr Handy sprang wieder an. Liane zählte die Tonrufe, bis es verstummte. Sie musste hier raus. Paris im Frühling wartete.

Sie senkte den Kopf, berührte mit den Zähnen das faserige Seil, das über ihrer rechten Schulter lag, riss Faser für Faser heraus und spuckte es auf den Boden.

»Also gut«, sagte Inka. »Dann werden wir sie suchen. »Hat Ihre Freundin gesagt, wo sie zum Joggen, ich meine welche Richtung sie für ihre Laufrunde einschlagen wollte?«

Schulterzucken.

»Haben Sie die Handynummer Ihrer Freundin?«

»Ja, natürlich.« Beate Schroth tippte ein paar Sekunden auf ihrem weißen Smartphone und gab Inka die Nummer.

»Gut. Sie können uns helfen. Gehen Sie mit Frau Hoppe den Brink hoch und weiter auf dem Wanderweg, rufen Sie nach Ihrer Freundin, und teilen Sie sich auch gerne für kleinere Abzweigungen auf. Wir bleiben per Handy in Kontakt. Hier ist meine Nummer. Fällt Ihnen irgendetwas auf dem Weg auf, benachrichtigen Sie mich sofort.« Inka reichte Beate Schroth ihre Karte, warf einen Blick zu Dora Hoppe, die wie ein Aufziehmännchen nickte.

Noch vor Sebastian verließ Inka den Raum und fing an zu telefonieren. Sie forderte jeden verfügbaren Beamten an, um nach Liane Wolters zu suchen, und gab die Handyortung in Auftrag. Sie standen unter Druck, und zwar gewaltig.

»Vielleicht ist sie ja abgereist«, hörte sie Sebastian hinter ihrem Rücken sagen. »Sie schien mir wie ein Persönchen, das nie lange an einem Ort verweilt.«

»Nein, dann hätte die Kellnerin nicht nach ihr gefragt«, erwiderte Inka, während sie zur Rezeption eilte.

Cordula Schilling, der Schwarzstorch, versicherte Inka, Frau Liane Wolters Wagen stünde noch hinter dem Haus auf dem Parkplatz.

»Also ist sie nicht weggefahren, zumindest nicht mit dem eigenen Wagen, dachte ich's mir doch«, grübelte Inka.

»Und die Rechnung der Suite ist auch noch offen. Wer wird die bezahlen, wenn …«

Inka ließ den Schwarzstorch nicht ausreden. »Ist

das Ihre einzige Sorge, Frau ... Schilling?«, fragte Inka, und beugte sich über die Rezeption. »Eine Frau ist verschwunden, zwei Morde sind geschehen, und Sie fragen nach einer popligen Zimmerrechnung? Das glaub ich nicht!« Inka schnaufte. »Und jetzt sehen Sie nach, ob von dem Zimmer der Dame Anrufe ausgingen. Und wenn ja, wohin. Verstanden?« Inka war stinksauer, und das ließ sie die Rezeptionistin spüren.

»Entschuldigung, so habe ich ...«, stotterte der Schwarzstorch, »ich werde sofort ...« Sie senkte den Blick mit den dunkel umrandeten Augen, klapperte mit langen signalroten Fingernägeln auf der Computertastatur herum und sagte: »Ja, es wurden zwei Telefonate innerhalb dieses Hauses geführt. Sie gingen in Dr. Detlef Klammers Suite am Freitagnachmittag um 17 Uhr. Das war alles.«

»Können Sie sich erinnern, ob gestern oder heute Morgen ein Taxi vor dem Hotel stand?«

Cordula Schilling schüttelte verschüchtert den Kopf.

»Welches Zimmer bewohnt Frau Wolters?«

»Die Suite Nummer vier. Erster Stock, die letzte Tür am Ende des Ganges«, antwortete die Frau, deren Gesicht immer schmaler und blasser wurde. Sie griff unter den Tresen. »Bitte«, sagte sie und schob die Schlüsselkarte über den schwarz polierten Holztresen in Richtung Inkas offener Hand.

»Danke«, sagte Inka, und an Sebastian gewandt: »Wir gehen rauf.«

Die Suite von Liane Wolters war, wie auch Detlef Klammers Suite, perfekt aufgeräumt. Das Bett war gemacht, die Badarmaturen glänzten, und kein Staubkrümelchen lag auf dem Glastischchen. Die Zimmermädchen im

Hotel arbeiteten fleißig. Doch weder Lianes Koffer noch die Kleidung waren verschwunden. Der Kleiderschrank quoll über von Markenklamotten, die für Inka auf den ersten Blick eher wie billige Kaufhausware wirkten, doch auf den zweiten Blick ein Vermögen gekostet hatten. Im Bad stand die Zahnbürste im Becher, und eine goldfarbene Kosmetiktasche füllten Schminkutensilien. Über der Lehne des Schreibtischstuhls hing eine Handtasche mit Portemonnaie, Ausweis, Kreditkarte und Reiseunterlagen. Keine Frau reiste ohne Handtasche ab.

Auch in Liane Wolters' Kleinwagen fanden sich keine weiteren Hinweise. Liane war nicht abgereist, weder zu Fuß noch mit dem Taxi oder dem Bus. Sie war in der Heide auf ihrer Joggingrunde verschwunden.

Stunde um Stunde verging. Alle verfügbaren Kollegen befanden sich im Einsatz. Auch Dora Hoppe und Beate Schroth ließen sich nicht entmutigen.

Inka und Sebastian fuhren auf den Wilseder Berg bis zum Plateau und stiefelten zu der Lichtung, auf der Knut, der Dackel des Ehepaars Feldner, Grützmann gefunden hatte. Nichts. Liane Wolters blieb verschwunden.

Um 20 Uhr stellten Inka, Sebastian und Kollegen die Suche ein. Es war sinnlos, in der Dunkelheit weiterzusuchen. Zudem hatte der Wetterbericht Sturm angekündigt. Auch die Ortung von Lianes Handy brachte kein Ergebnis. Entweder war es ausgeschaltet oder der Akku leer. Lianes Eltern, die Inka in Jesteburg ausfindig gemacht hatte, hatten ebenfalls kein Lebenszeichen von ihrer Tochter erhalten. Schon lange nicht, behaupteten sie am Telefon. Das letzte Mal vor zwei Jahren, als Ute Wolters eine Karte aus Italien von ihrer Tochter zum Geburtstag bekommen hatte. Ebenso war es Lianes früheren Freunden und Bekannten ergangen. Seit sie in der Welt umhertingelte, war jegliche Verbindung abgebrochen.

21 Kurz nach 20 Uhr verließ Inka das Hotel und fuhr nach Hause. Sie parkte neben der Birke auf dem *Sundermöhren-Hof* und blieb noch eine Weile im Wagen sitzen. Sie war erschöpft und schloss die Augen. Ihre Gedanken kreisten um Liane Wolters. Im Umkreis von zwanzig Kilometern rund um das Hotel hatten sie mit den von Erkältung verschonten Kollegen die Heide durchkämmt. Sogar die schwangere Dora Hoppe hatte es sich nicht nehmen lassen, bis zu Inkas Suchabbruch dabei zu sein.

Kollege Amselfeld hatte Roland Altmann und Tanja Griese unter die Lupe genommen, wobei er nur Altmann auf der Arbeit erwischt hatte. Tanja Griese war mit ihrem Mann am Sonntagmorgen in den Urlaub nach Tschechien aufgebrochen und würde erst übermorgen heimkehren, wie ihre Nachbarn erzählten. Die Eltern von Ullrich Grützmann identifizierten den Waldtoten als ihren Sohn, Amselfeld stand ihnen bei. Seine Arbeit machte er gewissenhaft, das gestand Inka ihm zu. Bei passender Gelegenheit würde sie ihm dies persönlich mitteilen.

Beate Schroths Aussage zufolge hatte Dora ein paar Semester Biologie studiert. Aber würde eine schwangere Frau mit acht Kindern einen Mord begehen? Sebastian hatte dies bezweifelt. Und was war mit Tanja Griese? Konnte sie Klammer vergiftet und in der Sauna eingesperrt haben? Der unfreiwillige Verzicht auf Kinder konnte bei vielen Frauen gewaltige psychische Probleme auslösen. Und da Klammer sie zur Schulzeit ordentlich schikaniert hatte, gäbe es ein starkes Motiv. Und was tat sie in Tschechien? Warum war sie Hals über Kopf verschwunden? Von Urlaub war nicht die Rede gewesen, abgesehen davon, dass sie sie ausdrücklich gebeten hatte, verfügbar zu bleiben. Einfach in ein anderes Land abzuhauen war schon reichlich verdächtig. Doch würde sie als Täterin den Nachbarn verraten, wo sie hinfuhr?

Wie Inka es auch drehte und wendete, sie fand keinen Ansatz für eine vernünftige Ermittlung. Sie würde ins Haus gehen, eine heiße Dusche nehmen und im Bett verschwinden. Als sie den Anschnallgurt löste, klopfte es an die Scheibe. Mit einem Aufschrei zuckte sie zusammen.

»Inka!« Tim, ihr Schwager, sah sie an.

»Tim!« Inka ließ den Gurt zurückschnellen und öffnete die Wagentür, ohne auszusteigen. »Was erschreckst du mich so?«, blubberte sie.

»Warum sitzt du im Auto? Hast du nichts zu tun?«, konterte der ebenso unfreundlich.

Also wirklich. Ihr Schwager war ein echtes Unikat. Glaubte er eigentlich, sie schuftete Tag und Nacht? »Was willst du, Tim?« Inkas Blick verfinsterte sich. Sie hatte keine Lust, mit ihrem Schwager über ihre Arbeit zu debattieren und darüber, was sie zu tun und zu lassen hatte.

»Ich wollte dir nur sagen, Harlekin ist bei Madame Pompadour. Wir warten darauf, dass die beiden …« Tim räusperte sich. »Nur damit du weißt, dass du zurzeit nicht ausreiten kannst.«

»Ja, ist gut. Und wie lange denkst du, wird es dauern, bis die beiden sich einig werden?«

Schulterzucken. »Wischer meint, geht es schnell, hast du deinen Gaul Ende der Woche wieder.«

»Und lassen sie Harlekin auch auf die Weide? Er braucht Bewegung, selbst bei diesem Wetter.«

»Natürlich. Wischer ist korrekt. Seine Tochter, die Veronika, die ist ganz vernarrt in deinen Gaul. Sie reitet ihn jeden Tag aus und betüddelt ihn. Er hat es dort besser als ...« Tim verstummte.

Eine weise Entscheidung.

22

Lianes Kieferknochen schmerzten unerträglich, und ihre Nacken- und Schultermuskeln waren so angespannt, dass sie ein Ziehen bis über die Wirbelsäule und Oberschenkel verfolgte. Noch immer ließ sich das Seil, das ihren Oberkörper einschnürte, nicht lösen. Könnte sie doch nur einen Arm aus der Schlinge ziehen.

Sie wackelte mit den Zehen in den Turnschuhen, sie musste sich irgendwie bewegen. Ihre Füße waren eiskalt. Wer immer sie eingesperrt hatte, hatte nicht vor, sie wieder rauszulassen. Er wollte sie in diesem Loch erfrieren lassen.

Das Telefon war seit Stunden stumm. Sicher war der Akku leer, weil sie vergessen hatte, ihn aufzuladen. Liane starrte in die Dunkelheit und lauschte dem Rascheln. Ob es Mäuse oder Ratten in diesem Raum gab?

Sie durfte nicht einschlafen.

Mit den Füßen scharrte sie auf rauem Stein, bis sie spürte, wie sich die Fessel um ihr rechtes Fußgelenk löste und sie den Turnschuh durch die Schlinge schieben konnte. Geschafft, das erste Stück war geschafft. Es würde ihr doch weiter gelingen, oder? Stellte sie sich selbst die Frage? Führte sie Selbstgespräche, weil sie verrückt wurde, oder wollte sie sich nur beruhigen? Nora, eine Kollegin aus der Agentur, erlitt immer schreckliche Panikattacken in Fahrstühlen und geschlossenen Räumen. Sie rannte zu Fuß die höchsten Bauwerke hoch und schrie wie eine Furie, sobald sich Türen schlossen. Oft hatte Liane sie belächelt, jetzt verstand sie die Schweißausbrüche, das Herzklopfen, die Übelkeit und das Zittern ihrer Kollegin. Die Todesangst. Wenn sie hier lebend rauskam, würde sie Nora helfen. Ja, wenn sie hier rauskam.

Liane atmete tief durch und lauschte dem Rascheln und dem leisen Fiepen, das aus der rechten Ecke drang.

»Verdammt, verdammt«, fluchte sie, hoffend, damit wen oder was auch immer aus dieser Ecke zu vertreiben. Wieder drehte und neigte sie den Kopf Richtung Schulter, wo das angeknabberte Seil sie einschnürte. Käme sie nur an die Trinkflasche, die in der Seitentasche ihrer Jacke steckte. Sie ruckelte den Oberkörper so weit und schnell es ging nach rechts und links, hörte leises Plätschern. Sie musste aus diesen Fesseln raus und etwas trinken. Auf Essen konnte sie verzichten. Ganze Fastenwochen lagen hinter ihr, um ihren Auftraggebern zu gefallen und in die Garderobe zu passen, die sie für sie angedacht hatten.

Übertreibe es nicht mit deiner Diät, predigten Nora, Danny und die anderen, schon viele sind in unserem Beruf gestorben.

Ich werde nicht sterben, nicht an einer Diät und nicht hier drinnen. Nicht in diesem elendigen Drecksloch.

Sie hatte sich im Leben so weit hochgearbeitet, war

kurz vor dem Ziel, das durfte nicht vergebens gewesen sein. Und nahm nicht immer alles ein gutes Ende, im Film, im Roman? Warum nicht auch hier?

23

Am nächsten Morgen stoppte Sebastian seinen Wagen am Straßenrand vor dem Brunnencafé. Mit wehmütigem Blick auf die verbeulte Motorhaube betrat er das Café. Dreihundertfünfzig Euro hatte die Hanstedter Werkstatt für eine Motorhaube veranschlagt, vorausgesetzt, er sei mit einer tannengrünen und gebrauchten Haube einverstanden.

Zurück im Auto, bog er von der Wilseder Straße hinter dem Dorfteich links in die Heimbucher Straße ein. Vom Beifahrersitz strömte ihm der Duft frischen Gebäcks in die Nase. Sebastians Magen knurrte. Ob Inka schon wach war? Er sah auf das Armaturenbrett. 7.20 Uhr.

Er war ein notorischer und unfreiwilliger Frühaufsteher. Vor vier Jahren, mit Frau und Tochter, hatte er neun Stunden am Stück durchgeschlafen. Heute war er froh, wenn er drei Stunden schaffte.

Er fuhr am Hotel *Zum Storchennest*, in der kleinen Seitenstraße Am Brink, vorbei, das taghell beleuchtet war. Drei weiße Transporter mit geöffneten Laderampen standen vor dem Eingang. Männer in weißen Kitteln, Blaumännern und ziviler Kleidung schleppten Bierfässer, Kisten mit Gemüse, Fleisch und Kartoffeln ins Hotel.

Im Schritttempo lenkte Sebastian an den geschäftig hantierenden Männern vorbei und fragte sich, wie Undeloh, ein kleines abgelegenes Dorf mitten in der Heide, im

Winter solch einen immensen Touristenstrom verzeichnen konnte. Das Egestorfer Kartoffelfest war vorüber, die Schneverdinger und Amelinghausener Heidekönigin gewählt, die Kutschen, die zu dieser Jahreszeit nur auf Bestellung fuhren, standen in der Scheune. Selbst die vielen Honigstände, Bratwurstbuden, Schaffellberge, die Undeloh von Ende Juli bis September in ein Volksfest verwandelten, hatten sich aufgelöst.

Sebastian lenkte den Wagen in eine gerade frei werdende Lücke vor den *Sundermöhren-Hof* und nickte dem jungen Pärchen zu, das mit einem Geländewagen davonbrauste. An Inkas Tür verharrte er kurz und lauschte. Stille. *Zu früh*, dachte er, als er hinter seinem Rücken ein Schlurfen hörte. Tim Sundermöhren.

»Moin. Da ist keiner«, sagte der, während er in Gummistiefeln und Grünmann vor Sebastian stehen blieb. In einer Hand hielt er eine Mistforke, in der anderen einen Eimer mit brauner Brühe, die undefinierbar und gefährlich über den Rand schwappte und einen beißenden Käsegeruch nachzog. »Aber Inka ist wach«, setzte er nach, als er sah, dass Sebastian ihn skeptisch anblinzelte. »Findest sie hinten auf der Weide bei Hühnern und Gänsen.« Und als Sebastian ihn noch immer ansah, als erzählte er von fremden Welten, sagte er: »Hier auf dem Dorf musst früh aufstehen, willst mit der Arbeit fertig werden. Und Inka hat ja Zeit, solange Harlekin beschäftigt ist. Und wenn du sie findest, sag ihr, sie muss Rocky und Bonny füttern.« Tim starrte Sebastian mit blauen Eisaugen an, als wolle er ihn durchbohren, auf die Forke spießen und als Spanferkel auf dem Grill zum anstehenden weihnachtlichen Hoffest rösten.

»Aha, danke«, sagte Sebastian, »mach ich.« Aufatmend sah er dem großen Blonden nach, wie der zufrieden nickend zum Stall gegenüber stiefelte und hinter der halbhohen Holztür verschwand, wo es sofort laut quiekte und grunzte.

»Willst du zu mir?« Inka tippte Sebastian auf die Schulter. Sie hatte eine bunte blumenbedruckte Kittelschürze umgebunden, aus deren Taschen gelbe Gummihandschuhe hingen. Ihren Blondschopf wärmte eine dunkelblaue Pudelmütze, und ihre Füße steckten in Gummistiefeln.

»Ja. Guten Morgen. Ich habe uns frische Brötchen besorgt«, Sebastian schwenkte die Brötchentüte in der Luft. »Dein Schwager sagt, du sollst Rocky und Bonny füttern und …« Er hielt im Satz inne. »Sag mal, was ist denn da drüben los?« Erneut wandte er den Kopf Richtung Stallgebäude.

»Du meinst den Lärm im Schweinestall.« Inka lachte. »Das sind Tims Lieblinge. Sobald er den Stall betritt, geht es los. Du müsstest das sehen. Tim geht rein, wünscht jedem Tier einen guten Morgen und öffnet die Hintertür, damit sie auf die Weide können. Aber glaub ja nicht, dass ein Tier verschwindet, bevor er eine Geschichte erzählt hat.«

»Er erzählt den Schweinen eine Geschichte?« Mit großen Augen starrte er Inka ungläubig an.

»Ja. Komm mit, aber sei leise.« Inka krümmte den Zeigefinger und lockte Sebastian über den Hof.

Durch einen schmalen Spalt lugten sie durch die Stalltür. Tim Sundermöhren saß auf einem dreibeinigen Melkschemel und erzählte die Geschichte eines Mannes, der auf der Suche nach seiner Frau durch die Wälder streifte. Um ihn herum sammelten sich die Schweine wie eine Kindergartengruppe beim Besuch der Märchentante.

»Das glaub ich ja nicht.« Sebastian schmunzelte.

»Psst. Warte mal, was gleich passiert.«

Zwei Minuten später stand Tim auf, drehte das Radio an und begann mit dem Ausmisten. Ein Schwein nach dem anderen verließ den Stall und marschierte auf die rückseitige Weidefläche, als wüsste es, dass die Märchenstunde nun zu Ende ist.

»Na, ihr zwei! Habt ihr gelauscht?«

Inka zuckte zusammen und richtete sich auf. »Ja. Ich gestehe.« Sie lachte.

»Und, welche Geschichte war es heute? Oder hat er gesungen?«, fragte Hanna neugierig.

»Es ging um einen Waldmenschen auf der Suche nach Liebe.«

»Ach, die kenne ich noch nicht.« Hanna grinste.

»Ihr Mann singt und erzählt den Schweinen Geschichten?«

»Aber ja. Jeden Morgen«, erwiderte Hanna und grinste noch mehr, als sie Sebastians perplexes Gesicht sah. »Du meinst, das ist ungewöhnlich für den ruppigen Typen, den er immer gibt. Tim hat eine raue Schale, aber einen weichen Kern.«

»Mich wundert auf dem Dorf langsam nichts mehr. Eine Rechtsmedizinerin, die religiöse Sprüche rezitiert und singt, bevor sie mit der Arbeit beginnt, und ein Biobauer, der Schweinen Liebesgeschichten erzählt.«

Sebastian lachte, Hanna stimmte ein und streckte ihm ihre Hand entgegen.

»Ja, das ist das Landleben. Ich bin übrigens Hanna, hier auf dem Dorf sehen wir das nicht so eng mit dem ›Sie‹.«

»Habe ich mitgekriegt. Sebastian. Sebastian Schäfer.«

Hanna nickte. »Habt ihr schon gefrühstückt?«

Sebastian schüttelte den Kopf. »Tim sagt, Rocky und Bonny müssen noch gefüttert werden.«

»Ist schon erledigt, und jetzt kommt. Ich habe eine neue Marmeladensorte gekocht. Mal sehen, wie sie euch schmeckt.«

»Geht schon vor, ich komme gleich nach«, sagte Inka und verschwand im Laufschritt in ihrer Wohnung.

In der Wohnküche der Familie Sundermöhren war es mollig warm, und das Aroma frisch gebrühten Kaffees zog durch den Raum. Am großen Esstisch saß eine junge Familie mit zwei kleinen Kindern und frühstückte.

»Guten Morgen, alle zusammen!«, rief Inka, als sie die Küche betrat und rutschte Sebastian gegenüber an den großen Holztisch. Pudelmütze, Kittel und Gummistiefel waren ihrer normalen Alltagskleidung von Jeans, Pulli und Winterstiefeln gewichen. Der himmelblaue Kajal um die Augen und die Wimperntusche verliehen ihrem winterlich geröteten Gesicht einen strahlenden Ausdruck. Über ihrer Stirn ringelte sich eine kleine blonde Locke.

»Guten Morgen«, erwiderten die Eltern und Kinder im Chor und sahen kurz von ihren Tellern auf.

»Hier, probiert mal«, sagte Hanna und stellte einen nachtblauen, faustgroßen Keramiktopf mit orangefarbener Marmelade vor Inka und Sebastian hin.

»Die ist voll lecker«, tönte es aus dem Mund eines achtjährigen Jungen, dessen Nase und Wangen orangefarben glänzten.

»Entschuldigung«, sagte seine Mutter und wischte mit einer Serviette über den Mund des Kindes. »Und du hörst jetzt auf mit der Schleckerei, sonst kriegst du nachher Bauchweh.«

»Höchstens eine gute Verdauung, das ist Kürbismarmelade«, mischte sich Hanna schmunzelnd ein, während sie den Backofen öffnete, aus dem sogleich der Duft frischen Brotes die Wohnküche erfüllte.

»Ich dachte, wir machen uns nach dem Frühstück auf und …«, begann Sebastian, als Inkas Handy auf dem Tisch vibrierte.

»Brandt.«

»Mark hier.«

»Sag nur, du bist auf der Wache. Du solltest im Bett sein und dich auskurieren. Wie geht es dir überhaupt?«

»Ja, bin auf der Wache und wird schon. Nuppi, euer Hausarzt, hat mir ’ne ordentliche Vitamin-Dröhnung verpasst.«

»Ach, Nuppis Spezialmischung, die kenne ich auch. Aber sag mal, Mark, wir brauchen noch ein Foto von Liane für die Presse. Ruf doch bitte die Agentur an, dass die uns eine kleine Auswahl ihrer Bilder mailen. Ich werde unterdessen mit Sebastian zu Lianes Eltern nach Jesteburg fahren, um noch etwas mehr aus Lianes Leben zu erfahren.«

»Klar, kein Thema.« Inka hörte Niesen und Schnäuzen.

»Super. Und bleib ja im Warmen, lass die Amsel ausfliegen. Er soll sich mit Frauke im Dorf umhören, ob irgendjemand Liane gesehen hat. Und versuch, so viel Kollegen wie möglich aus Soltau und Winsen zu kriegen.«

»Gebongt, Inka. Tschüs.«

»Tschüs, Mark.« Inka legte das Handy wieder neben den Teller, biss in ihr Marmeladenbrötchen und rümpfte die Nase.

24

»Haben Sie etwas von meiner Tochter gehört? Haben Sie sie gefunden?«, fragte Ute Wolters mit ängstlichem Blick, nachdem sich Inka und Sebastian vorgestellt hatten.

»Nein, leider gibt es noch keine Neuigkeiten«, sagte Inka und folgte der Frau, die eine weiße Rüschenschürze über Jeans und Bluse trug, in die Küche. Am Küchentisch blieb Ute Wolters stehen und schob die aufgeschlagene Illustrierte auf dem Tisch beiseite. Inkas Blick fiel auf ein vegetarisches Rezept mit dunkelgrünen Wirsingkohlblättern. Wirsingkohl war eins ihrer Lieblingsgemüse. Besonders, wenn Hanna Eintopf kochte.

»Aber deshalb sind wir hier. Wir wollten Sie bitten, uns ein wenig aus dem Leben Ihrer Tochter zu erzählen. Wer sind ihre Freunde? Wann haben Sie sie zuletzt gesehen? Fangen Sie einfach an, und erzählen Sie, was Ihnen so einfällt.«

»Was sollen wir Ihnen denn von Liane erzählen? Sie hat sich jahrelang nicht mehr bei uns gemeldet«, polterte Friedhelm Wolters los, ein Mittfünfziger mit grauen Haaren und randloser Brille, der hinter Sebastian in der Küche auftauchte. Sein ockergelb gestreiftes Hemd spannte sich über seinen beginnenden Altherrenbauch und versteckte den Nietengürtel, der die schwarze Jeans hielt.

»Ja, ich hörte davon, aber irgendetwas …«

»Hören Sie, Frau Kommissarin. Versuchen Sie es in dieser Agentur, da, wo sie sich immer rumtreibt, vielleicht können die Ihnen ja etwas über Lianes Leben erzählen. Wir können es nicht.« Friedhelm Wolters rutschte hinter den Küchentisch mit der mit Margeriten bedruckten Wachstischdecke, zog die aufgeschlagene Illustrierte heran und begann Kartoffeln zu schälen. Schale für Schale bedeckte das satte Grün der Wirsingkohlblätter.

»Ich ... ich kann Ihnen aber ein Bild geben, vielleicht brauchen Sie es ja für Ihre Arbeit«, sagte Ute Wolters verschüchtert, strich sich die Schürze glatt und verschwand eilig aus der Küche.

Ihr Mann warf ihr einen scharfen Blick hinterher, bevor er sich wieder den Kartoffeln widmete.

Gestern Abend bereits, nach dem Anruf der Kommissarin, waren sie über Lianes Leben in einen heftigen Streit geraten. Sie hatte ihm vorgeworfen, seine einzige Tochter aus dem Haus getrieben zu haben. Und das nur, weil er damals darauf bestanden hatte, dass sie den Hof übernahm und den zwanzig Jahre älteren Nachbarbauern Heinz heiratete. Wir sind nicht mehr im Mittelalter!, hatte sie ihm voller Zorn an den Kopf geworfen, und: Besser, ich wäre gleich mit Liane ausgezogen! Sie hatte ihm sein Bettzeug auf das Sofa geschmissen und war im Schlafzimmer verschwunden. Als sie sich um Mitternacht ein Glas Wasser aus der Küche geholt hatte, hatte sie ihn schnarchen gehört. Wie immer. Sie hatte im Bett gelegen und sich mit ihren Gedanken und Sorgen von einer Seite auf die andere gewälzt, und ihr Mann drehte sich einfach um und schlief ein, als wenn alles in bester Ordnung wäre. Seitdem herrschte Funkstille.

Es dauerte keine zwei Minuten, bis Ute Wolters mit einer Fotografie in der Hand wieder die Küche betrat. »Bitte schön. Das ist Liane.« Sie reichte Inka das Ganzkörperbild einer jungen Frau, die in einem petrolfarbenen Cocktailkleid in die Kamera posierte. »Das ist das neueste Bild. Sie hat es mir vor vier Wochen geschickt.«

Eine Kartoffel landete mit Schwung im Topf, Wasser spritzte über den Rand auf den Fliesenboden.

»Ich hätte es gerne wieder«, sagte Ute Wolters. Unter ihren blauen Augen lagen dunkle Schatten.

»Ja, natürlich. Und seien Sie versichert, alle Kollegen räumen der Suche nach Ihrer Tochter die höchste Dringlichkeitsstufe ein. Wir werden sie finden.«

»Sie denken an den Mörder, der schon die anderen beiden Männer ermordet hat, nicht?«, fragte Friedhelm Wolters.

»Ja.« Inka nickte. »Kannten Sie die Schulkameraden Dr. Detlef Klammer und Ullrich Grützmann?« Endlich kam sie zu ihren Fragen.

Ute Wolters kämpfte mit den Tränen. »Nein«, antwortete sie leise, während sie die kurzen blonden Haare mit den weißen Strähnen schüttelte, die ein Friseur dezent platziert hatte, um das fast faltenfreie Gesicht der Frau mit einem feinen Rahmen zu unterstützen.

Einen Augenblick erinnerte sich Inka an ihre Kurzhaarfrisur, die sie sich in Lübeck hatte machen lassen, kurz bevor sie nach Undeloh gezogen war. Noch vor vier Monaten war sie ständig mit der Moderatorin Inka Bause aus der Fernsehsendung *Bauer sucht Frau* verwechselt worden. Inzwischen waren die Haare nachgewachsen und die Bemerkungen hatten aufgehört.

»Die Eltern habe ich auf den Elternabenden gesehen.«

»Und Sie, Herr Wolters?«, mischte sich Sebastian erstmals ins Gespräch ein.

Noch bevor Friedhelm Wolters antworten konnte, kam ihm seine Frau zuvor. »Friedhelm ging nie auf Elternabende, Herr Kommissar. Alles, was mit der Schule zu tun hatte, habe ich erledigt.«

Das Telefon in der Diele der Familie Wolters klingelte, Ute Wolters warf einen Blick auf ihren Mann, der wie versteinert hinter dem Küchentisch saß und auf seine Kartoffelschalen starrte. »Ich bin gleich wieder da«, sagte sie und hastete aus der Küche.

»Was glauben Sie, Herr Wolters«, fragte Sebastian, »könnte Ihre Tochter ins Ausland gegangen sein, ohne sich zu verabschieden?«

»Sie haben doch gehört, meine Frau hat Kontakt zu ihr. Hinter meinem Rücken.« In seinen Worten schwang Verbitterung mit.

»Fragen Sie doch sie.«

»Das war meine Schwester«, sagte Ute Wolters entschuldigend und eilte wieder in die Küche, »aber bitte, ich habe Ihnen überhaupt nichts zu trinken angeboten. Ich werde schnell einen Kaffee aufsetzen oder ... Kommen Sie, setzen Sie sich doch. Ich habe Kuchen. Marmorkuchen. Ganz frisch. Heute Morgen gebacken.« Ute Wolters zog einen weißen Holzstuhl unter dem Tisch hervor und räumte den Zeitungsstapel von der anderen Sitzbankfläche ab. Inka spürte die Erleichterung der blassen hageren Frau, endlich mit jemandem sprechen zu können, der ihre Sorgen verstand und sie ernst nahm.

»Nein, vielen Dank, bitte machen Sie sich keine Umstände«, sagte Inka, obwohl eine heiße Tasse Kaffee nicht das Schlechteste gewesen wäre. »Wir müssen gleich wieder los. Sagen Sie, Frau Wolters, hat Ihre Tochter Ihnen erzählt, ob sie mit Schulfreunden oder Nachbarn von früher noch in Verbindung stand?«

»Nein, das glaube ich auch nicht. Sie wohnt in Köln oder auch an der Côte d'Azur, mit wem sollte sie da noch Verbindung halten?«

»Sie ist Model, stimmt's?«

»Ja. Davon hat sie immer geträumt. Sie wollte immer raus. Mode auf den Laufstegen der Metropolen präsentieren, das ist ihre Welt, hat sie gesagt. Für sie war das Landleben nichts, auch wenn wir ... mein Mann sich Liane und Heinz als Nachfolger gewünscht hätte.« Ute Wolters warf ihrem Mann einen schnellen Blick zu. »Als uns der Hof in Soderstorf zu viel wurde, haben wir verkauft und sind in diese Eigentumswohnung gezogen.«

»Ich verstehe. Wer ist Heinz?«

»Ein Sohn des Nachbarbauern.«

»Liane war mit Heinz liiert?«

»Nein!«, warf Friedhelm Wolters mit grimmiger Miene ein. »Sie war sich zu schade für Gummistiefel und Kittelschürze.«

»Das ist es nicht gewesen, das weißt du genau, Friedhelm!«, konterte jetzt Ute Wolters. »Heinz Möders ist zwanzig Jahre älter als Liane. Was soll sie denn mit so einem alten Knacker?«

»Sie hat ja jetzt, was sie will. Soll sie doch glücklich werden und ihre alten Eltern vergessen.«

Ute Wolters warf ihrem Mann einen wütenden Blick zu, der keiner weiteren Erklärung bedurfte, dann antwortete sie: »Mein Mann hätte gerne gewollt, dass sie Heinz heiratet, doch Liane hatte, wie gesagt, andere Vorstellungen von ihrem Leben.«

Inka nickte. Zu gut kannte sie diese Verbindungen, bei denen Tochter oder Sohn mit dem Spross des Nachbarbauern verheiratet wurde, um den Hof der Eltern weiterzuführen oder durch eine Fusion der Höfe diese gegenseitig zu sanieren. Kinder wurden wie Rinderherden, Weideland oder das gewinnbringendste Reitpferd verschachert. Auf den Dörfern, selbst heute im 21. Jahrhundert, kein unübliches Arrangement.

»Wie wird es jetzt weitergehen? Mit der Suche, meine ich. Können wir ... Kann ich helfen?«, fragte Frau Wolters besorgt.

»Die Suchtrupps sind unterwegs, aber jede Hilfe ist willkommen.«

»Das Sitzen und Warten, verstehen Sie, es ist furchtbar.«

»Natürlich. Noch eine Frage, Frau Wolters, wissen Sie, ob Ihre Tochter verreisen wollte?«

»Sie erzählte von dem Klassentreffen in Undeloh und einer Reise nach Paris, aber erst nächstes Jahr im Frühling. Es ging um eine Modewoche. Liane war so stolz, die neue Kollektion vorzuführen. Sie hat mir Bilder gemailt.«

»Sie hatten Mailkontakt zu Ihrer Tochter?«

»Ja, ab und an, und über Facebook haben wir uns auch geschrieben.«

»Die ganze Zeit schreibst du mit unserer Tochter hinter meinem Rücken!«, polterte Friedhelm Wolters dazwischen. »Ihr wollt mich wohl provozieren!« Sein Gesicht lief rot an, und sein Mund verzog sich zu einem schmalen Schlitz.

Inka sah der Ehefrau an, dass sie kurz davor war, die Nerven zu verlieren. Behutsam legte sie ihre Hand auf den Arm der Frau und stellte sich schützend vor sie. »Nun mal ganz ruhig, Herr Wolters. Der Kontakt Ihrer Frau zu Ihrer Tochter kann zum jetzigen Zeitpunkt nur von Vorteil sein. Sie wollen Ihre Tochter doch auch gesund und munter wiedersehen, nicht wahr?« Inka hörte ein kurzes Aufschluchzen. Sie stand kaum einen halben

Meter von Ute Wolters entfernt und sah in ängstliche feuchte Augen. »Alles wird gut«, sagte sie und streichelte mit beiden Händen die Arme der Frau, die sie am liebsten umarmt und getröstet hätte.

»Das war es für heute.« Inka nickte dem Mann am Küchentisch kurz zu und streifte mit einem Blick den Kartoffeltopf, in dem vier kleine Knollen schwammen.

Eine Kinderportion.

»Wir haben einen weiteren Verdächtigen«, sagte Inka, als sie mit Sebastian aus Jesteburg Richtung Hanstedt fuhr.

»Du meinst diesen Heinz Möders, von der die Wolters sprach?«

»So ist es. Ein verschmähter Mann, so in unserem Alter, soll eine Achtzehnjährige heiraten. Die gibt ihm einen knallharten Korb und verschwindet für ein paar Jahre auf die Laufstege der Welt. Er hängt aber da mit seinem Hof und der gekränkten Eitelkeit und findet keine andere Braut. Heiratswillige Damen sind rar gesät in der Landwirtschaft. Aber jetzt erfährt er, woher auch immer, dass Liane zurückkommt, Klassentreffen und so ... Er lauert ihr auf und ...«

»Und?«

»Keine Ahnung. Lass mal was von deinem psychologischen Wissen und deinem Einblick als Mann hören.«

Sebastian griff sich in den Nacken. Die ganzen Tage hatte er nicht einen Nadelstich verspürt, doch jetzt prickelte und pikste es von den Ohren abwärts in den Nacken bis in den Atlaswirbel hinein.

Das war der Anfang.

Von der Beifahrerseite warf er Inka einen Blick zu.

»Auf jeden Fall suchen wir keinen Serienmörder. Auch, wenn Liane ermordet worden sein sollte und Morde ab zwei Fällen statistisch als Serienmorde gelten. Hier hatte nicht ein Mordopfer einfach Pech, war zur falschen Zeit am falschen Ort oder wurde aus einem grundlegenden psychischen Trauma heraus ermordet. Nein. Was wir suchen, ist ein Täter, der auf Rache sinnt, weil ihm ein empfundenes Unrecht geschehen ist. Er will bestrafen, damit seine eigene Welt wieder ins Lot rückt, ihm der Druck von der Brust genommen wird. Und aus seiner Sicht schafft er das nur, wenn er mordet, seine Peiniger aus dem Weg schafft.«

»Also käme er für Lianes Verschwinden infrage?«, wollte Inka, den Blick auf die Fahrbahn geheftet, wissen.

»Durchaus. Aber was wäre das Motiv für die Morde an Klammer und Grützmann?« Sebastian sah aus dem Beifahrerfenster auf graue abgeerntete Felder, die so trostlos wirkten, dass man niemals vermutet hätte, sie könnten überhaupt Früchte tragen.

»Wieso höre ich da so einen merkwürdigen Unterton?«

»Weil wir es dann mit drei Tätern zu tun hätten«, erwiderte Sebastian und wandte den Blick zurück auf die Landstraße. Er zog die Zigarettenschachtel aus der Tasche, knickte von einer Zigarette den Filter ab und zündete sie an. »Einmal die Vergiftung, wobei ich an eine Frau denke, dann das Blockieren der Saunatür und das Fesseln an den Baum, in beiden Fällen können wir von einem männlichen Täter ausgehen, und dann noch Heinz Möders, der Liane … entführt und möglicherweise ermordet hat. Nein, Inka, das ist Wahnsinn. Wir sollten Heinz Möders zwar nicht außer Acht lassen und ihn auf jeden Fall nach seinem Alibi befragen, aber ansonsten sollten wir uns auf die ehemaligen Schüler konzentrieren. Ich müsste mich schon sehr täuschen, wenn ich mit meiner Theorie danebenhaue, dass einer aus dem Haufen oder alle zusammen Klammer und Grützmann umgebracht haben.«

Inka nickte zustimmend. »Sag mal, hast du schon mal was von Passivrauchen gehört? Mach gefälligst den Stinker aus.«

»'tschuldigung, hab grad nicht dran gedacht, dass du nicht rauchst. Noch nie?«, fragte er, während er sich einen Tabakkrümel von der Zunge zupfte.

»Vor vier Jahren habe ich aufgehört, und ich will auch nicht wieder anfangen. Also schmeiß das Ding raus.«

Sebastian kurbelte das Seitenfenster bis zur Hälfte herunter und warf die Zigarette hinaus. Ein eisiger Windstoß fegte ins Wageninnere und ließ Inkas Haare aufwirbeln, als säße sie in einem Cabrio.

»Also, noch mal zurück. Ich denke, unser Mörder hat seine Taten geplant, es handelt sich nicht um Morde im Affekt«, sagte Sebastian, kurbelte das Fenster wieder hoch und steckte sich ein Pfefferminzkaugummi in den Mund. »Er wusste, wo die Opfer sich aufgehalten haben, und hat auf die passende Gelegenheit gewartet, wie bei Klammer, beziehungsweise hat er sie selbst geschaffen, wie bei Grützmann.«

»Die Wolters und die Griese sind am Freitagabend zur Toilette gegangen, und die ist im Keller neben der Wellnessetage«, sagte Inka und fuhr sich mit der rechten Hand durch die Haare.

»Möglich. Frauen morden meist ohne große Kraftanstrengung. Vielleicht war es doch eine Frau, die die Tür zur Sauna blockiert hat. Zudem ermorden Frauen meistens Menschen, die sie kennen. Was aber nicht den Mord an Grützmann und auch nicht das Verschwinden von Liane Wolters erklärt. Grützmann hing immer mit Klammer zusammen, möglich, dass er in der Schule so was wie sein Handlanger war, und Liane war auch in Klammers Clique. Theoretisch hätten also sowohl Beate Schroth als auch Tanja Griese und Roland Altmann ein Motiv, den dreien an den Kragen zu wollen.«

»Theoretisch. Wobei du Altmann ja inzwischen von der Liste der Verdächtigen gestrichen hast. Ich jedoch noch lange nicht. Er hat ein Motiv, und sein Alibi für die Tatzeit ist mehr als schwammig. Und nehmen wir weiter an, er fesselte auch Grützmann an den Baum, dann stellt sich hier die Frage nach dem Warum? Grützmann hatte keinen Disput mit Altmann. Das gilt auch umgekehrt, sagte die Schroth.«

»Stopp, Inka. Vielleicht hatte er heute kein Problem mehr mit ihm, aber vergiss nicht, Grützmann war in Klammers Clique, in die auch Altmann wollte. Eine Mutprobe, auch wenn es einen Anführer gibt, wird gemeinsam festgelegt, das ist Gesetz, und somit ist es durchaus möglich …«

»Dass Grützmann nicht mit allem einverstanden war, aber dennoch mitzog, und Altmann seinen Rochus auf Grützmann nur zurückhielt, um diesen ebenfalls im passenden Augenblick über die Klinge springen zu lassen. Und Liane gehörte zur Klammer-Clique und ist nun verschwunden«, setzte Inka Sebastians Satz fort. Aus den Augenwinkeln beobachtete sie Nicken. »Also sind wir wieder bei Altmann.«

»Ich gebe zu, Inka, an einem Karriereverlust kann ein Mann lange knabbern.«

»Und wieso sagt mir dein Tonfall dann immer noch, dass du bei Altmann nicht an den Täter glaubst?«

»Das weiß ich nicht. Es ist nur so ein Gefühl.« Sebastian war unzufrieden mit seiner Antwort. Das erste Mal in seiner Laufbahn als Polizeipsychologe wusste er nicht recht weiter. Er griff sich in den Nacken und knetete sein Fleisch, die stechenden Schmerzen verlagerten sich bis in die Schulterblätter. »Zumindest kann ich sagen, dass unser Täter ein abnormes Phantasieleben lebt. Es schenkt ihm Belohnung zu morden, wie ich schon sagte, er muss seine Welt geraderücken.«

Er nahm die Hand aus dem Nacken. Dieser Fall nahm Sebastian in Beschlag. Fast zwei Monate hatte er keine Schmerzen verspürt, jetzt tauchten sie wieder auf. Wie ein ungebetener Gast, ein leidiges Thema oder ein Ohrwurm, der einem auf den Geist geht. Das alles ließ sich vertreiben. Dieses Stechen und Brennen nicht, es war mehr: Es war seine Vergangenheit. Es tauchte auf, wann es wollte, und sagte ihm: Vergiss sie nicht. Wie könnte er? Maja. Katharina. Seine Frau. Seine Tochter. Sebastian spürte, wie sich sein Magen verkrampfte. »Altmann hat zwar ein Motiv und kein besonderes Alibi«, sagte er, während er tief Luft holte und versuchte die Gespenster der Vergangenheit abzuschütteln, »aber er ist auf der Karriereleiter aufgerückt. Er hat eine Perspektive. Unser Täter jedoch ist ein ausgezeichneter Lügner, ein Blender, eitel, sicherlich ein Familienmensch und dreißig bis höchstens fünfzig Jahre alt. Seine Karriere ist abgeschlossen, er hat erreicht, was er erreichen wollte. Zudem gehe ich davon aus, es gibt bei unserem Täter eine Vorgeschichte. Ein seelischer oder sexueller Missbrauch wäre denkbar.«

»Nicht schlecht, Herr Psychologe. Nun hängen aber

die Vorgeschichten von allen mit Klammer zusammen. Zudem sind alle im mordfähigen Alter. Wir müssen das Täterprofil konkretisieren.«

Sebastian lächelte einnehmend, dann sagte er: »Ich bin sicher, ein ehemaliger Schüler oder alle zusammen sind der Täter. Klammer und Grützmann sind aus demselben Grund umgebracht worden. Und ebenso gibt es einen Zusammenhang mit dem Verschwinden von Liane Wolters. Und ich bin auch davon überzeugt, dass er oder sie nicht aufhören wird zu morden, bis das Ziel erreicht ist. Durch die Morde verschafft sich der Täter Luft zum Atmen.«

»Also doch: sieben auf einen Streich«, überlegte Inka laut.

»Wie?«

»Sieben auf einen Streich, wie in dem Märchen *Das tapfere Schneiderlein*, hat die Hoppe … ist egal.« Inka winkte ab. »Sag mir lieber, was veranlasst einen Klassenkameraden, und ich spreche geschlechtsneutral, nach zehn Jahren einen Mord nach dem anderen zu begehen? Warum wartet ein Täter zehn Jahre?«

»Weil er kein Mörder im Sinne reiner Tötungslust ist, sondern sich des Verbrechens wohl bewusst ist. Er will mit seinem inneren Druck klarkommen, ihn ausbalancieren und mit anderem, einem normalen Tagesablauf oder auch einer aktiven Aufgabe, die ihn fordert, kompensieren. Dies klappt bis zu einem gewissen Grad, und oft gehen Menschen mit einem Trauma nach Jahren gefasster oder gereifter und klarer um. Sie verlegen es auf eine andere Ebene, wo zwar immer noch Wut brodelt, aber diese Wut zu keinem Ausbruch und totalem Blackout führt. Nur ab und an geht das daneben, und die

Täter, die vorher oft Opfer waren, leiden ein Leben lang, quälen sich durch den Tag, der nur von dem ihnen zugestoßenen Leid erfüllt ist. Irgendwann wird der Druck in ihrem Inneren so stark, und sie überfällt das Gefühl zu platzen, sofern sie nichts dagegen unternehmen. Das ist der Zeitpunkt, an dem sie handeln.«

»Indem sie zum Klassentreffen aufrufen und die Menschen umbringen, die ihnen in der Vergangenheit geschadet haben«, ergänzte Inka, während sie auf den Parkplatz der Wache einbog. Sie fragte sich, wie Sebastian reagieren würde, stünde er vor dem Täter, der seine Frau und Tochter umgebracht hatte.

25

Kollege Jacob Amselfeld rieb sich die Bartstoppeln im Gesicht, ein Beweis für eine durchgearbeitete Nacht ohne Rasur.

Dora Hoppe, Beate Schroth, Tanja Griese und Roland Altmann saßen ihm im Verhörraum am Besprechungstisch wie eine Schülergruppe gegenüber. Vor Amselfeld lagen ein aufgeschlagener Collegeblock und ein Stift. Vier gefüllte Wassergläser, eine Flasche Mineralwasser und ein Teller Kekse standen auf dem Tisch. Ein fensterloser Raum, kaum acht Quadratmeter und durch eine halbhohe Spiegelwand einsehbar. Inka und Sebastian stellten sich in den angrenzenden Hörraum und lauschten fünf Minuten dem Gespräch, bevor sie den Kollegen erlösten.

Als dieser fertig war, strich er sich dunkle Haarsträhnen aus der Stirn, nickte, stand auf und drückte Inka den

Collegeblock in die Hand. »Meine Eintragungen. Die wollen Sie sicher lesen. Ich habe Feierabend«, sagte er, ohne die Spur Ironie in seinen Worten zu verstecken.

»Danke«, sagte Inka, »aber mit Feierabend wird's noch nichts. Heinz Möders aus Soderstorf, Adresse steht auf dem Zettel. Wir müssen wissen, wo er sich zu den Tatzeiten aufgehalten hat. Besonders interessiert uns die Zeit um Lianes Verschwinden. Viel Glück, und bitte melden Sie sich sofort, wenn Ihnen die Aussage von Möders vorliegt. Und es eilt.«

»Eilt es nicht immer?«, rief Amselfeld über die Schulter zurück, als er bereits das Gangende erreicht hatte.

Inka sah dem Kollegen kopfschüttelnd nach, der die Treppe hinuntereilte. Als sie auf die erste der zwei Seiten von Amselfelds Block blätterte, die Striche und merkwürdige Kürzel enthielten, stöhnte sie auf. »Was soll das denn sein?«

»Stenographie.« Sebastian tippte mit dem Zeigefinger auf die Schriftzeichen.

»Und die kannst du lesen?«

Sebastian verneinte.

»Verdammt«, fluchte Inka, eilte in ihr Büro und riss das Fenster zum Hof auf. Doch bevor sie Amselfeld zurückbeordern und fragen konnte, was die Zeichen bedeuteten, knatterte der mit seinem Motorrad bereits um die Ecke davon.

»So ein Blindgänger, das hat der Idiot doch absichtlich gemacht.«

»Das kostet uns zwar Zeit, aber ist kein Drama, Inka. Ich weiß, wer uns helfen kann. Bin bald wieder da«, sagte Sebastian und verschwand über den Flur.

Inka sparte sich weitere Flüche über Amselfeld. Sie

musste sich konzentrieren. Sie rutschte auf den freien Holzstuhl neben Roland Altmann, holte einmal tief Luft, und sagte: »Sie sind die letzten vier Menschen der Gruppe vom Freitagabend, und wie wir inzwischen wissen, hatten Sie alle ein Motiv, Detlef Klammer umzubringen.«

»Warum soll es einer von uns gewesen sein?«, bemerkte Altmann schnippisch, während sein Blick die Damenrunde streifte.«

»Richtig, Roland«, erwiderte Dora Hoppe, »das Hotel war voller Menschen.«

»Aber nur Sie vier hatten ein Motiv«, warf Inka in die Runde.

»Ach, jetzt waren wir das auch noch alle zusammen!«, fuhr Dora empört mit geröteten Wangen auf.

»Genau, Dora, einer für alle, alle für einen.« Roland Altmann hob den Arm wie ein Ritter der Tafelrunde, der sein Schwert zum Angriff aus der Scheide zieht. »Sie vergessen nur, Frau Kommissarin, wir haben alle ein Alibi«, setzte Altmann klug dagegen und ließ den Arm auf den Tisch knallen.

»Falsch, Herr Altmann. Sie geben sich alle gegenseitig ein Alibi«, trat Inka der Empörung entgegen, dann summte ihr Handy. Sie sah auf das Display: Fridolin. »Entschuldigung«, sagte sie, stand auf, verließ den Raum und nahm das Gespräch an. »Fridolin, was hast du für uns?«

»Wir haben Klammers Handy geknackt. Ich fax dir die letzten eingehenden und ausgehenden Nummern rüber.«

»Das ist ja wunderbar! Ich danke euch. Bis bald.«

Inka drückte die Austaste und winkte Frauke Bartels, die am Flurende fluchend mit den Fäusten auf den Kaffeeautomaten einhämmerte.

»Na, will er wieder nichts ausspucken?«, rief sie ihr zu.

»Nein. Scheißteil.«

»Sag mal, Frauke«, Inka machte ein paar Schritte auf die junge Beamtin zu, »tu mir den Gefallen und unterhalte die vier im Verhörraum mit einer deiner Geschichten. Ich muss unbedingt Fridolins Fax auswerten.«

»Klar, geh nur«, sagte Frauke, »ich hol nur schnell meinen Ordner, und dann kann's losgehen.« Frauke Bartels, eine sechsundzwanzigjährige Streifenbeamtin, hatte mit ihren skurrilen Kurzgeschichten schon manche einschlafende Betriebs- und Weihnachtsfeier auf der Wache zum Leben erweckt. An Unterhaltung würde es den vieren in der nächsten halben Stunde nicht fehlen.

Liane Wolters schlupfte aus den letzten Fesseln, die ihren Oberkörper festhielten. Sie war frei von den Seilen. Jetzt musste sie aus dem Eiskeller herauskommen, sofern es einer war. Aus ihrer Trainingsjackeninnentasche zog sie die Wasserflasche und nahm einen kräftigen Schluck. Mit kurzen schleifenden Schritten über unebenen harten Boden, Arme und Hände nach vorn ausgestreckt, tastete sich Liane durch den stockfinsteren Raum. Als ihre Fingerspitzen etwas Kaltes und Glattes berührten, hielt sie inne. Vorsichtig ließ sie ihre rechte Handfläche über den rauen Untergrund fahren.

Eine Wand. Feucht und kalt.

Beide Hände vor sich flach an die Mauerwand gelegt, schob sich Liane Zentimeter für Zentimeter weiter durch die Dunkelheit. War es Abend oder noch Tag? Ihr Zeitgefühl war in diesem Loch, wo sie nicht einmal die Hand vor Augen sah, längst verschwunden. Sie zitterte, ihr war übel, und sie war kurz davor, sich zu übergeben.

Warum tat ihr jemand das an? Wer war der Mann, der sie hier eingesperrt hatte und sie verrotten lassen wollte? Er musste sie kennen, er hatte sie mit Namen angesprochen, wusste, dass sie im Hotel *Zum Storchennest* wohnte.

Liane versuchte ihre Gedanken zu ordnen, aber es gelang ihr nicht. *Jemand hat es auf uns Ehemalige abgesehen. Dass Detlef mit seinen abscheulichen Taktlosigkeiten irgendwann anecken würde war abzusehen, aber was ist mit mir? Was habe ich getan?*

»Ich will hier drin nicht erfrieren! Ich habe nichts Böses getan!«, schrie sie.

Liane stampfte mit dem Fuß auf. Doch so schnell, wie ihre Wut ausbrach, verschwand sie auch wieder. Ihr Kopf sackte auf die Brust, und sie rutschte mit dem Rücken an der Wand hinunter auf den Boden. Sie schlang die Arme um ihre angewinkelten Beine und fing an zu weinen. Liane hatte das Gefühl, als würde sie aus ihrem eigenen Körper heraustreten, jemand anders, etwas Böses, die Kontrolle über sie und ihre Gedanken übernehmen. Es war vorbei. Ihr Todesurteil war gesprochen. Sie hatte verloren, und das hier war der Abschied von ihrem Leben.

Im Cuxhavener Landgericht saß Dr. Dr. Egon Klammer gebeugt an seinem Büroschreibtisch über einer grauen, aufgeschlagenen Aktenmappe, die einen Stapel Papiere enthielt. Briefe, die ehemalige Mitschülerinnen an seinen Sohn geschrieben hatten, und Rechnungen teurer Geschenke. Er nahm seine randlose Brille ab und rieb sich die geröteten Augen. Gestern Abend, um 20 Uhr, hatte er seiner Frau gesagt, er fahre ins Büro, weil ein

Fall ungeklärte Fragen aufwarf, die dringend zu bearbeiten seien. Sie sollte nicht auf ihn warten, es würde spät werden.

Es war früher immer spät geworden, wenn er die Schlechtigkeiten seines Sohnes ausgebügelt hatte, ob er mit Geschädigten sprach, Schecks ausstellte oder seinen Einfluss geltend machte, um ihm aus der Patsche zu helfen. Um vier Uhr morgens hatte er alle Unterlagen durchgelesen, danach war er auf der Besuchercouch eingeschlafen und erst wieder aufgewacht, als er zu frösteln begann. Einige der Briefe würden erfolgreich dazu beitragen, den Fall zu lösen, da war er sicher.

Das Telefonklingeln schnitt in seine Gedanken, die unaufhörlich wie das Pendel einer Uhr hin und her schwangen.

»Frau Brandt, schön dass Sie anrufen, ich beabsichtigte in diesem Moment Selbiges.« Klammer rückte seine Brille zurecht.

»Lassen Sie mich raten, Sie wollen mir mitteilen, dass in der Wohnung Ihres Sohnes keine Anzeichen von Gift zu finden waren.« Inka sah den Siebziger mit dem schmalen Gesicht förmlich vor sich.

»So ist es, es gab keinen einzigen Hinweis, der auf eine giftige Substanz schließen lässt. Weder Pilzgift noch sonstige Quintessenz.« Klammers Stimme klang müde.

»Ging Ihr Sohn in der letzten Woche irgendwo zum Essen?«

»Nein, er hat nicht auswärts gegessen, sein Kühlschrank war so voll, als hätte er einen Krieg erwartet.«

»Vielleicht war er in der Gerichtskantine zum Essen?«

»Auch das ist unwahrscheinlich, er kam jeden Mittag zum Essen ins Hotel Mama. Aber ich habe selbstverständlich nachgeforscht. Detlef ist an keinem Tag der letzten Woche in der Kantine aufgetaucht.«

»Gab es Geburtstage, hat ein Kollege …«

»Es reicht, Frau Brandt. Sie dürfen sich auf meine Angaben verlassen.«

»Natürlich, Herr Dr. Dr. Klammer«, sagte Inka. Es waren rein zweckdienliche Fragen gewesen, die sie an den Senior gestellt hatte und die Teresas Untersuchungsergebnisse untermauerten. Klammer war im Zeitrahmen seines Aufenthalts in Undeloh vergiftet worden. »Dann zum zweiten Punkt, Frau Brandt. Wie ich heute Morgen im *Hanstedter Heideblatt* las, ist eine ehemalige Schulkameradin von meinem Sohn beim Joggen in der Heide verschwunden. Was können Sie mir dazu sagen?«

»Sie lesen in Cuxhaven das *Heideblatt*?«

»Ich habe die Zeitung seit Jahren im Abo.«

Inka räusperte sich kurz. So genau wollte sie es gar nicht wissen. »Frau Liane Wolters, ja«, sagte sie. »Sie wird seit gestern Morgen vermisst. Ich habe mit dieser Information abgewartet, bis wir sicher sein konnten, dass sie nicht einfach abgereist ist.«

»Und Ihr Hauptverdächtiger Roland Altmann, der Tankreiniger aus Schneverdingen, und der neue aufgetauchte Verdächtige, ein Heinz Möders, wie geht es hier weiter?«

Wie? Hatte sie richtig gehört? Woher wusste Klammer, dass sie Altmann verdächtigten und Heinz Möders auf die Liste geschrieben hatten? Noch bevor sie ihren Gedankengang weiterführte, kam die Antwort.

»Ihr Chef, Herr Amselfeld, …«, begann Klammer.

»Mein Chef ist …«, unterbrach Inka und besann sich. Dass ihr Kollege sich ihr gegenüber oft dreist benahm, war eine Sache, aber seine ständigen Amtsanmaßungen gingen gewaltig zu weit. Eine Angelegenheit, die sie intern regeln würde. »Ja, er ist immer auf dem Laufenden und stets bemüht, schnell zu handeln«, setzte sie stattdessen fort.

»So wie es sein soll.« Klammers fester Tonfall klang, als säße er am Richterpult bei der Urteilsverkündung. Sein Satz klang anklagend. »Und was ich Sie bereits bei unserem letzten Telefonat fragen wollte, Frau Brandt: Sind Sie überhaupt schon wieder dienstfähig? Wie ich hörte, schwebten Sie bei einem Einsatz vor drei Monaten in Lebensgefahr, das kann ...«

»Herr Dr. Dr. Klammer. Ihre Besorgnis um meine Gesundheit freut mich, doch das ist eine Sache, die Sie ...« – *einen feuchten Dreck angeht*, hätte sie am liebsten durch den Hörer geschmettert – »... nicht beunruhigen sollte. Ich bin voll einsatzfähig.«

»So, na gut.« Klammer machte eine Atempause, als müsse er Inkas letzte Worte abwägen, dann sagte er: »Dann komme ich zum dritten und wahrscheinlich wichtigsten Punkt. Heute Morgen habe ich Ihnen ein Paket mit einigen Auszügen aus Detlefs persönlichen Unterlagen zugeschickt, ist es inzwischen ...« Laute Hintergrundgespräche stoppten Klammers Satz.

»Entschuldigung, Herr Dr. Dr. Klammer«, bat Inka, »bitte bleiben Sie dran. Ich bekomme gerade Neuigkeiten von einem Kollegen.«

Dem Bericht des Winsener Streifenbeamten zufolge hatte sich ein Besucher des Krankenhauses gemeldet. Sein Sohn sei am Sonntagmorgen beim Einsteigen in seinen Wagen unvorsichtigerweise an die Tür des Nachbarwagens gestoßen, einen silberfarbenen Jaguar mit cremefarbenen Ledersitzen und Cuxhavener Kennzeichen, dabei sei eine kleine Delle entstanden. Nachdem er eine halbe Stunde gewartet, seine Adresse an der Information hinterlassen, diese auch hinter die Scheibenwischer geklemmt habe, sei er weggefahren. Als er nach zwei Tagen erneut einen Besuch im Krankenhaus unternahm, stand der Jaguar immer noch auf dem Parkplatz. Erst fand er es nicht verwunderlich, als er seinen Zettel hinter den Wischblättern entdeckte, wurde er stutzig. Und da sich der Halter auch nicht bei der Information gemeldet hatte, rief er die Winsener Wache an. Inzwischen stand Detlef Klammers Wagen in der kriminaltechnischen Untersuchung, dies habe Amselfeld angeordnet. Weiterhin war Ullrich Grützmanns schwarzer BMW auf dem Ärzteparkplatz des Winsener Krankenhauses gefunden worden.

Inka hob das Handy wieder an ihr Ohr. »Herr Dr. Dr. Klammer, sind Sie noch da?«

»Ja, und ich habe gehört, was Ihr Kollege sagte. Jetzt ist es wohl eindeutig, der Tod meines Sohnes hängt mit dem Tod des Arztes und dem Verschwinden der Schulkollegin zusammen.«

Eine Faktenlage, die wir ohnehin kennen, lag Inka auf der Zunge. Sie schluckte ihren Kommentar hinunter. Nachdenklich machte sie nur, was Klammers Wagen auf dem Krankenhausparkplatz zu suchen hatte. Und warum stand Grützmanns Wagen drei Tage, nachdem er gestorben war, auf dem Ärzteparkplatz, wenn er laut Pattens Aussage am Sonntag mit dem Wagen im *Storchennest* vorbeigefahren war? Frauke Bartels hatte mit Kollege Schmidt die ganze Gegend um Undeloh nach den Wagen abgesucht, doch nichts gefunden. Es ergab alles keinen Sinn.

»Sie sprachen über Unterlagen, Herr Dr. Dr. Klammer.«

»Das Paket, ja. Ich habe es Ihnen heute Morgen mit einem Boten geschickt. Es enthält Kopien von Briefen und …« Klammer hielt einen Moment inne und atmete schwer. »Es müsste jede Minute eintreffen.«

»Und was enthalten diese Unterlagen für Neuigkeiten, Herr Dr. Klammer?« Dieses doppelte Dr.-Dr.-Gehabe ging ihr auf den Nerv. Einmal Doktor musste reichen.

»Mein Sohn … ich habe ihn geliebt …, aber er war nicht gerade ein Heiliger. Mit den Details möchte ich warten, bis Sie die Unterlagen gelesen haben. Lassen Sie uns später noch einmal telefonieren.«

»Meinetwegen, Herr Dr. Klammer.« Inka gab sich Mühe, nicht allzu herablassend zu klingen. Sie wollte sich schon verabschieden, als ihr ihr eigener Anrufgrund einfiel. »Was ich noch sagen wollte, Herr Dr. Klammer, unsere Techniker konnten die PIN vom Telefon Ihres Sohnes ermitteln und die Liste eingehender und ausgehender Anrufe zurückverfolgen.«

»Bevor Sie weiterreden, Frau Brandt, sind Ullrich … und Tanja …«, Inka hörte Papier rascheln. »Ullrich Grützmann, der zweite Tote, und Tanja Griese, geborene Meinhard, die Teilnehmer auf Ihrer Liste, die mein Sohn angerufen hat?«

»Sie sind gut informiert. Ullrich Grützmann wurde viermal und Tanja Griese siebenmal von Ihrem Sohn angewählt. Tanja Griese wiederum wählte dreiunddreißigmal und Ullrich Grützmann zwölfmal die Nummer Ihres Sohnes.«

Inka hörte Schnaufen am anderen Ende der Leitung, und ihr Gespür sagte ihr, dass Klammer den Grund für die Telefonate kannte, ihn aber nicht verraten würde. Sie musste es allein herausfinden.

»Rufen Sie mich an, Frau Brandt, sobald Sie die Unterlagen gelesen haben. Auf Wiedersehen.« Ohne weitere Worte legte Klammer auf.

Ungeduldig warf Inka einen Blick auf die Eingangstür und fragte sich, wo die Papiere blieben, die hoffentlich den ersehnten Durchbruch in den Ermittlungen bringen würden.

Dreiunddreißig Stunden waren nun seit Liane Wolters' Verschwinden verstrichen. Bisher hatten sie nicht die geringste Spur. Eine Hundestaffel war bei Sonnenaufgang ausgerückt, und Kollegen aus Soltau und Winsen unterstützten den Suchtrupp.

Bereits zum dritten Mal nach nachmittäglicher Einsatzbesprechung verteilten sich die Kollegen ab Hoteleingang *Zum Storchennest* in alle Richtungen der Heide. Die erste Staffel nahm die Heimbucher Straße in die Heide, die zweite Staffel verlagerte ihre Suche auf das Heidegebiet hinter dem Dorfteich, und die dritte Staffel bewegte sich hinter dem Undeloher Erlebniszentrum in Richtung Jakobusweg.

Alle Wanderwege rund um Undeloh und Wilsede wurden für Wanderer, Reiter und Touristen gesperrt. Niemand durfte die Heide betreten, auch ansässige Bewohner mussten Auskunft darüber geben, wohin sie in die Heide gingen oder wann sie zurückkehrten.

Inka war um sechs Uhr morgens, noch bevor sie auf die Wache gefahren war, mit Bajazzo durch die Heidelandschaft geritten. Sie hatte gehofft, eine Spur von Liane zu finden. Doch außer den Kollegen, die mit Stöcken und

Greifzangen Büsche und Gestrüpp durchwühlten, war kein Mensch weit und breit zu sehen gewesen.

Ab sieben Uhr hatte unablässig ihr Handy geklingelt. Mark war ebenfalls bereits auf der Wache eingetroffen und koordinierte die restliche Belegschaft. Jeder verfügbare Beamte war auf den Beinen. Ihre kleine Wache, die normalerweise nur zu dritt, Inka eingerechnet, und mit drei Streifenbeamten besetzt war, platzte aus allen Nähten. In jeder Ecke standen Kollegen, Informationen wurden ausgetauscht, sah man ernste Mienen. Mit dem Foto von Liane hatte Mark die Presse und das Fernsehen informiert und Ute und Friedhelm Wolters auf den Ansturm vorbereitet, der ihnen von Reportern, Verwandten, Nachbarn und Neugierigen drohte.

Inzwischen rutschte der Zeiger auf 17.45 Uhr, und die ersten Presseleute drängten mit Kameras, Mikrophonen, Block und Stift in die Wache, als gäbe es Freibier.

Wo steckte eigentlich Sebastian? Eine Stunde war vergangen, seitdem er nur kurz jemanden hatte holen wollen, der Stenographie lesen konnte? Und warum war der Bote, den Klammer geschickt hatte, immer noch nicht da?

»Na, Frau Brandt! Gleich können Sie sich nicht mehr rausreden. Die Wahrheit kommt ans Licht.«

Mit Schwung drehte sich Inka um. Wolfgang Kohlhase. Der hatte ihr gerade noch gefehlt. »Die Wahrheit ist Ihnen doch sowieso schnuppe! Hauptsache, es fließt Blut«, fuhr sie ihn an.

»Aber das ist es, was die Menschen lesen wollen, Frau Brandt. Sex und Mord, das geht immer.«

Kohlhase stand so dicht vor ihr, dass sie dachte, er wolle sie augenblicklich umarmen. Über die Unverfrorenheit des Reporters fehlten Inka die Worte. Kopfschüttelnd drehte sie ihm den Rücken zu. Bevor sie das Verhörzimmer betrat, wählte sie noch einmal Sebastians Nummer. Wieder nichts, nur die Mailbox. »Verdammt«, fluchte Inka, »wo treibst du dich nur rum?«

»Na, ist der Herr Galan auf Abwegen? Will er nicht an seiner süßen Marzipanermittlerin knabbern?« Sie spürte Kohlhases Atem in ihrem Nacken.

»Was erlauben Sie sich! Verschwinden Sie, Kohlhase, bevor ich Sie rausschmeiße!«

Das schmierige Grinsen des Reporters machte sie nur noch wütender. Mit Schwung riss sie die Zimmertür des Verhörraumes auf und knallte sie vor Kohlhases Nase wieder zu. Am liebsten hätte sie dem frechen Kerl Hausverbot erteilt. Doch leider hatte er, wie alle anderen Medienleute, das Recht, bei der Pressekonferenz dabei zu sein. Inka ging zurück in den Verhörraum, wo die Vierergruppe der Verdächtigen bereits seit zwei Stunden ausharrte. Sie hatten eindeutig zu wenig Leute.

»So, die Herrschaften«, wandte sich Inka an die vier Schulkameraden. »Da ich Sie nicht gehen lassen kann, werden Sie noch ein paar Stunden länger unsere Gäste sein. Leider kann ich Ihnen keine Einzelzimmer bieten. Die Damen werden hier im Raum verweilen, und Herr Altmann darf es sich in unserer Arrestzelle gemütlich machen«, sagte Inka, und an die Kollegin gewandt: »Frauke, würdest du den Herrn bitte in die Zelle geleiten.«

»Sagen Sie mal, das geht doch nicht, Sie können uns doch nicht einsperren! Ich will sofort gehen«, empörte sich Altmann lautstark. »Ich habe niemanden umgebracht, und mit Lianes Verschwinden habe ich auch nichts zu tun.«

»Ja, wir auch nicht«, stimmten Beate Schroth und Tanja Griese aufgeregt ein.

»Ich kann und werde Sie festhalten. Meinetwegen nennen Sie es Schutzhaft. Dennoch sind Sie alle des Mordes an Dr. Detlef Klammer und Dr. Ullrich Grützmann verdächtig. Und da ich zurzeit keinen von Ihnen ausschließen kann, bleiben Sie hier, bis ich weitere Beweise für Ihre Unschuld habe. So einfach ist das.«

»Ich muss mich hinlegen, Frau Brandt«, flüsterte Dora Hoppe. Sie war den Tränen nahe. »Ich habe Wasser in den Beinen, die Schwangerschaft«, wieder legte sie ihre Hand auf den noch unscheinbar gewölbten Leib. »Bei der Suche gestern nach Liane habe ich mich wohl übernommen.« Sie schenkte Inka ein trauriges Lächeln.

»Gut. Dann machen wir es andersherum.« Inka nickte verständnisvoll. Ihr war unwohl bei dem Gedanken, eine schwangere Frau einzusperren, dennoch sah sie keine andere Alternative. »Die Damen gehen in die Zelle, und Herr Altmann bleibt hier. Frauke, du begleitest unsere Gäste. Und bring Frau Hoppe bitte noch ein paar extra Kissen, wenn du welche auftreiben kannst, und eine zweite Matratze und eine warme Decke. Die Kantine soll vernünftiges Essen und heißen Tee runterschicken.«

Inka hatte sich gerade Altmann gegenübergesetzt, als es an der Tür klopfte und ein Kollege aus Soltau den Kopf hereinsteckte.

»Kollegin«, sagte er. »Ein Paket für Sie. Cuxhavener Absender. Sagt Ihnen das was, oder sollen wir es in die Untersuchung geben?«

»Alles klar, geben Sie her. Vielen Dank. Warum hat das denn so lange gedauert?«

»Der Bote, der es zu uns bringen sollte, hatte einen Fahrradunfall. Arm gebrochen oder so. Im Krankenhaus sagte er, das Paket müsse unbedingt zu uns auf die Wache, doch gelandet ist es in der Poststelle des Krankenhauses. Bis die geschnallt haben, für wen das Paket ist …«

»Schnarchnasen«, knurrte Inka kopfschüttelnd.

Der Soltauer Beamte grinste. »Ach, ich soll Ihnen ausrichten, Kollege Freese wartet im Besucherraum. Die Konferenz.«

»Oje, die hätte ich glatt vergessen. Verdammt. Ja, sagen Sie ihm, ich bin gleich da, und leisten Sie Herrn Altmann Gesellschaft, bis ich wiederkomme.« Inka stand auf, nahm ihr Handy aus der Hosentasche und wählte Sebastians Nummer. Sie ließ es klingeln, bis die Mailbox ansprang, dann legte sie auf und versuchte es ein zweites Mal. Diesmal hob Sebastian nach dem dritten Klingeln ab.

Ohne Gruß polterte Inka los: »Sag mal, wo steckst du denn? Seit einer Stunde versuche ich dich zu erreichen.«

»Wo ich stecke? Bei Bea natürlich. Aber ich stecke nicht, wir sind unterwegs«, gab Sebastian wie selbstverständlich zur Antwort.

»Bea?«, fragte Inka und wechselte mit dem Streifenbeamten den Platz.

»Ja, Joulie Sophie Beatrice de Leclerc. Ich hatte sie dir vorgestellt.«

»Ach, die. Und wann gedenkst du, wieder hier zu sein?«, fragte Inka nicht gerade freundlich und trat auf den Flur.

»In diesem Augenblick«, hörte sie Sebastian deutlich sagen und sah, wie er mit Bea durch den Rathauseingang eilte.

»Da sind wir. Gerade noch geschafft. Auf den Gongschlag 18 Uhr.« Er grinste wie ein Honigkuchenpferd. »Ich habe Bea mitgebracht. Sie wird uns helfen.«

»Helfen? Wobei?«, fragte Inka zusehends einsilbiger, während sie die junge Französin musterte. Wie konnte man am Abend noch so munter und gepflegt aussehen? Was tat sie den ganzen Tag? Auf dem Sofa sitzen, Nägel lackieren und auf einen Auftrag warten? Ihre kurze rote Haarpracht saß wie frisch geföhnt, das dezente Make-up-Puder ließ den vielen Sommersprossen, die um ihre Stupsnase tanzten, Raum zum Bewundern, und die großen blauen Augen umspielte ein leichter lindgrüner Lidstrich. Und sie war mindestens zehn Jahre jünger als Inka. Inka schnaufte.

»Na, bei dem Gekritzel der Amsel. Der Stenographie«, holte Sebastian seine Kollegin aus ihren Gedanken.

»Ah ja, aber dafür haben wir jetzt keine Zeit. Konferenz.« Inka wies mit dem Daumen über ihre Schulter. »Die wollen Sie doch sicher nicht verpassen, Frau de Leclerc, oder?«

»Nein, aber ich würde Sie trotzdem gerne einen Moment unter vier Augen sprechen, Frau Brandt«, sagte die Französin unerwartet.

»Eine Minute«, sagte Inka irritiert.

»Frau Brandt, ich bin keine Konkurrentin für Sie«, begann die junge Frau flüsternd und zog Inka aus Sebastians Hörweite. »Das wollte ich Ihnen nur sagen. Basti und ich sind gute Freunde, aber mehr nicht.«

»Wie? Denken Sie etwa, ich und Sebastian …« Inka hielt das Paket mit den Unterlagen wie einen Schutzschild an ihre Brust gedrückt.

Bea nickte. »Ja«, sagte sie schmunzelnd. »Zumindest

sieht es so aus, und Sebastian hält große Stücke auf Sie, er erzählt viel von Ihnen.«

»Tatsächlich? Aber, Sebastian und ich sind ebenfalls nur gute Freunde, Frau de Leclerc. Sie können also getrost …«

»Frau Brandt, noch einmal: Ich will nichts von Basti. Er ist ein toller Mann, und Sie sollten ihn nicht zu lange zappeln lassen. Das war es, was ich Ihnen sagen wollte. Was Sie draus machen, ist Ihre Sache. Ich wollte nur keine falschen Vermutungen aufkommen lassen. Und das Steno kann ich Ihnen übersetzen. Es wäre schön, wenn ich dafür ein paar exklusive Neuigkeiten aus erster Hand kriegen würde.«

»Darüber können wir reden.« Inka dachte an Kohlhase. Eine Abreibung hatte er allemal verdient. »Jetzt muss ich aber erst mal in die Konferenz. Kommen Sie, Sie kriegen den Ehrenplatz zu meiner Linken.«

Joulie Sophie Beatrice de Leclerc strahlte und zwinkerte mit einem Auge Sebastian zu, der im Flur auf die Frauen gewartet hatte.

Der Besucherraum der Wache war bis zum Bersten mit Menschen gefüllt. Es war brütend heiß, und Inka musste ordentlich Ellbogenkraft anwenden, um an den kleinen, ans Fenster geschobenen Tisch mit den drei Stühlen zu kommen. Um 18.10 Uhr erklärte Inka die Pressekonferenz für eröffnet.

Über eine Stunde zog sie sich hin. Wie angespitzte Bleistifte standen die Reporter und Fernsehleute dicht nebeneinander. Im Blitzlichtgewitter, mit vorgehaltenen Mikrophonen und klickenden Kameras erhielten die Medienleute nur magere Informationen über den Tod von

Oberstaatsanwalt Detlef Klammer und Ullrich Grützmann.

Die DNS-Spuren auf Oberarmen und Kinn, das Blut auf der Schöpfkelle sowie Klammers Vergiftung behielten Inka und Mark für sich. Auch die Info über den auf dem Winsener Krankenhausparkplatz gefundenen Wagen von Oberstaatsanwalt Dr. Detlef Klammer gaben sie vorerst nicht heraus.

»Sobald wir weitere Neuigkeiten haben, erfahren Sie diese in der nächsten Woche zur gleichen Zeit. Vielen Dank für Ihre Aufmerksamkeit«, sagte Inka schließlich und beendete damit die Konferenz.

Normalerweise ging sie nicht so lässig mit Kameras um. Doch heute war es gut gelaufen, sie war die Ruhe selbst. Jetzt galt es, ihr Versprechen Bea gegenüber einzulösen. Sie hakte die kleine Französin wie eine Freundin unter und marschierte mit Mark und Sebastian durch die Pressemeute.

»Hey, Joulie, mein Mäuschen, warte mal!« Die Stimme gehörte Wolfgang Kohlhase, der sich mit Riesenschritten den Frauen näherte. »Wollen wir was trinken gehen? Ich lad dich ein. Es gibt viel zu erzählen.« Er schielte zu Inka. »So unter Kollegen, meine ich.«

»Wolle, mein Guter, du bist beim Käseblatt, ich beim Fernsehen, was hätten wir beide uns zu erzählen?«

Die Worte der Französin waren genau nach Inkas Geschmack. Sie biss sich auf die Oberlippe, um nicht laut loszulachen. »Gehen wir, Bea«, fiel Inka in das Gespräch ein und setzte für Kohlhase noch einen drauf, »ich muss dir unbedingt erzählen, was für interessante Unterlagen zum Fall ich heute erhalten habe.«

Kohlhases Unterkiefer klappte nach unten. Wie angewurzelt stand er vor den Frauen und rührte sich keinen Zentimeter. In seinen braunen Wanderstiefeln, der dicken Windjacke und mit der umgehängten Kamera ähnelte er einem Bergfotografen, dem der Berg abhandengekommen war. Mit offenem Mund starrte er Inka und Bea nach, die fröhlich, Arm in Arm, aus dem Besucherraum verschwanden.

»Entschuldigen Sie, dass ich Sie geduzt habe«, begann Inka, dann konnte sie nicht mehr an sich halten und prustete los.

»Das macht nichts, das können wir beibehalten«, stimmte Bea ebenso prustend ein.

»Was ist denn mit euch los?«, fragte Sebastian.

»Frauengeheimnis.« Bea wischte sich Lachtränen aus den Augen. Der lindgrüne Kajalstrich verschmierte über dem Lid und verlieh ihren blauen Augen etwas Verwegenes. »Und was ist das für ein Inhalt, den du mir zeigen willst?«, fragte die Französin, kaum ernster.

»Das weiß ich selber nicht. Ich habe das Paket noch nicht aufgemacht. Aber ich halte mein Versprechen. Du kriegst die Informationen vor allen anderen Schreiberlingen.«

»Na, wie schön«, hörte sie Kohlhase hinter ihrem Rücken motzen, »wenn man wertvolle Kontakte hat, die einen nach oben bringen.«

»Wolle, verschwinde, die Kutsche durch die Heide ist für dich vor einer Woche abgefahren«, sagte Bea mit betonter Leichtigkeit und blinzelte Inka verschwörerisch zu.

26

Seit ihrem Panikanfall kam es Liane vor, als seien Stunden vergangen. Sie lag auf kaltem Stein, eingerollt wie ein Embryo auf der Seite, starrte in die Dunkelheit, während jeder Muskel ihres Körpers zuckte und sie zur endgültigen Aufgabe zwang.

War das ihr Ende? Sollte ihr junges Leben jetzt vorbei sein?

Ein Bienenstock summte in Lianes Kopf. Kein klarer Gedanke wollte sich einstellen.

Nur langsam richtete sie sich bis zum Sitzen auf. Sie lehnte den Rücken an die Mauerwand und streckte die Beine aus. Heiße Tränen liefen über ihre Wangen. Sie wusste nicht mehr, ob es Tag oder Nacht war. Ihr Magen schmerzte von der Galle, die sie erbrochen hatte, und ihre trockenen Lippen waren aufgerissen und bluteten. Warum fand sie niemand? Beate und Dora wussten, dass sie zum Joggen in die Heide gegangen war. Sie mussten sie vermissen. Oder war es ihnen egal? Zehn Jahre hatten sie sich nicht mehr gesehen. Keine von ihnen hatte mit den anderen Kontakt gehalten, alle waren nach dem Abitur eigene Wege gegangen. Einmal hatte sie Tanja und Dora über Facebook gesucht, aber das war ins Leere gelaufen. Wie sollte sie auch jemanden finden? Viele der Frauen hatten geheiratet und die Namen ihrer Männer angenommen.

Sie war noch immer Single. Obwohl es in der Vergangenheit nicht an Männern gemangelt hatte, taugte keiner für eine feste Beziehung, alle hatten es nur auf ihren Körper abgesehen. Ende Dezember wurde sie dreißig. Viele Kolleginnen waren inzwischen aus dem Beruf ausgeschieden, fütterten Kinder und spielten treusorgende

Hausfrau. Sie hatte nichts. Keine Familie, keine richtigen Freunde, mit denen man ins Kino oder zum Tanzen ging, denen man seine ärgsten Sorgen und Nöte erzählte. In der Agentur gab es Samantha, Nora, Danny, Sybille und Ricky, ihren Fotografen. Sie lebten in ihrer eigenen Welt. Der Beruf war ihr Lebensinhalt, für Gefühlsduseleien gab es keinen Platz. Der nächste Auftrag stand an. Paris im Frühling. Die neue Modekollektion.

Scheiß drauf.

Kam sie aus diesem Loch lebend heraus, würde sie alles anders machen. Als Erstes ein riesiges Schokoladeneis mit Sahne und schwarzen Kirschen verdrücken, danach ein Butterbrötchen mit fettem Käse, Pommes frites und das Schnitzel mit der Pilzsoße aus dem Hotel, von dem sie die Panade abgekratzt und lediglich ein Stückchen Fleisch und den Salat gegessen hatte.

Wie bescheuert war sie eigentlich, ihr Leben an sich vorbeilaufen zu lassen und Familie und Freunde gegen Scheinwerfer und Chiffonkleider einzutauschen, die höchstens Frauen mit Kindergröße tragen konnten?

Sie würde nicht aufgeben. Nein. Das war nicht ihre Art. Sie musste hier raus. Liane stützte sich mit den Händen an der Wand ab, richtete sich auf und tastete sich weiter bis zu einem Treppenabsatz. Auf allen vieren kroch sie die Stufen hoch, erhob sich langsam und schwankend, schob die flachen Hände über jeden Zentimeter Wandfläche, bis sie den Lichtschalter fand.

Mit ernstem Gesicht saß Inka an ihrem Schreibtisch und las die Unterlagen, die ihr Klammer senior hatte zukommen lassen. Einige verzweifelte wie bitterböse Briefe, die Tanja Griese Detlef Klammer geschrieben hatte, waren darunter. Der Wortlaut ähnelte sich, die Korrespondenz reichte von vor zehn Jahren bis vor einer Woche.

Sie handelten von Tanjas damaligem Techtelmechtel und ihrer Schwangerschaft. Tanja bat darin, Detlef möge verstehen, sie wolle das Kind behalten. Seiner Karriere würde es nicht schaden, selbst nach geplanter Heirat. Sie würde alles tun, nur sollte ihr gemeinsames Kind mit Vater aufwachsen. Er sollte sie nicht im Stich lassen. Dann folgten drei Monate Funkstille. Sieben weitere Briefe beschuldigten Detlef des Mordes an ihrem gemeinsamen Kind. Sie würde ihm das nie verzeihen, ihr Leben lang nicht, und er solle sich in Acht nehmen, denn irgendwann würden sie sich wiedersehen, und sie würde es ihm doppelt und dreifach heimzahlen. Der Tag würde kommen, und darauf freue sie sich schon jetzt. Dann kamen keine Briefe mehr, bis vor drei Wochen, als Detlef einen Brief von Ullrich Grützmann erhielt.

Wir sehen uns, Detlef. Ich hoffe, Du hast alles wie abgesprochen dabei. Ullrich.

Inka fragte sich, was Klammer für Grützmann mitbringen sollte? In seinem Hotelzimmer hatten sie nichts außer 50000 Euro gefunden. Ging es um das Geld?

Es wurde immer verworrener. Inka schenkte sich gerade ein Glas Wasser ein, als Mark ins Büro stürmte.

»Die KTU rief an. Das Glasstückchen, das Teresa in Klammers Suite gefunden hat, ist ein Stückchen Brillenglas.«

»Stand ein Name drauf?«

»Ich liebe deinen Optimismus, Inka.« Mark Freese rutschte an seinen Schreibtisch. »Nein, aber ein Fitzelchen grüne Plastikumrandung klebte am Rand. Möglich, dass das weiterhilft. Trug Klammer eine Brille?«

Inka zuckte die Schultern. »Terry und ich und auch die Kollegen der Spusi haben keine gefunden.«

»Vielleicht hat das Zimmermädchen bei der Reinigung vom Vormieter etwas übersehen«, sagte Mark.

»Möglich. Hast du Sebastian gesehen?«

»Jup, der steckt den Kopf mit der Kleinen zusammen. Sie sitzen im Besucherraum.«

»Du meinst Bea?«

»Heißt sie so?«

Inka nickte. »Joulie Sophie Beatrice de Leclerc.«

»Aha.«

»Aha. Höre ich da mehr als ein ›Aha‹?«

»Sie sieht niedlich aus.« Mark vermied es, Inka anzusehen. »Hat sie was mit ... Ich meine, ist sie mit Sebastian ...«

»Nö, hast freie Fahrt.«

»Was denkst du von mir, Inka? Ich meine doch nur, weil ... sie doch viel zu jung für mich ist. Ich bin neununddreißig, Bea bestimmt zehn Jahre jünger. Ich stehe nicht auf so junges Gemüse, das weißt du doch.«

»Zwölf Jahre, Mark. Und du bist nicht mehr in der achten Klasse. Außerdem, was sind schon zehn Jahre? Es wird Zeit, dass du lockerer wirst. Tu etwas Spontanes. Geh einfach zu ihr, und frag sie, ob sie mit dir einen Kaffee trinken will.«

Mark runzelte die Stirn. »Meine letzte spontane Handlung war, Nicole zu heiraten. Und was ist dabei rausgekommen?«

»Eine wunderbare Hochzeit und eine noch wunderbarere Scheidungsparty.«

»Na bitte, zwei gute Gründe, nicht spontan zu sein.«

»Mark, hör auf, das ist zwei Jahre her. Lass die Vergangenheit ruhen. Deine Zukunft hat längst begonnen. Und wenn du nichts Spontanes tun willst, dann meinetwegen etwas Unvernünftiges, wenn sich das für dich besser anfühlt. Aber tu etwas, und sei endlich wieder glücklich. Nimm das Leben nicht so ernst.«

»Du meinst, nicht so ernst wie du, oder?«

»Ich bin erst ein halbes Jahr von Fabian getrennt. Ich habe noch Schonzeit. Außerdem hast du Nicole auch nicht mit einer Blondine im Bett erwischt.«

»Und ihr nicht die Pest an den Hals gewünscht, sie für ihre Taten vierundzwanzig Stunden in eine Zelle gesperrt und …«

»Hör auf, Mark. Ich gebe ja zu. Manchmal verliere ich die Beherrschung, wenn ich wütend bin. Aber Fabian hatte es verdient.«

Mark schmunzelte. »Frauen sollte man nicht unterschätzen«, sagte er, während er Inka über seine Teetasse hinweg anblinzelte.

»Also, was ist nun, Herr Kollege? Was überwiegt: Unvernunft oder Spontanität?«

»Das ist für mich beides das Gleiche. Außerdem weiß ich nicht, Inka. Bei dir hört sich das so einfach an.«

»Ratschläge für andere sind immer einfach, solange man sie nicht selbst beherzigen muss.«

»Und du meinst wirklich, ich könnte …«, begann Mark, als es an der Bürotür klopfte und Sebastian und die Französin die Köpfe zur Tür hineinsteckten.

»Wir sind mit der Übersetzung fertig, Inka.« Bea schob Inka eine Seite mit handschriftlicher Übersetzung über den Schreibtisch.

»Ist hoch hergegangen, bevor wir eingetroffen sind«, begann Sebastian. »Amselfeld hat die vier ordentlich in die Mangel genommen. Da traut einer dem anderen nicht mehr über den Weg. Ich war so frei und habe mir die Aussagen aus psychologischer Sicht angesehen und festgestellt, dass die Namen von Ullrich Grützmann und Tanja Griese öfter als alle anderen in Zusammenhang mit Klammer auftauchten. Ullrich war früher in Klammers Clique, aber er war, wie ich bereits vermutete, nicht immer einverstanden mit dem, was da ablief. Zudem ließ er sich meist von Detlef bequatschen. Auch war Ullrich eifersüchtig auf Detlef, weil der mit Liane was hatte, er selbst aber leer ausging. Das ist jedenfalls Beate Schroths Aussage.«

»Das hat sie alles gewusst? Mir erzählte die Schroth, sie war selten mit der Gruppe zusammen, weil sie als Außenseiterin galt.«

»Das stimmt wohl auch, Inka, aber sie konnte gut mit Liane, und die war in Klammers Runde.«

»Und was war mit der Griese?«

»Die wollte in die Clique, aber Klammer boykottierte ihre Aufnahme, weil sie aus einer Arbeiterfamilie stammt. Sie tuckerte ständig hinter Detlef her, angeblich hat sie sich ihm feilgeboten und er sie einmal auf einer Feier über den Tisch gezogen. Aus Mitleid, wie Altmann verriet. Dann ist die Griese ausgerastet, schrie rum, es sei alles ganz anders gewesen und Klammer habe sie heiraten wollen. Zudem war sie nicht nur einmal, sondern ein halbes Jahr mit Detlef zusammen, aber Detlef wollte es niemandem erzählen. Erst auf der Abschlussfeier sollte das Fass explodieren.«

»Was anscheinend nicht geschehen ist. Und als er von der Schwangerschaft erfuhr, denunzierte er sie als Dorfmatratze.«

»Genau. Beate und Dora bestätigten den Tumult, den es auf der Abschlussfeier gegeben hat.« Sebastian tippte auf das Blatt. »Sie meinten auch, Detlef habe sich am selben Abend noch ein anderes Mädchen geschnappt und sei verschwunden.«

»Dieses Schwein«, sagte Inka kopfschüttelnd. »Hier, seht mal, die hat mir Detlefs Vater geschickt.« Sie wedelte mit den Kopien. »Die ersten vierzehn sind harmlos, eher Bettelbriefe. Detlef möge Tanja beistehen und seine Vaterschaft anerkennen. Es ist zwar schwer vorstellbar, dass ein Oberstaatsanwalt auf diese Art Briefe postalisch antwortet, aber ...«, sagte Inka, während sie bereits Frauke Bartels' Nummer wählte. »Frauke, ruf Jankowitz an, wir brauchen einen Durchsuchungsbeschluss für das Haus von Tanja Griese aus Jesteburg. So schnell wie möglich.«

»Geht klar.«

»Danke.« Inka legte auf. »Drückt die Daumen, vielleicht ist sie ja ein wenig sentimental und hebt die Briefe ihres ehemaligen Liebhabers auf.«

»Du meinst mit roter Schleife in einem Schuhkarton hinter der Bettwäsche?«, fragte Bea mit leicht geröteten Wangen.

»Wo auch immer«, sagte Inka und fuhr fort: »Jedenfalls war drei Monate Postpause, da muss das mit der Engelmacherin passiert sein, danach hat Tanja sieben bitterböse Drohbriefe an Klammer geschrieben.« Inka legte die Hände auf die Kopien. »Detlef hätte ihr Kind ermordet, und sie würde es ihm irgendwann heimzahlen. Irgendwann käme der Tag und so weiter und so weiter. Die Briefe sind ein Stapel starker Fakten.«

»Ich bin mir nicht sicher, Inka«, antwortete Mark zögernd. »Nach zehn Jahren?« Er kratzte sich den Kopf und beobachtete Bea aus den Augenwinkeln. »Aber gut. Nehmen wir an, sie hat Klammer Gift verabreicht, damit er über die Klinge springt. Erstens ist die Frage wo, zweitens wann und drittens, warum hat sie ihn noch …«

»Moment, Moment«, griff die Französin ein. »Detlef Klammer ist vergiftet worden, das habt ihr aber in der Konferenz nicht erwähnt.« Mit großen blauen Augen blickte sie zu Mark und Inka.

»Wir halten immer Informationen auf einer Konferenz zurück. Es könnte für Angehörige unangenehme Folgen haben, der Täter könnte gewarnt werden oder sogar, je mehr Details wir verraten, Nachahmer fördern«, setzte Mark an und lächelte.

»Aha. Aber wenn er vergiftet wurde, warum wurde er dann zusätzlich in der Sauna eingesperrt?«

»Das ist es ja. Wir gehen von zwei Tätern aus.«

»Wie spannend.« Bea zog einen Holzstuhl in Marks Nähe und schrieb in ihren Block ebensolche Kürzel, wie die, die sie gerade mit Sebastian übersetzt hatte.

»Also, wo war ich?«, sagte Mark irritiert.

»Du wolltest annehmen«, half Inka schmunzelnd.

»Annehmen? Ach ja. Nehmen wir also weiter an, es gibt, wie anfangs vermutet, zwei Täter. Oder es bleibt bei Tanja, sie sperrt ihn obendrein in der Sauna ein, weil sie nicht sicher ist, ob die Giftmenge ausreicht und ob auch wirklich alles …« Mit unschlüssigem Blick beobachtete er Beas Kürzel.

»Auch wirklich alles … und weiter?«, fragte die und sah Mark fest in die Augen.

»Klappt, ja, klappt«, stotterte der. »Doch müssen wir uns fragen, was ist mit Grützmann? Wo ist hier das Motiv?«

»Da komme ich zu einem weiteren Brief, den Klammer vor drei Wochen von Grützmann erhalten hat. Hier erinnerte dieser ihn an eine Sache, die er zum Klassentreffen mitbringen sollte.«

»Die 50000 Euro, die du mit Teresa in der Suite gefunden hast.«

»Möglich. Vielleicht geht es um Erpressung.«

»Stopp«, Bea hob den Stift in die Runde. »Ich komme nicht mit. Von welcher Summe sprecht ihr? Wem gehörte das Geld, und wer sollte es erhalten, und wer sollte erpresst werden?«

»Diese Summe wurde bei Detlef Klammer in der Suite gefunden«, gab Inka zur Antwort. »Aber jetzt gebe ich dir ein Stopp, Bea. Alles, was du hier drinnen an Neuigkeiten erfährst, wirst du erst veröffentlichen, wenn der Täter gestellt ist und ich dir grünes Licht gebe. Ist das klar!«

»Puh.« Bea schnaufte. »Da verlangst du aber was von mir. Also gut«, sagte sie zögerlich, »wenn es sein muss.«

»Es muss.« Mit ernster Miene griff Inka zum Hörer der Telefonanlage, wo das rote Lämpchen aufleuchtete. »Ja, Frauke.«

»Ihr kriegt den Beschluss. Jankowitz faxt ihn rüber. Und die Kollegen sind auch informiert. Sie machen sich morgen früh sofort auf den Weg zur Durchsuchung des Griese-Hauses nach Jesteburg.«

»Morgen früh?«

»Sicher. Außer Alfred sind alle im Feierabend. Sieh mal auf die Uhr.«

»Frauke, das ist ein Mordfall. Ich brauche die Kollegen. Jetzt!«

»Inka, du weißt doch, wie das hier läuft. Du bist nicht

mehr in Lübeck. Ich kann ja versuchen, ob wir ein oder zwei Mann aus Soltau kriegen, aber versprechen kann ich dir nichts.«

»Danke. Ja. Versuch dein Glück. Aber sag den Kollegen, sie sollen hauptsächlich nach Briefen mit Cuxhavener Absender suchen. Die haben Priorität. Sobald etwas dabei ist, mögen sie anrufen. Morgen natürlich oder noch heute.«

»Richte ich aus. Und Kollege Amselfeld hat sich gemeldet und gesagt: Bei Heinz Möders ist alles klaro. Alibi steht.«

»Amselfeld hat bei dir in der Zentrale angerufen? Dieses … Ich hatte ihm doch gesagt …« Inka schnaufte. »Na gut, danke, Frauke, tschüs und ruhige Nachtschicht.« Inka legte auf und sah auf die Uhr. Der Zeiger schlich auf 20 Uhr. Auf dem Dorf war längst Abendruhe eingekehrt. Die Hundestaffel war erfolglos abgerückt, und der Suchtrupp räumte letzte Gerätschaften in die Kofferräume. Morgen bei Sonnenaufgang würde die Suche neu beginnen. Hätten sie nur mehr Personal, aber die Erkältungswelle griff weiter um sich, immer mehr Kollegen auch aus Winsen und Soltau meldeten sich dienstunfähig.

»Komm, wir genehmigen uns einen Abendtrunk«, sagte Inka zu Sebastian. Sie hatte Mark und Bea den Rücken zugedreht und bedeutete dem Psychologen mit einem Augenzwinkern, ihr zu folgen.

»Gute Idee«, sagte der. »Bis morgen, ihr zwei.« Er hob kurz die Hand zum Gruß und verschwand mit Inka eilig aus dem Büro. »Was ist los, Inka, ist dir was ins Auge geflogen?«, fragte er, als sie auf dem Flur standen.

»Quatsch. Hast du denn nichts mitgekriegt?«

»Nein. Was?«

»Na, die beiden. Bea und Mark.«

»Ja?«

»Ja. Komm jetzt«, sagte Inka und zog Sebastian mit sich.

»Und wo gehen wir hin?«

»Wie, wo gehen wir hin? Nach Hause natürlich.«

»Zu dir oder zu mir?«

»Sag mal, bist du oder ich meschugge?«

»Wie?«

»Ich fahre auf den *Sundermöhren-Hof* und du in deine Bude nach Wilsede, was dachtest du denn?«

»Und unser Abendtrunk?«

»Das war ein Ablenkungsmanöver, damit ... Also wirklich, das sieht doch ein Blinder, wie bei den beiden der Blitz eingeschlagen hat.«

»Ach ja. Ich habe nichts bemerkt.« Sebastian blickte Inka an, als wolle die ihm ein Strickmuster erklären. »Könnten wir nicht trotzdem ... ich meine ...«

»Sorry, Sebastian, aber ich bin hundemüde. Vielleicht ein anderes Mal.«

Auf dem Weg zum Parkplatz beschlich Inka das untrügliche Gefühl, irgendetwas vergessen zu haben.

27

Um 20.24 Uhr fuhr Inka ihren Wagen vor die Birke auf den *Sundermöhren-Hof*. Aus den Ferienwohnungen strömten ein paar Gäste in Abendgarderobe zu ihren Autos, nickten Inka kurz zu und vertieften sich wieder in ihre Gespräche. Autotüren knallten, Motoren sprangen an, und nasser Sand, den der Regen aus den Rillen des Kopfsteinpflasters der Heimbucher Straße gewaschen hatte, knirschte unter den Reifen.

Ihre Gedanken kreisten um Liane. Seit mehr als vierzig Stunden war die junge Frau, die sie das letzte Mal vor der Sauna gesehen hatte, verschwunden. Eine superschlanke Gestalt, mit zu viel Make-up, Overknee-Stiefeln, kurzem Rock und Brüsten, die jeden Mann träumen ließen. Die Chance, Liane lebend zu finden, schwand mit jeder Minute.

Die Hundestaffel hatte ihre Suche auf dreißig Kilometer durch die Heide ausgeweitet. Hinter dem Wacholderwäldchen, kurz vor dem Hotel, verlor sich jede Spur. Auch keiner der Dorfbewohner hatte Liane gesehen oder etwas von der jungen Frau gehört.

Sie drehten sich im Kreis.

Roland Altmann, ihr Hauptverdächtiger ... Inka stoppte ihre Gedanken, als ihr einfiel, wen sie vergessen hatte. Altmann und den Soltauer Kollegen im Verhörraum.

Sie wählte die Zentrale.

»Frauke, ich habe Mist gebaut«, sagte Inka. Ihre Müdigkeit war wie weggeblasen, eher fühlte sie sich, als hätte sie drei Red Bull hintereinander getrunken. Ein süßes Zeug, das sie während der Nachtschichten in Lübeck als Vorrat im Spind aufbewahrt hatte. »Ich habe Altmann und den Kollegen im Verhörraum vergessen. Lauf rüber und sieh nach, ob alles in Ordnung ist. Sag ihm, ich bin auf dem Weg.«

Inka zog den Gurt stramm und schnallte sich wieder an. Noch bevor der Motor ansprang, war Frauke Bartels am Telefon.

»Inka, es gibt ein Problem. Altmann ist verschwunden.«

»Wie verschwunden? Wie ist das passiert?«

»Er muss abgehauen sein, als ich auf dem Klo war.«

»Und wo ist der Kollege, der ihn bewachen sollte?«

»Das ist es ja, der ist kurz eingenickt, aber das soll er dir besser selber erklären. Wann bist du hier?«

»Ich fahre jetzt los. Gib mir eine halbe Stunde, und ruf Jankowitz an, er soll einen Haftbefehl gegen Altmann erlassen. Und sag ihm, mir ist egal, wen er dafür aus seinem Feierabend klingelt. Altmann ist unser Täter. Vielleicht könntest du ja, ich meine, eher nicht erwähnen …« Inka räusperte sich. Was verlangte sie da von ihrer Kollegin? Mit kurzem »Danke« legte sie auf und suchte Sebastians Nummer im Kontaktverzeichnis ihres Telefons. Sie brauchte seelische Unterstützung, dann legte sie den Kopf zwischen die Hände auf das Lenkrad und atmete tief durch. Sie hatte mehr als Mist gebaut.

Zehn Minuten später rollte Sebastian seinen verbeulten Toyota neben Inkas Golf und bedeutete ihr einzusteigen. Seinem Gesicht war anzusehen, dass er ebenso erschöpft war wie Inka. Und dies allein genügte, dass er ihr ehrlich leidtat.

Die elf Kilometer über die Landstraße von Undeloh bis zur Hanstedter Wache fuhr Sebastian inzwischen fast wie im Schlaf.

Aus dem Dickicht der Heide tauchten zwischen den Fichten, Tannen und Wacholdern wabernde Nebeltentakel auf, legten sich als weiß schimmernde Leinenlaken über graue Felder und krochen weiter über die zweispurige Fahrbahn.

Sebastian schaltete den Nebelscheinwerfer ein und drosselte die Geschwindigkeit. Noch einem Godzilla musste er nicht begegnen.

Inka drehte das Radio leiser: »Tut mir leid, dich aus deinem Feierabend zu holen, aber ich brauche einfach Unterstützung.«

»Kriegen wir hin, Inka«, antwortete Sebastian knapp, während er mit dem Ledertuch über die Frontscheibe wischte. »Hier, mach auf deiner Seite weiter.« Er reichte Inka das Tuch, dann fummelte er am Lüftungsregler herum. »Scheiß Heizung.«

»Jetzt ist auf jeden Fall klar, dass Altmann was zu verbergen hat. Mit deiner Unschuldstheorie hast du ordentlich danebengehauen«, sagte sie, während sie das Tuch in der Mittelkonsole verstaute.

»Ja.« Sebastian schüttelte den Kopf. »Ist mir ein Rätsel, wie das passieren konnte. Ich war mir sicher, Altmann als Täter ausschließen zu können.«

»Irren ist menschlich.«

»Aber für einen Polizeipsychologen mit zwanzigjähriger Erfahrung ist das eine unverzeihliche Fehleinschätzung. Ich habe einen Fehler gemacht, und das darf mir nicht passieren, nie wieder«, sagte er mit gefährlich leiser Stimme.

Inka sah beim Klang seiner Stimme förmlich die Rädchen vor sich, die sich in Sebastians Gehirn drehten, ahnte, dass er an seine Frau und Tochter dachte. Er machte sich schlimmste Vorwürfe, weil er vor vier Jahren in die Falle des Serienmörders getappt war, die Zeichen nicht richtig gedeutet hatte.

Er hatte es Inka erzählt, vor drei Monaten, oben auf dem Totengrund, und sie erinnerte sich an den Fall, der monatelang die Zeitungen füllte. Ein Serienmörder, der persischen und indischen jungen Frauen in elf deutschen Städten in Parkgegenden auflauerte, ihnen Gift spritzte, die Haare abrasierte, sie eincremte, in ein weißes Leinentuch wickelte, auf das er ein schwarzes Hakenkreuz malte, und an einen Baum band. Eine grausame Mordserie, die Deutschland erschütterte und ein noch grausameres Ende mit dem Tod Maja Schäfers und Katharina Schäfers fand, die der Mörder im eigenen Haus überwältigte, fesselte und das Haus vor Sebastians Augen in die Luft sprengte.

Noch immer war der Täter nicht gefasst, noch immer tauchten hier und da Hinweise auf, hinterließ er eine blutige Spur, die Sebastian akribisch verfolgte. Inka wusste, Sebastian suchte den Mörder seiner Familie tagtäglich in seinen Gedanken oder dann, wenn er für zwei, drei Tage nicht zu erreichen war, eine Auszeit brauchte, wie er sagte.

Inka passte es gar nicht, dass Jacob Amselfeld sie mit breitem Grinsen auf der Wache empfing. Ihm hingegen schien es zu gefallen. Lässig saß er neben Frauke Bartels hinter dem Wachtresen, die Hände hinter dem Kopf verschränkt. Er war mit achtunddreißig im gleichen Alter wie Inka, aber gut einen Kopf größer. Vor einem Jahr hatte er die Versetzung von Köln nach Hanstedt beantragt, um mit seiner aus Eyendorf stammenden Frau zusammenleben zu können.

»Ist der Haftbefehl für Altmann eingetroffen, Frauke?«, fragte Inka, und versuchte ihre schlechte Laune nicht zu sehr durchklingen zu lassen.

»Kommt. Ich warte minütlich auf das Fax. Und wenn

du den Kollegen suchst, der Altmann … Er ist im Verhörraum. Frau Hoppes Mann sitzt auch im Verhörraum, und einen Anwalt hat er auch dabei. Kollege Amselfeld ist der Meinung, wir sollten Dora auf keinen Fall gehen lassen, weil …«

Jetzt langte es Inka.

»Danke schön, Frauke. Aber die Meinung unseres Kollegen werde ich mir anhören, wenn ich Lust und Zeit dazu habe.« Inkas Blick traf Amselfeld wie ein Blitzschlag.

»Ich bin hier wohl nur der billige Laufjunge, was?«, fuhr der wütend auf. Schwungvoll nahm er die Hände hinter dem Kopf hervor und knallte sie zu Fäusten geballt vorne neben die Telefonanlage, dass es schepperte. »Aber das ist ja klar, sobald Chefs Lieblings-Konkubine mit den Fingern schnippt, bin ich zweite Wahl.«

Inka und Sebastian sahen sich sprachlos an. Mit diesem derben verbalen Ausbruch ihres Kollegen hatten sie nicht gerechnet.

»Nun mal langsam, Kollege, wir …«, versuchte Sebastian die aufgeheizte Stimmung des Kollegen abzukühlen.

»Was willst du denn, du Seelenklempner? Du gehörst nicht mal zur Truppe, also reiß das Maul nicht so auf!«, blaffte Amselfeld los, ohne Sebastian ausreden zu lassen. Seine Augen färbten sich eine Nuance dunkler, und sein Mund verzog sich zum wölfischen Lächeln.

»Stopp«, funkte Inka dazwischen. »Jetzt halten Sie mal die Luft an, Kollege! Sonst hänge ich Ihnen nicht nur eine Anzeige wegen Amtsanmaßung, sondern auch wegen Beleidigung an den Hals.« Inka war auf hundertachtzig.

»Na, das hättest du wohl gern, was? Erst mir den Posten wegschnappen und dann großkotzige Chefin spielen, die sogar ihren Hauptverdächtigen davonspazieren lässt. Dass ich nicht lache!«

»Ach, daher weht der Wind. Dachte ich es mir doch.« Inka stieß ein geringschätziges Lachen aus.

»Ja, daher weht der Wind! Und der Wind in der Lüneburger Heide stinkt, und zwar gewaltig.« Amselfeld beugte sich über den Holztresen der Wache. Auch in dieser Haltung überragte er Inka um einen Kopf. »Die ganze Mischpoke hier hält doch zusammen wie Pech und Schwefel. Beziehungen sind eben alles. Hast du keine, bist du am Arsch und buddelst und buddelst.«

»Beziehungen haben nichts mit Leistung zu tun«, setzte Inka harsch dagegen.

Das war das Stichwort. Jetzt kam Jacob Amselfeld richtig in Fahrt. »Leistung? In euerm Kuhdorf könnt ihr das Wort Leistung doch nicht einmal buchstabieren! In Köln habe ich rund um die Uhr gearbeitet und mir den Arsch aufgerissen. Da sind vierzehnjährige Dealer, Junkies, die kaum acht Jahre alt sind, Mörder, Vergewaltigungen und Schlägereien an der Tagesordnung. Ihr klappt um 16 Uhr die Bürgersteige hoch, setzt euch mit heißem Kakao in den Schaukelstuhl und zählt Schäfchen. Also quatsch mir nicht die Ohren voll von Leistung, du verlogene Dorfschlange.« Mit beiden Händen griff Amselfeld über den Wachtresen, erwischte Inkas Jackenärmel und zog sie ruckartig mit dem Brustkorb an den Tresen. Bevor Sebastian und Frauke einschreiten konnten, befreite sich Inka mit zwei flinken Griffen und trat hinter den Wachtresen.

»So, Kollege, jetzt reden wir Klartext«, befahl sie.

Amselfeld, perplex über die forsche und kräftige Reaktion der Kollegin, plumpste ohne Gegenwehr zurück auf den Stuhl.

»Es ist mir scheißegal, was Sie in Köln getan oder nicht getan haben.« Inka stützte sich auf die Armlehnen des Stuhls, in dem Amselfeld saß. Zwanzig Zentimeter Abstand trennten ihre Gesichter. »Wenn Ihnen unsere Dorfphilosophie sauer aufstößt, steht es Ihnen frei, sich wieder in Ihre Narrenhochburg zu verziehen. Meinen Segen haben Sie. Doch wenn nicht, tanzen Sie ab sofort nach meiner Pfeife, und Ihre Alleingänge, die Sie in letzter Zeit unternommen haben, ohne sie mit mir abzusprechen, werde ich nicht mehr tolerieren. Und sollte ich noch einmal hören, dass Sie sich gegenüber Dritten als unser Vorgesetzter vorstellen, sind Sie mit sofortiger Wirkung vom Dienst suspendiert. Ich denke, wir verstehen uns!«

»Du drohst, mich zu suspendieren?« Amselfeld sprang vom Stuhl auf und drückte Inka rückwärts gegen den grauen Aktenschrank. »Das nimmst du sofort zurück, du Miststück, oder ...« Er hob die Faust und wollte schon ausholen, als Sebastian blitzartig hinter seinem Rücken auftauchte, ihn am Handgelenk packte, mit geübtem Armhebel außer Gefecht setzte und auf den Stuhl zurückschleuderte.

Amselfeld stöhnte mit schmerzverzerrtem Gesicht auf und fluchte: »Das wirst du mir büßen.«

Inka sammelte sich. »Wer droht jetzt wem, Herr Kollege?«

»Fick dich doch ins Knie, du hinterhältige Schlampe«, stieß er kaltschnäuzig hervor. Mit der linken Hand massierte er kurz seine Schulter, dann pfefferte er seine Waffe und seinen Ausweis auf den Schreibtisch und drängte sich vorbei an den Kollegen, die sich als Schutzschild vor

Inka aufgebaut hatten. »So, ich hoffe, ihr seid jetzt zufrieden!« Als er die Eingangstür der Wache aufriss, stieß er mit Roland Altmann zusammen, warf einen verblüfften Blick auf den Entflohenen und zu den Kollegen, dann knallte die Tür ins Schloss.

28

Ihre Augen gewöhnten sich nur langsam an die Helligkeit. Blinzelnd sah sich Liane um. Es war tatsächlich ein Eiskeller, in dem sie sich befand. Er schien nicht mehr in Gebrauch, doch standen noch immer Holzregale an einer Wand, baumelten Eisenhaken an Seilen von der Decke und stapelten sich Holzkisten in hinterer Ecke unter einem gemauerten Ziegelrundbogen. Doch warum fand man sie nicht? Ein Eiskeller lag kaum fünfzig Meter vom Haupthaus entfernt am Anfang einer Weidefläche und war von außen durch eine leichte Anhöhung mit Tür zu erkennen. Meist war er mit Rasen überwuchert und ähnelte Frodo Beutlins Hobbit-Häuschen aus der *Herr der Ringe*-Trilogie.

Mit den Fäusten bollerte Liane an das Holz, rüttelte am Eisengriff. Sie legte das Ohr an die Tür, lauschte. Stille. Kein Geräusch drang zu ihr herein. Nichts war zu hören. Sie schluckte. Ihre Zunge klebte am Gaumen und fühlte sich an wie ein Stück altes Dörrfleisch. Den letzten Schluck Wasser hatte sie vor Stunden getrunken. Jetzt noch ein Tag, mit Glück zwei. Sie hatte sich in die Hose gemacht, als sie festgebunden war. Bei jedem Schritt brannte der Urin an ihren Beinen und scheuerte an ihrer Haut.

Hinter ihrem Rücken raschelte es. Liane fuhr zusammen und blinzelte in die dunkle Ecke des Kellers, wo etliche Holzkisten ungeordnet gestapelt waren. Mit vorsichtigen Schritten über den unebenen Boden schlich sie näher an den Stapel, hörte zaghaftes Kratzen und wieder diesen fiependen Ton, der sie an ... Nein, das konnte nicht sein. Eine Holzkiste nach der anderen hob Liane vom Stapel, bis ... tatsächlich.

Eine Katzenmutter mit vier ihrer noch blinden Kitten hatte sich hinter dem Stapel Holzkisten ein Wurfnest aus Papier und Stroh gebaut. Die schwarz-grau getigerte Katze mit den weißen Pfötchen blinzelte sie aus grünbraunen Murmelaugen an und maunzte leise.

»Hallo, ihr Hübschen. Ich dachte schon, ... oh, wie schön ihr seid. Aber wie kommt ihr hier rein?« Liane hatte ihre Frage gerade ausgesprochen, als es ihr bewusst wurde:

Es musste noch einen anderen Weg nach draußen geben.

Ohne sich weiter mit Jacob Amselfelds Ausbruch zu beschäftigen, wandte sich Inka an Roland Altmann. »Herr Altmann, wollen Sie uns vielleicht verraten, warum Sie aus dem Verhörraum verschwunden sind? Wollen Sie uns hier nur auf Trab halten, oder was?«

»Das kann ich, Frau Brandt. Ich meine, ich kann Ihnen verraten, warum ich verschwunden bin. Ich muss Ihnen meine Unschuld beweisen, und Sie hätten mich nicht gehen lassen. Hier«, sagte er, legte ein Smartphone auf den Wachtresen und tippte auf eine Audiodatei.

»Detlef wird nicht davonkommen. Beim Klassentreffen schnappe ich ihn mir, das verspreche ich dir, Roland.«

»Lass gut sein, Ulli, irgendwann kriegt auch er sein Fett weg.«

»Das mag sein, aber er hat uns alle nur benutzt, denunziert und uns das Leben versaut. Schau dich an, du kriechst in stinkende Tanks, Tanja kann keine Kinder kriegen und ist am Verzweifeln, und Dora, was hat sie damals leiden müssen. Es tut mir wirklich leid, was damals geschehen ist, das mit der Mutprobe und so. Und du kannst mir glauben, ich war damit nicht einverstanden, aber ich wurde überstimmt. Ich wollte zu Klammers Clique gehören, das war eben ein Statussymbol. Wir haben so viel Scheiße gebaut, und ich bereue jeden Mist, bei dem ich dabei war. Ich habe in den letzten Jahren oft an dich und die anderen gedacht. Ständig hatte ich den Telefonhörer in der Hand und wollte dich anrufen und um Entschuldigung bitten, aber ich habe mich nicht getraut. Als jetzt dein Anruf kam und deine Frage, ob ich beim Klassentreffen dabei sein möchte, war ich echt erleichtert.«

»Vergeben, Ulli, ist alles lange her. Ich habe meinen Weg gefunden, meine Beförderung steht bevor. Tanja lebt ihr Leben ohne Kinder, ich habe gehört, dass sie mit ihrem Mann über eine Adoption nachdenkt, und Dora … Dora hat alles überstanden, sie ist glücklich mit ihrem Jens Hoppe. Aber danke, ich weiß deine Worte zu schätzen, und ich freue mich, dich wiederzusehen.«

»Ich mich auch. Und Detlef schnappe ich mir. Versprochen. Mach's gut, tschüs.«

»So«, sagte Altmann triumphierend und sah erwartungsvoll zu Sebastian und Inka hinüber. »Glauben Sie mir jetzt? Ich bin nicht Ihr Täter, denn wie es aussieht, hat Ulli seinen Worten Taten folgen lassen.«

»Erstens ist das überhaupt kein Beweis. Zweitens haben Sie uns erzählt ... Moment«, Inka schlug die Akte auf, die neben der Telefonanlage lag, »Herr Grützmann und Herr Klammer hingen zusammen wie siamesische Zwillinge.«

»Stimmt, aber ich sagte Ihnen auch, dass sich Ulli als Arzt mit Giften gut auskennt.«

»Aber selbst wenn Herr Grützmann seinen Schulkollegen Detlef Klammer umgebracht haben sollte, wer bitte hat dann ihn umgebracht?«, hielt Inka dagegen.

»Das weiß ich doch nicht! Ich war es jedenfalls nicht.«

»Und warum spielen Sie uns Ihren angeblichen Beweis erst jetzt vor? Warum sind Sie nicht längst mit dieser Aufzeichnung rausgerückt?«

»Weil das mein Arbeitshandy ist. Ich dachte, ich hätte es verloren, aber es lag in der Halle in meinem Spind. Ich hatte nur vergessen, es mit nach Hause zu nehmen.«

»Sie haben zwei Handys?«

»Ja.« Altmann legte noch ein weiteres Handy älteren Modells auf den Tresen neben das Smartphone. »Überprüfen Sie sie, beide sind auf mich angemeldet.«

»Wie auch immer, Herr Altmann. Wir haben einen Haftbefehl gegen Sie, und da Sie hier anscheinend nicht sicher sind, werde ich Sie nach Winsen überführen.«

»Inka, denk daran, der Anwalt ...«

»Ja, Frauke, ich weiß. Hol mir Dora Hoppe, bring sie zu ihrem Mann, und nimm Herrn Altmann mit, er wird die Damen in der Arrestzelle unterhalten, bis es nach Winsen losgeht.«

Rüdiger Holzdeppe, der Anwalt aus Flensburg, ein schwergewichtiger Mann mit Augen wie E. T. aus dem gleichnamigen Film, war überaus ungnädig, als es darum ging, seine Mandantin noch länger dieser unsäglichen Situation auszusetzen. Auch Jens Hoppe konnte nicht an sich halten und legte mit einer Triade wüster Beschimpfungen auf das deutsche Rechtssystem los. Nur Dora Hoppe blieb erstaunlich gelassen.

»Es sind nur ein paar Fragen«, begann Inka, »dann denke ich …«

»Es ist einerlei, was Sie denken, Frau Kommissarin. Meine Mandantin muss keine Fragen beantworten. Sie hier in ihrem Zustand festzuhalten ist eine bodenlose Frechheit, und ich werde eine Dienstaufsichtsbeschwerde …«

»Nein. Stopp, Rüdiger«, warf Dora ein, »lass es bitte gut sein. Frau Brandt war überaus fürsorglich. Es hat mir an nichts gefehlt.«

»Aber sehr wohl an deiner Freiheit, und das in deinem Zustand«, knurrte jetzt Jens Hoppe.

»Das war gar nicht so schlimm. Endlich hatte ich mal Ruhe.«

»Was heißt das denn?«

»So wie ich es sage, wir werden zu Hause darüber reden, und jetzt macht beide bitte keinen Aufstand, sonst kommen wir hier heute gar nicht mehr raus. Also, Frau Brandt«, wandte sich Dora an Inka, »was wollen Sie wissen?«

Rüdiger Holzdeppe, der sich als Cousin von Jens Hoppe herausstellte, und Hoppe kniffen die Lippen zusammen, schnauften durch die Nase, widersprachen aber mit keinem Wort der resoluten Dora.

Inka verkniff sich ein Schmunzeln. »Vielen Dank für Ihr Verständnis. Meinem Kollegen Herrn Schäfer haben Sie ja bereits einige Fragen beantwortet. Ihre Aussagen decken sich mit denen von Frau Schroth. Doch eines möchte ich noch wissen: Detlef Klammer hat Sie während der Schulzeit fies in die Mangel genommen, wie kommen Sie heute damit klar?«

Dora Hoppe lächelte, doch bevor sie antworten konnte, klingelte Inkas Handy.

»Entschuldigung«, sagte sie, ging vor die Tür und nahm das Gespräch ihres Kollegen Mark Freese an. »Na, Mark, Langeweile?«

»Von wegen, Inka. Rate mal, wo ich war.«

»Du solltest im Bett liegen und dich auskurieren und keine Raterunden veranstalten. Außerdem bin ich in einem Verhör, also mach hinne.«

»Jetzt noch?«

»Ja. Was ist los?«

»Frauke hat keinen Kollegen aus Soltau bekommen, und ich wollte nicht warten, bis die Kollegen morgen früh mit der Durchsuchung in Jesteburg bei Tanja Griese beginnen. Also dachte ich, ich fühle ihrem Mann schon vorher auf den Zahn. Mit Durchsuchung war zwar nichts, aber rate mal, nein …, also, der Griese war sehr gesprächig. Er erzählte, seine Frau habe sieben Therapien hinter sich, weil sie seit dem Vorfall vor zehn Jahren keine Kinder mehr kriegen kann und deswegen mit schweren Depressionen kämpft. Sie wollte Kinderärztin werden, zog die Einschreibung zum Studium aber zurück, als das mit der Engelmacherin passierte. Seit vier Jahren versuchen die beiden ein Kind zu adoptieren, aber die deutschen Behörden stellen sich quer, weil er als Handelsvertreter kein geregeltes Einkommen hat. Ihre Ehe knackst und war nicht nur einmal kurz vor dem Aus, und der Urlaub in Tschechien war kein Urlaub, sondern das Ehepaar Griese hat im Ort Karlsbad ein Kinderwunschzentrum besucht. Das kostet natürlich ordentlich Kohle, sofern eine Vermittlung zustande kommt.«

»Lass mich raten, Mark. 50 000 Euro.«

»So ist es. Er meinte, sie hätten Geld angespart, was ich ihm aber nicht abnehme, weil es keine Sparbücher gibt und auf dem Konto gerade ein Tausender liegt. Erpressung passt in diesem Fall besser.«

»Das Knäuel löst sich. Gut gemacht, Mark. Und jetzt ab mit dir ins Bett, und lass dich von Bea verwöhnen.«

»Wir trinken Tee, das ist alles. Aber woher weißt du …?«

»Ich kann durch Telefonleitungen sehen. Schönen Abend. Und vielen Dank für deinen Anruf.« Inka legte auf und ging zurück ins Vernehmungszimmer. Ein Lächeln legte sich über ihr Gesicht. Ich kann um Ecken sehen, sagte sie immer zu Paula, wenn die zu still in ihrem Zimmer spielte. Wie es ihrer Tochter wohl ging? Zwei Tage hatte sie schon nichts mehr von ihr und Fabian gehört. Sie fehlte ihr. Sie musste mehr Zeit mit ihr verbringen. Der Anflug des schlechten Gewissens setzte sich in ihrem Magen fest. Sie sollte ernsthaft über einen Halbtagsjob nachdenken und mit Fritz reden. Gleich morgen früh.

»Gibt es gute Neuigkeiten von Liane?«, fragte Dora, als sie Inkas Lächeln bemerkte.

»Diesbezüglich leider nicht. Wo waren wir …« Inka überlegte kurz, schickte Paula gedanklich eine Umarmung und sagte: »Meine Frage war, wie es Ihnen heute geht. Wie verarbeiten Sie die Attacken Ihres Schulkollegen?« Die drei Menschen vor ihr saßen wie aufsässige Kinder vor dem Büro des Schulleiters.

»Mein Mann und ich«, Dora warf einen zärtlichen

Blick zu Jens Hoppe, der noch immer miesepetrig dreinblickte, »wir sind sehr gläubig. Wir denken, Detlef war ein armer Junge und dann ein armer Mann. Er brauchte immer Bestätigung, wollte immer bewundert werden. Er war ein Aufschneider, der nur zu seinem eigenen Vorteil gehandelt hat. Mich hat er vorgeführt, ja, aber dabei ging es ihm nie um meine Person, er wollte die Fäden in der Hand halten; zeigen, wozu er fähig ist. Ein armer Mann«, wiederholte Dora so ruhig und gefasst, als hielte sie Detlefs Grabrede, die vor Lobhudelei triefte. »Mein Glaube hat mich stark gemacht.«

»So stark, um Klammer Gift zu verabreichen, ihn in die Sauna zu sperren und dann Grützmann an den Baum zu fesseln. Auge um Auge, Zahn um Zahn, heißt es nicht so?«

Dora Hoppe hob die Hand und stoppte Rüdiger Holzdeppes Einwand, bevor dieser ihn vorbringen konnte. »Frau Brandt, der Glaube kann Berge versetzen. Trotzdem war ich es nicht. Ich habe acht Kinder. Mein Mann und ich führen eine glückliche Ehe und ziehen unsere Kinder gemeinsam groß, und so soll es auch bleiben.«

»Aber Sie kennen das Gift des Knollenblätterpilzes, oder?«

»Natürlich. Ich habe vier Semester Biologie an der Uni Hamburg studiert. Außerdem bin ich ja in der Lüneburger Heide aufgewachsen, zumindest einige Jahre. Wer kennt sich hier nicht mit Pilzen aus? Wussten Sie, dass der gelbe Knollenblätterpilz, der oft mit Champignons verwechselt wird, durchaus essbar ist, ohne dass eine Vergiftung, wie bei dem weißen und grünen Vertreter, auftritt? Er enthält keine der toxischen Stoffgruppen, sondern lediglich die Verbindung des Bufotenins, das auch im Hautsekret von Kröten vorkommt, aber bei hohen Temperaturen denaturiert.«

Inka schüttelte sich innerlich. Allein der Gedanke, Pilze zu essen, war widerlich, aber dann noch Krötenschleim ... Undenkbar! »Nein, das wusste ich nicht. Ich esse keine Pilze«, antwortete sie und erinnerte sich an Fabians Faible für Champignons. Manchmal hatte sie ihm eine Pilzpfanne zubereitet und sich beim Pilzewaschen geekelt, weil die ihr glitschig durch die Finger gerutscht waren. Jetzt kannte sie den Grund.

»Schade. Sie sind sehr gesund und ...«

»Kalorienarm, ja, ich hörte davon.« Inka warf Sebastian einen Blick zu, der auf einem Stuhl neben der Tür saß und grinste.

»In dem Streit zwischen Ullrich Grützmann und Detlef Klammer am Freitagabend vor dem Hotel, worum ging es da?«

»Ich weiß von keinem Streit zwischen Ulli und Detlef. Detlef hat mit Roland beim Abendessen gestritten, aber mehr ...« Dora Hoppe hob bedauernd die Schultern.

»Ich möchte Sie bitten, das Protokoll zu unterschreiben, Frau Hoppe, dann können Sie gehen«, sagte Inka. »Darf ich Ihnen einen Tee, Kaffee, Wasser, eine Kleinigkeit zum Essen bringen?«

»Nein, vielen Dank. Ihre Gastfreundschaft in Anbetracht der Umstände war sehr zuvorkommend, aber jetzt möchte ich nach Hause fahren.« Dora Hoppe griff in ihre Handtasche und zog eine Brille mit weißem Kunststoffrand aus einem rosafarbenen Etui.

»Sicher, Sie können bald fahren, noch einen Moment.« Inka stand auf, dann stockte sie. »Sie tragen eine Brille, Frau Hoppe?«

»Nein. Ja. Zwei. Eigentlich nicht, aber immer wenn ich schwanger bin, sehe ich schlechter beim Lesen oder Autofahren. Ich sollte mehr Karotten statt Schokolade essen.« Sie lachte. »Manchmal trage ich auch Kontaktlinsen. Diese Brille ist mein Autofahrergestell. Meine zweite Brille hat einen rosa Rand, meine Lieblingsfarbe, die habe ich Tanja ausgeliehen, weil ihre beim Optiker liegt. Aber gut, dass Sie mich erinnern. Ich brauche sie natürlich wieder, bevor ich losfahre. Nur, warum fragen Sie?«

»Mir ist da was eingefallen.« Inka stand auf und eilte, gefolgt von Sebastian, durch die Tür.

Die Arrestzelle der kleinen Hanstedter Wache hatte sich in ein illustres Heidepicknick verwandelt. Zwei Matratzen lagen auf dem Boden, darauf war das Bettlaken als Tischtuch drapiert, bestückt mit jeglichen Leckereien, die die Kantine zusammengestellt hatte. Roland Altmann, Beate Schroth und Tanja Griese saßen im Kreis und ließen es sich gutgehen. Eine lachende Runde, in der sich keiner wirklich Sorgen um seine Zukunft machte.

»Guten Abend«, sagte Inka, als sie die Zellentür öffnete. »Ich möchte Sie alle bitten, mir zu folgen.«

Nur widerwillig kamen die drei Schulkameraden Inkas Wunsch nach und folgten ihr in den Verhörraum.

»Ihre Schulkameradin kennen Sie ja. Weiter haben wir Herrn Jens Hoppe mit Anwalt Rüdiger Holzdeppe. Mein Kollege Sebastian Schäfer ist Ihnen ebenfalls bekannt«, stellte Inka die Personen vor. »Bitte nehmen Sie Platz.«

»Im Normalfall kommt es selten vor, mehrere verdächtige Personen auf einmal zu befragen, aber da Sie gerne alle nach Hause wollen, um sich auszuruhen«, Inka warf einen kurzen Blick zu dem Streifenkollegen der neben der Tür ausharrte, »wir eingeschlossen, hoffe ich, meine Regelung ist Ihnen recht.« Inka wartete auf gemeinschaftliches Nicken. »Schön, ich mache es kurz. Ich möchte Sie, Frau Griese fragen …«

»Was denn noch? Ihr Chef hat mich doch schon …«, polterte die zierliche Frau mit dem Pferdeschwanz los.

»Mein Chef ist krank«, erwiderte Inka knapp. Für mehr Ausführungen fehlte ihr der Atem, dann begann sie neu: »Frau Griese, ich möchte Sie fragen, wann es Ihnen gelungen ist, Ihren Schulkollegen Dr. Detlef Klammer zu vergiften.« Sieben Augenpaare starrten Inka an, als wollte sie eine Bombe zünden. Ganz unrecht hatten sie nicht, doch bevor Tanja explodieren konnte, legte Inka den Schalter um. »Frau Griese, vor zehn Jahren unternahmen Sie eine Abtreibung, seitdem können Sie keine Kinder bekommen.«

»Na und, das weiß jeder.«

»Richtig. Aber keiner weiß, dass Sie Herrn Klammer in den letzten zehn Jahren vierzig Briefe geschrieben haben und ihn in sieben davon massiv bedrohten.«

Inka hielt die Kopien in die Luft.

»Wo haben …«, begann Tanja, »pah, was beweist das schon!«

»Nicht viel, ich stimme Ihnen zu, aber machen wir weiter. Wir fanden das Handy Ihres Schulkollegen, und unsere Techniker stellten fest, dass Sie in der letzten Woche Detlef Klammer mit dreiunddreißig Anrufen belagert haben. Worum ging es in den Gesprächen?«

»Das geht Sie gar nichts an!«, stieß Tanja hervor, die Arme vor der Brust verschränkt.

»Das geht uns ebenso viel an, wie Ihre Fingerabdrücke, die auf einem Haufen Geldscheine kleben, die wir in

Klammers Suite fanden. Also, Frau Griese, wie kommen die da wohl hin?« Auf den Geldscheinen hatte die KTU keine Fingerabdrücke von Tanja feststellen können. Ein Trick. Bevor Tanja jedoch antworten konnte, ging die Tür auf und Mark betrat in Begleitung eines Mannes den Raum.

»Was willst du hier?« Tanja Grieses eisiger Blick fuhr zu dem Mann neben Mark.

»Die Wahrheit sagen, Tanja. Ich kann da nicht mitmachen. Von Mord war keine Rede.« Der Mann stellte sich als Bernd Griese vor. Er war um die dreißig Jahre, dunkelhaarig und um die eins achtzig groß. Er trug Jeans und einen nachtblauen Winterblouson.

»Sei doch still, Bernd«, zischte Tanja ihren Mann an, der sich neben Sebastian auf den einzig freien Holzstuhl gesetzt hatte.

»Nein, Tanja, du bist still«, sagte er, und dann an Inka gewandt, die mit dem Rücken neben der Spiegelwand lehnte: »Ich habe Ihren Kollegen angerufen, ich habe keine Ruhe gefunden. Sie müssen wissen, unsere Ehe, nun ...« Inka spürte, wie schwer ihm die Worte fielen. »Sie war oft vor dem Aus. Über Jahre wünschten wir uns Kinder.«

Inka nickte und Bernd Griese fuhr fort: »Jahrelang hat meine Frau Therapien gemacht.«

»Hör auf, Bernd! Unsere Familienangelegenheiten gehen niemanden was an!« Tanja Griese lief puterrot an. Ihre Finger krampften sich um die Tischkante, bereit zum Sprung.

Bernd Griese ignorierte die Worte seiner Frau, warf ihr einen mitleidigen Blick zu und fuhr fort: »Vor etwa drei Jahren machte Tanja den Vorschlag einer Adoption. Ich war glücklich, dachte, es ginge ihr gut, sie habe die Geschichte von damals verdaut, sei stabilisiert, und unsere Ehe bekäme eine zweite Chance. Leider machten die Behörden uns einen Strich durch die Rechnung. Ich arbeite als Handelsvertreter für Baustoffe und kann kein gleichbleibendes Einkommen vorweisen.« Bernd Griese seufzte und sank auf dem Stuhl zusammen. »Ab dieser behördlichen Entscheidung ging es mit Tanja wieder abwärts. Neue Therapien, neue Streitereien. Jede Winzigkeit führte bei ihr zu einem Wutausbruch, bis wir von dem Kinderwunschzentrum in Tschechien erfuhren.«

»Die aber 50000 Euro für Kindesvermittlungen verlangen.«

»Richtig. Ich dachte, nun ist alles aus, aber ... Tanja schien so voller Hoffnung und war so gut drauf, wie nie zuvor in den Jahren. Als ich zufällig zwei Telefonate mithörte, wusste ich, warum. Sie erpresste ihren Schulfreund. Wenn dieser nicht 50000 Euro zum Klassentreffen mitbringen würde, würde sie sich an die Presse und das Landgericht Cuxhaven wenden. Seine Beförderung könne er sich dann sonst wohin schieben.« Ein kurzer mitleidiger Blick fuhr zu Tanja, die mit gesenktem Kopf auf das Holz des Tisches starrte. »Irgendwie fand ich, es sei ja recht, und dieses miese Schwein müsse zahlen für das, was er Tanja angetan hatte, aber ... Hast du ihn wirklich umgebracht?«, wollte er von seiner Frau wissen.

»Leider nein, mein lieber Bernd. Ich habe ihn vergiftet, ja, und nur zu gerne hätte ich ihn leiden sehen, aber es kam mir jemand zuvor. Wie schade.« In Tanja Grieses Gesicht lag ein Konglomerat aus Wut, Abscheu und Trauer.

»Wann, Frau Griese, wann haben Sie Detlef Klammer vergiftet?«

»Am Freitag, beim Abendessen.«

»Etwa da, als dieser Tumult entstand und du die Gläser umgestoßen hast? Mit Absicht?«, wandte Dora Hoppe entrüstet ein.

»Natürlich, wann sonst! Ihr habt die blöde Weihnachtsdekoration gerettet, und die Herren«, Tanja warf einen biestigen Blick zu Altmann, »hingen im Ausschnitt der Kellnerin.«

»Warum, Frau Griese? In Detlef Klammers Suite fanden wir 50000 Euro, er war, wie es scheint, bereit, Ihnen das Geld zu geben.«

»Von wegen! Noch vor dem Abendessen bin ich auf sein Zimmer und wollte mit ihm das Geschäft abschließen, so wie am Telefon besprochen. Das Schwein hat mir den Packen Scheine in die Hand gedrückt und ihn mir dann wieder abgenommen, damit vor meiner Nase gewedelt und mich beleidigt. Ich habe gebettelt, er möge doch verstehen, wie sehr Bernd und ich uns Kinder wünschten, und es sei schließlich seine Schuld, da er und sein Vater mir diese ..., diese Pfuscherin vermittelt haben. Dann ist er ausgetickt, warf mich auf das Bett und wollte ...« Sie schluckte Tränen. »Ich solle erst zeigen, ob ich in den zehn Jahren dazugelernt hätte, vielleicht würde er sich das mit dem Geld dann anders überlegen.«

Alle Anwesenden im Verhörzimmer sogen hörbar die Luft ein.

Es brauchte ein paar Augenblicke der Ruhe, bis Tanja bereit war, erneut zu beginnen.

»Ich ... ich konnte mich befreien und bin aus dem Zimmer gerannt.« Sie blickte zu ihrem Mann. »Er hat nicht …« Wieder hielt sie im Satz inne, und Inka übernahm.

»Und bei Ihrem Befreiungsversuch verloren Sie Ihre Brille mit dem grünen Rand?«

»Ja … woher wissen Sie das? Sie fiel auf den Boden, und beim Aufstehen bin ich draufgetreten. Ein Glas ging kaputt, ich brachte sie zum Optiker nach Hanstedt. Dora war so lieb und lieh mir …« Sie sah zu Dora Hoppe, die sie aus verstörten, großen braunen Augen ansah. »Ich wollte sie dir vorhin wiedergeben, aber … Vielen Dank für das Ausleihen.« Ein tannengrünes Samtetui rutschte über den Tisch in Doras Hände.

»Und um noch eins draufzusetzen, weil Sie unsicher waren, ob das Gift ausreicht, versperrten Sie die Saunatür und …«

»Nein, das Gift hätte einen Elefanten umgehauen, glauben Sie mir, ich kenne mich aus, meine Mutter war als Pilzsammlerin eine Koryphäe auf dem Gebiet. Ich habe viel von ihr gelernt.«

Tanja machte eine kurze Pause, dann sagte sie: »Ich hasste Detlef. Dafür, dass er unser Baby nicht wollte, dafür, dass er mich im Dorf verspottet und als Lügnerin hingestellt hat, und dafür, dass er nicht zu seinem Wort gestanden hat, mich zu heiraten. Ich wollte Kinderärztin werden. Doch wie sollte ich einen Beruf erlernen, jeden Tag mit Kindern arbeiten, wenn der Schmerz, keine eigenen Kinder zu bekommen, mich auffrisst? Ich konnte einfach nicht anders.«

»Und dann organisierten Sie ein Klassentreffen, um von Detlef Klammer Geld zu erpressen und ihn hinterher zu vergiften.«

»Nicht ganz, Frau Brandt. Es stimmt, ja, ich habe das

Treffen organisiert, um mich an Detlef zu rächen, ihn zu vergiften. Doch als wir von dem Kinderwunschzentrum erfuhren, änderte ich meinen Plan. Und hätte er mir das Geld gegeben, hätte ich meinen Entschluss, ihn zu vergiften, über den Haufen geworfen.«

»Wir wollten eine Ratenzahlung aushandeln«, sagte Tanja müde. Für einen kurzen Augenblick senkte sie den Kopf. Sie musste nicht aussprechen, wie das Gespräch in der tschechischen Kinderwunschklinik verlaufen war. Ihre Traurigkeit verriet die Antwort. Dann hob sie den Kopf und lächelte: »Aber ihr müsst alle zugeben, ein Talent zur Mörderin besitze ich, oder?« Tanja Griese sah in die Runde der Menschen, die ihre Worte gleichzeitig mit Trauer und Entsetzen verfolgt hatten.

»Nein«, sagte Inka und löste die düstere Stille, »Sie haben zwar mit Vorsatz gehandelt, aber Sie sind keine Mörderin. Detlef Klammer hat Sie ausgenutzt, denunziert und in den Dreck getreten, Sie sind das traurige Opfer, und Sie brauchen Hilfe.«

29

Eine Holzkiste nach der anderen schob Liane zur Seite, bis sie die kleine Lücke etwa einen guten Meter zur rechten Seite entdeckte. Groß wie eine kräftige Männerfaust lag die Freiheit in greifbarer Nähe.

»Hey, Kätzchen«, flüsterte sie und krabbelte der Katzenmutter entgegen; sie streckte eine Hand aus, die sie sofort mit einem Aufschrei zurückzog, als die Katze ihr fauchend und mit ausgefahrenen Krallen unmissverständlich klarmachte: bis hierhin und nicht weiter.

»Scheiße«, fluchte Liane. »Was soll denn das? Ich tu dir doch nichts. Ich will nur hier raus.« Liane rutschte auf den Boden neben das Wurfnest, lehnte den Kopf an die Mauer. Nach den ersten Schrecksekunden versuchte sie es erneut. »Also hör zu, du Torwächterin, ich tu dir nichts, und du tust mir nichts. Aber ich muss hier raus, und wenn das ein Ausgang für mich ist, wirst du mich nicht daran hindern, ihn zu benutzen, verstanden?«

Ob es nun der Mutterinstinkt der Katze war oder Lianes Worte; die Katze schlang ihre Pfoten beschützend um ihre Kleinen und ließ Liane auf dem Bauch rutschend an ihr vorbeiziehen. Das Loch, durch das die Katze ein und aus spazierte, war mit dicken runden Steinen ummauert, die so fest ineinander verankert waren, dass Liane sie nicht lösen konnte. Sie reckte den Oberkörper so weit vor, bis sie den Kopf drehen und den Arm bis zum Schulteransatz hindurchstecken konnte. Mit den Fingerspitzen tastete sie den Boden ab, spürte Weiches, Nasses. Sie erinnerte sich an Gras, über das sie im Garten ihrer Eltern gelaufen war. Kleine weiche Spitzen kitzelten ihre Handinnenfläche so wie früher ihre Fußsohlen. Wie hatte Mutter sie gescholten, sie solle sich gefälligst Strümpfe und Schuhe anziehen, bevor sie sich eine Erkältung holte. Liane zog den Arm zurück, drückte das Gesicht an die schwarze Öffnung und sog die kalte Luft tief in ihre Lungen. Es war dunkel. Abend. Es roch nach feuchter Erde, Laub, Pilzen und Schweinebraten. Ein Schweinebraten, den ihre Mutter einmal im Monat sonntags auf den Tisch stellte. Schweinebraten, den sie seit ihrem Auszug aus dem Elternhaus nie wieder gegessen hatte. Zu fett, zu viele Kalorien.

»Mama«, sagte Liane leise, »ich komme dich besuchen, und ich will Schweinebraten essen.« Tränen strömten über Lianes Gesicht, und entmutigt rutschte sie rückwärts vorbei an dem Wurfnest der Katze, aus der zaghaftes Miauen drang.

Mit dem Rücken an die Mauer gelehnt, beobachtete sie, wie die Katzenkinder an den Zitzen ihrer Mutter nuckelten. »Ihr habt es gut«, sagte sie mit Blick zu den Kleinen. Liane schluckte. Ihr Durst wurde übermächtig. Und irgendwann, vielleicht noch in den nächsten Stunden, würde ihr Körper aufgeben und sie würde sterben.

30

Tanja Grieses Mordversuch an Klammer war also ein Versuch geblieben. Doch wie Dora Hoppe, Beate Schroth und Roland Altmann war sie nicht vom Haken. Dennoch bestand kein Grund, sie länger als nötig festzuhalten. Dora Hoppe verließ mit Mann und Anwalt die Wache Richtung Hotel *Zum Storchennest* in der Absicht, am nächsten Morgen nach Flensburg zurückzukehren. Beate Schroth versprach, in Undeloh zu bleiben, die reservierten Tage im Hotel abzuwohnen und bei der Suche nach Liane zu helfen. Eine aufmerksame Geste, wie Inka fand. Roland Altmann blieb mit Haftbefehl in der Arrestzelle. Winsen hatte genug am Hals, weil ein Großteil der Einsatzkräfte in der Heide nach Liane suchte.

Liane Wolters war seit mehr als sechzig Stunden abgängig, und die Chancen, sie lebend zu finden, nahmen immer mehr ab.

Es ging auf Mitternacht zu, als Inka und Sebastian zum *Sundermöhren-Hof* aufbrachen. Seit sie Sebastian vor vier Stunden gebeten hatte, sie auf die Wache zu begleiten, hatten sie keine Gelegenheit mehr gefunden, auch nur ein einziges privates Wort zu wechseln. Und auf der Fahrt würde es nicht anders sein. Der Fall beherrschte Tag und Nacht.

»Was meinst du, Sebastian, wer hat Klammer eingesperrt, Grützmann an den Baum gefesselt und Liane …?«

Sebastian Schäfer schüttelte den Kopf. »Keiner von den ehemaligen Schülern. Ich bin sicher, es gibt einen anderen Täter. Einen, den wir übersehen haben, weil wir uns die ganze Zeit festgebissen und auf Altmann und die Truppe eingeschossen haben. Wir sind auf der falschen Fährte.«

»Tja, nur wer war es dann? Das Hotelpersonal und die Gäste können wir ausschließen. Alle überprüft. Und auf dem Wasserschieber fanden sich lediglich Fingerabdrücke des Personals. Also trug Altmann Handschuhe oder hat den Stiel mit einem Handtuch angefasst oder die Griese …«

»Warum sollte er oder sie das tun, Inka? Du verbeißt dich schon wieder.«

»Nein, warum? Wer einen Klassenkameraden umbringt, begeht keine Zufallstat. Das ist geplant.«

»Aber es kann keiner der zwei oder der drei gewesen sein. Sie haben Alibis, wenn auch schwammige. Gehe ich nach meinem Profil, suchen wir einen Täter, der sich rächt. Entweder ihm persönlich oder einer dritten Person wurde Unrecht zugefügt. Er kennt seine Opfer, entweder aus der Gegenwart oder der Vergangenheit. Der Zweck seiner Morde ist eine Bestrafung. Und er wird verrückt, wenn er es nicht tut. In seinem Inneren kocht es. Es ist wie ein Sturm. Erst zieht er langsam auf, wird mächtiger und mächtiger und bricht dann in gewaltigem Donnern und Blitzen los und ist nicht mehr aufzuhalten.«

»Schöne Worte, Sebastian, aber wenn ich dich daran erinnern darf, allen dreien ist Unrecht geschehen.«

»Das reicht nicht.«

»Wie, das reicht nicht? Tanja Griese hat Klammer vergiftet. Wie sollte das nicht ausreichen?«

»Eben, sie wollte, dass er leidet. Er sollte langsam dahinsiechen, nicht schnell an Dehydrierung sterben.«

»Sie sagte aber, hätte sie gewusst ...«

»Papperlapapp. Sie hat es gesagt, aber getan hätte sie es nicht. Kurz bevor er zusammenbricht, hätte Sie ihn aus der Sauna rausgeholt, ihn verschnaufen lassen und ihm dann jedes Ei einzeln abgeschnitten und zugesehen, wie er verblutet. So was in der Art.«

»Woher willst du das so genau wissen, Mister Superprofiler?«

»Weil ich meine Spiegelneuronen im Gehirn in Gang gesetzt habe.«

»Du hast was?«

»Mein Gegenüber, also die Griese, gespiegelt, als steckte ich für einen Augenblick in ihrem Gehirn. Ich beobachte und fühle die Atmung, den Lidschlag, jede kleinste Bewegung, ob Kopfschütteln, Nägelkauen, auf dem Stuhl herumrutschen, trinken und all so etwas.«

»Ach, hör auf. Du willst mich verscheißern. Das ist doch Hokuspokus.« Inka war anzusehen, was sie über solche unwissenschaftlichen Aussagen dachte. Sie boykottierte Astrologen oder Wahrsager, die ab und an der Polizei ihre Dienste anboten. In Lübeck hatte sie sogar eine Wahrsagerin mit sanfter Gewalt zur Tür hinausbefördert, weil die partout den Fundort der Leiche auspendeln wollte. Dennoch war sie, ohne Kollegen einzuweihen, der Aussage der Wahrsagerin nachgegangen. Alle Angaben hatten sich als Trugschluss herausgestellt.

»Ganz und gar nicht, Inka. Es ist eine Besonderheit, eine geistige Stärke, die ich mir durch jahrelange Übung antrainiert habe.«

»Ich verstehe das nicht, Sebastian. Was sind Spiegel …«

»Spiegelneuronen. Stell dir einfach vor, unsere beiden Gehirne treten miteinander in Kontakt. Es ist wie beim Lachen oder Gähnen, beides ist ansteckend, stimmt's?«

Inka nickte.

»Siehst du, und so wühle ich in meinem Hirn herum, bis ich das Areal in Gang gesetzt habe, das mir mitteilt, ob der andere gleich lacht, gähnt oder lügt.«

»Okay, Sebastian, so ganz komme ich da noch nicht mit, aber du hast recht, das ist wirklich besonders. Aus welcher Richtung man das auch betrachtet. Was mich interessiert ist: Klappt das immer?«

»Zu achtzig Prozent.«

»Du wirst mir unheimlich. Führst du deine Studien auch durch, wenn du nicht an einem Fall arbeitest, ich meine …«

»Wenn du wissen willst, ob ich dich auch schon durchleuchtet habe: Nein, das fällt mir nicht im Traum ein.«

»Hm«, sagte Inka und musterte Sebastian mit ernster Miene. Keine noch so kleine Regung ihres Gesprächspartners verriet ihr, was dieser augenblicklich dachte. Sie ärgerte sich, Sebastians Worte wirkten nach und hinterließen einen Beigeschmack, der sich so schnell nicht verflüchtigen würde.

»Sag mal, weißt du, ob Teresa schon das Ergebnis der

Hotelproben vorliegt?« Sebastian holte sie zu dem Fall zurück.

»Ja. Jede Essensprobe war in Ordnung«, antwortete sie knapp. »Die Griese hat Klammer das Gift am Abend verabreicht, als dieser Tumult entstand, weil sie absichtlich ein Glas umgeschüttet hatte, um die dann aufkommende Aufregung für ihre Zwecke zu nutzen. Das deckt sich auch mit den zerbrochenen Tellern, die Patten erwähnte. Du brauchst dir also keine Sorgen zu machen.«

Sebastian nickte. »Was hältst du davon, Inka, wenn wir morgen früh die Suche nach Liane zu Pferd unterstützen? Harlekin ist doch wieder da, oder?«, wollte Sebastian wissen, während er den Wagen auf den *Sundermöhren-Hof* lenkte.

»Ja, seit heute Vormittag. Passt es dir morgen früh acht Uhr?«

»Perfekt.« Sebastian parkte den Toyota hinter Inkas Wagen neben der Birke und stellte den Motor aus. »So, die Rundfahrt ist zu Ende, meine Dame. Ich hoffe, der nächtliche Ausflug hat Ihnen gefallen.« Sebastian sprang aus dem Wagen, öffnete die Beifahrertür und reichte Inka die Hand.

»Sebastian, ich danke Ihnen. Sie sind ein wunderbarer Chauffeur. Erinnern Sie mich daran, Ihnen zum nächsten Ersten Lohnerhöhung zu gewähren.«

Beide lachten und hielten sich, die späte Uhrzeit bedenkend, die Hände vor den Mund. Inkas anfängliche Missstimmung war verflogen. Sollte er sie doch durchleuchten, so viel er wollte. Sie war so, wie sie war, und wenn es ihm nicht passte, dann eben nicht.

»Willst du noch mit rein auf ein Glas Wein?«

»Ein andermal gerne. Aber heute muss ich ins Bett.

Meine Neuronen brauchen Erholung.« Sebastian tippte sich an die Stirn. »Schlaf gut.«

»Stimmt, ich bin auch hundemüde.« Unvermittelt gähnte Inka. »Und danke für deine Unterstützung. Das hat mir echt geholfen.«

»War selbstverständlich.«

»Bis morgen also«, sagte Inka. Zögernd ging sie auf die Haustür zu, drehte sich um und sah, wie Sebastian neben der Beifahrertür stand und ihr hinterherblickte.

Die Nacht war für Sebastian wie jede andere Nacht, die er seit vier Jahren erlebte. Kaum eine Stunde Schlaf, dann wachte er schweißnass aus seinen Alpträumen auf.

Deine Schuld. Deine Schuld. Worte seiner Frau und Tochter. Worte aus schreienden Mündern, verbrannten Gesichtern, Leibern, die ihn verfolgten und aus der Realität warfen wie aus einem fahrenden Zug.

Sebastian setzte sich auf und lehnte sich an die Holzwand des Bettes. Ihm war, als krallte sich eine kalte Hand in seinen Nacken, die sein Fleisch stückchenweise herauszureißen drohte. Er ließ die Schultern kreisen und spürte, wie sein Körper, trotz der Bewegung, immer mehr verkrampfte. Er wollte schreien, doch Frau Wagenknecht, seine Vermieterin, eine sechsundachtzigjährige Dame, hätte sich zu Tode erschreckt. Mit aller Kraft biss er ins Kissen und schlug den Kopf gegen das Holz, bis dieser zu dröhnen anfing.

Seit drei Monaten ging er zu einem Kollegen nach Winsen in Therapie. Seit drei Monaten glaubte er, seine Schuldgefühle trotzten jeglichem klaren Therapieansatz, weil sie wussten, wie sie ihn fangen, halten und quälen konnten.

Tränen vermischten sich mit Schweiß, der über Sebastians Gesicht lief. Er saß da und starrte in die Dunkelheit. Die grünen Zahlen des Weckers zeigten 1.32 Uhr.

Sebastian nahm es nicht wahr. Sein Kopf war leer. Er hörte nur das Dröhnen, als brüllte jemand Unverständliches in sein eines Ohr, während selbiges Gebrüll sekundengleich mit einem Schwall wieder aus dem anderen Ohr herausschoss.

»Konzentriere dich«, flüsterte er, »such dir Haltepunkte. Was ist schön in deinem Leben, was positiv? Überlege. Los. Überlege.«

Sebastian schlug die Bettdecke zur Seite, rollte über die Bettkante und knipste die Nachttischlampe an. Er hatte die Hände vor sein Gesicht geschlagen, saß vornübergebeugt, die Ellenbogen auf die Knie gestützt und stammelte: »Sie bringt mich durcheinander. Die Frau bringt mich durcheinander.« Er gestand sich ein, dass er den fröhlichen unbekümmerten Klang von Inkas Stimme genoss. Allein in ihrer Nähe zu sein half ihm, zum ersten Mal seit langer Zeit ein bisschen abzuschalten.

Er stand auf, schlich auf den Flur. Hinter Frau Wagenknechts Tür hörte er lautes Schnarchen. Im Bad drehte er den Wasserhahn auf und hielt den Kopf unter das kalte Wasser, bis der Schmerz vom Hinterkopf, der sich zur Stirn fortbewegte, über der rechten Augenbraue hängen blieb und in glühende Splitter zerbarst.

Den Kopf über das Waschbecken gebeugt, stützte er die Hände auf den Keramikrand und atmete gleichmäßig ein und aus. Dann fuhr er mit den Händen abwechselnd über sein nasses Gesicht und strich die schulterlangen dunklen Haare mit den eisengrauen Strähnen zurück. Ein blasser Mann mit Zehntagebart, Tränensäcken und müden Augen glotzte ihn aus dem Spiegel an, als wollte er sagen: *Du siehst scheußlich aus.* »Das brauchst du mir nicht zu sagen, das sehe ich selber.« Mit flacher Hand klatschte Sebastian auf den Spiegel gegen sein Spiegelbild. Wassertropfen rannen abwärts über eine verzerrte Fratze.

31

Auch Inka wälzte sich im Bett hin und her. Erst war ihr kalt, dann wieder zu warm. Sie stand auf, kochte sich Tee und kuschelte sich in Paulas Bett. Als um sieben Uhr der Wecker klingelte, krabbelte sie aus dem Bett. Am Sonntag brachte Fabian ihre Tochter aus Lübeck zurück. Noch vier Tage. Sie vermisste sie.

Sie ging unter die Dusche, cremte sich mit jasminduftender Körperlotion ein und zog eine Thermoleggings unter die Jeans. Nachdem sie ihr Frühstücksmüsli gegessen und zwei Tassen Kaffee mit Zucker und Sahne getrunken hatte, zog sie den dicken Schal, Handschuhe und Mütze aus der Dielenkommode. Mit dem Berg Wollsachen im Arm eilte sie über den Hof zu den Pferden in die Scheune. Sie warf die Sachen auf einen Ballen Heu und begann mit dem Satteln der Haflinger-Brüder.

»Na, mein Guter, ich freu mich, dass du wieder da bist«, sagte sie zu Harlekin, während sie dem Tier über den Rücken strich. »Hast deine Sache gut gemacht, wie ich hörte. Dann wollen wir mal sehen, was da in elf Monaten rauskommt, was?« Seit gestern stand der Haflinger wieder auf dem *Sundermöhren-Hof* im Stall. Veronika, Wischers Tochter, war in Tränen aufgelöst, als Harlekin abgeholt wurde. Inka überlegte, ob sie die Fünfzehnjährige bitten sollte, den Haflinger vielleicht ab und an auszureiten. Wieder überfiel sie das schlechte Gewissen. Ihre Zeit reichte kaum für Paula und für Harlekin ... Es musste etwas geschehen.

Sie griff in die Hosentasche zum Handy und wählte Fritz Lichtmanns Nummer. Charlotte, Fritz' Frau, hob ab.

»Hallo, Inka. Wie geht es dir?«

»Danke, gut, und euch?«

»Na ja, Fritz liegt im Bett und knurrt, dass die Heide wackelt. Er will aufstehen und zur Arbeit. Doch ich habe ihm gesagt, wenn er sich nicht auskuriert, kann er sich die nächste Kreuzfahrt abschminken, dann darf er Wanderurlaub in den Alpen buchen.« Charlotte lachte.

Inka wusste, Fritz hasste jegliche Bergwanderungen, zu denen ihn seine Frau schleppen würde. Er war der gemütlichste Urlauber, den sie kannte. Liegestuhl, gutes Essen und Sonnenschein. Mehr brauchte er nicht. Charlotte, als Gegenpol, suchte Action, ohne die gab es für sie keinen Urlaub. Auf ihrer Kreuzfahrt, im September durch die Karibik, hatte Fritz auf dem Suitebalkon gelegen, während Charlotte in Fitnessraum, Schwimmbad, Sauna und bei Bordspielen ihr tägliches Programm gefunden hatte. Einzig die Bordtheater- und Landausflüge ließ er über sich ergehen.

»Was meinst du, wann er wieder arbeiten kann?«, fragte Inka vorsichtig.

»Du spielst auf den Mord im Hotel und den Toten auf dem Berg an, stimmt's?«, flüsterte Charlotte ins Telefon.

Inka hatte Mühe, sie zu verstehen. »Nein. Aber könntest du vielleicht lauter reden, ich verstehe ...«

»Nein«, würgte Charlotte ihre Gesprächspartnerin

ab, »ich will nicht, dass Fritz was mitkriegt. Ich habe ihm nämlich erzählt, sämtliche Zeitungen der Lüneburger Heide würden streiken. Hätte er gelesen, wie bei euch der Bär tanzt, würde er keine Ruhe geben. Es tut mir leid, Inka, aber der Arzt hat ihm Bettruhe verordnet.«

»Ist schon gut. Wir kommen klar. Deshalb rufe ich auch nicht an. Ich wollte …« Inka schwieg einen Moment, und ohne ihren Satz fortzuführen, sagte sie: »Das kann warten.«

»Sicher?«

»Ja. Es hat nichts mit dem Fall zu tun, war was Persönliches.«

»Na, dann ist gut. Aber sag Inka, merkwürdig ist das ja schon.«

»Was?«

»Na, dass zwei der Jungs von damals ermordet wurden und das Mädchen, diese Liane, verschwunden ist.«

»Von damals? Wie meinst du das, Charlotte?«

»Kannst du dich denn nicht mehr erinnern, Inka? Ach ja, wie solltest du auch. Du warst ja ein Teenager, als das passierte, denen spukt anderes im Kopf herum.«

»Was ist damals passiert, Charlotte?« Langsam wurde Inka unruhig.

»Die Sabine und der Norbert Langenfeld, die wurden doch am Baum gefunden, da oben in der Nähe vom Wilseder Berg, vor siebzehn Jahren, da, wo auch der Arzt … na dieser Urologe aus Winsen bammelte.«

»Langenfeld, Langenfeld«, grübelte Inka. »Ja, jetzt, wo du es sagst, kann ich mich schwach erinnern. In der Schule wurde darüber gesprochen. Das war kurz vor den Sommerferien und vor dem Abi. War es nicht so, dass das

Mädchen, als man die beiden fand, tot war? Ich erinnere mich an eine Gedenkfeier, mit der keiner recht was anfangen konnte. Zumindest nicht unsere Oberstufe, wir hatten nur das Abi im Kopf. Aber das Mädchen muss sechs oder sieben Klassen unter uns gewesen sein.«

»Richtig. Das war Sabine. Die Eltern machten ihren Sohn, den Norbert, für ihren Tod verantwortlich. Grün und blau haben sie ihn vertrimmt, bis eine Lehrerin die Flecken sah und eingegriffen hat. Was aus dem Jungen geworden ist, weiß ich aber nicht. Die Langenfelds sind bei Nacht und Nebel verschwunden. Keiner wusste wohin.«

»Und was hat das jetzt mit den Toten und der Vermissten zu tun?«, wollte Inka wissen. »Nach siebzehn Jahren?«

»Na, es ging doch durchs Dorf, dass die drei, also euer Saunatoter, der Urologe und Liane Wolters, das Geschwisterpaar festgebunden und in der Sommergluthitze allein gelassen hätten.«

Inkas Gedanken rotierten.

»Das hat Norbert erzählt. Aber geglaubt hat ihm die Geschichte natürlich niemand. Nicht mal seine Eltern. Angeblich war er wütend auf seine Schulkameraden, es ging um so eine Cliquenwirtschaft. Ich kenne mich damit nicht aus. So etwas gab es zu meiner Zeit nicht. Jedenfalls wurde vermutet, er hätte die Geschichte erfunden, um seinen Schulkameraden eins auszuwischen. Und da die Väter der zwei Jungen im Dorf verbreiteten, die Kinder seien gekidnappt worden, wegen des Vermögens der Langenfelds, blieb das so stehen. War alles irgendwie undurchsichtig, und geklärt wurde die ganze Sache bis heute nicht.«

32

Das Thermometer zeigte zwei Grad plus an, als Sebastian um acht Uhr auf den *Sundermöhren-Hof* fuhr. Er parkte seinen Toyota hinter Inkas Golf und ging in die Wohnküche des Haupthauses.

»Guten Morgen«, sagte er in die Runde der zwanzig Menschen, die am langen Holztisch frühstückten.

»Morgen«, erwiderte auch Hanna, während sie kurz über ihre Schulter zu Sebastian sah und einen runden orangefarbenen Brotlaib, der mit Kürbiskernen bestreut war, in den Backofen schob. »Suchst du Inka?«

Sebastian nickte und sah durch die Reihe der Gäste am Frühstückstisch. Da war die Familie mit den zwei Kindern, Gisbert Sommer, der Kochbuch- und Reisebuchverleger, der ihm mit unmissverständlicher Geste signalisierte, ihn dringend sprechen zu müssen. Ein Ehepaar in den Fünfzigern, zwei Familien mit Kindern, eine mit Baby, drei Rentnerehepaare und ein alleinreisender Grauhaariger um die siebzig waren neue Gäste.

»Die ist bei den Brüdern im Stall. Hast du schon gefrühstückt?«, fragte Hanna fürsorglich.

»Nein«, antwortete Sebastian nach kurzer Überlegung. Manchmal vergaß er sogar das Essen. »Nein, habe ich nicht«, wiederholte er, als Hanna ihm schon ein belegtes Brötchen mit vier Scheiben Heidschnuckenschinken in die Hand drückte.

»Ihr wollt doch durch die Heide reiten und ...«, Hanna sah auf ihre Gäste, die bei ihren Worten neugierig die Köpfe hoben, »da habe ich euch eine Kleinigkeit für unterwegs eingepackt. Warte, ich muss nur noch ...«, Hanna ging zum Backofen und stellte den Regler auf 180 Grad, »ich komme mit raus. Hier ist alles in Ordnung? Hat jeder, was er braucht?«, fragte sie in die Runde der Gäste, überflog mit schnellem Blick den Brötchenkorb, die Marmeladentöpfe und Wurst- und Käseplatte, wartete auf Antwort und trat dann mit Sebastian auf den Innenhof.

»Hier, nimm mit«, sagte Hanna, reichte Sebastian ein pralles Lunchpaket, aus dem es nach frischem Brot und kräftigem Hofkäse duftete. »Ich wünsche euch viel Glück. Hoffentlich findet ihr die junge Frau. Solltet ihr zur Mittagspause kommen, sag Inka, heute gibt es Wirsingkohleintopf. Ihr Lieblingsgericht.« Sie winkte Sebastian kurz zu und widmete sich Gustav und Gloria, die schnatternd mit aufgeplustertem Gefieder über den Hof liefen, als spielten sie fangen. »Na, ihr zwei, seid ihr schon wieder ausgebüxt?« Mit melodischem Singsang und wiegendem Hüftschwung lockte sie die Gänse vom Innenhof zurück auf die Weide.

Sebastian fragte sich, wann diese Frau morgens aufstand, um bereits vier Laibe Brot und Dutzende Brötchen gebacken, das Frühstück für die Feriengäste zubereitet und den Eintopf für das Mittagessen gekocht zu haben. Es war 8.12 Uhr.

Als er in sein Brötchen biss, spürte er, wie ihm jemand von hinten auf die Schulter tippte.

»Ach, Sie sind es«, sagte er kauend, als er sich umdrehte. »Was gibt es?«

»Wo ist Ihre Kollegin?«, fragte Gisbert Sommer.

»Im Stall.« Mit dem Brötchen in der Hand wies Sebastian über den Hof zum hintersten Nebengebäude.

»Meinen Sie ... Wissen Sie, ob sie schon mit ihrer Schwester gesprochen hat?«

Sebastian zuckte die Schulter und genoss weiterhin sein Brötchen. Tim Sundermöhren war nicht nur ein beispielloser Bio-Landwirt, sondern auch ein Künstler, was die Herstellung seiner Produkte betraf. »Keine Ahnung«, sagte er und schluckte. »Wir wollen gleich ausreiten. Ich wollte gerade in den Stall. Kommen Sie doch mit.«

»Sie suchen die junge Frau, die vermisst wird, stimmt's?«

Sebastian nickte kauend.

»Schreckliche Geschichte. Ich habe davon gelesen. Und dann die zwei Toten.«

Wieder nickte Sebastian.

»Unglaublich, in solch schöner Umgebung geschieht so etwas Schreckliches«, sagte Gisbert Sommer, während er Sebastian zögernden Schrittes folgte.

»Tja, irgendwann kommen die Leichen aus dem Keller, selbst in so einem idyllischen Feriendörfchen, wo sie natürlich mehr auffallen als in der Großstadt«, antwortete Sebastian und steckte sich den Rest des Brötchens in den Mund.

»Ja. Nein.«

»Wie?« Sebastian drehte sich um und sah, wie der Verleger an der Scheunentür stehen blieb.

»Ich will Sie nicht aufhalten. Gehen Sie nur, wir sehen uns sicher noch, bis ich abreise. Ihre Arbeit geht vor.«

Sebastian lachte. »Alles klar. Bis dann«, rief er zurück, doch Gisbert Sommer eilte bereits über den Hof.

»Was war das denn?«, fragte Inka, die mit Harlekin und Bajazzo am Zügel auf Sebastian zukam.

»Gisbert Sommer fürchtet sich vor Pferden.«

»Ah ja, das kennen wir doch, nicht wahr, Mister Rübezahl.«

»Schön, wenn man sich über die Schwächen anderer lustig machen kann.«

»Schadenfreude ist die schönste Freude. Guten Morgen, Sebastian. Hat Hanna dich versorgt?« Mit den Fingerspitzen wischte Inka ein Stück Schnuckenschinken von Sebastians Windblouson.

»So und so«, sagte er und hielt Inka die Lunchbox entgegen.

»Die gute Hanna. Also dann, auf, auf. Lass uns los.«

Nach fast drei Stunden vergeblicher Suche, die sie abwechselnd auf dem Rücken der Pferde und zu Fuß verbrachten, genehmigten sie sich auf einer der Bänke, die Touristen kaufen und der Lüneburger Heide stiften konnten, Tee und Käsebrot.

»Ich habe noch nie solch einen guten Käse gegessen, wie den, den dein Schwager herstellt.«

»Ja, er hat echt was drauf, der Tim«, sagte Inka und sah in den blauen Himmel. Über ihnen kreiste ein Polizei-Hubschrauber.

Mark Freese hatte die Anordnung herausgegeben, Liane mit Wärmebildkamera zu suchen. In der Heide keine glückliche Verfügung, wie Inka fand, aber immerhin ein Hoffnungsschimmer, zwischen Kaninchen, Wildschweinen, Wölfen, Rotwild oder picknickenden Polizisten vielleicht Liane aufzuspüren.

»Sag mal, Inka. Du wirkst so angespannt. Was ist los?«

»Ich weiß es nicht, Sebastian. Ich habe heute Morgen Fritz angerufen. Das heißt, ich wollte Fritz sprechen, aber Charlotte hob ab. Na, wie auch immer. Sie erzählte, dass vor siebzehn Jahren oben in der Nähe vom Wilseder Berg, an Grützmanns Tatort, ein Geschwisterpaar an einem Baum festgebunden wurde. Als man die Kinder nach zwei Tagen Suche fand, war das Mädchen tot. Die

Eltern der Kinder gaben dem Sohn die Schuld, nicht auf seine Schwester geachtet zu haben. Der wiederum behauptete, Klammer, Grützmann und die Wolters hätten sie an den Baum gebunden.«

»Ach, schau einer an. Da haben wir ja unseren ominösen Täter. Name der Kinder?«

»Sabine und Norbert Langenfeld.«

»Und sie wohnen in Undeloh?«

»Wohnten.«

»Dann müsstest du sie kennen.«

»Aber ich kenne sie nicht. Ich erinnere mich nur schwach. Das Mädchen war wohl neun und der Junge dreizehn oder vierzehn Jahre alt. Das war nicht meine Altersklasse. Außerdem stand ich kurz vor dem Abitur. Wenn ich nicht zu Hause über meinen Büchern hockte, war ich Babysitten bei Femke oder mit Terry und Mark unterwegs.«

»Ich dachte immer, auf dem Dorf kennt jeder jeden.«

»Ja, aber trotzdem hängt man nicht mit jedem rum. Und wie ich sagte, die beiden gehörten nicht zu meiner Altersklasse. Das Mädchen war so eine zierliche Blonde. Mutter nannte sie das Püppchen vom Brink. Der Junge war das ganze Gegenteil. Ein dicker Kerl mit blonden Locken und Pickeln. Ja, jetzt dämmert es wieder. Sag mal, Sebastian, ist das in Ordnung, wenn ich mich aus der Heide schleiche? Ich habe da was im Kopf, das ich auf der Wache nachsehen will.«

»Klar.« Sebastian nickte. »Ich suche noch ein bisschen weiter. Wir treffen uns um 14 Uhr in der Küche deiner Schwester. Es gibt Wirsingkohleintopf, soll ich dir ausrichten. Ach, und Verleger Sommer fragte, ob du inzwischen mit Hanna über das Kochbuch gesprochen hast.«

Inka sah auf ihre Uhr. »Ich kümmere mich nach dem Mittagessen darum. Wir sehen uns in drei Stunden. Viel Glück.«

»Dir auch«, sagte Sebastian und sah Inka nach, wie sie auf Harlekins Rücken davongaloppierte.

Nachdem Inka Wischers Tochter Veronika angerufen und sie gebeten hatte, Harlekin zu versorgen, fuhr sie auf die Wache. Sie schaute kurz zu Mark ins Büro, erzählte ihm von dem Gespräch mit Charlotte und ließ sich überreden, die neue Kekssorte Winterapfel mit Zimtcreme auszuprobieren.

Sie saß im Archivkeller, knabberte eine Kekswaffel nach der anderen, stöberte in alten Fällen und kam sich vor wie Lilly Rush aus der Fernsehserie *Cold Case*.

Sollte sie hier überhaupt etwas finden, dann ... Bevor Inka ihre Gedanken zu Ende führen konnte, klingelte ihr Handy. Unbekannte Rufnummer.

»Brandt«, sagte sie knapp, während sie das Handy zwischen Ohr und Schulter klemmte und weiter in den Papierstapeln nach Ergebnissen suchte.

»Klammer hier«, hörte sie eine Stimme, die mehr als wütend klang. »Frau Brandt. Wir wollten gestern telefonieren, sobald Sie die Unterlagen erhalten haben. Wieso ...«

»Stopp, Herr Dr. Klammer. Die Unterlagen, die Sie mir zugeschickt haben, sind erst abends angekommen. Der Bote hatte einen Unfall und ...«

»Schluss, Frau Brandt! Ihre Arbeitsmoral lässt derart zu wünschen übrig, dass ich mir ernsthaft überlege, Sie bei Ihrem Chef ...«

Jetzt war es Inka, die ihren Gesprächspartner nicht

ausreden ließ. »Es reicht, Herr Dr. Klammer, hören Sie endlich auf, meine Arbeit zu kritisieren. Wir geben uns die allergrößte Mühe, den Mörder Ihres Sohnes, der, wie Sie selber sagen, absolut kein Heiliger war, zu finden! Und ich weiß, ich hätte Sie gestern Abend anrufen sollen, um Ihnen meinen Verdacht mitzuteilen, aber ich habe es nicht getan, da es mir wichtiger erschien, die Person zu überführen, die Ihrem Sohn das Pilzgift verabreicht hat.«

Es folgte eine Atempause.

»Frau Tanja Griese hat den Mordversuch an Ihrem Sohn gestanden«, setzte Inka nach.

»Mordversuch? Was soll das heißen, Frau Brandt?«

»Dass wir wissen, dass Frau Griese Ihren Sohn vergiftet, aber nicht in der Sauna eingesperrt hat. Denn nur diese Tat hat zum Tod Ihres Sohnes geführt.«

»Sie denken an einen zweiten Täter.« Klammers Tonfall beruhigte sich schlagartig.

»Ja.«

»Was ist mit Roland Altmann?«

»Er sitzt, solange wir keine weiteren Anhaltspunkte finden, bei uns in der Zelle.«

»Und wie geht es weiter?«

»Wir arbeiten unter Hochdruck, Herr Dr. Klammer. Konnten Sie den letzten absenten Kriminellen ausfindig machen?«

»Ja, er ist tatsächlich ausgewandert. Lebt auf den Kanaren als Fischer und ist verheiratet. Als der Mord geschah, war er mit seinem Boot auf dem Meer. Die hiesige Polizei bestätigte mir Aussage und Alibi. Der Täter kommt also definitiv aus Ihrem Umfeld.«

»Gut, wir sprechen uns wieder, wenn ich …«

Klammer ließ Inka nicht ausreden. »Ja.«

Grußlos legte der Richter auf.

»Idiot«, brummte Inka und zog eine verstaubte graue Akte aus der Archivbox. *Sabine Langenfeld, Norbert Langenfeld* stand handgeschrieben auf dem Pappdeckel. In der Akte klemmten drei Blätter, alle einzeln mit Monatsdaten von August 1997 bis Oktober 1997 versehen. Als Inka auf die Adresse sah, fiel ihr plötzlich alles wieder ein. Am Brink Nummer 4. In der Heide hatte sie Sebastian davon erzählt und sich nichts dabei gedacht, dass ihre Mutter Sabine das Püppchen vom Brink genannt hatte.

Die Straße Am Brink war eine kleine Abzweigung, die am Anfang die Heimbucher Straße kreuzte und an der sie täglich vorbeifuhr. In den sechs Monaten, seit sie wieder in Undeloh lebte, hatte sie lediglich in der kleinen Straße ein neues Hotel realisiert. Dass es das zerfallene Langenfelder Bauernhaus war, das zu neuem Leben erwacht war, daran hatte sie im Strudel der Ereignisse keinen Gedanken verschwendet.

Inka nahm das Familienfoto der Langenfelds aus der Akte. Ein kleines blondes Mädchen, das ein rosa Kleidchen, Zöpfe mit Schleifchen und weiße Rüschenstrümpfe in Lackschühchen trug. Sie war neun Jahre alt, aber zierlich und klein wie eine Sechsjährige. In der Hand hielt sie ein Storchenplüschtier, dessen lange Stelzenbeine auf dem Boden schleiften, während sie in die Kamera lachte.

Ihr Bruder, ein dreizehnjähriger, übergewichtiger, pickliger Junge mit blondem lockigen Haar, stand mit verkrampften Mundwinkeln daneben so, als hätte er sich gerade einen elterlichen Rüffel eingefangen.

Im Hintergrund stand das Bauernhaus, in dem die Langenfelds gelebt hatten: ein schmuckes weißes Winkelgebäude mit Reet gedeckt und ebenso weiß gepflasterter Einfahrt.

Ihren Lebensunterhalt hatten die Langenfelds nicht mit Viehwirtschaft, sondern mit den Pachteinnahmen von Weideflächen und der Vermarktung ihres Getreideanbaus bestritten. Inka erinnerte sich, wie einige Dorfbewohner über die Familie gelästert hatten. Sie bräuchten sich mit Pachteinnahmen nicht die Finger schmutzig machen, könnten aussehen wie aus dem Modemagazin. Gehörten nicht ins Dorf, wüssten nicht, wie richtige Landarbeit aussieht.

Dennoch, als Sabine Langenfeld und Norbert Langenfeld von einem Tag auf den anderen verschwanden, mobilisierte sich das ganze Dorf auf der Suche nach den Kindern. Zwei Tage dauerte die Suche, bis man das Geschwisterpaar weit hinter dem Wilseder Berg fand. Sabine Langenfeld war tot, in der Hand hielt sie noch immer das Storchenplüschtier. Norbert Langenfeld überlebte und kam ins Krankenhaus. Seinen Angaben nach hatten Detlef, Ullrich und Liane sie in die Heide gelockt, um ihnen Storchenjunge zu zeigen.

Als wir oben hinter dem Wilseder Berg ankamen, sagte Detlef plötzlich, wir würden die Störche nur sehen, wenn sich zwei von uns an den Baum binden lassen. Wer, das sollten die Streichhölzer entscheiden. Natürlich hatten sie uns reingelegt. Aber ich konnte Sabine nicht ausreden, dass Detlef ihr nur die Hucke vollspinnt und das Anbinden nichts mit dem Kommen der Störche zu tun hat. Sie zeterte und schrie fürchterlich, wie sie es bei unseren Eltern macht, wenn sie was haben will. Letztendlich gab ich nach, auch, weil Detlef, Ullrich und Liane versprochen hatten, dass ich dann zu ihrer Clique gehöre. Und sie haben gesagt, dass sie ebenfalls auf die Störche warten, und auch, dass sie uns nach einer Viertelstunde losbinden.

Irgendwann fingen wir an zu rufen, aber Detlef, Ullrich und Liane kamen nicht, sie hatten sich verdrückt. Dann wurde es dunkel und wieder hell und heiß, und wir hatten so furchtbaren Durst und Hunger. Ab und an bin ich eingeschlafen. Dann war da plötzlich ein Mann, der so laut nach Krankenwagen und Polizei geschrien hat, bis mir die Ohren wehtaten. Ich sah noch, wie meine Eltern Sabine in den Armen hielten und heulten, und dann muss ich wieder eingeschlafen sein.

So lautete die Aussage des dreizehnjährigen Norbert Langenfeld.

Eine gegensätzliche, weitaus spärlichere Aussage gaben Richter Dr. Dr. Egon Klammer und Oberarzt Dr. Thomas Grützmann, die Väter der beteiligten Jungen, zu Protokoll.

Es darf angenommen werden, dass Norbert Langenfeld sich eine abenteuerliche Phantasiegeschichte ausgedacht hat, um ihre Söhne zu belasten. In der fraglichen Zeit saßen ihre Söhne in ihren Zimmern bei den Hausaufgaben. Höchstwahrscheinlich habe jemand die Langenfeldkinder gekidnappt. Immerhin sei die Familie nicht unvermögend und ein solches Verbrechen dementsprechend nicht ausgeschlossen.

Auch die Mütter der Jungen bestätigten die Alibis der Kinder. Sie seien zu Hause gewesen. Die Aussagen der Frauen blieben unerschütterlich.

Das Ehepaar Wolters hatte keine Angaben gemacht, wo sich ihre Tochter Liane während des Zeitraums des Verschwindens der Langenfeldkinder aufgehalten hatte.

Ein knapper Eintrag am 24. September 1997 handelte von körperlicher Misshandlung des Norbert Langenfeld, die einer Sportlehrerin aufgefallen war, woraufhin sie dies zur Anzeige gebracht hatte. Norberts Eltern standen unter Verdacht. Am nächsten Tag widerrief die Lehrerin ihre Anzeige und quittierte zum Jahresende den Schuldienst.

Im Oktober 1997 verschwand das Ehepaar Langenfeld mit ihrem Sohn spurlos. Ein unmittelbarer Nachbar hatte beobachtet, wie die Familie eines Nachts mit Koffern und Taschen das Haus verließ. In der Akte war keine neue Adresse vermerkt.

Seitdem hatte das ehemals stattliche und gepflegte Bauernhaus über siebzehn Jahre lang leer gestanden.

Die Fassade war von Wind und Wetter grau und schmutzig geworden, das Reet hing an einigen Stellen durch oder war abgebrannt. Einzig ein Storchenpaar hatte auf dem obersten noch intakten Reetflecken genistet und das Haus so ein wenig belebt, das von Jahr zu Jahr mehr von seiner Substanz eingebüßt hatte und langsam verrottete.

Ab und an hatten leise wie laute Stimmen aus dem Dorf getönt, es sei eine Schande, ein so schönes Anwesen verkommen zu lassen. Ein wenig Aufräumen, den herumliegenden Krempel und Müll entsorgen und Unkraut jäten könne nicht so schwer sein. Schließlich sei das Dorf ein gut besuchtes und beliebtes Ausflugsziel der Lüneburger Heide, habe einen Ruf zu verlieren, und diese Hinterlassenschaft sei wahrlich kein Aushängeschild.

Eine Familie war ausgezogen, das Haus geblieben.

Dorfidylle ging auch anders.

33 Inka griff zum Handy und wählte Mark Freeses Nummer. Kaum hatte es dreimal geklingelt, als sich ihr Kollege aus dem Büro meldete.

»Na, Inka, hast du bei den Mäusen was gefunden?«, witzelte er.

»Bin nicht sicher, Mark. Ich habe eine Akte zu Sabine und Norbert Langenfeld gefunden. Sag mal, der Besitzer des Hotels, der heißt doch mit Vornamen Norbert.«

»Ja.«

»Sagte er nicht, er saß zu Klammers Todeszeit mit seiner Frau beim Abendbrot im Restaurant? Was steht in der Akte?«

»Warte, ich war gerade dabei ...« Inka hörte Schnäuzen, dann Blättern. »Ja, stimmt. Hier steht, er saß um 18 Uhr im Restaurant und um 18.45 Uhr in seinem Büro, als die Harburger Gesellschaft kam und sich über die geschlossene Wellnessetage beschwerte.«

»Richtig. Der Todeszeitpunkt von Klammer war aber Pi mal Daumen 18.45 Uhr bis 19.15 Uhr. Was bedeutet, er könnte ...«

»Inka, ich kenne dich. Kaum nimmt deine Jagdhundnase eine ferne Witterung wahr, hält dich nichts mehr auf. Aber hier preschst du zu weit nach vorne. Der Knabe heißt mit Nachnamen Patten und nicht Langenfeld. Die Fährte ist falsch.«

»Na und, vielleicht hat er bei seiner Heirat den Namen seiner Frau angenommen. Ist doch keine Seltenheit. Ruf doch mal zwei Türen weiter an und frag die Kollegen vom Standesamt, ob sie in ihrer Kartei Unterlagen über Patten finden.«

»Mach ich. Kommst du jetzt wieder ins Licht?«

»Nein. Ich bin um 14 Uhr mit Sebastian zum Mittagessen auf dem Hof verabredet.« Ihre Absicht, ins *Storchennest* zu fahren, verschwieg sie. Mark hätte versucht sie davon abzubringen oder darauf bestanden, sie zu begleiten, aber bei ihrer Unterbesetzung war es wichtiger, jeden verfügbaren Beamten für die Suche nach Liane abzustellen, statt ihr Gesellschaft bei einem vielleicht unnötigen Anhaltspunkt zu leisten. »Wie sieht es eigentlich mit der Medienaktion und Lianes Bild aus? Gibt es Neuigkeiten?«

»Eine Flut von Anrufen, die alle was wissen und eigentlich nichts wissen.«

»Na super.« Inka stöhnte. »Was ich noch sagen wollte, Winterapfel und Zimt ist lecker. Die Tüte ist leer, alle aufgefuttert.«

»Wie schön. Ein Lob unserer kritischsten Testerin. Mein Vater wird sich freuen.«

»Was heißt kritischste Testerin? Ich habe nie gesagt, die Kekse aus eurer Fabrik …«

»Weiß schon. Guten Appetit.«

Mark hatte die Verbindung unterbrochen. Inka zog eine Flunsch. Die Kekse waren wirklich lecker gewesen, oder hatte sie einfach nur gefuttert, ohne nachzudenken? Seit Kindertagen umgab ihren Kollegen und Freund ein Zimthauch, den er wie eine Schleppe hinter sich herzog. Sie wusste immer, in welchem Raum sich Mark gerade aufgehalten hatte, auch wenn dieser ihn schon längst verlassen hatte. *Freese & Söhne*, eine traditionsreiche Familie und nicht nur als Kekslieferant der Hanstedter Wache bekannt.

34

Liane lag mit dem Kopf an der Steinöffnung. Es war Tag. Nur welcher Tag genau, das wusste sie nicht. Ein eisiger Windzug streifte ihr Gesicht. Roch es wieder nach Schweinebraten?

Sie musste ein Stückchen vorrutschen, wenn sie sich bemerkbar machen wollte. So nah wie möglich, schob sie ihr Gesicht an das Loch, durch das gerade ein Arm passte. Erde rieselte in ihren Mund. »Hilfe! Hilfe!«, rief sie hinaus. Ihr Rufen endete im Krächzen ihrer ausgetrockneten Kehle. Zu leise, als dass es jemand hören würde. Die Erde knirschte zwischen ihren Zähnen und rieb wie Schmirgelpapier über ihre Zunge. Liane versuchte auszuspucken, aber da war nichts mehr. Kein Tropfen Speichel, der ihr den Mund sauber wusch. Sie hatte das Gefühl zu ersticken.

Sie senkte den Kopf und sah zu den vier Katzenjungen, die dicht zusammengekuschelt in ihrem Nest aus Papier und Stroh lagen. Vorsichtig zottelte Liane ein paar Strohstiele aus dem Nest, band einen festen Zopf, bis das Stroh Stand hatte, wickelte Zeitungsschnipsel an ein Ende und steckte ihr Gebilde durch die Öffnung. Vielleicht fand jemand ihre kleine Fahne und vielleicht ... Ihre Hoffnung schwand ebenso schnell, wie sie aufgeflackert war, und tauschte den Platz mit der Gewissheit, in diesem Keller zu verrotten.

Den Kopf an den warmen Bauch der Katzenmutter gelegt, schloss sie die Augen. Wenn es so sein sollte, sollte es so sein. Sie würde sterben, ohne ihre Eltern noch einmal gesehen zu haben und ohne dass sie sich bei ihnen entschuldigen konnte.

Inka sah auf die Uhr. 13.05 Uhr. Bis sie mit Sebastian zum Essen verabredet war, könnte sie Norbert Patten noch einmal befragen.

Zwanzig Minuten später traf Inka am Hotel *Zum Storchennest* ein. Cordula Schilling, die Rezeptionistin, stand hinter dem Tresen, als Inka durch die Drehtür des Hotels trat.

»Mahlzeit«, grüßte Inka freundlich.

»Frau Brandt, was kann ich heute für Sie tun?«, fragte die Frau, die stocksteif hinter dem Tresen stand. »Möchten Sie vielleicht einen Apfel?«

Ihre dünnen Finger zeigten auf einen Weidenkorb, der neben einem Aufstellplakat, das die Wanderwege der Lüneburger Heide beschrieb, auf dem Rezeptionstresen stand.

»Gern, danke«, erwiderte Inka und bediente sich. »Und jetzt dürfen Sie mich zu Ihrem Chef führen.« Inka verstaute den rot glänzenden Apfel in ihrer Jackentasche.

»Einen Moment, bitte.« Cordula Schilling griff zum Telefon und drückte einen grauen Knopf, dann sagte sie: »Frau Brandt ist hier und möchte mit Ihnen sprechen, Herr Patten.« Es folgten ein paar Sekunden Stille. »Ja, wie Sie meinen. Ich könnte aber auch ... Selbstverständlich, Herr Patten.« Sie legte auf. »Herr Patten ist in der Mittagspause in seinen Privaträumen. Den Gang hinunter und dann rechts die Treppe hinauf. Die zweite Tür links. Es gibt eine Klingel.«

»Eine Frage, Frau Schilling: Arbeiten Sie schon lange für Herrn Patten?«

»Seit Eröffnung vor einem Jahr.«

»Aha.« Inka drehte Cordula Schilling den Rücken zu und folgte der Wegbeschreibung.

Der Gang führte an sechs Gästezimmern vorbei, deren signalrote Zimmernummern auf schwarzen Holztüren flammten.

Es herrschte eine dunkle und unheimlich wirkende Atmosphäre, als stünden hinter den Türen Särge statt Betten. Inka widerstand der Versuchung, eine der Türen zu öffnen, einen Blick hineinzuwerfen, vielleicht auch nur, um sich zu vergewissern, dass sie sich irrte.

Inka schritt über den schwarz-rot gemusterten Teppichboden die Treppe in den ersten Stock hinauf und drückte die Klingel neben dem Schild »Privat«.

Norbert Patten, in salopper Freizeitkleidung mit Jeans und blaukariertem Leinenhemd mit Monogramm auf der Brusttasche, bat sie in seine helle Betreiberwohnung. Die Wände im Wohnzimmer schmückten Posterdrucke mit der Skyline verschiedener deutscher Großstädte. Inka erkannte Köln, Berlin, Hamburg, München und Frankfurt. Geradeaus am Fenster stand ein Esstisch aus weißem Holz mit vier schwarzen samtbezogenen Hochlehner-Stühlen. Der Tisch war für zwei Personen gedeckt. Eine blutrote Kerze brannte in einem schwarzen Kerzenhalter, und ein rundgebundener bunter Rosenstrauß zierte den Tisch am Kopfende. Auf den Tellern lagen Reste von Kartoffeln, Bohnen und Schweinebraten.

Eine schlanke blonde Frau in einem schwarzen Hosenanzug blickte Inka dezent lächelnd an, stand auf, nahm die Teller und sagte: »Ich stelle es kurz warm.« Mit diesen Worten eilte sie an Inka vorbei in die Küche. Inka hörte Geschirr klappern und das schabende Geräusch von Besteck auf Keramik.

»Sie sind beim Essen, Herr Patten, es tut mir leid, ich will Sie und Ihre Frau auch nicht lange stören.«

»Das wäre schön, Frau Brandt«, sagte Patten, »ich muss mich nämlich umziehen und ins Hotel. Meine Frau und ich gönnen uns immer nur kurze Augenblicke, wenn Sie verstehen.«

Inka nickte und wagte einen schnellen Blick durch den Rest des Raumes. Weiße moderne Klarlackmöbel, wie sie in vielen Werbeanzeigen zurzeit angeboten wurden, hier und da mit den Farben des Hotels schwarz und rot aufgepeppt. Ein Kamin, weiß gemauert und mit messingfarbenen Absätzen verziert, reinlich und kaum genutzt.

»Herr Patten, wie ich hörte, haben Sie das Hotel vor einem Jahr eröffnet.«

»Das ist richtig.«

»Und schon ein Fünfsternehaus. Meine Hochachtung. Wie kamen Sie auf den Namen *Zum Storchennest*?«

»Einfach so. Störche gibt es doch überall in der Heide. Auf dem Dach nistete auch ein Paar.«

»Oben am Wilseder Berg gab es früher viele Störche«, erklärte Inka.

»Tatsächlich, ja, das weiß ich nicht. Ich komme aus Würzburg.«

»Ich verstehe.« Inka ging an Patten vorbei bis zum Esstisch und zu den goldfarbenen Seidenvorhängen, die das runde, drei Meter breite Fenster einrahmten. Ihr bot sich ein unvergleichlich schöner Ausblick auf die Lüneburger Heide. Unmittelbar an das Gebäude grenzte eine Weidefläche, dahinter haushohe, jahrzehntealte Wacholder, eine Gruppe Stühbüsche und eine Weite, die Inka an die Aussicht von ihrer Terrasse erinnerte, die sie so sehr liebte. »Womit haben Sie Ihren Lebensunterhalt in Würzburg verdient, Herr Patten?«

»Wir, also Elke und ich, haben eine kleine Pension

betrieben. Die Eltern meiner Frau haben sich zur Ruhe gesetzt, und wir übernahmen den Betrieb.«

»Und warum haben Sie ...?«

»Die Zelte in Würzburg abgebrochen, meinen Sie? Nun«, sagte er, ohne Inkas Antwort abzuwarten, »die Pension ist verpachtet. Wir wollten auf dem Land etwas Neues errichten.«

»Haben Sie Geschwister, Herr Patten?«

»Nein. Aber ich weiß, dass Sie eine Schwester haben, die am Ende der Heimbucher Straße einen wunderbaren Biohof führt.«

»Mit meinem Schwager, ja. Sie erwähnten, Sie würden Ihr Gemüse und Fleisch vom Hof beziehen.«

»Für unsere Gäste nur das Beste. Darf ich Ihnen vielleicht auch etwas anbieten oder noch besser, Frau Kommissarin, essen wir gemeinsam. Ein gemeinsames Essen verbindet Freunde. Und das sollten Gastronomen doch sein, oder?« Ohne Inkas Antwort abzuwarten, rief er nach seiner Frau, die noch immer in der Küche hantierte: »Elke, ruf doch bitte Lothar unten im Hotel an, er soll Braten hochbringen, Frau Brandt wird mit uns essen.«

»Nein, wirklich nicht. Ich bin bereits zum Essen verabredet. Vielen Dank«, widersprach Inka.

»Es ist Schweinebraten. Zwar von gestern, aber superlecker. Alles Fleisch von Ihrem Hof.«

»Nein, danke. Wie ich sagte, ich bin verabredet.« Inka sah auf ihre Armbanduhr.

»Na gut, dann legen Sie los. Was wollen Sie wirklich von mir?«

Pattens Gastfreundschaft kippte in Missfallen.

»Wir suchen noch immer den Mörder von Dr. Detlef Klammer und Ullrich Grützmann.«

»Wie ich gelesen habe, war es eine Frau aus der damaligen Schulclique, die den Staatsanwalt vergiftet hat. Mit Knollenblätterpilz. Wie grausam.«

»Das ist richtig. Nur daran ist er, wie Sie ja sicher auch gelesen haben, nicht gestorben.«

»Ja, wie schrecklich. Also ich meine, der Tod in der Sauna. Auch sehr grausam. Einfach furchtbar. Niemand von unseren Gästen will seitdem saunieren, geschweige denn einen Fuß in die Wellnessetage setzen. Die Reservierungen gehen zurück. Die Gäste lesen Zeitung, und was sie nicht aus den Käseblättern und Medien erfahren, hören sie von den Undelohern. Jedes Dorfgeschwätz saugen sie auf, treten es breit und dichten noch etwas Eigenes dazu, das kennt man ja. Ist wie bei diesem Kinderspiel. ›Stille Post‹, heißt es. Kennen Sie es?«

Inka hielt dem Blick des Gastronomen stand und stellte eine Gegenfrage: »Sie kennen Undeloher?«

»Ach, die Menschen auf dem Dorf sind doch alle gleich, da kann man hinsehen, wo man will. Getratscht und gelästert wird immer.« Patten schob zwei Finger zwischen Hemdkragen und Hals, um sich Luft zu verschaffen.

»Ja, da mögen Sie recht haben, da sind wohl alle Dörfler gleich«, antwortete Inka, während sie Pattens fahrig werdende Bewegung registrierte. »Und dass Sie nicht Ihr eigenes, neu aufgebautes Unternehmen gefährden wollen, ist verständlich.«

Inka überlegte. Sie könnte Patten fragen, ob er den Namen seiner Frau angenommen hatte, doch warum? Er kam aus Würzburg, er war kein Undeloher. Sein fränkischer Akzent war deutlich, und bisher stand er nicht unter Mordverdacht, selbst mit wackeligem Alibi. Doch sie war zu lange Polizistin, um nicht zu bemerken, dass mit dem Gastronomen irgendetwas nicht stimmte. Sie würde ihn aus der Reserve locken und sehen, was er noch zu bieten hatte. Aber sie musste vorsichtig sein. Sie würde erst auf Marks Anruf und die Bestätigung warten, ob Norbert Patten tatsächlich den Namen seiner Frau angenommen hatte, dann würde sie Verstärkung anfordern.

»Herr Patten«, sagte Inka, »ich hätte gerne Ihre frühere Würzburger Adresse.«

»Wenn ich Ihnen dadurch Arbeit erspare.« Auf Pattens Gesicht lag der Ausdruck eines Hundes, dem das Steak aus dem Napf geklaut wurde. Eine Mischung aus Trotz, Wut und Angriff.

»Das würden Sie tatsächlich«, antwortete Inka gelassen.

»Moment.« Patten öffnete die oberste Schublade der Klarlackvitrine, schrieb ein paar Zeilen auf einen Blockzettel und riss ihn aus der Perforation. »Was ist mit der Frau, die Sie suchen, gibt es Anhaltspunkte?«

»Sie meinen Liane Wolters. Leider nein«, antwortete Inka, steckte den Zettel in die Hosentasche, während sie Patten genauestens beobachtete.

»Ich habe Hubschrauber über der Heide gehört«, sagte der mit einer Gelassenheit, als spräche er über das Wetter.

»Die Suche läuft auf Hochtouren.«

»Suchen Sie mit Wärmebildkameras?«

»Sie kennen sich aus?«

»Ich liebe Kriminalromane, und manchmal bildet sogar das Fernsehen.«

»Wie gesagt, die Suche läuft.« Ein zweites Mal sah sie auf die Uhr. 13.43 Uhr. »Wo befindet sich der Notausgang für den Wellnessbereich?«

»Direkt im Schwimmbad. Warum?«

»Ist der Ausgang nur von innen zu öffnen?«

»Sicher, so wie es üblich und vorgeschrieben ist. Aber …«

»Die Tür würde ich mir gerne ansehen. Wäre das möglich?«

Patten stöhnte auf. »Muss das jetzt sein? Ich denke, Sie sind verabredet.«

Inka war nicht immer die Pünktlichkeit in Person, ihr Magen knurrte, und Hannas Wirsingkohleintopf wollte sie sich keinesfalls entgehen lassen, dennoch sagte sie: »Och, auf zwei Minuten kommt es nicht an, und Ihnen ist sicher auch daran gelegen, den Täter so schnell wie möglich zu finden, oder?«

Patten starrte sie unnachgiebig an, und Inka wusste, ihre Frage hatte ins Schwarze getroffen, das Spiel begann. Hatte Patten mit dem Mord an Klammer etwas zu tun, würde sie ihn am besten am Tatort überführen. Das Gefühl war unbeschreiblich. Und genau das liebte sie so an ihrer Arbeit, trotz aller Laufereien oder nerviger Schreibtischarbeit. Sie wollte den Täter in die Enge treiben. Er sollte wissen, was sie wusste, ohne dass sie es aussprach.

Patten nickte. »Also gut, ich muss sowieso ins Hotel. Ich begleite Sie.«

»Wunderbar. Ich warte vor der Tür.«

»Wieso?«

»Sie wollten sich umziehen.«

»Später. Gehen wir.«

Auf dem Flur der Wohnung klopfte Inka an die angelehnte Küchentür.

»Bitte«, hörte sie Elke Patten.

»Ich wollte mich verabschieden«, sagte Inka, während sie die Tür in den Raum drückte. »Und bitte entschuldigen Sie, dass ich Sie während Ihrer Mittagspause gestört habe und Ihren Mann jetzt kurz entführen muss.« Sie sah auf die Frau, die am Küchentisch saß und rauchte.

»Schon gut. Wir leben mit Störungen«, sagte die und nahm einen tiefen Zug von der Zigarette.

»Na dann, wiedersehen. Sie kriegen Ihren Mann gleich zurück.«

Elke Patten nickte Inka zu und sagte an ihren Mann gewandt: »Liebling, ich bin in zehn Minuten im Büro und kümmere mich um die Reservierungen für die Weihnachtsfeiern.«

»Ist gut, Schatz. Ich bespreche, nachdem ich Frau Brandt unsere Notausgänge gezeigt habe, mit Lothar das Menü für die nächste Woche und komme dann helfen. Bussi.« Norbert Patten warf seiner Frau einen Luftkuss zu, den diese knapp erwiderte.

Inka kam nicht umhin, sich zu fragen, ob hier gerade dicke Luft herrschte und nur so getan wurde, als sei alles in bester Eheordnung.

35

Die Wellnessetage des Hotels *Zum Storchennest* war ausgestorben. Die drückende Schwüle, die Inka bei ihrem ersten Besuch eingefangen hatte, war einer Kühle gewichen, wie sie in normalen Kelleretagen vorzufinden ist. Kein menschliches Stöhnen oder das Rattern von Geräten oder Maschinen drang aus einem der Fitnessräume.

Patten öffnete die milchig weiße Glastür zum Schwimmbad.

»Da hinten ist die Notfalltür«, sagte er und zeigte

Richtung Glasfront des Schwimmbades, an dessen linker Seite eine Glastür, ausgestattet mit dem grünen Notfallbutton, den Weg in die Freiheit wies.

»Ihr Schwimmbad ist wirklich ein Schmuckstück«, bemerkte Inka, während sie die nachempfundene Lagunenlandschaft bewunderte. Grünblaue Fliesen schimmerten im sanften Licht wie die Schuppen eines Regenbogenfischs. Aus den Lautsprechern erklang klassische Instrumentalmusik. Mannshohe Palmen und Grüngewächse schlangen sich um Ruheliegen und Regale mit Handtüchern und Bademänteln. »Wie ist das möglich, ich meine, wir sind im Keller, und hier sieht es aus wie in einer blauen Grotte, und dann dieser gegensätzliche, phantastische Ausblick in die Heide.«

Patten lachte. »Ja, das höre ich öfter. Kubikmeter für Kubikmeter Erde wurden abgefahren, damit die Etage kein dunkles Kellerschwimmbad wird, sondern unsere Gäste selbst von hier unten die Landschaft der Lüneburger Heide genießen können. Ich denke, es ist uns gelungen, bis auf die kleine Anhöhe, was aber daran liegt ...« Patten hielt im Satz inne. »Nun, ein stabiles Nebengebäude hinderte uns daran, unseren Plan gänzlich auszuführen.«

Normalerweise machte Inka sich nichts aus Schwimmbädern. Übertriebener Chlorgestank, feuchte Wärme, schmierige Duschen, abgerissene Heftpflaster mit hellrosa aufgeweichten Flecken, die in Wasserpfützen schwammen, stinkende Toiletten und Föhne, an denen Hände kleben blieben. Widerlich. Doch bei dieser Lagunenlandschaft geriet selbst sie ins Schwärmen.

»Was ist das für ein Nebengebäude, das Sie nicht aus dem Weg räumen konnten?«

»Frau Brandt, meine Zeit ist begrenzt, und Sie haben sicher anderes zu tun, als sich unsere Bauvorhaben anzuhören. Also bitte, dürfte ich Ihnen die Sicherheitstür zeigen und mich verabschieden.«

»Die Tür interessiert mich nicht mehr.«

»Nein. Was dann?«

»Ich habe eine Folge von Bildern im Kopf, die mir, seit ich die Unterlagen in unserem Archiv durchsah, nicht mehr aus dem Kopf gehen und die ich mit meinem Besuch bei Ihnen vervollständigen wollte.«

»Und an der werden Sie mich, bevor Sie gehen, Frau Brandt, sicher teilhaben lassen.«

Jetzt wäre der Zeitpunkt, den Mund zu halten, dachte Inka, während sie schon weitersprach: »Nehmen wir mal an, Herr Patten, Sie wären der Mörder von Detlef Klammer, Ullrich Grützmann und vielleicht sogar der Mörder von Liane Wolters.«

»Ich? Sie spinnen. Ich kenne diese Menschen gar nicht. Sie waren Gäste. Sehen Sie sich doch um, meine Reservierungen gehen zurück, Gäste reisen ab. Bald ist das Hotel leer. Ich wiederhole mich, wenn ich sage, dass die ganze Angelegenheit für uns geschäftsschädigend ist.«

»Das gibt sich. Menschen vergessen schnell. Ein halbes Jahr, dann sind Sie der Publikumsmagnet im Dorf und können sich vor Reservierungen kaum retten. Womöglich müssen Sie das unsichtbare Nebengebäude ausbauen.«

»Was für ein Nonsens. Warum hätte ich drei Menschen umbringen sollen? Wo ist mein Motiv?«

»Sie …«, begann Inka, als ihr Handy klingelte. Sie nahm das Gespräch an.

»Inka«, sagte Mark, »die Kollegen vom Standesamt haben in ihren Daten gewühlt, aber weder etwas über

Patten noch über Langenfeld gefunden. Wenn in den Unterlagen was vermerkt war, dann war das vor dem Brand vor fünfzehn Jahren.«

»Mist«, flüsterte Inka ins Telefon, während sie sich von Patten entfernte und der Sicherheitstür auf der anderen Seite des Schwimmbades näherte. »Aber eine Chance haben wir noch. Patten sagte, er hat in Würzburg gewohnt, warte ich gebe dir die Adresse, schreib auf.« Sie warf einen kurzen Blick zu Patten, der an einem Handtuchstapel hantierte, zog unbemerkt den Adresszettel aus der Hosentasche und flüsterte Mark den früheren Wohnort des Hotelbesitzers in das Telefon. »Frag beim Einwohnermeldeamt, Standesamt, wo auch immer nach, und sobald du was weißt, meldest du dich, ja?«

»Sicher, aber warum flüsterst du?«

»Melde dich«, würgte sie den Kollegen ab und legte auf.

»Na, Frau Brandt, alles geklärt, können wir gehen?«, rief Patten von der anderen Seite des Wasserbeckens, während er einen weißen Handtuchstapel unsortiert auf eine Ruheliege warf.

»Ich dachte, Sie wollten etwas über Ihr Motiv erfahren«, rief Inka über das Becken.

»Ich würde nur jemanden umbringen, der es verdient, Frau Brandt. Da ich Ihnen damit jedoch nicht dienen kann, ist es mir ziemlich schnuppe, was in Ihrem blonden Strubbelkopf herumwirbelt.«

Puff. In Inkas Kopf explodierte die vorangegangene Bilderfolge.

»Und wen gibt es in Ihrem Leben, der es verdient hat?«, fragte Inka neugierig. Nicht gerade diplomatisch, aber wann war sie das schon?

Den Rücken an die Glasfront gedrückt, mit drei Metern Abstand zum Beckenrand, wartete sie, bis Patten das Becken umrundet hatte und ihr gegenüberstand. Er war einen guten Kopf größer als sie, und mit den blauen Augen und blonden Locken erinnerte er sie an Tim. Beide verkörperten den Typ des vertrauenerweckenden Sonnyboys.

Was hatte ihr Sebastian erklärt, woran erkennt man einen Lügner? Bestimmte Muskelgruppen werden beim Lächeln nicht aktiviert. Ein Lächeln des Lügners ist unvollkommen. Log Patten, und war er Feind anstatt Freund, konnte er das wunderbar verstecken.

»Wissen Sie was, Frau Brandt«, sagte Patten, ohne Inkas Frage zu beantworten, »ich lasse Sie gleich hier hinaus, dann sparen Sie sich den mühsamen Weg durch das Hotel.« Er warf Inka einen lächelnden Blick zu und öffnete drei Schritte weiter die Sicherheitstür.

»Danke. Und nicht das Dorf verlassen. Wir sehen uns bestimmt bald wieder«, sagte sie und wappnete sich für den eisigen Winterwind, der sie draußen erwartete. Sie zögerte kurz, drehte Patten den Rücken zu und hörte, wie er sagte: »Ich wohne in einem hübschen Hotel. Ich habe alles, was ich brauche.«

36

Als sich der Nebel vor Inkas Augen verzogen hatte, sah sie, wie eine Frau sich über sie beugte. Sie stank erbärmlich nach Urin, Kot und allen möglichen Ausscheidungen. Ihre verfilzten Haare hingen in Strähnen über ihre Schulter. Ihr Gesicht war rußverschmiert, ebenso der Rest an freier Haut.

»Wo bin ich?«, fragte Inka, setzte sich langsam auf und tastete vorsichtig über eine walnussgroße Beule an ihrem Hinterkopf. Sie sah die Frau an und erkannte, wer vor ihr kauerte. Liane Wolters. Die Frau schlenkerte den Kopf, aber sagte nichts. Ihre Augen waren gelbschleimig verklebt und ihre Lippen blutig aufgeplatzte Rillen. »Scheiße«, fluchte Inka und erkannte erst jetzt, was passiert war.

Als sie durch die Sicherheitstür an Norbert Patten vorbeiging, hatte sie es kurz in der Scheibe aufblitzen sehen. Ihr erster Impuls war: *Dreh dich um, schau nach*, doch es war zu spät. Eine Sekunde zu spät. Er war schneller. Schlug sie von hinten mit einem Gegenstand nieder. Dieses Schwein. Verschleppte sie in dieses Loch. In das Loch, in dem Liane seit drei Tagen kauerte.

Inka stand auf. Ihr war etwas übel und schwindelig. Sie sah sich um. Sie befanden sich in einem Eiskeller. Deshalb hatten die Wärmebildkameras Liane nicht gefunden. Viele Höfe besaßen diese unterirdischen Lagerungsräume, die zu Kriegszeiten fünf oder gar zehn Meter unter der Erde als Vorratsräume dienten. Eine Glühbirne baumelte an einem Kabel von der Decke, drei Holzregale mit Gerümpel lehnten an einer grauen Steinwand. In einer Ecke stapelten sich Holzkisten mit und ohne Werbeaufdruck. Jetzt begriff Inka: Das hier konnte nur das Nebengebäude sein, von dem Patten gesprochen hatte. Die Anhöhe, über die im Laufe der Jahre Heide und Gras gewachsen waren und die mit dicken Steinmauern den direkten Blick aus dem Schwimmbad verhinderte und durch die auch Wärmebildkameras nicht drangen.

»Ich bin von der Polizei, und ich habe ein Handy«,

sagte Inka zu Liane. »Machen Sie sich keine Sorgen.« Sie zog das Handy aus der Hosentasche und wählte. »Verdammt«, fluchte sie, als ihr Handy keinen Empfang anzeigte. »Das ist ja wie im Film. Diese Dinger funktionieren immer dann nicht, wenn man sie am dringendsten braucht. Aber das kriegen wir hin. Ich werde einfach das Schloss aufschießen und ...« Inka griff an die Seite ihrer Hüfte, wo normalerweise ihre Waffe im Halfter steckte. Normalerweise. Wenn sie Auto fuhr, steckte sie die Waffe in ihre Handtasche, und die lag in ihrem Auto, das sie auf dem Hotelparkplatz abgestellt hatte. Wütend stapfte sie zur Tür, hämmerte mit den Fäusten gegen das Holz, trat in sinnloser Erregung ein paarmal mit dem Stiefel gegen die Tür. Ihr Gesicht war hochrot, ihr Kopf dröhnte, ihre Haare standen wirr, nass und dreckig vom Kopf ab. So mussten Menschen aussehen, die dabei waren, ihre Kontrolle zu verlieren. Menschen, die ohne Sinn und Verstand herumliefen. Inka schrie, hämmerte, trat. Umsonst. Nichts rührte sich auf der anderen Seite. Keine Tür knarrte, nichts ging auf. Nur Stille und Gewimmer aus der Ecke, beim alten Gerümpel. »Alles wird gut«, sagte sie leise, »beruhigen Sie sich, Liane, man wird uns finden.«

Inka ging ein paar Schritte zur Ecke und rutschte auf die Knie. »Ich war mit einem Kollegen zum Essen verabredet, er wird mich suchen, wenn ich nicht auftauche. Ganz sicher. Und mein Auto steht auf dem Hotelparkplatz«, sagte sie zu Liane, während sie der Frau über die Schulter streichelte. Das Auto wäre das Erste, was Patten verschwinden lassen würde. Sie griff in der Jackentasche nach dem Autoschlüssel. Erwischte den Lippenfettstift, den sie im Winter immer bei sich trug, und zog ihn zusammen mit dem Apfel aus der Tasche. »Kommen Sie, ich werde Ihnen die Lippen eincremen, und dann versuchen Sie den Apfel zu essen.«

Liane Wolters starrte apathisch geradeaus. Inka schien es, als realisierte die Frau kaum noch, was um sie herum geschah. Sie war dehydriert und halb erfroren.

Inka zog ihre Jacke aus. Vorsichtig legte sie sie der Frau über die Schultern, tupfte mit dem Fettstift auf Lianes Lippen. Bei jeder Berührung zuckte die Frau zusammen, aber es schien, als würde die Creme auf ihren Lippen ihr guttun.

So würde sie den Apfel nie essen können. Inka stand auf und zog aus dem Holzregal hinter vergessenem Gerümpel ein Frühstücksbrett aus Resopal heraus. Es war, wie alles in diesem Loch, mit einer Erdschicht überzogen. Inka hob ihren Pulli und wischte das Brett so lange über ihr Shirt, bis es einigermaßen sauber und ein roter Rennwagenaufdruck sichtbar wurde. Aus dem Apfel biss sie ein Stück heraus, legte es auf das Brett und drückte ihn mit dem Handballen zu Mus. Vorsichtig, Fitzelchen für Fitzelchen schob sie es Liane in den Mund, aus dem sofort ein krächzender Schrei den Keller erfüllte. Ein Schrei, der Inka durch Mark und Bein fuhr, Gänsehaut auf ihrem Körper auslöste, ihre Glieder versteifen und ihren Magen verkrampfen ließ, so dass sie dachte, alles, was sie heute gegessen hatte, käme jeden Moment herausgeschossen.

»Ich weiß, Sie haben Schmerzen«, sagte Inka mitfühlend, als sie sah, wie Blut, hell wie frischer Kirschsaft, über die aufgerissenen Lippenrillen und weiter über Lianes Kinn lief. Vorsichtig betupfte Inka die Lippen mit einem Papiertaschentuch und legte erneut Fettcreme auf, bis alle blutigen Rillen verschlossen waren und Lianes Lippen glänzten. Dann sagte sie: »Bitte, Sie müssen essen.«

In zwei endlosen Stunden stampfte Inka den Apfel zu Mus und legte es Liane sorgfältig, um nur nicht die Lippen zu berühren, in den Mund. Inzwischen war es nach 16 Uhr. Sebastian und Mark würden sie vermissen und suchen. Nur wo? Wussten sie, dass sie kaum zehn Meter vom Hotel entfernt in einem Eiskeller hockte? Nein, natürlich nicht. Die Suche hatte am Hotel begonnen und wurde immer weiter in die Heide ausgedehnt. So war es geplant.

Inkas Finger zitterten, als sie mit einem zweiten Papiertaschentuch über Lianes verklebte Augen wischte. Sie registrierte schwaches Nicken und die schwache Bewegung von Lianes Zeigefinger, der in eine dunkle Ecke am anderen Ende des Raumes zeigte.

»Da soll ich hin?« Ohne auf eine weitere Regung der jungen Frau zu warten, stand Inka auf. Hinter zwei kniehohen Stapeln Holzkisten entdeckte sie die Katzenmutter mit ihren Jungen. »Hey«, sagte sie, »das ist doch was! Na los, erzähl, wo bist du reingekommen, du hübsches Wesen?«

Inka ging auf alle viere und näherte sich vorsichtig den Samtpfoten. Als sie einen Meter schräg rechts bergauf über Erde und Kiesel gekrabbelt war, spürte sie diesen kleinen Windhauch, der immer stärker wurde, je weiter sie sich vorschob. Ihre Knie schmerzten und ihre Kleidung, Hände und Gesicht glichen schnell Lianes schmutzigem Aussehen. Etliche Male musste sie sich hier hindurchgezwängt und nach Hilfe gerufen haben.

Der Weg verengte sich von Zentimeter zu Zentimeter und erinnerte Inka an ein Rutschrohr auf Spielplätzen. Als Tim hinter dem Haus auf der Weide für die Ferienkinder einen Spielplatz errichtet hatte, hatte er eine ebensolche

Rutsche aufstellen lassen. Ein grünes, zehn Meter langes, gebogenes Holzrohr, das mit dem offenen Maul eines Krokodils im Sandkasten endete und Paula riesiges Vergnügen bereitete. *Paula*, dachte Inka. *Paula, meine Kleine. Ich komme hier raus und dann ...* Inka wischte sich mit dem Pulloverärmel über die Augen. Sie musste weiter. Wie ein Soldat robbend, die Arme auf die Ellenbogen gestützt, schob sie sich Zentimeter für Zentimeter über die Erde.

37

»Was machst du hier, ich denke, du bist beim Essen und auf der Suche nach der Wolters. Und wo ist Inka?«

»Ist sie nicht hier? Wir wollten uns um 14 Uhr auf dem Hof zum Essen treffen, aber sie ist nicht gekommen.« Sebastian blickte kopfschüttelnd von Mark zu seiner Armbanduhr.

»Aber Inka ist nicht hier. Und dass sie eine Verabredung vergisst, ist merkwürdig. Sie hätte dich mit Sicherheit angerufen, wenn sie sich verspätet«, erklärte Mark seinem Kollegen.

»Ich verstehe das nicht. Hanna meinte, Inka habe Veronika gebeten, sich um Harlekin zu kümmern, und sei dann weggefahren, weil sie noch was zu erledigen hatte. Deswegen dachte ich, sie sei zu dir ins Büro gefahren. Ich habe Bajazzo in den Stall gebracht und ...« Wieder sah Sebastian auf die Uhr. »Das war vor gut zwei Stunden. Wo steckt sie nur?«

Mark zuckte die Schultern. »Hier auf der Wache war sie bis ungefähr 13 Uhr. Sie hat im Keller nach Akten gesehen, bis sie zu eurer Verabredung los ist, hat sie zumindest gesagt. Aber mir schwant …«, setzte Mark an. Sein Gesicht spiegelte Besorgnis. »Ich denke, ich weiß, wo sie wirklich hin ist.«

»Wo?«

»Hotel *Zum Storchennest.*«

»Was will sie da?«

»Sie meinte, ich solle Norbert Patten unter die Lupe nehmen, weil er den Nachnamen seiner Frau angenommen haben könnte. Leider verfügt unser Standesamt über keine Eintragungen, die länger als fünfzehn Jahre zurückliegen, wegen des Brandes vor dieser Zeit. Das habe ich ihr kurz vor 14 Uhr telefonisch mitgeteilt. Sie hat mir noch Pattens frühere Adresse aus Würzburg gegeben. Diese Adresse existiert aber nicht, also rief ich die Würzburger Kollegen an, die zum Einwohnermeldeamt marschierten, aber nicht weiterkamen, da die zuständigen Beamten auf Betriebsfeier in den Bergen herumklettern. Und da ihr ja beim Essen sitzen solltet, wollte ich euch nicht stören.«

»Sie war an Patten dran?«

»Ja, sie meinte, er könne … Nein, es war so: Inka rief Fritz an, Fritz ging aber nicht ans Telefon, sondern Charlotte. Und die erzählte von einer Familie Langenfeld, die genau dort wohnte, wo jetzt das Hotel *Zum Storchennest* steht. Also eigentlich ist es dasselbe Haus, nur größer, mit Anbau und exklusiver, mit Schickimicki drum herum.« Mark Freese schenkte sich Tee aus seiner Thermoskanne ein. »Möchtest du auch?«

»Nein. Erzähl, was hat Charlotte noch gesagt?«, drängelte er.

»Na ja, dass vor siebzehn Jahren der Sohn Norbert mit der Tochter Sabine verschwand. Als man die Kinder in der Heide, oben am Wilseder Berg, bei Grützmanns Tatort, entdeckte, war das Mädchen tot. Sie waren an einen Baum gebunden. Norbert Langenfeld sagte aus, Detlef Klammer, Ullrich Grützmann und Liane Wolters hätten sie dort festgebunden und ihrem Schicksal überlassen. Niemand wollte ihm das so recht glauben, vor allem nicht, als die Väter von Detlef und Ullrich bestätigten, dass ihre Söhne zur fraglichen Zeit zu Hause über den Schulaufgaben saßen. Einzig Lianes Eltern gaben zu Protokoll, dass sie nicht wüssten, wo sich ihre Tochter aufgehalten hatte. Das war im August 1997. Im Oktober 1997 verschwand die Familie Langenfeld mit dem Sohn. Niemand wusste, wohin. Seitdem stand das Haus leer und verfiel, bis vor einem Jahr.«

»Norbert Patten ist Norbert Langenfeld, der sich an Klammer, Grützmann und der Wolters rächt, das muss Inka durch den Kopf gegangen sein, Mark. Wir brauchen für das Hotel eine Hausdurchsuchung.«

Mark Freese nickte und wählte die Nummer von Staatsanwalt Jankowitz. »Kriegen wir in zwei Stunden«, sagte er, als er den Hörer aufgelegt hatte, »aber ich denke, es ist Gefahr im Verzug, oder was meinst du?«

Siebzehn Minuten später raste Mark mit Sebastian und zwei Soltauer Kollegen auf den Parkplatz des Hotels *Zum Storchennest* in der Straße Am Brink in Undeloh.

Cordula Schilling wich erschrocken zwei Schritte zurück, als Sebastian die Handflächen auf den Rezeptionstresen knallte.

»Wo ist Frau Brandt?« Sebastians Tonlage ließ nichts Gutes vermuten.

»Das weiß ich nicht. Sie war hier, aber sie muss wieder

gegangen sein«, stotterte die magere Frau im schwarzen Hosenanzug.

»Wann?«

»Keine Ahnung.«

»Zu wem wollte Frau Brandt?«

»Zum Chef. Ich habe ihr den Weg zu seinen Privaträumen gezeigt. Wann sie dort weg ist, weiß ich nicht, ich habe im Restaurant ausgeholfen.«

»Wo geht's zu Ihrem Chef?«

»Den Gang runter und dann rechts die Treppe rauf. Zweite Tür links. Es gibt eine Klingel mit Namen.«

»Ihr bleibt hier. Ich gehe mit Mark«, wandte sich Sebastian an die Soltauer Kollegen.

Norbert Patten stand unter der Dusche, als es an seiner Haustür Sturm klingelte und Fäuste gegen das Holz trommelten.

»Ja, Moment, ich komme ja schon«, rief er durch die Tür. Er schlang sich ein Handtuch um die Hüften und öffnete die Tür.

Sebastian hielt sich nicht mit einer Vorrede auf. »Wo ist sie?«, bollerte er los, schob Patten unsanft zur Seite und riss jede Tür der Zweizimmerwohnung auf. »Los, Patten, wo ist Frau Brandt?«

»Sagen Sie mal, geht's noch? Was fällt Ihnen ein? Ich rufe die …«, begann Norbert Patten, als ihm die Unsinnigkeit seines Satzes einfiel, »das ist Hausfriedensbruch.« Er warf die Hände in die Luft, aber besann sich sofort, dass er nur ein Handtuch um die Hüften trug.

»Wenn Sie Frau Brandt etwas angetan haben, beiße ich mich persönlich in Ihrem Hals fest!« Hätte der Kerl in Kleidung vor ihm gestanden, hätte er ihn am Kragen gepackt und an die Wand geklebt. Norbert Patten war, wie er, eins fünfundachtzig groß, aber lange nicht so kräftig und durchtrainiert. Sein Fitnessstudio besuchte er anscheinend kaum. Er würde ihm nicht standhalten. Und schon gar nicht mit der Wut und Angst im Bauch.

»Jetzt reicht es aber! Verlassen Sie sofort mein Hotel!« Mit seiner linken Hand das Handtuch haltend, wies Patten mit seinem rechten Arm gestikulierend zur Tür.

»Nicht ohne Frau Brandt! Wir wissen, dass sie hier war. Wo ist sie?«

»Gegangen, schon vor Stunden.«

»Wohin?«, mischte sich Mark ein.

»Sie sind wohl der Oberdorfpolizist.« Patten grinste schiefer und schiefer.

»Und der, der den Oberdenunzianten verhaftet. Und ich frage Sie ein letztes Mal, dann werden wir Ihr Haus von unten nach oben umkrempeln: Wo ist meine Kollegin?«

»Verschwinden Sie! Und solange Sie mir keinen Durchsuchungsbeschluss bringen, erteile ich Ihnen und Ihrem Gelage Hausverbot!« Er warf Mark einen galligen Blick zu.

»Brauchen wir einen Beschluss, Sebastian, wenn Leib und Leben einer Beamtin in Gefahr sind?«

Sebastian schüttelte den Kopf. Er musste sich anstrengen, seine Abneigung gegenüber dem Gastronomen in Zaum zu halten.

»Das ist … Ich werde …«, keuchte Patten, als Mark bereits an ihm vorbei ins Schlafzimmer stürmte.

»Ach, was sehen denn meine Augen? Das sind doch Sie mit Ihren Eltern und der kleinen Schwester auf dem Bild.« Mark nahm ein schwarz gerahmtes Bild von einer weißen Klarlackkommode und hielt es Patten vor die Nase. »Das gleiche Foto liegt im Archiv bei uns im Keller.«

»Das bin nicht ich, das ist ein Cousin mit seiner Familie.«

»Familiengeschichten sind immer die besten. Wie heißt ihr Cousin?«

»Helmut.«

»Sehr schön. Ein alter deutscher Name. So wie es sich auf dem Dorf gehört. Und Ihre Cousine, das ist doch Ihre Cousine, das hübsche blonde Mädchen mit dem Storchenplüschtier in der Hand. Wie heißt sie?«

»Melanie.«

»Auch sehr schön, aber nicht wahr. Sebastian, was sagst du?«

»Wirklich, Mark, du hast recht, eine ganz bezaubernde Familie«, stimmte Sebastian in Marks geblümtes Geschnatter ein, dann polterte er los, und seine Stimme klang wie ein Peitschenknall. »Und jetzt Schluss mit dem Theater, Patten!« Er nahm Mark die Fotografie aus der Hand, drückte diese dem Gastronomen an die Brust, die der sofort mit beiden Händen griff. Fatal, denn zwei Sekunden später lagen Sebastians Hände auf Pattens Schulterkugeln und drückten ihn mit dem Rücken an die Wand. Das Handtuch rutschte, Mark grinste, und Pattens Gesicht lief schamrot an. Ohne seinen Griff zu lockern, sagte Sebastian: »Wo ist meine Kollegin, Patten, oder sollte ich sagen Langenfeld, das war doch der Name, den Sie vor der Heirat mit Ihrer Frau trugen. Unser Hanstedter Standesamt, wenn auch klein, ist bestens ausgerüstet.« Aus den Augenwinkeln beobachtete Sebastian Kollege Freese. Er hatte den Trick durchschaut.

Bevor Norbert Patten antworten konnte, knackte ein Schlüssel im Schloss der Haustür.

»Was ist hier los?«, platzte Elke Patten heftig heraus, während sie sich an Mark Freese vorbei ins Schlafzimmer schob. »Norbert, du bist ...« Ihr Blick haftete an den Genitalien ihres Mannes, dann an Sebastian, der Patten aus seinem Griff ließ.

Norbert Patten, mit rotem Kopf, stand angewurzelt vor den drei Menschen, die Fotografie vor den Schritt gedrückt.

»Könntest du dir vielleicht etwas anziehen? Oder was soll das hier werden?« Elke Patten fuchtelte mit den Händen in der Luft, als erwarte sie die Antwort in einer riesigen Gedankenblase über dem Kopf der drei Männer.

»Eine gute Idee«, entgegnete Mark ernst, »wenn Sie uns freundlicherweise ins Wohnzimmer folgen würden, Frau Patten.«

Elke Patten, eine schlanke sportliche Frau um die dreißig in schwarzem Hosenanzug, trug ihr mittelblondes Haar zu einem festen Knoten auf dem Hinterkopf drapiert. Trüge sie Block und Stift in der Hand, wäre eine Verwechslung mit den Kellnerinnen im Restaurant gewiss. Eine attraktive Person, sehr von sich eingenommen und ebenso zielbewusst und neugierig.

»Frau Patten«, begann Sebastian, »haben Sie Frau Brandt gesehen?«

»Ja, sie war ja hier. Warum?«

»Weil sie verschwunden ist und der Aufenthalt in Ihrem Hotel der letzte Anhaltspunkt ist. Wann war sie hier?«

»Das muss kurz vor 14 Uhr gewesen sein. Mein Mann und ich aßen gerade zu Mittag, als sie in unsere Privatwohnung kam. Sie blieb aber nicht lange. Vielleicht zehn Minuten. Sie stellte ein paar Fragen und ging wieder.«

»Was für Fragen?«

»Das weiß ich nicht. Ich war in der Küche, um das Essen warm zu stellen und eine Zigarette zu rauchen. Ich wollte das Gespräch nicht stören. Ich dachte, wenn sie Fragen an mich hat, wird sie sich melden.«

»Und hatte sie …«

»Nein. Sie verabschiedete sich, entschuldigte sich für ihre Störung und sagte, sie müsse meinen Mann entführen.«

»Ihren Mann entführen?«

»Ja, er sollte ihr die Notausgänge unseres Hauses zeigen.«

»Und das tat er?«

»Sie gingen zusammen aus der Wohnung.«

»Wie viele Notausgänge befinden sich in Ihrem Hotel?«

»Auf jeder Etage einer, im Restaurant, Foyer und der Wellnessetage. Fünf. Aber ich weiß nicht, warum sie die sehen wollte. Die Ausgänge werden regelmäßig auf ihre Funktionstüchtigkeit hin kontrolliert.«

»Es geht rein um die Ermittlung. Wir wollen jede Möglichkeit ausschließen, dass eine fremde Person von außerhalb in das Hotel eingedrungen sein könnte, um Detlef Klammer zu ermorden.«

Elke Patten nickte irritiert.

»Noch eine Frage, Frau Patten. Als Sie heirateten, hat Ihr Mann da Ihren Nachnamen angenommen?«

»Ja. Warum fragen Sie?«

»War der Name Ihres Mannes früher …«

»Langenfeld, ja, Sie haben recht, Sie Schlaukopf. Gratulation. Und was wollen Sie damit anfangen?« Norbert Patten in Jeans und kariertem Hemd, das er gerade bis zu den Ellenbogen hochkrempelte, betrat das Wohnzimmer.

»Immerhin haben Sie gelogen, als Sie sagten, es wäre Ihr Cousin auf dem Bild.«

»Und? Auch damit können Sie nichts anfangen.«

»Nein, aber mit der Tatsache, dass Sie beide die letzten Menschen waren, die meine Kollegin gesehen haben, bevor sie verschwunden ist. Und jetzt frage ich Sie ein letztes Mal, bevor ich meine Mannschaft mobilisiere und jedes Laken in Ihrem Hotel umdrehen lasse: Wo ist Frau Brandt?«

Elke Patten sah mit verstörtem Blick zu ihrem Mann, dann sagte sie: »Norbert, hast du was mit dem Verschwinden der Polizistin zu tun?«

»Spinnst du jetzt auch noch? Natürlich nicht!«

»Aber warum hast du gelogen? Was gibt es für einen Grund zu verschweigen, dass Sabine auf dem Foto deine Schwester war?«

»Weil es niemanden etwas angeht und weil … weil sie tot ist.«

»Sie meinen, weil Ihnen früher niemand geglaubt hat, dass Dr. Detlef Klammer und Ullrich Grützmann sowie Liane Wolters Sie mit Ihrer Schwester an den Baum oben auf dem Wilseder Berg gefesselt haben und Ihrem Schicksal überließen.«

Pattens Kiefer mahlten, und die Hände in seinen Hosentaschen ballten sich zu Fäusten. »Warum sollte man einem kleinen Jungen glauben, wenn hochkarätige Richter und Oberärzte etwas anderes erzählen.« Aus Pattens Worten sprach Verbitterung.

»Sie verfügen über ein verdammt starkes Motiv, die

Menschen zu töten, die Ihre Schwester umgebracht haben, Herr Patten.«

»Ich habe ein Alibi, schon vergessen?«

»Und das ist mehr als mager. Wo ist Frau Brandt, Herr Patten?« Mark Freeses Tonfall verschärfte sich sekündlich.

»Was weiß ich. Sie wollte sich den Notausgang in der Wellnessetage unten im Schwimmbad ansehen. Ich habe ihn ihr gezeigt, und sie ist gegangen.«

»Wann?«

»So kurz vor 14 Uhr.«

»Gehen wir.«

»Hätten Sie etwas dagegen, wenn ich mitkomme?«, meldete sich Elke Patten fast flüsternd zu Wort. Sie war weiß wie die Wand des Hotelflurs, ihre Stimme zitterte.

Eisiger Dezemberregen peitschte durch die Notausgangstür des Schwimmbads, als die vier ins Freie traten.

Mark zog seine Taschenlampe aus der Jacke und schwenkte den Lichtstrahl über die kleine Anhöhe hinaus in das Dunkel der Heidelandschaft. Die hohen Wacholder wirkten wie gemeißelte Gartenskulpturen, und durch die Anordnung von Stühbüschen rauschte und pfiff der Wind. Der Sturm, den der Wetterbericht angekündigt hatte, brauste heran.

»Also gut«, sagte Sebastian mit festem Ton, während er die Tür des Notausgangs wieder schloss und sich Patten auf zehn Zentimeter Abstand näherte. »Sie werden das Hotel heute nicht mehr verlassen. Meine Kollegen treffen jede Minute ein, mit Durchsuchungsbeschluss selbstverständlich. Ihr Hotel wird so lange in alle Einzelteile zerlegt, bis wir Frau Brandt finden. Der Wind weht eindeutig aus Ihrer Richtung. Ich weiß, dass Sie wissen, wo meine Kollegin ist.«

»Geh mir von der Pelle, du … du … Möchtegernbulle«, begann Patten, während er Sebastian gegen die Brust und von sich weg schubste und seinen Mund zu einem Lächeln, finster wie die Hölle, verzog.

Sebastian machte einen kaum merklichen Schritt rückwärts, fasste sich blitzartig und stürzte sich auf Patten. Mit all seiner Kraft packte er den Gastronomen am Kragen, schüttelte ihn vor und zurück, während er ununterbrochen schrie: »Wo ist meine Kollegin? Wo ist meine Kollegin?«

»Lass mich los, du Idiot«, brüllte der zurück, holte mit der rechten Faust aus und versetzte Sebastian einen Hieb aufs Auge.

Sebastian schüttelte kurz den Kopf und setzte einen kräftigen Haken auf Pattens Kinn. Der taumelte rückwärts und landete im Wasserbecken.

»So, haben sich jetzt alle Gemüter abgekühlt?«, mischte sich Mark mit breitem Grinsen ein, während er den prustenden Gastronomen im Wasser beobachtete.

»Noch lange nicht«, schrie Sebastian über den Beckenrand. »Dieses Dreckschwein hat Inka verschleppt, und ich will wissen, wohin.«

»Du spinnst doch«, schrie Patten und schwamm in Richtung Beckenrand.

»Wo ist Frau Brandt?«, brüllte Sebastian, riss einen Gummibesen an der Wand aus der Halterung und drückte damit den schwimmenden Patten zurück in die Mitte des Beckens.

»Hey, was soll das? Ich weiß es wirklich nicht.« Pattens Arme klatschten auf die Wasseroberfläche.

»Sebastian, hör auf!«, mahnte Mark.

»Nein! Erst wenn das Dreckschwein uns sagt, wo Inka ist.« Wieder schubste er Patten mit dem Gummibesen in die Beckenmitte.

»Sebastian! Schluss! Wir finden sie!«, rief Mark erneut.

Schnaufend warf Sebastian den Besen in die Ecke und sah zu, wie Patten an den Beckenrand schwamm. Seine Wut war noch lange nicht verraucht.

»Los, Beeilung, Patten. Raus jetzt, die Schwimmstunde ist zu Ende. Ich kann Ihnen zurzeit nicht das anhängen, was ich möchte. Aber wie Sie bin ich auf dem Dorf aufgewachsen. Und jeder Misthaufen stinkt, nicht wahr, da sind wir uns doch einig.«

»Tun Sie, was Dorfpolizisten nicht lassen können. Wenn es Ihnen die Langeweile vertreibt.« Keuchend schleppte sich Patten über die Einstiegsstufen des Beckens, griff ein Handtuch vom Stapel und schüttelte den Kopf wie ein nasser Hund.

»Wir werden uns weiter unterhalten, verlassen Sie sich drauf. Gehen wir«, erwiderte Mark und zog Patten am Ärmel mit sich. Elke Patten folgte. Die Gastronomin hatte die ganze Zeit kein Wort gesagt, sondern fassungslos ihren Mann angestarrt, als käme er aus einer anderen Welt.

Die zwei Soltauer Kollegen standen noch immer im Foyer des Hotels. Ein Kollege unterhielt sich amüsiert mit dem Schwarzstorch Cordula Schilling, der andere saß drei Meter entfernt auf einem kantigen schwarzen Sofa und trank Kaffee.

»So, Kollege«, sagte Mark Freese zum Sofabeamten, »Sie dürfen das Ehepaar Patten unterhalten. Keiner der beiden wird telefonieren oder sich mit jemand anderem unterhalten als mit Ihnen, bis unsere Kollegen mit der Durchsuchung fertig sind.«

Der Kollege, ein eins neunzig großer und breitschultriger Vierziger mit blondem Streichholzhaarschnitt und blauen Augen, stellte die Tasse zur Seite und nickte wie ein Wackeldackel, die manche Autofahrer auf ihrer Hutablage spazieren fuhren.

»Und du, Winni«, bat Mark den Beamten am Rezeptionstresen, der sein Gespräch mit Cordula Schilling beendet hatte, »weist die eintreffenden Kollegen an. Die eine Hälfte beginnt unten in der Wellnessetage, die anderen nehmen sich Küche und Büro vor. Sebastian und ich durchsuchen das erste Stockwerk.«

»Klar, Mark. Kein Problem.«

»Drückt die Daumen, dass wir sie ...« Mark Freese wollte nicht aussprechen, woran er dachte und was ihm unsagbare Angst einflößte.

38

»Liane, wie geht es Ihnen?«

Liane Wolters saß zusammengesunken auf der ersten Treppenstufe neben dem Lichtschalter, als warte sie, dass jeden Moment die Tür aufging und sie ihre Joggingrunde beenden konnte.

Inka saß neben ihr, einen Arm um die Schultern der Frau gelegt, teils um ihr zusätzlich Wärme, die sie selbst auch gebrauchen konnte, zu spenden, teils um Liane das Gefühl von Hoffnung zu vermitteln.

»Es geht«, flüsterte Liane. »Es tut nicht mehr so weh.«

Mit dem Zeigefinger der rechten Hand berührte sie ihre Unterlippe.

»Das ist schön. Hören Sie, Liane, wir dürfen nicht aufgeben. Wir kommen hier raus, das verspreche ich Ihnen. Ich weiß nicht, wie, aber wir schaffen das.«

Liane nickte schwach. Schon vor Stunden – oder waren es Tage? – war ihr Mut völliger Hoffnungslosigkeit gewichen. Ein Gefühl, das sie bisher nicht gekannt hatte.

»Liane«, begann Inka neu, »war es Norbert Patten, der Besitzer des Hotels, der Sie hier eingesperrt hat?«

Schulterzucken. »Es war der Mann, der Sie hier hergebracht hat.«

»Das ist der Besitzer. Er hieß früher Langenfeld. Können Sie sich an den Namen erinnern? Norbert Langenfeld. Er hatte eine Schwester. Sabine.«

»Oh, mein Gott. Ja, die Sabine. Das arme Mädchen.« Tränen rollten über Lianes Wangen und hinterließen eine helle Spur auf rußigem Gesicht.

»Sie kennen sie also.«

Nicken. »Und das war Norbert, das mit Detlef und Ulli?«

»Ja. Er glaubt, er rächt den Tod seiner Schwester, wenn er die Menschen umbringt, die die beiden vor siebzehn Jahren an den Baum gefesselt haben. Warum haben Sie da mitgemacht, Liane?«

Liane zögerte, dann sagte sie sehr langsam, wobei sie nach jedem Wort eine Pause einlegte: »Wir ... Detlef war früher ein angesagter Typ. Jeder wollte in seine Clique, und jedes Mädchen hing ihm am Hosenbund. Ich auch. Er war mal ein hübscher Kerl.« Sie zuckte die Schultern, als entschuldigte sie sich für eine Jugendverliebtheit. »Was er sagte, war Gesetz. Kaum einer widersprach ihm.

Norbert wollte dazugehören, aber Detlef schmetterte ihn immer ab.«

»Warum?«

»Sabine klebte wie Kaugummi an Norberts Hosenbein. Ständig musste er auf sie aufpassen. Nie sah man einen der beiden alleine. Detlef gefiel das nicht. ›Wir sind kein Kindergarten‹, hat er gesagt.«

Liane schluckte und verzog schmerzverzerrt das Gesicht. Sie saugte am Apfelgriebs, um ihre Zunge zu befeuchten.

»Er wollte Norbert eine Lektion erteilen, damit er endlich aufhört, hinter ihm herzueiern. Wir, Ulli und ich, sollten ihm dabei helfen. Zuerst weigerten wir uns, aber als er sagte, er schmeißt uns aus der Gruppe, wenn wir nicht mitmachen, willigten wir ein. Es sollte ja auch nur ein kleiner Denkzettel sein, damit Norbert Ruhe gibt.«

Leise, um so wenig wie möglich die Lippen zu bewegen, sprach Liane weiter. »Wir lockten sie in die Heide und sagten, es gäbe dort ein Nest Jungstörche. Sabine war ganz vernarrt in diese Vögel. Oben am Berg banden wir sie an eine Kiefer und versteckten uns. Als Norbert und Sabine nach uns riefen, wollten Ulli und ich sie losbinden. Ulli meinte, es sei genug und viel zu heiß in der Mittagshitze. Detlef hielt dagegen, noch fünf Minuten, sagte er immer, noch fünf Minuten, der Fette soll zittern.«

»Der Fette?«

Liane nickte schwach. »Norbert war als Kind ganz schrecklich übergewichtig und furchtbar picklig.«

Inka erinnerte sich an das Familienfoto der Langenfelds. Norbert Patten war zwar übergewichtig, aber als so fett, wie Liane es ausdrückte, hatte sie den Jungen keinesfalls empfunden. *Alles liegt eben im Auge des Be-*

trachters, überlegte sie und wandte sich wieder Liane zu. »Wie ging es weiter?«

»Aus den fünf Minuten wurden weitere fünf Minuten. Als es dunkel wurde, sagte ich, ich müsste nach Hause, ich hätte sonst den letzten Bus nach Soderstorf verpasst. Ulli schloss sich mir an.«

»Blieb Detlef noch in der Heide?«

»Ja. Er wollte Norbert und Sabine noch ein paar Minuten schmoren lassen und dann losbinden. Hat er versprochen.«

»Aber nicht gehalten.«

»Nein. Am anderen Morgen hörten wir, wie Dorfbewohner nach Norbert und Sabine suchten. Wir fragten Detlef, ob er sie befreit hätte. Natürlich hätte er das getan, sagte er, und er wüsste auch nicht, wo sie steckten. Vielleicht seien sie ja entführt oder weggelaufen. Ulli und ich hielten die Klappe. Zwei Tage später wurden Norbert und Sabine gefunden; da wussten wir, dass Detlef gelogen hatte. Aber es war zu spät.«

»Und Norbert haben Sie nicht wiedererkannt.«

»Nein, er sah ganz anders aus, und dann war er mit seinen Eltern ja auch von einem Tag auf den anderen verschwunden. Er muss dreizehn gewesen sein, als ich ihn das letzte Mal gesehen habe.«

»Ich verstehe. Und die Väter von Detlef und Ullrich haben ihren Söhnen ein Alibi gegeben.«

Nicken.

»Wer organisierte das Klassentreffen?«

»Tanja.«

»Wusste Tanja, dass Detlef, Ullrich und Sie …«

»Sicher. Tanja und Detlef waren ein Paar. Allerdings hielten sie es geheim. Auf der Abifeier wollten sie es verkünden, und es war die Rede von Hochzeit. Daran geglaubt habe ich nicht. Detlef war ein Großmaul.«

»Tanja hat Detlef mit Pilzgift vergiftet.«

»Tanja? Nein.« Liane blickte Inka irritiert an. »Ich dachte Detlef wäre in der Sauna ...«

»Ist er auch. Das Gift, das Tanja Detlef verabreichte, hätte ihn erst Tage später getötet. Aber sie erpresste Detlef. Sie wollte 50 000 Euro für ein Kinderwunschzentrum in Tschechien, um ein Kind zu adoptieren. Als er ihr das Geld nicht gab, beschloss sie, ihn zu vergiften. In die Sauna hat ihn, wie es scheint, Norbert Patten eingesperrt, der Besitzer des Hotels.«

Liane schüttelte zaghaft den Kopf, dann sagte sie: »Noch am Freitagabend haben wir mit Detlef gesprochen und ihn beschworen, er möge Tanja das Geld geben. Schließlich ist er ...«

»Sie wussten von der Erpressung?«

»Nicht von der Erpressung, aber das mit dem Geld. Ja, das schon. Ulli und Detlef lagen sich deswegen ordentlich in den Haaren.«

Inka erinnerte sich an Klammer und Grützmann, die vor dem Hoteleingang standen und stritten.

»Samstagfrüh fuhren Detlef und ich nach Winsen zu Ulli ins Krankenhaus. Ich überredete Detlef, alles zu überdenken und sich mit Ulli auszusöhnen. Detlef versprach, Tanja das Geld bei der Abreise zu geben.«

»Wozu es nicht mehr kam. Wissen Sie, ob Detlef noch einmal alleine nach Winsen gefahren ist?«

»Bestimmt nicht.«

»Komisch, ich kann mir nämlich nicht erklären, warum sein Auto auf dem Winsener Parkplatz gefunden wurde, wenn er doch im Hotel in Undeloh wohnte.«

»Weil Detlef, der Trottel, als wir Samstagfrüh bei Ulli im Krankenhaus waren, seinen Autoschlüssel verloren hat, also mussten wir mit Ullis Wagen ins Hotel zurückfahren«, erklärte Liane. »Der Besitzer … Norbert, ich habe ihn echt nicht wiedererkannt, wollte den Wagen abschleppen lassen, aber das verzögerte sich.«

Lianes Stimme wurde schwächer, und Inka wusste, dass sie ihr eine Pause gönnen musste.

Was konnte sie tun? Die Suchtrupps und Spürhunde hatten sie nicht gefunden. Selbst die Wärmebildkameras hatten lediglich Wildgetier und ein paar Haustiere, Katzen und Hunde, aufgespürt. Sie saßen zu tief unter der Erde.

Dennoch wusste sie, dass Mark und Sebastian keine Ruhe geben würden. Sie würden Tag und Nacht die Heide durchstreifen. Und sie musste ihnen helfen. Es gab eine letzte Möglichkeit, einen letzten Versuch für Liane und sie, lebend aus diesem Keller zu entkommen.

»Ruhen Sie sich aus«, sagte sie und zog Liane die Jacke enger um die Schultern. Ihr fehlten die Worte, die Liane Wolters in diesem Moment Hoffnung gemacht hätten.

Auf allen vieren krabbelte Inka die drei Meter weiter bis zur Öffnung. Sie atmete tief ein. Die kalte Luft tat ihr gut. Roch es hier nach Schweinebraten, oder fing sie an zu halluzinieren?

39

Das Hotel *Zum Storchennest* war heller erleuchtet als der zehn Meter hohe Weihnachtsbaum auf dem Undeloher Marktplatz. In jedem Zimmer hantierten Beamte, suchten in jeder Ecke und jedem Winkel nach der vermissten Kollegin. Vom Keller bis zum Speicher stellten sie alles auf den Kopf. Gäste packten ihre Koffer, schimpften, verlangten Schadensersatz oder drohten mit Klage. Viele quartierten sich in umliegende Häuser ein, andere traten erbost die Heimreise an. Von Stunde zu Stunde leerte sich das Hotel, wurde es stiller.

Das Küchenpersonal stellte die Herde aus, Reinigungskräfte ließen Wäschewagen stehen, und Kellnerinnen legten ihre Schürzen ab. Cordula Schilling stand hinter dem Rezeptionstresen, erstellte Gästeabrechnungen und versuchte die Gäste, die ihr erbost ihre Beschwerden entgegenschmetterten, zu beruhigen. Elke und Norbert Patten saßen mit ihren Mitarbeitern im Foyer und folgten dem Treiben der Beamten, die mit Alukoffern, Akten und piepsenden Geräten in ihrem Hotel von einem Raum in den nächsten huschten.

»Wann kommt die Hundestaffel, Mark?«, fragte Sebastian.

»Ich weiß es nicht, Sebastian. Ich kann dir nicht einmal versprechen, dass das heute Abend überhaupt noch was wird. Draußen regnet es Eiszapfen, und ein Sturm tobt inzwischen durch die Heide, als wolle er sie wegfegen. Undeloh scheint gerade wie Atlantis unterzugehen.«

»Okay, dann …« Sebastian beendete das Gespräch. Warum war ihm das nicht früher eingefallen? Er zog sein Handy aus der Tasche und wählte eine Hamburger Nummer. Er ließ es siebenmal klingeln, bis abgehoben wurde.

»Wenn das nicht wichtig ist, Basti, dann …«, meldete sich eine weibliche Stimme.

»Anna, hör zu. Ich brauche dich und Zorro.«

»Jetzt? Was ist los?«

»Erkläre ich dir später. Kannst du nach Undeloh ins Hotel *Zum Storchennest* kommen?«

»Wir sind gerade von einem Einsatz aus Thüringen zurück, mein Nudelauflauf steht in der Mikrowelle, und hast du mal nach draußen gesehen? Sturmwarnung ist angesagt, und ich weiß nicht, ob …«

»Der Sturm tobt schon. Bitte, Anna, ich würde …«

»Schon gut. Wir kommen.«

Anna Sikowsklawa war eine siebzigjährige Hamburger Hundepsychologin und Zorro der beste Polizeispürhund außer Dienst, den es gab. Seitdem beide ihre Rente genossen, bildeten sie ein unzertrennliches und unschlagbares Team. Doch von Alsterspaziergängen oder gemütlichen warmen Abenden am Kamin lebten die beiden weit entfernt. Ihr Telefon stand nicht still, wenn es darum ging, kleine private Aufträge zu erledigen. Aufträge, die sich nicht mehr auf Schmuggelware, sondern meist auf die selten genehmigte Trüffelsuche in ganz Deutschland konzentrierten. Zorros Nase war in der Branche einzigartig und unfehlbar.

»Was ist los, Basti?« Eine Stimme hinter Sebastians Rücken holte ihn aus seinen Gedanken.

»Teresa, wie schön, dass du da bist. Wir denken, Patten hat …«, Sebastian nickte zu Norbert Patten und seiner Frau hinüber, die auf dem schwarzen Ledersofa saßen.

Sebastian schluckte. »Ich weiß es nicht. Auf jeden Fall hat er Dreck am Stecken. Und wir sind sicher, er hat Klammer und Grützmann ermordet. Nur nachweisen können wir ihm nichts.«

»Immer die gleiche Scheiße.« Teresa Hansen nickte. »Flora, Hanna und Tim kommen gleich. Sie parken gerade die Autos, hier ist ja kein Durchkommen bei dem Wetter. Was können wir tun?«

»Ich warte noch auf eine frühere Kollegin aus Hamburg. Wenn ihr wollt, geht mit Mark in die Heide. Einige Kollegen suchen im Umkreis des Wilseder Bergs, ihr könnt euch ihnen anschließen. Wir vermuten, er hat Liane und Inka dort ... Das Schwein macht das Maul nicht auf, ich würde ihm am liebsten ...« Sebastian ballte die Fäuste, kräftig hob und senkte sich sein Brustkorb in hilflosem Zorn.

»Ist schon gut«, sagte Teresa, nahm Sebastian tröstend in den Arm und streichelte ihm den Rücken. Dann löste sie sich und hielt seine Arme fest umklammert. Mit dunklen Augen sah sie ihn an. »Vergiss nicht, Inka ist ein Dorfmädchen. Die sind zäher als jeder ausgelatschte Gummistiefel. Kopf hoch.«

Aus der Hosentasche zog sie das Handy. Immer noch kein Empfang. Sie wählte, streckte den Arm bis zur Schulterkugel durch das Loch, lauschte vier, fünf Sekunden in die Stille und warf das Handy, so weit ihr Handgelenk sich drehen ließ, in die Dunkelheit. Selbiges tat sie mit dem Pullover. Es regnete in Strömen. Eisregen. Wie kleine Nadelstiche bohrten sich die Eiskristalle in ihre Haut. Hatte sie nicht unten an dem Holzbalken eine Plastikflasche gesehen? Sie sah neu aus und war eine dieser Flaschen, die Jogger bei sich trugen. So schnell Inka konnte, rutschte sie zurück in den Kellerraum, krabbelte mit der Flasche erneut vor das Loch und schob sie durch die Öffnung ins Freie, bis sie Regen auf ihrem Handrücken spürte. Ein kleines klackerndes Geräusch drang an ihr Ohr. Sie lächelte.

Sie drückte ihr Gesicht gegen das nasse Loch und begann zu schreien. Sand rieselte in ihren Mund, sie spuckte aus, schrie weiter. Als ihre Stimmbänder versagten, gab sie auf. Verdammt, warum hörte sie keiner? Sie mussten sie doch hören. Ein Schwimmbadbesucher, ein Gast aus oberer Etage. Aber wie? Patten sagte, seit dem Mord traue sich kein Gast mehr in die Wellnessetage, und in der oberen Etage lag auf dieser Seite der Heide nur Pattens Privatwohnung. Und dann der Sturm. Zudem würden Mark und Sebastian sie sicherlich im Umfeld oben auf dem Berg suchen. Niemand vermutete sie in zehn Meter Entfernung hinter dem Schwimmbad.

Als sie aus dem Erdgang wieder herausrutschte, lag Liane eingekrümmt vor den Treppenstufen. Inka legte beide Handaußenflächen an ihre rot glühenden Wangen. Sie fieberte. Auch das noch.

»Alles wird gut«, flüsterte Inka der jungen Frau zu und bettete ihren Kopf in ihren Schoß, »wir kommen hier raus, wir dürfen nur nicht aufgeben. Sie sind doch noch so jung, ein ganzes Leben liegt noch vor Ihnen.« Mit jedem Wort versuchte Inka der kleinen zarten Gestalt Mut zuzusprechen und sie von dem Eingang zurückzuziehen, durch den sie in Gedanken schon längst gegangen war.

Das Foyer des Hotels *Zum Storchennest* füllte sich mit Menschen. Auch Lianes Eltern, ausstaffiert mit dicken Jacken, Wanderstiefeln und allem an Kleidung, was das Sturmtief abhielt, trafen ein und baten darum, bei der Suche nach ihrer Tochter und Inka helfen zu dürfen. Ute Wolters' rote, verweinte Augen hätten jedem Albinokaninchen im Wettbewerb den ersten Preis abgeluchst.

Als Letztes wehte eine Frau wie ein Mini-Tornado mit braun-schwarz gefleckter Schäferhund-Colliemischung an der Leine ins Hotelfoyer.

Sebastian eilte auf die Frau zu, umarmte sie fest und küsste sie auf beide Wangen, dann beugte er sich zu dem Hund und kraulte ihn hinter den Ohren. »Anna, ich danke dir, dass du da bist. Hallo, Zorro, altes Haus, lange nicht gesehen.«

»Also, was ist los, Schäfer, warum beorderst du uns bei diesem Wetter hierher?« Die Frau, zierlich wie eine Zwölfjährige, trug ihr silberdurchwirktes Haar gebunden zu einem dünnen Pferdeschwanz. In ihrer Aufmachung wirkte sie etwas ungepflegt. Ihre knöchelhohen weißen Turnschuhe waren erdverkrustet, ihre Jeans kniehoch mit Flecken übersät, und aus dem blauen Windblouson kam an Ärmeln, Vorder- und Rückenteil weißes Füllmaterial hervor.

»Meine Kollegin ist verschwunden. Der Besitzer des Hotels, der da drüben auf dem Sofa, hat sie vermutlich … Er hat sie vermutlich verschleppt oder getötet. Außerdem ist eine junge Frau seit Tagen verschwunden«, erklärte Sebastian und sah auf die kleine schlanke Frau hinunter.

»Davon hörte ich. Die Nachrichtenquelle funktioniert besser als unser Gehör, nicht wahr, Zorro?« Sie schmunzelte zu ihrem Hund, der ohne Regung, brav, wie er es in seinem aktiven Dienst gelernt hatte, sitzend verharrte, bis weitere Befehle folgten. »Aber ihr habt genügend Hunde dran, was sollen wir machen?«, fragte sie.

»Sieh mal raus. Heute kommt hier keiner mehr her. Und ich weiß nicht, was ich tun soll. Außerdem ist Zorro der Beste. Wenn Patten«, Sebastian warf einen schnellen Blick zum Gastronomen, der in einen Bademantel gehüllt abseits seiner Frau ausharrte, »meiner Kollegin etwas angetan und sie vielleicht ... ver... ver... vergraben hat, wird Zorro sie finden. Und ich muss sie finden, verstehst du. Sie ...«

»Schon gut. Wo fangen wir an?«

»Auf dem Wilseder Berg. Ich fahre euch hoch. Hier ist ein Shirt von Inka, vielleicht ... ich will nur vorher zu Patten«, sagte Sebastian, drehte sich um und eilte zum Ledersofa.

»Herr Patten«, begann Sebastian, »Sie kriegen eine letzte Chance, Ihren Kopf aus der Schlinge zu ziehen. Sollte meine Kollegin noch leben, wird es bei einer Entführung bleiben, aber ist ihr etwas passiert, sitzen Sie hinter Gittern mit einem Ausblick, der nicht an die wunderschöne Lüneburger Heide grenzt. Und ich sorge persönlich dafür, dass Sie das finsterste und dreckigste Loch beziehen, das aufzutreiben ist, und wo Sie so lange herumgereicht werden, bis Ihr Furz nur noch zischt. Aber es könnte ja sein, Sie planen einen Angriff auf meine Person oder einen Fluchtversuch, dann ...« Sebastian machte eine bedeutungsschwere Pause und sah sich im Foyer um. Vierundzwanzig Augenpaare richteten sich auf Norbert Patten. Er wurde angefeindet und gedanklich gesteinigt. »Wissen Sie«, setzte Sebastian fort, »das sind alles Menschen, die keine Scheu kennen, den über den Haufen zu ballern, der ihnen die Kollegin, Schwester oder Freundin umgebracht hat. Und neulich, das muss ich Ihnen noch erzählen, da rannte mir doch zwischen Undeloh und Wilsede so ein Einhorn vor den Wagen. Wollte mich das Vieh doch aufspießen! Man glaubt es kaum. Na ja, lange Rede, kurzer Sinn, seitdem liegt in meinem Kofferraum ein Schrotgewehr. So ein Ding, das jeder Dorfbewohner in der Besenkammer aufbewahrt. Man weiß ja nie, welches Monster in der Heide auftaucht, oder, Herr Patten? Sie verstehen, was ich meine.«

»Sie sollten Ihre Wildwestphantasien im heimatlichen Schützenverein ausleben, Herr Schäfer. Gute Schützen werden immer gebraucht und …«

»Um Himmels willen, Norbert«, mischte sich Elke Patten aus dem Sessel heraus ein. »Hör auf mit deinem blöden Gequatsche, und mach dein verdammtes Maul auf, wenn du mit dem Verschwinden der Kommissarin was zu tun hast. Du ruinierst unseren Betrieb und unsere …«

Patten fuhr ihr über den Mund. »Halt die Klappe, du dumme Gans! Das ist *mein* Erbe, auf dem das *Storchennest* steht.«

»Und auch *mein* Geld, das hier drinsteckt. Das hast du wohl vergessen.«

»Schluss! Ihr Ehekram interessiert mich einen Scheißdreck! Sagen Sie mir, wo Frau Brandt ist!«

Norbert Patten zuckte gleichgültig die Schultern.

»Und Sie Frau Patten, was ist mit Ihnen?«, fragte Sebastian.

»Ich weiß es nicht, Herr Schäfer. Wenn ich es wüsste, würde ich es Ihnen sagen. Es tut mir leid.« Ein vernichtender Blick traf ihren Mann.

Es war fast 19 Uhr, als Inka erneut durch den schmalen Erdgang rutschte und ihren Arm durch die Öffnung steckte. Mit den Fingerspitzen tastete sie vorsichtig über den Heideboden nach der Plastikflasche. Durch Wind und Regen gekippt, hatte sie sich im nahen Heidekraut verhakt. Fingerbreit mit Wasser gefüllt, war es immerhin ein Anfang. Inka schraubte den Deckel auf den Flaschenhals, um nur keinen Tropfen auf dem Rückweg zu verlieren.

Gierig, mit zitternden Lippen, trank Liane das Regenwasser. Sie konnten nur hoffen, dass es nicht aufhörte zu regnen, dann hätten sie eine kleine Chance. Dann hätte Liane eine Chance. Oder machte sie sich falsche Hoffnungen? Kein Suchtrupp marschierte mit einer Hundestaffel bei diesem Wetter, bei dem Gefahr für das eigene Leben bestand, durch die Heide. Und wenn doch, würden sie dann den Pullover und das Handy finden? Der Regen verwischte jegliche Spuren.

Inkas Hals brannte, und zu gern hätte auch sie einen Schluck getrunken. Beim nächsten Mal. Wieder rutschte sie durch den schmalen Gang hinauf zu der kleinen Öffnung. Der Sturm hatte in den letzten Minuten zugelegt. Eisig pfiff der Wind. Sie schob die Flasche durch das faustgroße Loch, hielt sie fest umklammert, wartete, drehte den Kopf seitwärts und lag einfach nur da. Nur ein bisschen ausruhen …

40

Anna deutete mit dem Licht ihrer Taschenlampe auf eine Unregelmäßigkeit, als Zorro zu knurren und an der Leine zu ziehen begann. Sie ging in die Hocke und starrte auf das durch den Wind zappelnde Gewölbe blauen Plastiks, das unter einer Tanne, die ihre Zweige über der Heide ausbreitete, wie versteckt lag und allem Anschein nach nicht so schnell gefunden werden sollte.

Sebastian hielt den Atem an. Das war doch nicht …?

Der Regen peitschte ihm ins Gesicht, und in seinen Ohren pfiff der Wind, der sich zwischen Gesicht und Kapuze drängte. Die Nässe war ihm längst unter die Kleidung gekrochen. Alles dies nahm er nicht wahr, sondern ließ sich auf die Knie fallen und zottelte an der blauen Müllsackkonstruktion, bis er diese unter der Tanne hervorgezogen hatte. Mit beiden Händen griff er mittig auf den Sack und riss ihn mit aller Kraft auf. Ein Schwall Insekten und bestialischer Verwesungsgestank strömten ihm aus dem Inneren entgegen. Sebastian kippte nach hinten, landete mit dem Hintern in Heidekraut.

»Was ist das denn?«, schrie er Anna und dem Wind entgegen, während er sich den Unterarm vor den Mund drückte.

»Sieht nach Schlachtabfällen aus. Hat ein Jäger, vielleicht ein Wilderer, hinterlassen. Reh- und Kaninchenkopf, Schalen, Kaninchenläufe, Gedärme und alles, was nicht für den Sonntagsbraten zu gebrauchen war«, antwortete Anna, während sie einen herumliegenden dicken Ast aufnahm und im Sackinneren stocherte. »Wurde vor Ort entsorgt. Nicht die feine englische Art.« Sie warf den Stock, an dem Gedärm klebte, linksseitig ins Heidekraut.

»Wem fällt denn so was ein?« Sebastian wagte einen Blick auf den abgetrennten Rehkopf, aus dem sich gelbweiße Maden wanden wie Schlangen aus Medusas Kopf.

»Jemand, der wildert und im Rucksack so wenig wie möglich nach Hause schleppen will, würde ich sagen.«

Sebastian stand auf und zog sein Handy heraus, als es in der Hosentasche zu lärmen begann. »Ja«, schrie er, ohne auf die Anruferkennung zu sehen.

»Hier ist Dr. Dr. Egon Klammer. Ich suche Frau Brandt.«

»Wir auch!«

»Wie, ich verstehe Sie nicht? Also hören Sie zu, Herr Schäfer, Frau Brandt wollte mich anrufen und …«

»Frau Brandt ist verschwunden, und wir befürchten … ich habe keine Zeit für Ihr Geschwafel. Sie hätten uns lieber im Vorwege sagen sollen, dass es noch einen weiteren Verdächtigen gibt, dann würden wir jetzt nicht um das Leben einer Polizistin bangen müssen.«

»Bitte, wie soll ich das verstehen?«

»Hören Sie doch auf! Sie wollen Richter sein und für Gerechtigkeit und Ordnung einstehen, und dann machen Sie so einen Scheiß! Ihr Sohn Detlef und Ullrich, der Sohn von Oberarzt Grützmann, tragen Schuld an dem Tod eines kleinen Mädchens. Sabine Langenfeld. Na, klingelt's?«

»Ja, darum rufe ich an, ich wollte Frau Brandt meinen Verdacht mitteilen. Ich weiß, ich hätte natürlich sofort den Mund aufmachen müssen, aber ich bin Richter und habe mit meiner Falschaussage …«

Sebastian ließ Klammer senior nicht ausreden, sondern sagte: »Das kommt zu spät. Inzwischen gehen wir davon aus, dass Norbert Patten nicht nur Liane Wolters, sondern auch Inka Brandt entführt und …« Sebastian schluckte. »Ich habe jetzt keine Zeit mehr, wir sind auf der Suche nach unserer Kollegin«, setzte er noch schnell nach, dann legte er auf und steckte das Handy zurück in die Hosentasche. Es brauchte keine zehn Sekunden, dann klingelte es erneut.

»Was?«, brüllte er ins Telefon. »Ich will mir Ihr Gejammer über Ihr schlechtes Gewissen nicht anhören. Lassen …«

»Hey«, rief eine männliche Stimme ins Telefon, »hier

ist Tim, schalt mal runter, mit wem du da auch Stress hast. Kommt hinter das Hotel beim Schwimmbad. Ungefähr dreißig Meter entfernt haben wir Inkas Pullover gefunden.«

Ein zweites Mal legte Sebastian grußlos auf. »Los«, sagte er zu Anna, »Tim hat Inkas Pullover gefunden.«

Ganze Heideabschnitte, die sie durchkämmten, passierte nichts. Hanna, Tim, Teresa, Flora, Lianes Eltern, Mark, selbst Elke Patten, der Sebastian gestattete, bei der Suche zu helfen, nahmen jeden Strauch und Baum unter die Lupe. Zorro schnüffelte, bellte, schnüffelte, bellte, und jeder Suchende rannte beim kleinsten Laut, den der Hund von sich gab, in seine Richtung.

Eine Stunde durchforstete die Gruppe jeden Zentimeter der Heide, wo Tim den Pullover gefunden hatte. Nichts. Der Eisregen verwandelte sich in Schneefall. Nicht unbedingt günstiger, doch weitaus angenehmer.

»Wir müssen uns aufwärmen«, schlug Mark vor.

»Geht, ich suche inzwischen weiter«, erwiderte Sebastian.

»Nein, komm mit. Du bist schon seit Stunden draußen, du holst dir den Tod.«

»Ich bin tot, wenn ich Inka nicht finde, Mark.«

»Ich verstehe. Ich komme gleich wieder. Ich wechsle nur die Jacke und trinke einen Tee, dann bin ich zurück. Wir finden sie gemeinsam, mein Freund.« Mark legte Sebastian den Arm auf die Schulter und nickte ihm ernst, doch aufmunternd zu. Sebastian sah der Truppe nach, die an der Wacholdergruppe Richtung Hotelhintereingang vorbeimarschierte. Höchstens zehn Meter standen sie vom Hotel entfernt.

»Geh du auch, gönnt euch eine Pause«, wandte sich Sebastian an Anna, die mit Zorro an der Leine neben ihm ausharrte.

»Nie und nimmer, vergiss nicht, ich war eisklettern im Grazer Bergland. Meinst du etwa, mir macht das bisschen Regen und Schnee in der Lüneburger Heide was aus? Uns doch nicht, nicht wahr, Zorro?«, sagte die Siebzigerin und klopfte dem Hund, der einen Hunderegenmantel mit gefüttertem Lammfell trug, gegen die Flanke.

Sebastian nickte. Das Licht seiner Taschenlampe huschte durch die Dunkelheit der Heide. An der Gruppe Stühbüsche hatte Tim den Pullover gefunden. Doch dort könnte ihn der Sturm hingetragen haben. Inka könnte an einer ganz anderen Ecke der Heide sein. Wo hatte Patten sie hingeschleppt? Sebastian war noch in Gedanken versunken, als Zorro die Nase auf den Boden drückte und kräftig an der Leine zog.

Anna klinkte den Karabinerverschluss der Leine aus der Halterung des Halsbandes und ließ dem Hund freien Lauf. An einer kleinen Lochöffnung beim Beginn einer Anhöhe hielt der Hund inne und begann mit den Vorderpfoten zu graben. Der Regen hatte den Boden aufgeweicht.

Flehend blicke Sebastian zu Anna, die mit den Schultern zuckte. »Meinst du …?«, fragte er zaghaft.

»Könnte sein«, sagte die, »könnte aber auch ein Fuchs- oder Kaninchenbau sein. Zorro ist auch nur ein Hund.«

Wieder ließ sich Sebastian auf die Knie fallen und riss an Heidekraut und Grasbüscheln, buddelte mit beiden Händen in nasser Erde. Aus einem faustgroßen Loch ragte eine verschmutzte Hand, eine gelbweiße Trinkflasche krampfhaft umklammert. Tränen rannen über Sebastians Gesicht, sein Herz hämmerte panisch.

»Inka«, rief er, »Inka, bist du das?« Er griff nach der Hand, ein Glücksgefühl überfiel ihn wie eine heiße Welle, als er sie flüstern hörte. Es war nur ein krächzender Laut, doch das Schönste, was er seit Ewigkeiten gehört hatte.

»Sie lebt, Anna, sie lebt! Ruf einen Krankenwagen, schnell, und ihre Familie«, dann an Inka gewandt: »Wie kommen wir zu dir? Wo bist du? Ist Liane auch bei dir?« Die Fragen sprudelten nur so aus seinem Mund.

Inka nahm alle Kraft zusammen und rief so kräftig, wie es ihre Stimmbänder erlaubten: »Schwimmen.«

»Wie? Was meinst du? Ich verstehe dich nicht.« Sebastian drückte das Ohr an das Loch. »Du meinst schwimmen. Du willst schwimmen gehen. Ja, natürlich. Nein. Ich verstehe, du meinst das Schwimmbad, richtig?« Er griff mit dem Arm in das Loch, strich Inka über die Haare. »Wir holen dich raus, wir holen dich raus.« Seine Worte und Gefühle überschlugen sich. Sebastian spürte die Kälte kaum, die ihm die Glieder einzufrieren versuchte, so aufgeregt war er.

Er richtete sich auf und rannte, gefolgt von Zorro und Anna, Richtung Schwimmbad. Hanna, Tim, Mark, Teresa, Flora, das Ehepaar Wolters und Elke Patten trafen gleichzeitig mit Sebastian am Hintereingang des Schwimmbads ein. Die Taschenlampenlichter zuckten wie Glühwürmchen in der Dunkelheit.

»Gibt es einen Raum unter der Gras- und Heideanhöhe?«, wollte Sebastian außer Atem von Elke Patten wissen, während er den Lampenstrahl geradeaus auf die Anhöhe in fünfzehn Meter Entfernung richtete.

»Ja. Der alte gemauerte Eiskeller. Deswegen konnten

wir vor einem Jahr das Gelände nicht weiter begradigen«, sagte Elke Patten. »Hinter dem Notausgang beim Schwimmbad, etwas rechts, ist der Eingang.«

Sebastian, gefolgt von allen Anwesenden, sprintete los. »Hier ist kein Eingang. Hier ist nichts als Gestrüpp«, keuchte er, als er den kleinen Berg erreicht hatte. Seine Unruhe wuchs. »Wo ist es nun?« Er kam auf Elke Patten zu und funkelte sie zornig an. »Wo, sagen Sie es mir! Wo?« Er griff die Oberarme der Gastronomin und ruckte sie hin und her, als wolle er die Antwort aus ihr herausschütteln.

»Aber er muss hier sein! Ich war selbst dabei, als wir den Rasen gesät haben«, sagte Elke Patten stockend und rieb sich die schmerzenden Arme. »Er muss da sein.« Sie stapfte voran durch kniehohes Gras.

»Alle weg da«, kam es plötzlich von hinten. Tim Sundermöhren hielt einen Schneeschieber in der Hand und fuhr ihn wie eine Sense durch das Gestrüpp. »Wenn hier ein Eingang war, ist er nicht verschwunden«, sagte er mit ernster Miene, während er den Metallschieber durch ein Wirrwarr aus Gras und Unkraut jagte, als schnitt er einen frischgebackenen Brotlaib seiner Frau. »Hier«, sagte er, »haltet eure Taschenlampen genau hier drauf.«

»Eine Holztür!«, kam es gleichzeitig von Hanna und Mark.

Mark drückte die Klinke herunter, und die Tür schwang mit einem durchdringenden Quietschen nach innen auf. »Und sie ist offen«, sagte Tim.

Die Erleichterung, das zu finden, was sie gehofft hatten, wich schlagartig der Ernüchterung, als die Lichtkegel der Lampen in ein dunkles Loch gähnten, das aussah wie der Schlund einer Gruft.

»Inka!«, begann Sebastian zu rufen, drängte sich an Mark und Tim vorbei, zog den Kopf ein und stolperte blindlings in den tiefen erdigen Gang hinein, der sich im 45-Grad-Winkel nach unten bog. Mit der linken Hand hielt er die Taschenlampe, mit der anderen stützte er sich an Felsbrocken ab; so schaffte er es bis zu einer weiteren Holztür. »Inka, wo bist du?«, rief er durch das Holz. Lauschte. Klopfte mit den Fäusten an die Tür. Lauschte wieder. Sein Herz raste.

»Hörst du was?«, meldete sich Mark zu Wort, als er Sebastian erreicht hatte.

Kopfschütteln.

»Dann bin ich jetzt dran. Alle zurück«, rief er der Meute zu, die ihm in Gänsemarsch gefolgt war. Mark legte das Gesicht an die Tür und rief: »Inka, wenn du mich hören kannst, geh von der Tür weg! Ich schieße das Schloss auf!«

Er holte seine Waffe aus dem Halfter. »Ohren zuhalten«, sagte er noch, entsicherte die Waffe, dann knallte es auch schon. Funken sprühten. Er gab der Tür einen kräftigen Fußtritt. Das Schloss gab nach, und die Tür sprang auf.

Inka hatte Liane in den Arm genommen und sie an die hinterste Wand des Raumes gezogen. Sebastian stolperte die Treppenstufen hinunter in den Keller und rannte auf Inka zu. Schluchzend nahm er beide Frauen in die Arme.

»Jetzt wird alles wieder gut«, murmelte er, »ihr habt es geschafft.«

»Liane ... ich glaube, sie ist ... sie ist tot«, flüsterte Inka, blickte Sebastian an und weinte.

41

Nach zwei Tagen hatte sich Inka dank Hannas guter Pflege erholt. Die knapp acht Stunden im Keller hatte sie ohne größere körperliche Schäden überstanden. Die Schürfwunden an Bauch und Armen würden heilen und die raue Stimme sich normalisieren, versicherte Dr. Jochen Schlegel. Täglich tauchte er auf dem Hof auf, um nach Inka zu sehen, sehr zum Missfallen von Sebastian.

Liane hatte weniger Glück gehabt. Sie wurde ins Krankenhaus nach Winsen gebracht. Sie lebte, war aber in schlechter körperlicher Verfassung. Sie war dehydriert, abgemagert und kaum ansprechbar.

Ihre Aussage musste warten. Inka hatte nur das, was sie ihr im Keller erzählt hatte. Aber das reichte fürs Erste.

Sie hatte Mark gebeten, mit Norbert Pattens Verhör zu warten, bis sie wieder dienstfähig war. Patten wollte sie ermorden. Gut. Er wollte sie elendig verrecken lassen. Schlecht. Das nahm sie persönlich. Verdammt persönlich.

»Du solltest dich ein paar Tage länger ausruhen«, sagte Sebastian und rutschte Inka gegenüber an den Schreibtisch.

»Ich ruhe mich aus, sobald der Mistkerl endgültig hinter Gittern sitzt, und das wird spätestens hiernach sein«, sagte sie und machte sich über den Kartoffelsalat her, den ihr Hanna eingepackt hatte. »Willst du mit mir zu Abend essen?« Sie schob sich eine Gabel Salat in den Mund.

»Du lädst mich ein?« Sebastian unterdrückte ein Grinsen.

»Ja, was ist so ungewöhnlich daran?«

Noch bevor Sebastian auf Inkas Frage reagieren konnte, klingelte das Diensttelefon. Inka schluckte und hob ab. »Inka Brandt, Kripo Hanstedt«, meldete sie sich.

»Klammer. Frau Brandt, ich …«

»Herr Dr. Klammer, was kann ich für Sie tun?«

»Nun, ich wollte mich bei Ihnen bedanken und mich entschuldigen für meine vielleicht ab und an rüde Tonart und auch dafür natürlich, dass ich nicht gleich mit der Sprache rausgerückt bin.«

»Sie meinen, Sie hätten uns gleich sagen müssen, dass es eventuell einen weiteren Verdächtigen gibt, der Ihren Sohn ermordet haben könnte. Norbert Patten, ehemals Langenfeld, der Ihren Sohn vor siebzehn Jahren beschuldigte, seine Schwester umgebracht zu haben? Sagen wir mal so, es wäre bei unserer Zusammenarbeit von Vorteil gewesen und hätte uns viel Arbeit erspart, Herr Dr. Klammer.«

»Ja.« Inka hörte tiefes Atmen. »Ich hätte Sie nicht in diese Lage bringen dürfen, nur weil ich zu feige war, den Mund aufzumachen. Es tut mir sehr leid. Bitte entschuldigen Sie.«

»Es ist geschehen, Herr Dr. Klammer.« Eine Entschuldigung wollte sie nicht annehmen. Klammer senior hätte mit der Sprache rausrücken und ihr sagen müssen, dass er seinem Sohn vor siebzehn Jahren ein Alibi verschafft hatte. Ebenso der Vater von Dr. Ullrich Grützmann. Vielleicht wäre sein Sohn dann noch am Leben, und Liane läge nicht im Krankenhaus.

»Ich möchte Ihnen meinen Dank aussprechen. Sie haben unter Einsatz Ihres Lebens den Mörder meines Sohnes gestellt.«

»Ich habe meine Pflicht erfüllt, und den Mörder habe

nicht ich überführt, sondern meine Kollegen«, sagte Inka knapp.

»Keine falsche Bescheidenheit, Frau Brandt. Aber wie auch immer, ich wünsche Ihnen alles Gute. Und beste Grüße an Ihren Chef. Er führt ein vorbildliches Team.«

»Herr Dr. Klammer, das ist sehr liebenswürdig, vielen Dank. Doch eins noch, mein Chef heißt Fritz Lichtmann und nicht ...«

»Jacob Amselfeld, ja, das teilte mir Ihr Kollege Herr Freese bereits ausführlich und deutlich mit, als er mich über den Stand der Dinge informierte. Auf Wiederhören.« Es klickte in der Leitung.

»Was war das denn für ein Blumenregen?« Verdutzt legte Inka den Hörer auf die Gabel.

»Ein gerechtfertigter würde ich sagen«, bemerkte Sebastian.

»Gehen wir.« Er reichte Inka die Hand.

»Mir kam zu Ohren, du willst den Polizeidienst verlassen. Und dies sei deine Esseneinladung für uns alle zum Abschied«, sagte Fritz Lichtmann, als sie gemeinsam im Hotelrestaurant *Zum Heidemuseum* beim Abendessen saßen.

»Ich? Wer hat dir denn das erzählt?«, fragte Inka mit Blick zu Mark. »Du Plaudertasche«, sagte sie, und an Fritz gewandt: »Ich dachte nur daran, ein wenig kürzerzutreten. Paula zuliebe. Vielleicht halbtags arbeiten, aber wenn ein Fall reinkommt, bin ich natürlich voll dabei.«

Mark Freese, Sebastian Schäfer und Fritz Lichtmann lachten laut auf.

»Was, was gibt es denn da zu lachen?«

»Gar nichts, wir dachten nur, du kommst uns abhanden, weil du mit Hanna über den alten Rezepten eurer Urahnen brütest, da sie nun zur schreibenden Zunft wechselt«, begann Fritz Lichtmann.

»Hanna wird nie irgendwann irgendwohin wechseln. Sie ist durch und durch ein Undeloher Bauernmädchen, da könnt ihr sicher sein. Sie liebt den Hof, ihre Kinder, Tim, die Gäste, die Arbeit. Die Kochbücher sind nur eine weitere Aufgabe in ihrem Leben. Aber das ist allein ihr Ding. Und was mich angeht: Ihr werdet mich nicht los, da könnt ihr sicher sein«, antwortete Inka.

Ein Mann, der an den Tisch trat, unterbrach die heitere Runde. In den Händen hielt er einen riesigen Blumenstrauß.

»Entschuldigen Sie, ich wollte nicht stören, aber man sagte mir, dass Sie hier seien und ich ... Ich wollte mich für mein Benehmen neulich auf der Wache entschuldigen. Es ist normalerweise nicht meine Art, aber ... bitte, der ist für Sie.« Jacob Amselfeld drückte Inka den Strauß in die Hand.

»Ist angenommen«, sagte sie, bemüht, den wagenradgroßen Strauß mit Sonnenblumen, weißen Dahlien, rotorangefarbenen Astern und blaulila Hortensien nicht fallen zu lassen.

»Ich weiß zwar nicht, worum es hier geht, aber wollen Sie sich nicht setzen, Kollege?«, fragte Fritz Lichtmann.

»Nein, vielen Dank. Ich wollte, wie gesagt, nicht stören, und ich bin ja auch kein ...«

»Nun kommen Sie schon, Kollege Amselfeld, Sie gehören doch zur Familie. Was essen Sie lieber: Rehrücken oder Schnitzel mit Pilzsoße?« Inka zwinkerte dem Kollegen aufmunternd zu.

»Ähm, Wild ist nicht so mein Ding. Lieber Schnitzel,

aber ohne Pilze«, sagte er und rutschte auf den freien Stuhl am Tischende.

»Ganz meine Meinung«, sagte Inka und überreichte dem Kellner die Blumen. »Ich bin auch kein Freund von Wild und Pilzen.« Sie wies auf ihren Teller mit dem Berg Pommes frites und Schnitzel.

»Wie ich hörte, haben Sie sich kräftig bei der Auflösung des Falles engagiert«, sagte Fritz über den Tisch hinweg, während er seinem Rehrücken zu Leibe rückte.

Jacob Amselfeld warf einen schnellen Blick zu Inka, die ihm ein aufmunterndes Lächeln schenkte. »Nun ja«, sagte er, »ich tat nur das, was man mir aufgetragen hat.«

Bei Amselfelds letzten Worten hustete Inka los.

»Nicht so gierig, meine Liebe.« Fritz Lichtmann klopfte Inka sachte zwischen die Schulterblätter.

»Ja, danke«, hustete die ein zweites Mal, »da habe ich wohl was in den falschen Hals gekriegt.« Sie schmunzelte, während Mark und Sebastian dem Kollegen Amselfeld einen fassungslosen Blick zuwarfen und nacheinander murmelten: »Das darf ja wohl nicht wahr sein.«

»Also, was war hier in der Heide los? Charlotte hat mich abgeschottet wie einen Schwerverbrecher. Ich will alles haarklein wissen.« Neugierig blickte er in die Runde seiner Mitarbeiter.

»Norbert Patten alias Norbert Langenfeld«, begann Amselfeld forsch, »wollte Rache an den Menschen nehmen, von denen er glaubte, sie trügen Schuld an dem Tod seiner Schwester.«

»Stopp, Kollege«, wandte Mark ein, »ganz so einfach ist das nicht. Norbert Patten glaubte nicht, sondern wusste, dass Klammer, Grützmann und Wolters Schuld am Tod seiner Schwester trugen. Sie banden ihn und

Sabine vor siebzehn Jahren an einen Baum, und seine Rachegelüste nahmen überhand. Rache an den Menschen, die ihm früher geschadet haben. Zudem wollte er die Wahrheit ans Licht bringen. Denn keiner aus dem Dorf, schon gar nicht seine Eltern, glaubten dem Jungen, da Klammers und Grützmanns Väter mit Alibis aufwarteten, die niemand anzweifelte. Wer glaubt schon einem Dreizehnjährigen, wenn Richter und Oberarzt dagegen sprechen?« Mark machte eine Pause und schnitt seine Bohnen im Speckmantel.

»Richtig, Mark«, mischte sich Sebastian ein, »und nicht nur das. Einige Dorfbewohner haben erzählt, die Langenfelds hätten lange vergeblich versucht, ein Kind zu bekommen. Norbert wurde adoptiert. Er war die letzte Chance auf ein Kind und die Weiterführung des Hofes. Als Patrizia Langenfeld unverhofft doch noch schwanger und Sabine geboren wurde ... nun, Norbert galt als Freak unter Gleichaltrigen. Er hatte immer seine kleine Schwester im Schlepptau, ob in der Schule oder im Dorf. Wenn Sabine nur die kleinste Schramme aufwies, machten seine Eltern Norbert dafür verantwortlich. Verweigerte sie ihr Mittagessen, beschuldigten sie Norbert. Kam Sabine mit einer Vier im Diktat heim, hieß es, Norbert hätte nicht genug mit ihr geübt. War ihr Kleidchen beschmutzt, war es Norbert. Ständig hackten sie auf ihm herum und trieben ihn an. Einige der Dorfbewohner haben erzählt, dass der Junge alles ohne Murren ertragen hat.« Sebastian trank einen Schluck Bier. »Es hieß nur Sabine hier, Sabine da.«

»Wie grausam. Aber eigentlich hätte Norbert doch froh sein müssen, dass er Sabine los war.«

»Richtig, Mark«, fügte Inka dem Gespräch hinzu,

»aus psychologischer Sicht einleuchtend. Ich wäre stinkwütend auf meine Eltern und meine Schwester gewesen, wenn die mich so behandelt hätten.«

»Das stimmt so nicht«, meldete Sebastian. »Es gibt Menschen, die glauben, sie verdienen diese Behandlung. Andere drehen gleich oder später durch, wie Patten, und wieder andere bauen durch das Verhalten ihrer Eltern ein Liebesdefizit auf und rennen ihr Leben lang dem Wunsch nach Liebe hinterher.«

»Aber das ist doch ein natürlicher Wunsch. Der Wunsch nach Liebe. Egal ob bei Mann oder Frau.«

»Du hast vollkommen recht, Inka. Doch wenn das Pflänzchen Seele in Kindertagen nicht gewässert wird, kann es entweder keine Liebe empfinden und verhält sich auch so im späteren Leben oder, und das gibt es auch, fällt es ins totale Gegenteil und wird ein verrückter Kuschelfreak.«

»Das Zweite ist mir lieber.«

»Mir auch«, stimmte Sebastian zu. »Solange es im gesunden Rahmen bleibt. Was meist aber nicht der Fall ist.«

»Also, ich weiß nicht. Für mich hört sich das völlig normal an.« Inka nippte am Weißwein.

»Na ja, das war ja auch nur im Schnelldurchlauf erklärt. Ein wenig oberflächliche Seelenforschung eines beurlaubten Polizeipsychologen.« Sebastian hob sein Glas.

»Willst du uns damit sagen, Patten wurde als Kind im Oberstübchen nicht genügend gewässert und hat deswegen zwei Menschen umgebracht?«

»Ja und nein, Mark. Seine Eltern, Schulkameraden und wer auch immer, haben ihn seelisch missbraucht. Doch er kannte nichts anderes, seine Kindheit war für ihn Normalität. Klar, er war wütend, wer wäre das nicht. Aber da war sein Aussehen. Zu dick, Pickel. Das Gefühl, mich mag keiner, weil ich so aussehe, wie ich aussehe. Und der Blick in den Spiegel gab ihm recht. Du bist selber schuld, dass dich keiner mag, du bist hässlich, du bist dick, du hast Pickel. Das hat er sich jeden Tag unbewusst vorgesagt. Und da sein Selbstbewusstsein nicht gestärkt wurde …«

»… gewann sein Unbewusstes die Oberhand.«

»Vorsichtig formuliert hast du recht. Es ist, als ob du lügst und diese Lüge ständig jemandem erzählst. Irgendwann glaubst du selbst daran und bist sicher, deine Geschichte kann nur so und nicht anders sein.«

»Okay, aber warum hat er nicht seine Schwester oder seine Eltern umgebracht?«

»Das gibt es natürlich auch, aber Patten ist der Typus Mensch, der von seiner Familie Liebe erhofft hat. Er hätte ihnen nie etwas angetan. Im Gegenteil, er hätte sein Leben für sie geopfert.«

»Wie bescheuert muss man dafür sein! Er hätte seine Alten in die Wüste schicken oder durch den Fleischwolf drehen sollen!«, kritisierte Mark.

»Das ist es ja, was ich versuche, euch zu erklären. Einer tut es und hakt die ganze Geschichte ab, der andere leidet.«

»Also gut. Mal abgesehen davon, was in Pattens Kopf rumspukte, würde ich doch gerne erfahren, wie es weiterging«, bohrte Fritz Lichtenstein, während er das Besteck auf den Teller legte.

Inka sah zu Mark. »Erzähl du«, sagte Mark.

»Im September 1997, einen Monat nach Sabines Tod, fielen einer Lehrerin blaue Flecken an Norberts Körper auf. Sie erstattete Anzeige, die sie aber nach einem Tag wieder zurückzog. Somit steht in der Akte kein Vermerk. Und da die Lehrerin verstorben ist, konnten wir sie nicht befragen. Im Oktober zogen die Eltern mit Norbert nach Würzburg. Sie steckten ihn in ein Internat, das er mit achtzehn Jahren verließ. Dann arbeitete er in einer Fleischerei. Bei einer Warenauslieferung in die Pension der Eltern seiner Frau lernten sie sich kennen. Norbert gab seinen Job auf, zog zu Elke und übernahm mit ihr nach der Heirat die Pension. Als Pattens Eltern bei einem Schiffsunglück auf dem Dampfer …«, Inka überlegte kurz, »habe den Namen vergessen, war irgendwo an der italienischen Küste. Das Ding ist havariert. Jedenfalls sind die Eltern ums Leben gekommen, und seitdem gehört ihm der Hof in Undeloh.«

»Du meinst das Kreuzfahrtschiff *Costa Concordia*, das Schiff, das 2012 vor der Insel Giglio havariert ist und wo der Kapitän angeblich ins Rettungsboot gefallen ist«, erklärte Mark schmunzelnd.

»Stimmt. Ging und geht ja noch durch die Presse. Furchtbares Unglück.« Inka war einen Moment lang abgelenkt. »Wo war ich? Ach ja. Er hat also den Hof geerbt, und mit einer kräftigen Finanzspritze seiner Schwiegereltern eröffneten er und seine Frau das Hotel und tauften es *Zum Storchennest*, in Erinnerung an seine Schwester. Alles lief rund, bis Tanja Griese, die Giftmischerin und Erpresserin, anrief und Zimmer und Essen für ein Klassentreffen bestellte.«

»Moment, Inka. Dieser Patten hat sein Hotel in Erinnerung an seine Schwester *Zum Storchennest* getauft. Gut und schön. Aber warum gehen die Schulkameraden genau in dieses Hotel? Das muss denen doch wie ein Blitz ins Hirn geschossen sein.«

»Detlef Klammer hat geblökt, er käme nur, wenn Tanja ein vernünftiges Hotel aussuche, keine Dorfabsteige. An das damalige Ereignis dachte keiner. Und Tierarten sind für Hotelnamen auf Dörfern nicht unüblich. Zudem steht das Haus erst seit einem Jahr.«

Fritz Lichtenstein nickte. »Hat ihn keiner erkannt? Den Patten, meine ich.«

Inka schüttelte den Kopf. »Nein, nicht nach siebzehn Jahren. Patten hatte sich verändert.«

»Aber er erkannte seine ehemaligen Kameraden.«

»Ganz genau, Fritz. Und da ich wusste, dass dich das brennend interessiert, ist hier ein Auszug von Pattens Aussage.« Inka zog ein Blatt aus ihrer Handtasche und las laut vor: »*Ich war an der Rezeption, als Tanja anrief. Wir sind sieben ehemalige Abiturienten des Klara-Wegener-Gymnasiums aus Hanstedt, hatte sie gesagt und Namen aufgezählt. Ich erkannte sie sofort. Als sie beim Abendessen im Restaurant saßen, beobachtete ich sie, Detlef, Roland, Ullrich, Beate, Dora, Liane und Tanja, alle sieben. Ich sah auch, wie Tanja ein Tütchen über Detlefs Teller leerte. Hätte ich gewusst, was sie da über sein Essen streut, hätte ich mir meine Aktion gespart. Dumm gelaufen. Wie schade. Tanjas Gift hätte dem Schwein besser zu Gesicht gestanden oder sagen wir, besser auf die Organe geschlagen. Keinen der drei, die Schuld am Tod von Sabine tragen, habe ich in all den Jahren vergessen. Ich wusste, der Tag für meine Rache würde kommen, und am liebsten hätte ich bereits im Restaurant allen Verantwortlichen ein Messer in die Brust gerammt. Aber Vorfreude ist ja bekanntlich die schönste Freude. Ich musste es tun. Ich beschloss, Detlef, Ullrich und Liane zu vernichten. Ich war es Sabine schuldig. Die*

Wahrheit wäre sonst nie ans Licht gekommen.« Inka faltete das Blatt zusammen und steckte es in ihre Tasche zurück. »Das war seine Aussage. Zu den Fragen, ob er den Wagen des Urologen auf den Krankenhausparkplatz gefahren oder wann er seinen Schulkameraden überwältigt und wie er es angestellt hat, ihn an die Kiefer oben auf dem Wilseder Berg zu binden, schweigt er. Und wenn wir schon mal bei den ungeklärten Fragen sind: Mein Wagen ist bisher auch nicht aufgetaucht. Meine Dienstwaffe lag im Handschuhfach, und der Kindersitz für Paula war erst zwei Monate alt.« Sie holte tief Luft und ließ diese hörbar durch die Nase entweichen.

»Immerhin hat er gestanden«, sagte Fritz Lichtmann. »Manche Fragen bleiben einfach unbeantwortet, damit müssen wir leben, Inka.«

»Ich hasse ungeklärte Fragen. Und warum macht er nicht den Mund auf? Wie du schon sagst, Fritz, er hat gestanden. Was wäre so dramatisch, wenn er uns das Wann und Wie verraten würde?« Inka war anzusehen, was sie von dürftigen Aussagen hielt. Für sie gehörte es zur professionellen Polizeiarbeit, alle offenen Fragen zu klären. Wie ein Film rauschte die Ermittlungsakte an ihrem inneren Auge vorbei.

»Er spielt seine letzten Karten aus«, mischte sich Sebastian ins Gespräch, »es ist alles, was ihm bleibt, denn glaubt man der brodelnden Gerüchteküche im Dorf, heißt es, Elke Patten habe die Scheidung eingereicht, das Hotel *Zum Storchennest* geschlossen und sei nach Würzburg zurückgekehrt. Patten ließ sich von einer Tragödie das Leben zerstören. Er hat zwei weitere Leben und seine Ehe zerstört. Aber er wird es nicht bereuen. Keinen einzigen Mord.«

»War das dein Schlussplädoyer, Herr Polizeiprofiler?«, wollte Mark wissen.

»Jup. Und jetzt zum Nachtisch. Frau Parpart backt vorzügliche Buchweizenpfannkuchen, dazu Vanilleeis und Waldfrüchte. Kann ich sehr empfehlen.«

Für meine Leser

Undeloh ist ein kleines verträumtes Kutscherdorf in der Lüneburger Heide. Ungefähr eine Autostunde von Hamburg entfernt. Hier können Sie wandern, reiten, Kutschfahrten unternehmen, Pilze sammeln, die Ruhe und Idylle der wunderbaren Landschaft genießen und sich im Hotel *Zum Heidemuseum* von den Betreibern Parpart in Wilsede verwöhnen lassen. Schwelgen Sie in Heidschnuckenbraten und Buchweizentorte.

Was Sie auch tun: Lassen Sie es sich gutgehen.

Das Hotel *Zum Storchennest* und den *Sundermöhren-Biohof* können Sie leider nicht besuchen. Diese Orte sind, wie auch alle meine Figuren und Handlungen, aus meiner Phantasie heraus entstanden.

Zu schließen, ohne mich zu bedanken … Niemals.

Es gibt so viele liebe Menschen, die mir durch diesen Roman geholfen haben.

Meinen Mann, der mit mir für Recherchezwecke durch die Dörfer und Städte der Lüneburger Heide kutschiert ist. Meine Testleser: Dajana Liboschik, Helmut Schröder und Günter Heise.

Auch sage ich danke an Herrn Rainer Bohmbach, der mir für jede meiner Fragen zur Hamburger Polizei immer ein offenes Ohr gewährte.

Ein Dank geht auch an die Undeloher Bewohner, die mir verzeihen mögen, dass ihr idyllisches Örtchen wieder für einen Mordschauplatz herhalten musste.

Ein großes Dankeschön geht an das wundervolle Team des Ullstein Verlags. Meiner Lektorin Sarah Mainka sage ich besonderen Dank für ihr Feingefühl, das sie in mein Projekt »Heidegift« gelegt hat.

Aber was wäre die wundervollste und spannendste Geschichte, wenn es Sie nicht gäbe, liebe Leser.

Ich danke Ihnen herzlichst.

Angela L. Forster, September 2016